한국문학의 탐색

한국문학의 탐색

윤인현 외 지음

KSI 한국학술정보㈜

『한국문학의 탐색』은 인하대학교 문과대 개교 30주년을 기념하기 위해서 국어국문학과 또는 대학원에서 문학을 전공한 동문들의 연구 성과를 모아 간행한 책이다. 서른 살이면 장년의 나이로 무엇이든지 열심히 일할 시기이다. 언제나 노력하는 필자들은 인하대뿐만 아니라 타 대학에서도 인재를 양성하면서, 학문을 업으로 삼아 연구자로서 학계에 활동하는 그야말로 敎學相長의 길을 가는 분들이다. 여기에 실린 논문은 이미 학계에 알려진 논문뿐만 아니라 자기 분야에서 나름 최선을 다해 자기 영역을 구축하면서 문학의 새로운 의미 찾기에 切磋琢磨하는 연구자들의 글이기도 하다.

이번 개교 30주년을 계기로 앞으로 기획된 논문집을 출간하여 동문들의 계속된 연구 성과를 세상에 내놓을 예정이다. 진행될 기획 주제는 고전문학과 현대문학만 대상으로 할 것이 아니라 언어학까지 총망라하여 '인천과 인문학'을 다루어 보는 것도 좋을 듯하다. 동문들의 적극적인 관심이 필요하다.

『한국문학의 탐색』의 연구논문들은 모두 12편으로, 고전문학 5편과 현대문학 7편이다. 목차는 고전문학과 현대문학 순으로 차례를 잡았으며, 시기별로 논문을 실었다. 각각의 논문 구성은 대체로 발표했을 당시의 구조를 살렸다. 고전문학과 현대문학의 논문이 하나의 책으로 묶이다 보니 동일한 형태의 구조로 만들기가 어려웠기 때문이다.

『中庸』, 「二十」章에, "人一能之어든 己百之하며 人十能之어든 己千之니라. 果能此道矣면 雖愚나 必明하며 雖柔나 必强이니라."라는 구절이 있다. '남이 한 번에 능히 하거든 내 몸은 백 번이라도 하며, 남이 열 번에 능히 하거든 내 몸은 천 번이라도 하여야 한다. 과연 이 道를 능히 한다면 비록 처음에는 어리석을지라도 반드시 현명해지며 비록 우유부단할지라도 반드시 다부지게 되는 것이니라.'로 해석된다. 각자의 학문 영역에서 최선을 다할 때 연구자의 학문적 성취도 따를 것이다. 또한 남에게 보여 주기 위한 학문으로의 '爲人之學'이 아닌, 진정으로 참된 사람이 되기 위한 '爲己之學'을 통해서 필자들의 학문이 나날이 융성해지기를 바란다.

끝으로 책의 출간을 흔쾌히 맡아 주신 한국학술정보(주) 채종준 대표이사님과 권성용 대리님께 감사드린다.

2011. 11.

윤인현

차례

I
고전문학

李奎報의 「屈原不宜死論」에 나타난 歷史意識의 문제점*

윤 인 현

Ⅰ. 序 論

  본고는, 屈原이 중국과 한국 역대의 학자 또는 문인들에 의해 긍정적인 논평을 받아 온데 비해 李奎報(1168~1241)에 의해서는 부정적인 논평을 받은 사실에 주목하여, 이규보의 「屈原不宜死論」에서는 굴원이 어째서 부정적으로 논평되었는가를 고찰하고자 하는 것이다. 그리하여 이규보의 「굴원불의사론」에 나타난 역사의식에 있어서의 문제점을 검토함으로써, 이규보에 대한 좀 더 바른 이해에 도달하고자 하는 것이다. 그러므로 본고는 또한, 문학 연구에 있어서 시인이나 문장가 등 작가의 현실인식 또는 역사의식을 고찰하는 일이 그 작가의 시 또는 문장의 技法이나 문예미를 고찰하는 일 못지않게 중요하리라는 관점에서 출발하는 것이다. '역사의식'이란 어떤 사회 현상을 역사적 관점이나 시간의 흐름에 따라 파악하고 그 변화 과정에 주체적으로 관계를 맺고자 하는 의식이다. 곧 어떤 현실적 상황의 역사를 거울 삼는 관점에서나 시간의 흐름에 따라 파악하고 그 변화 과정을 관찰하면서도 주체적으로 관계를 맺고자 하되, 주체적 관계를 맺는 주체 곧 자기 자신의 의식이 투철할 때의 의식을 말한다고 하겠는데, '中庸'의 道에 매우 부합하여 현실과 매사를 그때그때 언제나 도리에 꼭 들어맞는 자세와 의식으로 말하자면, 의리를 기준으로할 때의 최선책을 택하는 자세로서의 관점, 다시 말해 孔子의 언행과 삶의 행적이나 『禮記』「儒行」篇에 있는 孔子의 말씀 곧 魯나라 哀公에게 말씀드린 '선비의 행실'과도 관련이 있는 참된 '선비정신'의 관점에서 역사와 현실과 대상을 직시하는 의식을 말한다고 하겠다. 그와 같은 참된 역사의식에 비추어 연구 대상이 되는 학자 또는 문장가의 인물됨이 어느 정도 참되고 바람직한가에 따라 개인의 역사의식이 평가될 수 있을 것이며, 이규보의 역사의식도 평가될 수 있을 것이다.

  이규보는 고려 후기의 탁월한 문장가이요 비평가이다. 『東文選』에 작품이 수록된 문인

590인 중 이규보의 시문이 428편(그중 詩 56편, 賦 6편이 있음)으로 가장 많은 작품이 수록되어 있다.[1] 반드시 詩文選集에 수록된 작품수로만 문장의 우열을 논할 것은 아니겠으나, 『동문선』에 수록된 작품만이 아니라『東國李相國集』에 실린 작품 등으로 미루어 보더라도, 이규보는 當代의 탁월한 문장가임에 틀림없다. 따라서 그의 문학 작품과 문학관 또는 문학사상을 논의한 종래의 연구가 많았으며, 그중에 참고할 만한 논저도 적지 않다.[2]

이규보가 대체로 긍정적인 평가를 받을 만한 작가이겠으나, 이제 중국에서 司馬遷·朱子 등에 의해서 높이 평가된 굴원이 이규보에 의해서 부정적으로 논의된 「굴원불의사론」을 살펴봄으로써 이규보 문장에서의 진실성과 허구성 및 이규보의 역사의식을 검토할 필요가 있을 것이다

필자는 본고에서 이규보의 역사의식을 그의 「굴원불의사론」을 중심으로 고찰하되, 이규보의『동국이상국집』에서의 다른 비평적 기록을 아울러 살펴봄으로써, 이규보의 현실인식과 역사의식을 같은 맥락에서 살펴보고자 한다. 그러기에 필자는 본고에서 먼저 이규보 문장의 진실성과 허구성을 개관하고, 그런 뒤에 이규보의 「굴원불의사론」을 구체적으로 분석하여 검토하되, 중국 司馬遷의 「屈原列傳」과 賈誼의 「弔屈原賦」, 朱子의 「離騷經序」와 「離騷經集註」 등을 아울러 살펴볼 것이다. 그리고 아울러 한국에서의 河西 金麟厚, 松江 鄭澈, 蘆溪 朴仁老, 孤山 尹善道, 茶山 丁若鏞 등의 시가 작품, 그리고 굴원을 논한 그 밖의 문장가들의 문장을 살펴봄으로써 이규보의 「굴원불의사론」에 나타난 역사의식을 논의하기 위한 참고 자료를 삼고자 한다.

---

* 이 논문은『韓國漢文學研究』38집(韓國漢文學會, 2006)에 수록된 「李奎報의 「屈原不宜死論」에 나타난 歷史意識의 문제점」을 일부 수정·보완하였음을 밝힌다.

1) 정요일, 「朝鮮 前期의 詩學」, 『한국고전시학사』, 弘盛社, 1986, p.124 참조.

2) 柳在泳,『白雲小說研究』, 圓光大學校 出版局, 1979; 趙東一, 「李奎報」, 『韓國文學思想史試論』, 知識産業社, 1978; 趙東一, 「李奎報와 李仁老의 文學思想의 거리」, 『碧史 李佑成 敎授 定年退職 紀念論叢』, 창작과비평사, 1990; 朴性奎, 『李奎報研究』, 啓明大學校 出版部, 1982; 金時鄴, 「武臣執權下에 있어서의 李奎報의 입장과 갈등」, 『雨田 辛鎬烈 先生 古稀紀念 論叢』, 창작과비평사, 1983; 金時鄴, 「高麗後期 士大夫文學의 성격」, 성균관대학교 대학원 박사학위 논문, 1989; 金鎭英, 『李奎報文學研究』, 集文堂, 198; 전형대, 「高麗朝批評文學 研究」, 서울대학교 대학원 박사학위 논문, 1985; 金慶洙, 『李奎報 詩文學 研究』, 亞細亞文化社, 1986; 沈浩澤, 『高麗中期文學論研究』, 啓明大學校 韓國學研究院, 1990; 申用浩, 『李奎報의 意識世界와 文學論 研究』, 國學資料院, 1990; 전형대, 「한국고전비평사(1) – 고려조의 비평–」, 『京畿語文學』 第9輯, 京畿大學校 國語國文學科, 1991.
金興圭, 「李奎報의 氣·意論」, 『東洋學 國際學術會議 論文集』, 成均館大 大東文化研究院, 1993.
金周漢, 「答全履之論文書小攷」 및 「白雲文學批評研究」, 『韓國文學批評史論』, 學士院, 1993.
李東喆, 『白雲 李奎報詩의 研究』, 國學資料院, 1994.
강석근, 「李奎報의 佛敎詩 研究」, 동국대학교 대학원 박사학위 논문, 1997.
河岡震, 「李奎報의 現實志向的 文學世界 研究」, 釜山大學校 大學院 박사학위 논문, 1999.
鄭堯一, 「李奎報의 文學思想」, 『漢文學의 研究와 解釋』, 一潮閣, 2000.

Ⅱ. 李奎報의 「屈原不宜死論」에 나타난 역사의식의 문제점

1. 李奎報 문장의 진실성과 허구성

이규보 문장의 진실성과 허구성에서의 '진실성'이란 선비로서의 진실성을 의미하고, '허구성'이란 진실성을 드러내는 것같이 보이면서도 그렇지 않은 것으로 보이는 문제점을 의미하는 말이다.

이규보는 고려 毅宗 22년(1168)에 黃驪縣[지금의 驪州]에서 戶部郎中 李允綏와 金壤郡人 金氏 사이에서 태어났다. 2년 후인 1170년, 毅宗이 퇴폐적 향락에 일삼던 시기에 무인들 곧 鄭仲夫·李高·李義方 등이 普賢院에서 무신의 난을 일으켰다. 그리하여 이규보는, 高宗 28년(1241) 9월에 강화도에서 74세로 운명하기까지, 무신정권 하에서 평생을 살았다.

이규보는 22세 되던 明宗 19년(1189)에 첫 등과를 하게 되나 벼슬자리에는 나아가지 못하였다. 그리고 26세 때『舊三國史』를 얻어 東明王에 관한 사실을 보고 민족 서사시「東明王篇」을 지어 민족적 자긍심을 떨치기도 하였다. 첫 등과를 한 지 10년 후(1199) 崔忠獻의 집에서「謝知奏事相公見喚, 命賦千葉榴花」를 쓴 것이 계기가 되어 全州牧司錄兼掌書記에 보임되어 관료로 나아갔다. 그러나 탐욕스럽고 방자한 通判郞將이 이규보와 잦은 충돌이 있었으며, 그로 인하여 그의 미움을 사게 되고 그의 모함으로 파직당하였다.

이규보가 35세 되던 神宗 5년(1202) 경주에서 민란이 일어나자[3] 兵馬錄事兼修製에 제수되어 마치 종군기자와 같은 역할을 수행하였다. 이규보의 나이 37세 되던 해(1204) 3월에 군사들이 凱旋하여 京師로 돌아왔는데, 논공행상에 불만을 품기도 하였다.[4] 熙宗 3년(1207) 그의 나이 40세 되던 해 晉康侯[최충헌]의 茅亭에서 李仁老·李元老·李允甫 등과 함께 記를 지어 1등으로 뽑혔는데, 그것이「晉康侯茅亭記」이다. 이 일이 계기가 되어 翰林에 들었으며, 康宗 원년(1212) 1월에 千牛衛錄事參軍事에 제수되었다. 48세 되던 해(1215) 최충헌에게 시를 올려 參職階(참직계)를 구하니, 최충헌이 右正言知制誥를 내려 주었다. 高宗 6년(1219)에는 八關會의 일로 말미암아 최충헌의 탄핵을 받고 桂陽都護府副使로 좌천되었으며, 그해 최충헌이 죽고, 그 이듬해 禮部郎中으로 부름을 받았다. 65세 되던 고종 19년

---

3) 李奎報,『東國李相國全集』,「年譜」에서는 '叛'과 '賊黨'이라 하였다.
　　"冬十二月東京叛, 與雲門山賊黨擧兵."
4) 李奎報,『東國李相國全集』,「年譜」에 불만의 시구가 실려 있다.
　　"獵罷論功誰第一, 至今不記指縱人"(이번 싸움에 세운 공이 누가 제일이냐? 지금도 지휘한 사람은 기억조차 않는다네.)

(1232)에 몽고의 침략으로 도읍이 江華로 옮겨졌다. 이때 詞命의 일을 도맡아 書·表 등을 지었다.

이규보가 69세(1236) 되는 해 12월, 表를 올려 퇴직을 청하자 임금이 그 표문을 궐내에 머물러 두고 내시 金永貂를 보내어 극진히 타이르고 다시 벼슬하도록 하였다. 70세에도 벼슬에서 물러날 뜻을 거듭 보이자, 고종은 守太保門下侍郎平章事 修文殿太學士 監修國史 判禮部事 翰林院事 太子太保로 致仕하게 하였다. 그 후 71세, 72세 때 몽고 황제에게 올릴 표장과 晉卿唐古官人에게 보낼 편지를 지었다.5)

위에서 논의한바, 그의 연보를 통해서도 알 수 있듯이, 이규보는 그의 행적에서 철저한 儒者[선비]로서의 선비精神을 보여 주었다고 하기는 어렵지만, 文章華國의 정신으로 국가에 이바지한 功이 적지 않다. 그 일례로 「東明王篇」 서사시를 지어 민족주의 사상을 고취하기도 하였다.

다음은 「동명왕편」의 창작 동기를 밝힌 「東明王篇 幷序」의 일부이다.

> 唐 현종 본기와 『양귀비전』에는 방사가 하늘에 오르고 땅에 들어갔다는 일이 없는데, 오직 시인 백낙천이 그 일이 인멸될 것을 두려워하여 노래를 지어 기록하였다. 저것은 실로 황당하고 음란하고 기괴하고 허탄한 일인데도 오히려 읊어서 후세에 보였거던, 더구나 동명왕의 일은 변화의 神異한 것으로 여러 사람의 눈을 현혹한 것이 아니고 실로 나라를 創始한 신기한 사적이니 이것을 기술하지 않으면 후인들이 장차 어떻게 볼 것인가? 그러므로 시를 지어 ~ 기록하여 우리나라가 본래 聖人의 나라라는 것을 천하에 알리고자 하는 것이다.6)

위의 자료는 이규보가 국가와 민족을 위해 「동명왕편」을 지었음을 단적으로 보여 주는 것이다. 唐나라 백낙천은 唐 현종과 양귀비의 황당하고 음란하고 기괴한 일도 인멸될까 두려워하여 <長恨歌>를 지어 기록하였는데, 동명왕의 일은 神異한 것이지만 사람의 눈을 현혹하지도 않으며 실로 나라를 건국한 신기한 사적이기에 기록으로 남겨서 우리나라가 聖人의 나라임을 후세에 전하고자 했던 것이다. 이 같은 사실은 민족적 자긍심의 발로에 의한 것이었다. 그 밖에도 經國의 문장이 모두 그의 손에서 나왔다고 해도 과언이 아닐 만큼, 숱한 문장을 지어 功이 될 만한 사업을 하고 아름다운 말을 남긴 그의 功은 높이

---

5) 李奎報, 『東國李相國全集』, 「年譜」 참조.
6) 李奎報, 『東國李相國全集』, 卷第三, 「東明王篇 幷序」 "按唐玄宗本紀. 楊貴妃傳. 並無方士升天入地之事. 唯詩人白樂天恐其事淪沒. 作歌以志之. 彼實荒淫奇誕之事. 猶且詠之. 以示于後. 矧東明之事. 非以變化神異眩惑衆目. 乃實創國之神迹. 則此而不述. 後將何觀. 是用作詩以●●記之 欲使夫天下知我國本聖人之都耳."

평가될 만하다. 이규보 또한 詩文에 능하여 그의 시가 宋나라 사람들에게도 널리 애송되었음을 알 수 있게 하는 자료가 『東國李相國後集』에 기록되어 있다.

> 이 시가 중국에 흘러들어가 사대부들이 굉장히 기리는 바가 되었다는 것이다. 그 사람은 '절름발이 노새 그림자 속에 푸른 산 저물어 가고 외기러기 울음 속에 가을 단풍 짙어간다.'라는 한 구를 외웠고 이 구절이 더욱 그가 좋아하는 것이라고 하였으나, 나는 그 말을 듣고서도 믿지는 않았다. …… (중략) …… '상국의 이 시가 당신 나라에 전파되었다니 정말이오?' 하고 물었다. 그대는 황급히 '전파되었을 뿐만 아니라 다들 그림 족자로 만들어 가지고 보고들 있소.'라고 대답하였다. 客이 약간 의심을 하자 그대는 '그러시다면 내가 내년에 귀국하여 그 그림과 이 시의 전문을 가지고 와서 보여 드리겠소.'라고 하였다. 아아, 과연 이 말대로라면 이것은 정말 분에 넘치는 이야기이고 감당해 낼 만한 일이 아니다.7)

위의 자료는 이규보가 자신의 시가 중국 사람들에게 널리 애송되고 있다는 어떤 사람의 말을 듣고 기뻐하는 뜻이 담긴 구절이다. 『白雲小說』과 『東人詩話』에서 최치원·박인범·박인량 세 사람을, 우리 동방의 시로써 중국을 울렸다 하면서, 문장으로 나라를 빛냄이 이와 같은 것8)이라 하였듯이, 이규보 자신도 文章으로 나라를 빛냈음을 은연중에 내비치면서 기뻐한 것이다.9)

이규보의 「論詩中微旨略言」에서는, 시를 짓는 데 반드시 경계해야 할 마땅하지 않는 體格을 논한 '詩九不宜體'10)를 말하였다. '시구불의체'는, 시인들이 소홀히 하기 쉽거나 잘못을 저지르기 쉬운 문제점들을, 예리한 통찰력과 평소의 체험을 통해 터득한 시의식에 의하여 구체적으로 서술한 점이 탁월한 시비평 의식을 보여 주는 것이면서도 문장에 있어서의 진실성을 보여 준 사례라 할 수 있다.

위의 예처럼 이규보는 민족적 자존의식과 주체성이 강한 인물이었다. 26세 때에는 이

---

7) 李奎報, 『東國李相國後集』, 卷第四, 〈次前所寄絕句贈歐陽二十九伯虎幷序〉 "此詩流入中國, 大爲士大夫所賞, 其人唯誦一句云, 蹇驢影裏碧山晚, 斷鴈聲中紅樹秋, 此句尤其所愛者. …… (중략) …… 相國此詩, 傳播乃國信乎. 君遽對曰, 不惟傳播, 皆作畫簇看之. 客稍疑之, 君曰, 若爾, 予明年還國, 可賚其畫及此詩全本來以示也. 噫, 果子之言, 則此實非分之言, 非所敢當也." 참조.
『白雲小說』 十에도 유사한 내용이 실려 있음. "〈獨鶴何歸夫杳杳, 行人不盡路悠悠.〉……昨者, 歐陽伯虎訪余, 有坐客言及此詩 因問之曰, 〈相國此詩傳播大國信乎.〉歐遽對曰, 〈不惟傳播, 皆作畫簇看之.〉客稍疑之, 歐曰, 〈若爾, 余明年還國, 可賚其畫及此詩全本來以示也.〉噫, 果若此言, 則此實非分之言, 非所敢當也."
8) 『白雲小說』 五. "我東之以詩鳴於中國 自三子始 文章之華國有如是夫."
徐居正, 『東人詩話』(上). "吾東人之以詩鳴於中國 自三君子始 文章之足以華國如此."
9) 朴性奎 교수는 『李奎報研究』(啓明大 出版部, 1982) p.16에서 애국심을 반영한 문장을 예로 들어 이규보의 '자주적인 문학관'으로 파악했다.
10) 李奎報, 『東國李相國全集』, 卷第二十二, 「論詩中微旨略言」. "詩有九不宜體, 是予所深思而自得之者也. 一篇內多用古人之名, 是載鬼盈車體也, 攘取古人之意, 善盜猶不可, 盜亦不善, 是拙盜易擒體也, 押强韻無根據處, 是挽弩不勝體也, 不揆其才, 押韻過差, 是飲酒過量體也, 好用險字, 使人易惑, 是設坑導盲體也, 語未順而勉引用之, 是强人從己體也, 多用常語, 是村父會談體也, 好犯語忌, 是凌犯尊貴體也, 詞荒个刪, 是良莠滿田體也, 能免此不宜體格, 而後可與言詩矣."
『白雲小說』에는 이 구절의 '好犯語忌'가 '好犯丘軻'로 되어 있는 등 『東國李相國集』과 『白雲小說』 간에는 字句의 차이를 보이는 부분이 더러 있다.

미 민족서사시 「동명왕편」을 지어 민족적 자긍심을 높였을 뿐만 아니라, '시구불의체'와 관련된 詩論을 통해서 탁월한 비평가의 면모를 보여 주었다.

아래에 인용하는 문장은, 崔致遠이 중국의 문예열전에 실리지 않은 이유를 밝힌 「唐書不立崔致遠列傳議」의 일부이다.

> 어찌해서 文藝列傳에만은 치원을 위해서 그의 傳記를 싣지 않았을까? 내가 내 마음 내키는 대로 생각해 볼 때, 옛날 사람들은 문장에서 서로 혐기하지 않을 수 없었는데, 하물며 치원이 외국 사람으로 혼자 중국에 와서 당시의 명성 있는 무리들을 짓밟았으니, 만약 傳을 세워 그 사실을 곧이곧대로 쓴다면, 그걸 꺼릴까 두려워 생략해 버린 것일까? 이것이 내가 모를 일이다.11)

위의 자료는 최치원이 중국에서 문예열전에 실리지 않음에 대하여 중국인의 졸렬함을 비난한 것이다. 문예열전에 실린 沈佺期·柳幷·崔元翰·李頻 등의 반 장짜리 열전보다는 최치원의 문장이 훨씬 뛰어났는데도 열전에 넣지 않은 이유는 최치원이 혼자 중국에 들어가 당시의 名輩를 짓밟았기에 그것을 두려워하고 시기하여 傳에 싣지 않았다는 것이다. 당시의 慕華思想에 비추어 볼 때, 이는 위의 자료들과 함께 이규보 문장에서의 진실성을 엿볼 수 있는 대목이며, 민족적 자존의식에서 나온 진보사상의 일면이라 할 수 있다.

이규보의 시에도 선비로서의 진실성이 반영된 것이 있다. <寓古三首> 중 2首에서는 "만물의 생장 이치 관찰해 보니 천지의 조화가 공연스레 바쁘구나. 초자의 덩굴 함부로 생기게 하고 헛되게 형극도 너무나 번성하네. 왜 지영초 같은 풀을 이리저리 뻗도록 하지 않아서, 드디어 온 천하 선비들에게 邪와 正을 분변 못하도록 했네."12)라고 하여, 만물의 생장 이치를 우리 삶에 비유하고 있다. 초자[더부룩한 납가새]와 형극[가시덩굴]이 번성하여 지영초[참된 선비]가 잘 자라지 못하다는 것이다. 초자는 周나라 幽王의 학정을 비유한 시어이며 형극은 소인배를 지칭하는 말이다. 세상이 지영초로 가득해야 하는데, 지금은 초자와 형극 때문에 지영초가 자라지도 못한다고 하였다. 그로 인해 천하 선비들이 邪와 正을 분별하지 못하는 세상이 되었다는 것이다. 또 <感興>에서는 "가의는 눈물 흘릴 게 두 가지라 했고 정공은 십점에 대해 논하였는데, 강개한 이 두 분의 마음을 지금 누가 이어 받으리."13)라고 하여, 충신인 漢나라 賈誼가 梁太傅로 있을 때 상소하기를 "통곡할 만한 일

---

11) 李奎報, 『東國李相國全集』, 卷第二十二, 「唐書不立崔致遠列傳議」, "奈何於文藝, 獨不爲致遠立其傳耶. 余以私意揣之, 古之人於文章不得不嫌忌, 況致遠以外國孤蹤入中朝, 躪躒當時名輩, 若立傳直其筆, 恐涉其嫌故略之與. 是余所未知者也." 『白雲小說』 四 참조.
12) 李奎報, 『東國李相國全集』, 卷第一, 〈寓古三首〉 "吾觀萬物生 造化空自勤 徒生楚茨蔓 徒産荊棘繁 不使指佞草 延引榮其孫 遂令天下士 邪正久未分" 참조.

이 한 가지가 있고, 눈물 흘릴 만한 일이 한 가지 있다.”고 한 데서 온 말로 時政이 걱정스
러움을 표현한 것이며, ‘十漸’은 唐나라 魏徵이 太宗에게 상소한 일로 열 가지 조짐에 대해
깊이 생각할 것을 열거한 것이다. 이는 이규보가 참된 선비의 몸가짐이 어떠해야 하는지
를 밝힌 것으로 지금의 시정이 혼란하니, 가의나 위징처럼 바른 소리의 상소문을 올려야
할 것을 당부한 것이다.

그러나 이규보의 문장 가운데에는 다소 부정적으로 비쳐지는 허구성도 없지 않다.

이규보는 과거에 급제하고서도 벼슬하지 못할 때 관직을 구하는 시를 남겼다. <呈柳承
宣二首>에서는 “금림의 버들에 의탁하길 기대하오니, 원컨대 긴 가지 하나를 빌려주오.”14)
라고 하였으며, <左諫議大夫閔公珪>에서는 “漢帝가 만약 상여의 부를 묻는다면, 양공처럼
한 고향 사람인 나를 천거하리.”15)라고 하였다. 또 <上趙令公永仁幷引>에서 “소임을 맡겨
재주를 시험한다면, 아름다운 비단을 망가뜨리진 않을 것이오.”16)라고 하였으며, <上任平
章幷序>에서도 “평원 땅의 한 마리 물수리를 곧 추천하여 주십시오.”17)라고 하여, 관직에
나가기를 간절히 소망하고 있다. 뿐만 아니라 이규보의 나이 24·25세 무렵에 지은 것으
로 추정되는 시 <聞江南賊起>에서 “뭇 개들 시끄럽게 짖는 소리 듣고부터, 이상하게도 갑
속의 칼이 한낮에 쩡쩡 우는구나. 놈들을 궐하에 끌어올 선비가 있을 텐데, 관가에서 왜
긴 끈 하나를 아낄까?”18)라고 하였으며, 그가 29세19) 되던 해(1196) 尙州에서 지은 시 <八
月十五日聞群盜漸熾>에서도 “도적떼가 고슴도치 털처럼 모여, 생민이 비린 피를 뿌리누나.
…… 금년에는 더군다나 다시 가물어서, 비 기다리는 것이 목마른 것보다 심하구려. ……
朱門에서는 날마다 자리에 술을 토하고, 백 잔을 마시니 귀가 저절로 더워지네.”20)라고 하
였다. 이규보는 관리들의 폭정에 신음하는 ‘백성들의 절규’를 ‘개떼가 시끄럽게 짖는 소
리’라 하였으며, 심한 가뭄으로 혹사하는 백성들은 돌보지 않으면서도 음주로 세월을 보
내는 지배층에 대해 항거한 ‘민초’를 ‘도적 떼’로 표현하였다.

이규보의 이 같은 역사의식은, 전혀 현실을 직시하지 못하는 문제점을 드러내는 것이
라 할 수 있다. 백성들이 어째서 난을 일으켜야만 했는가를 살피지 않고 ‘群盜’로 몰아세

---

13) 李奎報, 『東國李相國全集』, 卷第八, 〈感興〉 “賈誼流涕二 鄭公論漸十, 慷慨二子心 今者知誰襲.” 참조.
14) 李奎報, 『東國李相國全集』, 卷第二, 〈呈柳承宣二首〉 “禁林期託柳, 願借一長條” 참조.
15) 李奎報, 『東國李相國全集』, 卷第五, 〈左諫議大夫閔公珪〉 “漢皇若問相如賦, 何幸楊公薦邑人” 참조.
16) 李奎報, 『東國李相國全集』, 卷第七, 〈上趙令公永仁幷引〉 “好試淸琴撫, 無嫌美錦傷” 참조.
17) 李奎報, 『東國李相國全集』, 卷第七, 〈上任平章幷序〉 “異立薦平原之一鶚” 참조.
10) 李奎報, 『東國李相國全集』, 卷第二, 〈聞江南賊起〉 “自聞群犬吠高聲, 匣劍無端白日鳴, 闕下牽來應有士, 官家何惜一長纓” 참조.
19) 林性奎, 『李奎報研究』(啓明大 出版部, 1982) p.70 참조.
20) 李奎報, 『東國李相國全集』, 卷第六, 〈八月十五日聞群盜漸熾〉 “群盜如蝟毛, 生民灑腥血, …… 今年況復旱, 望雨甚於渴, …… 朱門日吐
茵, 百爵耳自熱” 참조.

우며, 노끈으로 묶어 올 생각만 하는 그의 태도는 선비로서의 진실성이 결여된 것이라 할 수 있다.

이규보는 東都의 民亂에 兵馬錄事兼修製의 낮은 벼슬로 민란의 平定에 참여하고 돌아와, 功을 인정받지 못하여 다소 원망함이 없지 않았으며, 그를 前後하여 「上平章事崔讜書」와 「上崔相國書」의 글을 보내 몇 차례 벼슬을 구한 일이나, 「謝知奏事相公見喚, 命賦千葉榴花」 「晉康侯茅亭記」와 같은 글을 지어 실권자로부터 歡心을 얻게 된 일 등은, 한편으로는 현실에 적극적으로 참여하여 세상을 바로잡고자 하는 儒敎의 本旨에 크게 벗어나지 않는 일인 듯하면서도, 한편으로는 出處에 떳떳함을 잃지 않고자 하는 선비정신에 다소 어긋나는 점이 없지 않은 측면을 보인 것이라고 하겠다. 그리고 民亂의 평정에 출정하여 지은 시 중에 <幕中書懷示同營諸公>에 "경주의 약은 좀도둑 보지 못했나."21)라고 했으며, <壬戌冬十二月從征東幕府行次天壽寺飮中贈餞客>에서는 "적 평정하고 어연에 참여하면"22)이라고 하여, 백성들을 '小賊', '賊' 등의 말로 표현한 것 등은, 민란을 평정하는 처지에서 볼 때에는 당연한 표현이 되리라고 하겠으나, '不忘百姓之病'23)의 관점에서는 다소 지나친 점이 없지 않다고 하겠는데, 그것은 무신정권의 독재 하에서 지방장관의 苛斂誅求 등 治民의 병폐가 가리어질 수밖에 없었을 것이라는 점이 불을 보듯 뻔한 사실이기 때문이다.

李奎報의 글 「舟賂說」을 살펴보기로 하자.

내가 남쪽으로 어느 강을 건너가고 있었는데, 함께 배를 나란히 하여 건너는 자들이 있었다. 두 배의 크기가 같고, 노 젓는 사람 수도 같고, 타고 있는 사람이나 말의 수도 거의 같았다. 그런데 잠깐 있다가 보자니, 그 배는 떠나가기를 마치 날듯이 하여 이미 저쪽 언덕에 닿았는데, 내가 탄 배는 머뭇거리고 뱅뱅 돌기만 하면서 앞으로 나아가지 못하였다. 그 까닭을 물으니 배에 탄 사람이 말하기를, "저쪽은 술이 있어서 노 젓는 사람들에게 먹이니, 노 젓는 사람들이 있는 힘을 다해 노를 저은 까닭입니다." 하였다. 내가 부끄러운 기색이 없을 수 없어서 탄식하여 말하기를, "슬프도다. 이 구구하게 한 조각배가 가는 데 있어서도 오히려 뇌물 주는 일이 있고 없음에 따라 그 나아가는 것이 빠르고 느리고 앞서고 뒤에 처지는 일이 있거늘, 하물며 벼슬 바다를 다투어 건너가는 사이에 있어서랴! 돌아보건대 내 손에는 일전 한 푼 없으니, 지금까지 벼슬 한 번 제수받지 못한 것이 마땅하도다."라고 하였다. 그리하여 글로 써서 뒷날의 볼거리를 삼고자 한다.24)

---

21) 李奎報, 『東國李相國全集』, 卷第十二, 〈幕中書懷示同營諸公〉 "君不見鷄林點俗眞小賊" 참조.
22) 李奎報, 『東國李相國全集』, 卷第十二, 〈壬戌冬十二月從征東幕府行次天壽寺飮中贈餞客〉 "破賊朝天參御宴" 참조.
23) 『禮記』, 卷第四十一, 「儒行」篇 참조.
24) 李奎報, 『東國李相國全集』, 卷第二十一, 「舟賂說」 "李子南渡一江, 有與方舟而濟者, 兩舟之大小同, 榜人之多少均, 人馬之衆寡幾相類, 而俄見其舟離去如飛, 已泊彼岸, 予舟猶遭迴不進. 問其所以, 則舟中人曰, 彼有酒以飮榜人, 榜人極力蕩槳故爾. 予不能無愧色, 因歎息曰, 嗟乎, 此區區一葦所如之間, 猶以賂之之有無, 其進也有疾徐先後, 況宦海競渡中. 顧吾手無金, 宜乎至今未霑一命也. 書以爲異日觀." 참조.

이 「주뢰설」 또한 이규보의 흥미 있는 글이라고 하겠으나, 그래도 선비정신의 관점에서 보자면 다소 문제점이 없지 않다. 이 글이 도덕적인 관점에서 잘된 점은, 뇌물 없이 정당하게 살기 어려운 사회적 병폐를 지적하여 글로나마 기록함으로써 밝은 사회를 기약하고자 한 비판정신의 표출이라고 하겠다. 그러나 "돌아보건대 내 손에는 일전 한 푼 없으니, 지금까지 벼슬 한 번 제수받지 못한 것이 마땅하도다."와 같이 말하여 글을 끝맺은 것은, 문장가의 글 표현이라고는 할 수 있어도 도덕군자의 말이라고는 하기 어렵다. 孔·孟 같은 聖賢이나 程子·朱子·退溪·栗谷·星湖·燕巖·茶山 등, 선비정신에 철저하였던 역대 유학자들의 말씀과 문장에서는 그와 같은 표현을 찾아보기 어렵다. 이 글이 젊어서 지은 것을 그대로 남겨 둔 것인지 모르겠지만, 뒷날 마침내 '철모르던 젊은 날에도 차라리 뇌물을 줄 금전이 없었기에 뇌물로 벼슬을 살 생각조차 하지 못했던 것이 지금 생각하면 나로서는 다행스런 일이 아닐 수 없다.'는 정도의 말은 있었어야 할 것이다. 뇌물 줄 형편만 되었다면 뇌물을 주어 벼슬할 수도 있었을 것처럼 오해될 소지가 있기 때문이다.25)

이규보는 「굴원불의사론」에서 굴원이 마땅히 죽지 않았어야 한다면서, 굴원의 행위를 비난하고 있다. "이를테면 楚나라의 굴원은 모두 이와는 달라서 죽을 자리에 죽지 못하고 다만 <죽음으로써> 임금의 악함만을 드러냈을 따름이다."26)라고 하였다. 굴원이 상강가로 추방되어 멱라수에 몸을 던진 사실을 두고, 이규보가 이와 같이 평한 것이다. 굴원은 <離騷>를 지어 그의 충정과 비탄, 애국과 원망, 참회와 절망의 심정을 노래하였다. 어지러운 세상에 살면서 올바른 신하의 도리를 다하지 못하여 멱라수에 몸을 던진 것인데, 이를 두고 이규보는 마땅히 죽을 자리에 죽지 못했다고 하였다. 굴원에 대한 평전을 살펴보면, 어째서 그곳에서 죽을 수밖에 없었는지를 알 수 있다.

> 屈原은 장기적인 추방 생활에서 사회의 최하층 인민들을 접촉할 수 있었고, 도탄에 빠진 백성들이 굶주림에 허덕이는 사회적 현실을 직접 목도할 수 있었다. 조국의 운명이 아슬아슬한 고비에 이른 시각에, 무능한 군주에 대한 슬프고 애석한 감정, 나라를 그르치고 백성을 도륙하는 썩어 빠진 반동적 통치 집단에 대한 痛歎과 怨恨, 이상을 실현하지 못하는 고통과 울분은, 시인 굴원으로 하여금 뇌성벽력처럼 번쩍이며 울부짖게 하였다.27)

---

25) 鄭堯一, 「李奎報의 文學思想」(『漢文學의 硏究와 解釋』, 一潮閣, 2000) pp.168~169.
26) 李奎報, 『東國李相國全集』, 卷第二十二, 雜文, 「屈原不宜死論」 "若楚之屈原, 擧異於是, 死不得其所, 祇以顯君之惡耳." 참조.
27) 金永德·許龍九·金秉洙, 『中國文學史Ⅰ』(中文出版社, 1990) p.102 참조.

지배층의 썩어 빠진 정치 현실 때문에 멱라수에 몸을 던진 것인데, 오히려 이규보는 마땅히 죽을 자리에 죽지 못하고 임금의 악함만을 드러냈다고 곡해한 것이다.

이규보가 63세 되던 해(1230)에, 八關會 때 일이 잘못되어 猬島로 귀양 가게 되었다. 그 다음 해(몇 달 후) 고향 황려현으로 量移되어 지은 시 <漫吟>에는, “이 몸이 들어가도 쓸데없을 것인데, 어이 그리 잊지 못해 황도를 바라보는가.”28)라고 하여, 평생 권력 지향의 마음을 드러냈다. 또한 강화 천도 후에 지은 시 <望海因追慶遷都>에서는 “강물이 금성보다 나은 줄 안다면, 덕이 강물보다 나은 줄도 알아야 하리.”29)라고 하여, 오랑캐를 물리칠 방도를 전혀 제시하지 못하고 천연의 요새로 천도하게 한 최씨 정권의 덕을 찬양하였다. 이처럼 이규보의 태도는 소극적이었다. 이규보가 48세 되던 해(1215)에 처음으로 右正言知制誥를 제수받고 그 감격을 노래한 시 <初拜正言有作>에서, “한평생 말없이 침묵만 지켰더니, 사람들이 말없는 정언이라 하네.”30)라고 하였다. ‘正言’이라는 벼슬은 임금님 곁에서 바른 소리를 고하는 자리인데도, 한평생 침묵만 지킬 정도로 소극적인 인물이었다.

『論語』「述而」篇에는, 선비의 현실 대응 자세를 밝혀 놓은 구절이 있다. 孔子가 제자 顏淵에게 “써 주면 행하고 버려지면 몸을 감추어 숨는 것은, 오직 나와 네가 그런 점이 있도다.”31)라고 한 말씀이 있다. 이는, 세상이 제 뜻을 써 주면 道를 행하고, 제 뜻을 써 주지 않으면 몸을 감춘다는 것이다. 만약 爲政者가 세상을 밝히고자 하는 제 뜻을 써 준다면, 언제든 道를 펴기 위해서 벼슬길에 나아갈 수 있는 것이다. 그런데 이규보는 벼슬자리에 있기는 하지만, 道를 펴기 위한 뜻을 밝히고 그런 행위를 했는지 다소 의심스럽다. 선비가 벼슬길에 들어서서 地位가 주어지면, 임금이 허물이 있을 때 굴원처럼 ‘讒而翹之(추이교지)’하는 태도로 그 허물어 은근히 들어서 밝게 諫하며, 致君澤民하고자 하는 마음에서 ‘不忘百姓之病’하여 백성의 근심을 잊지 않아야 한다. 그런데 바른 말을 아뢰는 벼슬 ‘正言’의 자리에 있으면서도 침묵을 지켰다는 점에서는, 그 지위만을 누리고자 하는 뜻을 감추기 어려울 것이다.

이규보는 「鏡說」에서, “거울이 맑은 것을 잘생긴 사람은 좋아하지만, 못생긴 사람은 꺼려한다. 그러나 잘생긴 사람은 적고, 못생긴 사람은 많기 때문에, 만일 한 번 보면 반드시 깨뜨리고 부숴 버린 뒤에 그만둘 것이니, 먼지에 흐려진 것만 못하다. 먼지로 흐리진 것은 비록 그 겉이 부식되었을지라도 아직 본질은 잃지 않았으니, 만일 잘생긴 사람을 만난 뒤

---

28) 李奎報, 『東國李相國全集』, 卷第十七, 〈漫吟〉 “此身贅去猶無用, 何苦懸懸望玉京.” 참조.
29) 李奎報, 『東國李相國全集』, 卷第十八, 〈望海因追慶遷都〉 “已知河勝金城固, 且更諳他德勝河.” 참조.
30) 李奎報, 『東國李相國全集』, 卷第十四, 〈初拜正言有作〉 “平生口訥如囊括, 人道無言老正言.” 참조.
31) 『論語』「述而」篇, ‘用行’章 “用之則行, 舍之則藏, 惟我與爾, 有是夫.” 참조.

에 다시 갈고 닦을지라도 늦지 않다."32)라고 하여, 사뭇 소극적인 인생관을 드러냈다.「경설」은, 그의 처세관의 일면을 보여 주는 글이다. 지금 못 생긴 사람인 무인들이 활개 치는 세상이므로, 조용히 지내다가 잘생긴 사람이 많아지는, 곧 맑은 세상이 돌아오면, 그 때 거울을 닦아도 늦지 않다는 뜻일 것이다. 다시 말하자면, 지금 같은 어지러운 세상에서는 조용히 침묵하면서 지내다가, 무인 세력이 물러가고 좋은 세상이 돌아오면 그 때 바른 소리를 해도 늦지 않다는 견해이다. 공연히 무도한 세상에 바른 소리하다가 거울이 깨지듯이 자기의 목숨을 잃는 것보다는 세상이 맑아지기를 기다렸다가 자기의 능력을 알아주는 시대가 오면 그 때 거울을 닦겠다는 뜻의 소극적인 태도이다. 맑은 거울과 같이 재능이 뛰어난 사람, 곧 자기와 같은 사람은, 보신의 방편으로 일부러 흐린 거울과 같이 살아야 한다는 인생의 비극적 일면도 암시하고 있다. 이와 같이 이규보는, 일면 현실비판적 태도를 보이는 듯하면서도, 사실은 현실과 타협하는 인생관을 지녔다고 할 수 있다.

그리고 이규보는 또「丁酉年乞退表」에서 "몸은 정승의 자리에 있으면서 道를 논하고 나라를 경영한다는 말을 듣지 못하니, 儒臣이라는 이름만 훔쳤을 뿐, 부족한 점은 문장으로써 나라를 빛내는 일입니다."33)라고 하였다. 이는, 문장으로써 능히 나라를 빛낼 수 있다는 문학관을 보여 주는 것이면서, 동시에 스스로 나라에 보탬이 되지 못하고 國祿만 허비하느니보다는 차라리 벼슬길에서 물러나고 싶다는 謙讓의 뜻을 표명한 것이다. 그러나 이규보가 행한 여러 번의「乞退表」는 진정한 선비의 모습을 보여 준 것이라 할 수 없다. "儒臣으로 이름만 훔쳤을 뿐, 문장으로 이름을 빛내는 데 부족했다."라고 했으며,「三度乞退表」에는 "글에 있어서는 옛 법에 따르지 않고 함부로 쓰는데도 한갓 그로써 빛나는 결과만 만났다."34)라고 하여, 또한 문장을 못한다고 하였다. 이는 자기가 문장을 잘하면서도 못한다고 한 것인데, 한편으로는 겸사인 것 같으면서도 오히려 겸사가 아닐 수도 있다. 왜냐하면, 진정한 '儒臣'이라면 마땅히 물러났어야 했기 때문이다. 참된 선비란 무엇이겠는가? 문장으로써 나라를 빛내는 것이 참된 선비의 본령일 수는 있을 것이나, 진정한 선비의 의미는 아니다. 그것이 전부인 양 표현하면서, 사실은 자기가 잘하는 것이 문장인데, 이규보야말로 문장으로써 나라를 빛내기 때문에 함께 있어야 하지 않겠는가 하고 만류하는 뜻을 구하는 듯한 표현이 담겨 있다. 어찌 보면, 남이 쉽게 알아채기 어려울 만한 의도가 내

---

32) 李奎報,『東國李相國全集』, 卷第二十一,「鏡說」"鏡之明也, 妍者喜之, 醜者忌之, 然妍者小醜者多, 若一見必跛碎後已, 不若爲塵所昏, 塵之昏寧蝕其外, 未喪其淸, 萬一遇妍者而後磨拭之, 亦未晚也." 참조.
33) 李奎報,『東國李相國全集』, 卷第三十一,「丁酉年乞退表」"身都相位, 而未聞乎論道經邦, 名竊儒臣, 而所欠者, 以文華國." 참조.
34) 李奎報,『東國李相國全集』, 卷第三十一,「三度乞退表」"文不據古而失在率意, 徒以遭逢之華" 참조.

포된 것이 아닌가 하는 점이 있다. 따라서 문장의 앞뒤가 맞지 않으면서 또한 선비의 꿋꿋함과는 다소 거리가 있다는 생각이 든다. 백운 이규보의 이 같은 태도는 <上崔相國 幷序>에도 잘 드러나고 있다. 백운이 52세 때, 八關賀表의 일로 계양으로 좌천(1219년 5월 부임)되어 13개월 정도 머물게 된다. 백운은 좌천을 謫居로 인식하여, 심하게는 계양은 사람이 살 곳이 못 되는 곳으로 표현하기도 하였다. 최고 실력자인 최충헌이 죽자(1219년 9월), 자기를 천거해 주었던 최이에게 <上崔相國 幷序>를 올리는 글에 "저는 본래 관리로서의 능력이 모자라는 자질로 군수가 되었는데, 임기가 만료되기도 전에 급급하게 부임할 사람을 구하는 것은 너무 이른 듯합니다. …… (중략) …… 나같이 절개를 지켜 봉공하는 자는 비록 큰 상을 받지는 못할망정 또한 어찌 3년 후에 교대시킬 필요가 있겠습니까? 양지하시기 바랍니다."35)라고 하여, 주장의 논리가 맞지 않는 모순을 보였다. 결국은 이듬해 6월에 왕명을 출납하는 벼슬인 起居注로 부름을 받았다.

『禮記』「儒行」篇에는 '선비', 특히 '儒'[儒者]의 기본적인 삶의 자세를 밝힌 부분이 있다.

> 선비[儒]는 忠信으로써 갑옷과 투구를 삼으며, 禮義로써 방패를 삼으며, 仁을 머리에 이고 다니며, 義를 안고 處하여, 비록 暴政이 있더라도 그 處所를 고치지 않으니, 그 스스로 섬 [自立]이 이와 같은 점이 있습니다.36)

이는, 魯나라 哀公이 '선비의 행실[儒行]'을 물은 데 대하여 孔子가 대답한 말씀 중의 한 구절이다. 여기서 우리는 '선비[儒]'가, 진실된 마음과 미더움[忠信]으로써 자기 몸을 단단히 武裝하며, 禮義로써 세상을 살아 나가고 모든 사람을 대하는 도구를 삼으며, 항상 仁을 행할 것을 목표로 삼으며, 마음속으로는 이익을 꾀하지 않고 언제나 義를 추구해 나갈 것을 생각해서, 비록 威勢와 武力을 加해 오고 暴政을 행해 온다고 하더라도 그 지조를 굽혀 마음을 옮기지 않는, 만인이 우러러보는 우뚝한 존재로 살아가고자 하는 사람이라는 것을 알 수 있다.37) 뿐만 아니라 "선비는 도를 굽히면서 위로 천자에게 신하 노릇하지 않으며, 아래로 제후에게 봉사하지 않는다. 삼가고 고요하게 너그러운 것을 숭상하며, 강하고도 의연하게 사람과 교제한다. 널리 배워 행함을 알고, 문장에 가까이하여 구석구석까지 힘써 탁마한다. 비록 나라를 나누어 준다 해도 치수[하찮은 것]와 같이 여겨 신하 노릇하지

---

35) 李奎報, 『東國李相國全集』, 卷第十五, 〈上崔相國 幷序〉. "某本乏吏能, 出爲郡守, 政猶未滿, 汲汲然求見代者, 似爲大早. …… (중략) …… 如吾礪節奉公者, 雖未蒙大賞, 亦何必三年而後見代耶. 伏惟諒之."
36) 『禮記』, 卷第四十一, 「儒行」篇 "儒有忠信以爲甲冑, 禮義以爲干櫓, 戴仁而行, 抱義而處, 雖有暴政, 不更其所, 其自立, 有如此者." 참조.
37) 鄭堯一, 「선비精神과 선비精神의 文學論」(『漢文學의 研究와 解釋』, 一潮閣, 2000) p.36 참조.

않고 벼슬도 하지 않으니, 그 일삼는 법칙이 이와 같다."38)라고 『禮記』「儒行」篇에서 선비의 행동 규범을 밝혔다.

조선 전기의 栗谷은 「文策」이라는 글에서 이르기를, "선비[士] 중에 가장 높은 자는 도덕에 뜻을 두며, 그다음은 사업[국가나 사회에 功이 되는 사업]에 뜻을 두고, 그다음은 문장에 뜻을 두며, 가장 낮은 자는 부귀에 뜻을 둘 따름이니, 과거에 매달리는 무리[科擧之徒]는 바로 부귀에 뜻을 두는 자입니다."39)라고 하였다. 이는 바로 그 『春秋左傳』의 '三不朽'를 선비들이 전통적으로 의식해 왔다는 것을 말해 주는 대목이라고 하겠다. 그리고 조선 후기 茶山의 「問儒」라는 글에 "儒에 관한 말씀은 『禮記』「儒行」篇 十七章의 내용보다 상세한 것이 없다."40)라는 구절이 있다. 따라서 공자님의 말씀과 『예기』,「유행」편의 내용과 그리고 율곡·다산의 주장에 비추어 이규보를 관찰할 때, 진정한 선비정신을 지닌 선비로 보기는 어려운 측면이 없지 않다.

이규보의 「放蟬賦」에 보면, "저 교활한 거미란 놈, 그 족속이 번성하네. 누가 너에게 기교를 주었기에 그물 실로 둥근 배를 채웠는고. 매미가 그 그물에 걸려 처량한 소리를 지르기에, 내가 차마 듣다 못하여 끌러 놓아 보냈다."41)라는 내용이 있다. 그리고 <拯墮酒蠅>에서는 "조심스레 건져 준 자애를 잊지 말아라."42)는 시구가 있다. 이는 술잔에 빠진 파리를 건지면서 그 파리를 애석하면서 부른 노래이다. 무신정권 하에서 지방장관의 苛斂誅求에 신음하는 백성들의 東都民亂을 평정하고 돌아올 때 개선가를 부른 것은 물론이요, '좀도둑' 또는 '도둑떼'로 몰아붙이고, 거미줄에 걸린 매미가 불쌍하다는 것과 술에 빠진 파리에게는 자애를 베풀었다는 것은, 매미만도 못한 백성들로 본 것이라는 비판을 면치 못할 것이다. 거미줄처럼 가혹한 지방장관의 가렴주구에 대한 실정의 책임은 묻지 않고, 민란을 일으킨 힘없는 백성의 최후 수단인 봉기의 근본 원인을 제대로 보지 못한 것은, 이규보의 역사의식에서의 한계점이라 할 수 있을 것이다. 만일 동도민란에서의 백성들에게 잘못이 있었다고 하더라도, 그런 백성들을 무찔러 죽이고 탄압한 것을 자랑스럽게 여겨 개선가를 부른다면, 순박한 백성들이 그렇게 되기까지의 역사적 상황과 현실에 대한

---

38) 『禮記』「儒行」篇. "儒有上不臣天子, 下不事諸侯, 愼靜而尙寬, 强毅以與人, 博學以知服, 近文章, 砥厲廉隅, 雖分國如錙銖, 不臣不仕, 其規爲有如此者."
39) 李珥, 『栗谷全書』, 拾遺, 卷之六, 雜著, 「文策」 "士之上者, 有志於道德, 其次, 志乎事業, 其次, 志乎文章, 最下者, 志乎富貴而已, 科擧之徒, 則志乎富貴者也." 참조.
40) 丁若鏞, 『與猶堂全書』, 第九卷, '策問', 「問儒」 "儒之說, 莫詳於儒行十七章." 참조.
41) 李奎報, 『東國李相國全集』, 卷第一, 「放蟬賦」 "彼黠者蛛, 厥類繁滋. 孰賦爾以機巧, 養丸腹於網絲, 有蟬見絓, 其聲最悲, 我不忍聞, 放之使飛." 참조.
   徐居正, 『東文選』, 卷一, 「放蟬賦」 참조.
42) 李奎報, 『東國李相國後集』, 卷第四, <拯墮酒蠅> "莫忘段勤拯溺慈" 참조.

반성은 물론 지배 세력으로서의 추호의 반성도 없이 '좀도둑'·'도적떼' 등으로 매도한다면, 백성들의 목숨이 파리 목숨만도 못하다는 것인가? 이규보는 이처럼 역사의식에 있어서의 문제점을 드러낸 것이다.

2. 李奎報의 「屈原不宜死論」 분석을 통한 역사의식의 검토

屈原에 관한 역대 참된 선비들의 논평은 대체로 긍정적인 것이었다. 중국의 賈誼·司馬遷·朱子의 경우가 그러했으며, 한국의 河西·松江·蘆溪·孤山·茶山의 경우가 그러했다. 그런 데 반해 이규보의 경우에는 「屈原不宜死論」에서 굴원에 대하여 매우 부정적인 논리를 제기하였는데, 노년에 지은 시 <辛卯正月九日記夢>에서 다소 후회하는 듯한 뜻을 드러내기도 하였으나, 그것은 득세할 때에는 부정적이다가, 말년에 귀양 갔을 때에는 『論語』「泰伯」篇에서의 "사람이 장차 죽으려 할 때에는 그 말씀이 착하다."[43]라는 曾子 말씀에서처럼 착한 본심으로 돌아가는 듯 긍정적이었다는 점에서, 다소간의 문제점을 드러낸다.

司馬遷은 『史記』, 「屈原賈生列傳」에서 굴원에 대하여 높이 평가하였다.

> 屈原은 이름이 平이요 楚나라의 宗室과 同姓이니, 楚 懷王의 左徒[左拾遺와 같은 벼슬] 노릇을 하였다. 博覽强記하고 <역대의> 治亂에 밝으며 辭令[문장]에 익숙하여, 들어와서는 왕과 더불어 國事를 도모하고 의논하여 號令[임금의 명령]을 내고, 나가서는 賓客을 접견하고 諸侯들을 應對하니, 왕이 심히 신임하였다.)[44]

위의 자료에서 사마천은 굴원을 평가하기를, 잘 다스려짐과 잘못 다스려서 어지러움[治亂]에 밝으며 문장에도 능숙하여 왕과 더불어 국사를 도모하였다고 하였다. 이런 굴원의 재주를 상관대부 靳尙(근상)이 시기하였기에 "매양 한 번 憲令을 지어낼 때마다 平이 그 功을 자랑하여 '내가 아니면 능히 할 사람이 없다'고 합니다 하고 모함하니, 왕이 노하여 굴원을 멀리하게 되었다(每一令出, 平伐其功, 以爲非我莫能爲也. 王怒而疏屈平)."는 기록으로 그런 사실을 짐작할 수 있다. 이 사건을 계기로 굴원은 추방되었다.

또 사마천은 같은 글에서, 굴원이 <離騷>를 짓게 된 이유를 밝히고 있다.

---

43) 『論語』「泰伯」篇, '籩豆'章 "人之將死 其言也, 善." 참조.
44) 司馬遷, 『史記』, 卷八十四, 「屈原賈生列傳」 "屈原者, 名平, 楚之同姓也. 爲楚懷王左徒. 博覽彊志, 明於治亂, 嫻於辭令, 入則與王圖議國事, 以出號令, 出則接遇賓客, 應對諸侯, 王甚任之." 참조.

屈平이 道를 바르게 가지고 행실을 곧게 가져서 충성을 다하고 지혜를 다해서 그 임금을 섬겼으되 참소하는 사람들이 이간질을 하였으니, 가히 '곤궁했다'고 이를 만할 것이다. 信義를 다했으나 의심을 받았고, 충성을 다했으나 비방을 들었으니, 어찌 원망함이 없었겠는가? 屈平이 <離騷>를 짓게 된 것은 대개 원망함으로부터 나온 것이다.)45)

위의 제시문은, 굴원이 바른 道로 임금을 섬겼으되 참소하는 무리들로 인해 그의 信義와 충성심을 의심받고 비방을 듣게 되어, <이소>를 짓게 되었다는 것이다. <이소>의 내용은, 굴원의 충정과 비탄, 애국심과 원망, 참회와 절망 등의 심정을 나타낸 것이다. <이소>의 창작 시기는, 그가 추방되었을 때로 추정되고 있다.46)

사마천은 굴원에 대해서, "그 뜻이 고결하였으며, 그 행실은 청렴하였다(其志絜, 其行廉)."고 하였으며, 회왕이 "秦나라에서 객사하여 천하의 웃음거리가 된 것은 굴원 같은 충신을 알아보지 못한 데서 온 재앙이다(身客死於秦, 爲天下笑, 此不知人之禍也)."라고도 하였다.47) 이처럼 사마천은 「屈原賈生列傳」에서, 굴원을 信義가 있는 忠臣으로 평가하였다.

사마천은 같은 글에서, 회왕이 굴원을 멀리한 이유를 밝히고 있다.

屈平이 이미 미움받게 되었을 때에 비록 내쳐져서 유배당했으나, 사랑스레 楚나라를 돌아보면서 懷王에게 마음을 매어 둔 채 (왕의 마음을) 돌이키고자 함을 잊지 않고서 행여나 임금이 한 번 깨닫고 풍속이 한바탕 고쳐질 것을 바랐는지라, 임금을 지켜 주고 나라를 일으켜 되돌리고자 하여 글 한 篇 가운데 세 번이나 뜻을 다 바쳤다. 그러나 시종 어쩔 도리가 없는지라 그러므로 돌이킬 수 없어서 마침내 이로써 懷王이 끝내 깨닫지 못하는 꼴을 보았으니, 남의 君主된 사람[人君]으로서 어리석고 지혜롭고 어질고 어질지 못한 임금을 막론하고 忠臣을 구해서 스스로를 위하고 어진이를 擧用해서 스스로를 돕기를 바라지 않는 자가 없으나, 그러나 나라를 망치고 집안을 무너뜨리는 일이 서로 뒤따르게 되어 성스러운 임금과 잘 다스려지는 나라가 여러 세대가 지나도록 보이지 않는 것은, 그 이른바 충성스럽다는 자가 충성스럽지 못하고 이른바 어질다는 자가 어질지 못한 까닭이다. 懷王이 충신의 분수를 알지 못하였는지라, 그러므로 안으로는 鄭袖에게 미혹되고 밖으로는 張儀한테 속아서 굴평을 멀리하였다.48)

---

45) 司馬遷, 『史記』, 卷八十四, 「屈原賈生列傳」 "屈平正道直行, 竭忠盡智以事其君, 讒人閒之, 可謂窮矣. 信而見疑, 忠而被謗, 能無怨乎. 屈平之作離騷, 蓋自怨生也." 참조.

46) 〈離騷〉의 창작 시기는 명확하지 않다. 劉向은 「新序」「節士」篇에서, 懷王 때의 작품이라고 하였으며, 「九歎」의 「思古」篇에서는 頃襄王 때의 작품이라 하였다. 王逸은, 『楚辭章句』, 「離騷序」에서, 懷王 때에 굴원이 추방되었을 때 지은 것으로 되었다고 했으며, 「世溷濁而嫉賢兮, 好蔽美而稱惡」의 註에서는, 頃襄王 때 지은 것으로 되었다고 하였다. 결국 劉向과 王逸 모두 굴원이 추방되었을 때 〈離騷〉가 지어졌다고 하였다.
유성준 교수는, 〈『楚辭』란 무엇인가〉에서, 〈離騷의 창작 시기는 楚나라 회왕과 경양왕 두 시기의 설이 있지만 그 어느 설도 정설이 못된다고 했다(『楚辭』, 문이재, 2002, p.141).
司馬遷의 『史記』, 「屈原賈生列傳」에서는 〈離騷〉가 회왕 때 지어졌다고 하였다.

47) 司馬遷, 『史記』, 卷八十四, 「屈原賈生列傳」 참조.

48) 司馬遷, 前揭書, 卷八十四, 「屈原賈生列傳」 "屈平旣嫉之, 雖放流, 睠顧楚國, 繫心懷王, 不忘欲反, 冀幸君之一悟, 俗之一改也, 其存君興國而欲反覆之, 一篇之中三致志焉. 然終無可柰何, 故不可以反, 卒以此見懷王之終不悟也, 人君無愚智賢不肖, 莫不欲求忠以自爲, 擧賢以自佐, 然亡國破家相隨屬, 而聖君治國累世而不見者, 其所謂忠者不忠, 而所謂賢者不賢也. 懷王以不知忠臣之分, 故內惑於鄭袖, 外欺於張

위의 인용문은 회왕이 굴원 같은 충신을 알아보지 못해 나라의 형편이 점차 기울어지게 되었음을 밝힌 자료이다. 충신인 굴원이 추방되는 과정에서 조국 楚나라를 떠날 수 없어 회왕에게 마음을 메어 둔 채, 올바른 政事를 행하지 못하는 있는 회왕의 마음을 돌이키고 간신배들이 판치는 혼탁한 세상의 풍속을 바로잡고자 하였으나, 뜻대로 되지 않았다는 것이다. 결국 회왕이 충신을 알아보지 못하여 굴원이 추방되었다는 것이다. 그래도 굴원은 추방되는 그 순간까지도 조국의 앞날에 대한 걱정과 왕에 대한 염려의 마음을 버리지 않았다. 이런 모습이 굴원의 충성스런 면모일 것이며, 이런 굴원의 태도를 역대의 많은 문장가와 유학자들이 좋아했던 한 일면일 것이다.

다음은 賈誼(B.C. 200~168)의 「弔屈原賦」 끝부분이다.

어쩔 수 없다. 나라에 나를 알아주는 이가 없음이여! 내 홀로 답답하니 그 누구에게 말할까? 봉황새가 훨훨 높이 날아감이여! 진실로 스스로 몸을 이끌어 멀리 떠나가도다. 九淵에 깊이 숨어 있는 神龍이여! 못 속에 잠겨 스스로 珍重히 하도다. 교달과 수달을 피해 숨어 삶이여! 어찌 새우와 거머리와 지렁이를 따르리오? 聖人의 神德을 귀중히 여김은, 濁世를 멀리하여 스스로 선하게 해서이니, 가령 麒麟을 옭아매어 묶어 놓을진댄 어찌 犬羊과 다르겠는가? 紛紛히 이런 허물에 걸림이여! 또한 夫子의 탓이로다. 九州를 지나 그 군주를 살펴볼 것이다. 하필 이 도읍을 그리워하겠는가? 봉황이 천 길 높이 날음이여! 德이 빛나는 곳을 보아 내려앉도다. 細德[不德]의 험하고 미미함을 보고는, 멀리 나래를 쳐 떠나도다. 저 심상한 도랑이야, 어찌 배를 삼킬 만한 고기를 용납하겠는가? 江湖를 가로지르는 鱣魚와 고래도, 진실로 장차 땅강아지와 개미에게 제재를 당하리로다.49)

가의는 나라에서 충신을 알아주지 않음에 답답해하면서, 옛날 충절을 지키려다 또한 귀양 간 굴원을 사모하였다. 漢나라 가의와 楚나라 굴원의 공통점은, 바른 말을 하다가 귀양 갔다는 것이다. 가의도 귀양 가면서, 굴원의 충절을 높이 평가하며 간신배들을 비판하고 있다.

다음은 朱子의 「離騷經序」의 일부로, 굴원이 어째서 멱라수에 몸을 던졌는지, 그 이유를 밝혀 놓은 것이다.

그 때에 秦나라가 張儀로 하여금 懷王을 속여서 더불어 武關 땅에서 會盟하자고 꾀어내

儀, 疏屈平." 참조.
49)『古文眞寶』, 賈誼, 「弔屈原賦」 "誶曰已矣. 國其莫吾知兮, 予獨壹鬱其誰語. 鳳縹縹其高逝兮, 夫固自引而遠去. 襲九淵之神龍兮, 沕淵潛以自珍. 偭蟂獺以隱處兮, 夫豈從蝦與蛭螾. 所貴聖之神德兮, 遠濁世而自臧. 使麒麟可係而羈兮, 豈云異夫犬羊 般紛紛其離此郵(尤)兮, 亦夫子之故也. 歷九州而相其君兮 何必懷此都也. 鳳凰翔于千仞 兮, 覽德輝而下之. 見細德之險微兮, 遙增擊而去之. 彼尋常之汗瀆兮, 豈容吞舟之魚. 橫江湖之鱣鯨兮, 固將制於螻蟻." 참조.

거늘, <屈原이> 왕에게 가지 말기를 諫하였으나, <懷王이> 듣지 않고 갔다가 협박당하여 끌려가는 바가 되어 마침내 객사하고, 襄王이 즉위하자 다시 참소하는 말을 받아들여 原을 江南 땅에 귀양 보내니, 原이 다시 「九歌」·「天問」·「九章」·「遠游」·「卜居」·「漁父」(어보) 등의 글을 지어, 자기의 뜻을 펴서 임금의 마음을 깨닫게 하기를 바랐는데, 끝내 반성하는 것을 보지 못했으니, 조국[宗國]이 장차 망하는 것을 차마 볼 수 없어, 마침내 멱라수[汨羅淵: 湖南省의 湘江 물]에 빠져 죽었다.50)

위의 글은, 조국이 망함을 차마 볼 수 없어서 굴원이 결국 물에 투신할 수밖에 없었던 이유를 밝힌 것이다. 舊韓末에 梅泉 黃玹이, 국권을 강탈당한 참담한 상황에서, 망국에 대한 선비의 통분으로 <絕命詩>를 남기고 목숨을 끊은 경우와 흡사하다고 할 수 있다. 매천은 나라가 망해 지식인으로서의 책무를 다하지 못해 "秋燈掩卷懷千古, 難作人間識字人"51)이라고 탄식하면서, 자결의 길을 택했다. 굴원이 당시의 식자층으로, 조국의 앞날이 百尺竿頭인지라, 자신의 처신의 어려움을 깨닫고 멱라수에 몸을 던졌다. 이처럼, 굴원이나 매천 모두 험난한 역사의 물줄기 속에서, 지식인으로서 처신의 어려움과 조국과 민족에 대한 책임을 통감하면서, 현실의 문제점을 개선할 방법을 찾지 못해 죽음의 길을 택한 것이다.

朱子의 「離騷經集註」에서는, 굴원의 결백함이 후세에 잘 드러나지 않을까 하는 염려의 뜻을 나타냈다.

屈原이 이 歌詞를 지었음에, 해설하는 자들이 흔히 그 취지를 잃어[제대로 파악하지 못하여] 굴원의 행한 바로 하여금 답답하고 울적한 채로 當年에 <恨을> 풀지 못하게 한 것이 많고, 또 어둡고 어둡게도 後世에 결백함이 드러나지 못하게 하였으니, 나는 이에 그 集註를 확정하여 행여 읽는 자들로 하여금 천년 위에서 <굴원 같은> 古人을 알아볼 수 있도록 하여 죽은 자[굴원]로 하여금 일어날 수 있게 하고, 또 족히 천년의 아래에서 자신을 알아주는 자가 있음을 알도록 하여, 배우는 자들이 듣지 못함을 恨스러워하지 않기를 바라니, 아아! 두렵도다. 이 어찌 쉽게 俗人들과 더불어 말할 수 있으리오?52)

위의 자료는, 주자가 혹시 이규보처럼 후세인들이 굴원의 결백함을 알아보지 못할까 염려하여 이 「離騷經集註」를 남기는 것이라고 한 것이다. 그리고 주자는 굴원을, "그 뜻과 행실이, 비록 혹은 中庸의 道에 지나쳐서 法이 될 수 없으나, <그의 「離騷經」에 나타난 생각이> 모두 임금에게 충성하고 나라를 사랑하는 정성에서 나왔다(其志行, 雖或過於中庸, 而

---

50) 『古文眞寶』, 朱子, 「離騷經序」 "時秦使張儀 詐懷王 誘與會武關 諫王勿行 弗聽而往 爲所脅歸 卒以客死 襄王立 復用讒 遷原江南原復作 九歌·天問·九章·遠游·卜居·漁父等篇 冀伸己志 以悟君心 終不見省 不忍見宗國 將亡 遂自沈汨羅淵死." 참조.
51) 黃玹, 『黃玹全集』下, 『梅泉詩集』, 卷之二, 〈絕命詩〉 참조.
52) 『古文眞寶』, 朱子, 「離騷經集註」 "原著此詞, 說者多失其趣, 使原之所爲壹鬱而不得伸於當年者, 又晦昧而不見白於後世, 予於是, 定其集註, 庶幾讀者得見古人於天載之上, 而死者可作, 又足以知天載之下, 有知我者, 而不恨於爲者之不聞也, 嗚呼怖矣, 是豈易與俗人言哉." 참조.

不可以爲法, 然皆出於忠君愛國之誠)."라고 평하였다. 그의 뜻과 행실은 中庸의 道에는 간혹 지나쳐서 法이 되기 어려울 수도 있다고 하였다. '中庸'의 '中'은, 도리에 꼭 들어맞게 행하는 것으로 곧 義理를 바탕으로 하여 최선책을 택하는 자세를 의미하는 것이며, '庸'은 '中'을 택하는 자세를 항구불변하게 유지해 나가는 것을 의미하는 말이다. 따라서 '中庸'의 道는, 언제나 도리에 꼭 들어맞는 道로 至善의 경지에서 이루어지는 행위를 뜻한다. 그러므로 孔子·孟子 같은 聖人이라도 행하기 어렵게 여겼던 것이다. 따라서 굴원의 뜻과 행실은, 中庸의 道는 될 수 없을지 모르지만, 나라를 사랑하고 임금께 충성을 다한다는 점에서는 높이 평가할 만하다는 것이다.

그런 데 비해 이규보는, 「屈原不宜死論」이라는 글에서, 굴원이 마땅히 죽지 않았어야 한다는 뜻을 다음과 같이 나타냈다.

> 옛날에 제 몸을 죽여서 仁을 이룬 분이 있었으니, 이를테면 比干 같은 분이 바로 그런 분이요, 제 몸을 죽여서 節義를 이룬 분이 있었으니, 伯夷·叔齊 같은 분이 바로 그런 분들이다. 比干이 紂(주)의 시대를 당하여 그 악함을 諫하지 않을 수 없는지라 諫하다가 죽임을 당하였으니, 이는 죽을 자리에 죽어서 그 仁을 얻은 것이요, 虎王[周 武王]이 紂를 침에 오히려 부끄러운 덕[慙德]이 있었는지라, 무릇 의로운 선비에게 있어서는 차마 볼 수 없었으니, 그러므로 孤竹君의 두 분[伯夷·叔齊]이 말고삐를 잡아당기며 諫하였고, 諫해도 들어주지 않았는지라, 그 곡식을 먹는 것을 부끄럽게 여겨 죽었으니, 이 또한 죽을 자리에 죽어서 그 節義를 이룬 것이거늘, 이를테면 楚나라의 屈原은 모두 이와는 달라서 죽을 자리에 죽지 못하고 다만 <죽음으로써> 임금의 악함만을 드러냈을 따름이다. 무릇 헐뜯는 말이 <임금의> 총명함을 가리는 것과 간사하고 아첨함이 正道[正]를 해치는 것은 예로부터 그런 것이요, 楚나라의 임금과 신하의 경우만이 아니니, 굴원이 모나고 바르고 端雅하고 곧은 뜻으로써 왕의 총애와 대우를 받아서 국정을 오로지 하여 맡았으니, 같은 班列[同列]의 질투를 받은 것이 마땅하도다. 그러므로 상관대부의 참소를 받아 왕으로부터 소외당했으니, 이는 진실로 평범한 이치요 족히 한스러워할 것이 못된다. 굴원이 이때에 마땅히 왕이 깨닫지 못할 것을 헤아리고서 자취를 감추고 멀리 숨어서 일반의 추세[常流]에 뒤섞여 행여 그 왕의 惡으로 하여금 점차 날이 오랠수록 차츰 사라지기를 바랐어야 할 것이거늘, 굴원이 그리하지 않고 다시 襄王에게 용납되기를 바라다가 도리어 令尹 子蘭에게서 참소를 받아 강과 못으로 쫓겨나서 湘江가의 죄수가 되었으니, 이때에 이르러 비록 떠나 숨으려고 하였으나 그 어찌 될 수 있었겠는가? 이런 까닭에 초췌한 모습으로 못가를 거닐면서 시를 읊어 <離騷>를 지었음에 의혹되어 멀리 여기고 기롱하며 풍자한 말이 많았으니, 이 또한 족히 임금의 악을 드러낸 것이거늘, 마침내 다시 물에 몸을 던져 죽어서 천하의 사람들로 하여금 깊이 그 임금을 탓하게 하고, 이에 楚나라의 풍속으로 하여금 <競渡曲>을 지어 그 빠져 죽은 것을 위로하게 하고, (뒷날) 賈誼로 하여금 물에 던진 글을 지어 그 원통함을 슬퍼하게 하여, 더욱 왕의 악으로 하여금 萬世에 크게 드러나게 하였으니, 湘江의 물은 다할 때가 있으나 이 악이 어찌 없어지리오? 더군다나 紂의 악은 오래도록 이미 천하에 드러나 있어서 비록 比干이 죽지 않았더라도 獨夫가 되어 만세에 비난받는 것을 면할 수 없거늘, 虎王[武王]은 大義[천하를 살리자는 뜻]를 들고 작은 혐의[정벌을

말려도 듣지 않은 것]를 잊고서 마침내 천하에 왕노릇하여 功業이 만세에 베풀어졌으니, 그 덕은 두 분[伯夷 · 叔齊]의 죽음으로써 크게 손상되지 않았다. 하물며 두 분은 虎王의 신하가 아니요 곧 紂의 신하였으니, 제 임금을 치는 것을 諫하다가 죽어서 그 절의를 이루었음에 虎王과 무슨 상관이 있으리오? 이를테면 <楚나라의> 懷王은 헐뜯는 말을 듣고서 어진 사람을 멀리하였을 따름이니, 당시에 이런 일은 없는 나라가 없었으니, 굴원이 만약 죽지 않았거든 왕의 악이 생각건대 크게 심한 데에 이르지는 않았으리라. 나는 그러므로 말하기를, "굴원은 죽을 자리에 죽지 않아서 그 임금의 악을 드러냈을 따름이다." 하노라. 나의 이 논문은 곧, 굴원의 원통함을 씻어 주고 그 임금의 악을 더욱 깎아내려 행여 뒷세상의 참소를 믿고 어진이를 배척하는 것을 찔러 주고자 하기 위함이요, 본시 굴원을 기롱하려는 것은 아니니, 애석하도다. 그 죽음은 죽을 자리에 죽은 것이 아님이 마땅하도다. 아아, 슬프다.53)

위의 글에는 굴원을 비판하고자 하는 뜻이 담겨 있음을 부인할 수 없다. 比干은 조카인 紂王에게 忠諫하다가 죽임을 당하였기에54) 仁을 이루었으며, 伯夷와 叔齊는 수양산에 은거하여 채미하다가 죽었기 때문에 節義를 이루었다고 하였다. 그러나 굴원은 마땅히 죽을 자리에 죽지 못하고서 다만 죽음으로써 왕의 악만을 드러냈다고 하였다. 비간이나 백이·숙제 그리고 굴원 모두 충간하다가 죽은 것인데, 어째서 굴원만이 죽을 자리에 죽지 못해 임금의 악만을 드러냈다고 했는지, 이규보의 作意가 의심스럽다.

굴원은 왕이 잘못을 깨닫지 못한 상태에서 百尺竿頭의 조국의 운명을 차마 그대로 두고 볼 수 없어 멱라수에서 고기의 밥이 된 것이다. 그와 같은 굴원을, 이규보는 <이소>를 지어 왕의 악을 드러냈으며 물에 빠져 죽어 사람들로 하여금 그 왕을 탓하게 하였다는 등, 왜곡하여 비난하고 있다. 굴원에게는 襄王에게 용납되기만을 바란다거나 죄수의 몸으로서 遁去하려는 뜻은 없었다고 하겠는데, 실제로 뜻하거나 행하지도 않은 '欲遁去'라는 표현을 쓰기도 하였다.

이규보는 어째서 충신 굴원을 비난하였을까? 그것은 아마도 그가 살았던 현실과 무관하지 않을 것이다. 무신정권 하에서 자기 몸을 보존하기 위해서 집권자에게 환심을 얻을

---

53) 李奎報, 『東國李相國全集』, 卷第二十二, 「雜文」, 「屈原不宜死論」 "古有殺身以成仁, 若比干者是已, 有殺身以成節者, 若伯夷叔齊是已. 比干當紂時, 其惡不可不諫, 諫而被其誅, 是死得其所而成其仁也. 虎王伐紂, 猶有慙德, 凡在義士不可忍視, 故孤竹二子, 扣馬而諫, 諫而不見聽, 恥食其粟而死, 是亦死得其所而成其節也. 若楚之屈原, 擧異於是, 死不得其所, 祇以顯君之惡耳. 夫讒說之蔽明, 邪諂之害正, 自古而然, 非楚國君臣而已. 原以方正端直之志, 爲王寵遇, 專任國政, 宜乎見同列之妬嫉也, 故爲上官大夫所譖, 見疏於王, 此固常理, 而不足以爲恨者也. 原於此時, 宜度王之不寤, 滅迹遠遁, 混于常流, 庶史其王之惡, 漸久而積滅也, 原不然, 復欲見容於襄王, 反爲令尹子蘭所讒, 於逐江潭, 作湘之纍囚, 至是, 雖欲遁去, 其可得乎. 是故憔悴其容, 行吟澤畔, 作爲離騷, 多有怨曠譏刺之辭, 則是亦足以顯君之惡, 而乃復投水而死, 使天下之人, 深咎其君, 乃至楚俗爲競渡之曲, 以慰其溺, 賈誼作投水之文, 以吊其寃, 益使王之惡, 大暴於萬世矣. 湘水有盡, 此惡何滅. 且紂之惡, 久已浮於天下, 雖比干不死, 未免爲獨夫而取刺於萬世矣. 虎王擧大義忘小嫌, 卒王天下, 功業施于萬世矣, 則其德不以二子之死大損也. 況二子非虎王之臣也, 乃紂之臣, 諫伐其君而死, 以成其節也, 何與於虎王哉. 若懷王則聽讒疎賢而已, 當時此事, 無國無之, 原若不死, 則王之惡, 想不至大甚, 吾故曰, 原死非其所, 以顯其君之惡耳. 予之此論, 乃所以雪原之寃而益貶其君之惡, 庶以諷後之信讒斥賢耳, 非固譏原也. 惜也, 其死之非 其所宜也, 嗚戲." 참조.
54) 『論語』 「微子」篇, '三仁'章 참조.
"微子去之, 箕子爲之奴 比干諫而死."

필요가 있었을 것이다. 집권 세력에 대한 求愛와 민란을 일으킨 백성들을 도둑떼로 몰아붙인 그의 행적에서 지식인으로서의 역사의식과 현실인식이 결여되었음을 보게 된다.「굴원불의사론」은 아마도 무신정권 하에서의 이규보 자신의 신변 보호용의 글이 아니었을까 생각된다.

朱子는 굴원을, 세상이 본받아야 할 철저한 儒者로 여기지는 않았다. 그러나 그것은, 굴원이 北學하여 孔・孟의 聖賢之道를 직접 배울 수 없었던 탓으로, 따라서 선비정신의 지극한 경지에까지 도달하기는 어려웠던 까닭이라 할 것이다.

위와 같이 司馬遷・賈誼・朱子가 屈原을 忠臣으로 높이 평가한 점에 비추어 볼 때, 굴원에 대한 이규보의 비판은 상식적으로 이해되지 않는 점이 있으며, 다소 지나친 감이 없지 않다.

『論語』「憲問」篇에, "有德者, 必有言, 有言者, 不必有德."55)이라는 말씀이 있다. 덕이 있는 사람은 반드시 말 잘하는 것을 목표로 삼지 않더라도 말다운 말, 글다운 글을 後世에 남겨 놓아 '立言垂後'하는 법이지만, 말다운 말, 글다운 글이 있는 자라고 하여 반드시 덕이 있는 것은 아니다. 이규보의 「굴원불의사론」은, 그런 관점에서 비판받아 마땅할 것이다.

우리의 古典에서도 흔히 屈原에 관한 긍정적인 평가를 찾아볼 수 있다.

河西의 <吊三閭>에 "江潭이라 어느 곳에 三閭를 吊할건고. 질탕한 그 문장은 비탄의 나머질레. 이날엔 참다못해 슬픈 눈물 뿌렸어라. 滄浪 노래 부르는 漁父조차 못 만나네."56)라고 하였다. <吊三閭>에서 하서는, 三閭大夫 굴원을 吊喪하는 풍속의 民心으로 돌아가 굴원을 슬퍼하였다. 이와 같은 하서의 詩心은 바로 굴원을 높이 평가한 司馬遷이나 朱子의 역사의식과 상통하는 것이다.

河西의 제자 松江의 생애와 문장 또한, 굴원의 경우와 유사한 측면이 없지 않다. 송강 또한, 東人에 의해 네 차례에 걸쳐 소외된 생활과 유배 생활이 있었다. 그리고 또한 송강의 시조에서도 굴원의 작품에서와 같은 忠節을 읽을 수 있다.

　　　楚江의 漁父드라 그 江 고기 낚지 마라.
　　　屈三閭의 冤恨이 드럿느니 魚腹中의
　　　삼기는 삼으려니와 忠魂조차 삼길소냐.

---

55) 『論語』「憲問」篇, '有德'章 참조.
56) 金麟厚, 『河西先生全集』, 卷之七, 七言絶句, 〈吊三閭〉 "江潭何處問三閭, 跌宕文辭悲歡餘. 此日不禁哀淚灑, 滄浪歌罷未逢漁." 참조.

위에서 송강은 굴원의 忠魂을 기리고 있다. 굴원이 <離騷>나 <九章>·<思美人> 등을 지어 왕을 사모하였듯이, 송강 또한 <前後美人曲>을 지어 戀君의 情을 드러냈다. 그리고 또한 그의 한시 <老病有孤舟>에서의 "창오에서 순 임금 앞에 엎드려 옷깃을 여미며, 상강가의 초나라 혼을 머뭇거리며 읊조리네."57)라는 시구는, <이소>에서의 "꿇어 앉아 옷깃을 여미어 <순 임금께> 말씀을 드리니, 환히도 내가 이미 이 中正한 道를 얻었도다."58)라고 한 구절에서의 "跪敷衽"과, <九歌> 중 <湘君>에서의 "君不行兮夷猶"(님께서 가지 않으시고 머뭇거리시니)라고 한 구절에서의 "夷猶"(머뭇거리다)를 점화한 것이다. 송강은 <이소>와 <상군>의 내용을 점화하여, 굴원의 심정을 되새기면서 님에 대한 忠節을 호소하였다.

蘆溪 또한 그의 시조 작품 <五倫歌>에서, 굴원의 忠誠心을 노래하였다.

    이 몸이 죽은 後에 忠誠이 넉시되야,
    놉히 놉히 ᄂ라올라 閶闔을 블너열고,
    上帝ᄭ 우리 聖主를 壽萬歲케 비로리라.

노계 자신이, 죽은 후에 굴원의 넋이 되어 님께 충성을 다하겠다는 다짐을 한 작품이다. 中章에서의 "놉히 놉히 ᄂ라올라 閶闔을 블너열고"는, 굴원의 <이소>에서의 "내가 鳳凰새로 하여금 날아오르게 함이여. 이어서 계속하기를 낮과 밤으로써 하도다. 회오리바람이 모였다가 그 서로 흩어짐이여. 구름과 무지개를 몰고 와서 맞이하도다. 성하게도 모이고 모였다가 그 나뉘고 합해짐이여. 어지럽게도 흩어져서 오르내리도다. 내가 옥황상제의 문지기[閽(혼)]로 하여금 문을 열게 함이여. 閶闔[창합: 玉京의 대궐 밖 문]의 문설주에 기대 서서 나를 바라보도다."59)를 점화한 것이다. 굴원은, 하늘에 날아가서 옥황상제에게 자신의 원통함을 호소하려 했으나, 옥황상제의 문지기가 玉京의 문을 열어 주지 않았다는 것이다. 그런데 노계는, 옥황상제께 우리 聖主의 장수를 기원한 것이다. 따라서 노계는, 환골탈태로써 굴원 같은 忠誠心을 보여 준 것이다.

孤山 또한 <屬患頭痛無聊展讀九歌有感復用前韻>에서, 굴원의 지조를 높이 평가하였다.

    옛날의 行吟子가 임금을 근심하고 자신의 안위를 생각하지 않았네.
伊昔行吟子 憂君不計身,

---

57) 鄭澈, 『松江全集』, 〈老病有孤舟〉 "蒼梧帝舜跪敷衽, 楚魂湘水吟夷猶." 참조.
58) 屈原, 〈離騷〉 "跪敷衽以陳辭兮, 耿吾旣得此中正." 참조.
59) 屈原, 〈離騷〉 "吾令鳳鳥飛騰兮, 繼之以日夜. 飄風屯其相離兮, 帥雲霓而來御. 紛總總其離合兮, 斑陸離其上下. 吾令帝閽開關兮, 倚閶闔而望予." 참조.

말한 바가 다소 禮에 벗어나지만, 근본의 뜻은 역시 仁에 가깝네.

爲辭誠越禮 原志亦幾仁.

내가 천 首의 노래를 지으려 했으나, 누가 아홉 神을 제사할 수 있는가?

我欲歌千闋 誰能祀九神

술지게미와 모주를 먹기에 점점 어려워지니, 빙그레 웃음을 한 어보를 내버려 두겠네.

糟醨難稍稍 莞爾任漁人.60)

위의 시는, 孤山이 31세(광해군 9년)에, ‘丙辰疎’로 함경도 경원에 유배를 당하던 시절에 지은 것이다. 頭聯에서의 ‘行吟子’는 굴원을 지칭한다. <漁父辭(어보사)> 첫 구절에는 “굴원이 이미 추방당함에 강과 못에서 놀고 이리저리 못가에서 거닐면서 <시를> 읊조릴 때(屈原旣放, 游於江潭, 行吟澤畔.)”라는 구절이 있기 때문이다. 굴원이 추방당하여 湘江가를 거닐면서 시를 읊조리고 왕을 그리워하던 모습이, 고산 자신이 유배를 당해 임금을 그리워하는 모습과 일치한다는 것으로, 자신의 안위보다는 임금의 안위가 우선임을 드러낸 것이다. 領聯에서의 “말한 바(<九歌>)가 다소 禮에 벗어나지만, 근본의 뜻은 역시 仁에 가깝네.”라고 한 것은, <九歌>의 성격이 귀신에게 제사지낼 때 불렀던 악곡이었기 때문일 것이다. 『論語』「雍也」篇에 “번지가 지혜에 대해서 여쭈어 보았더니, 공자께서 말씀하시기를, 백성으로서, 마땅히 할 도리에 힘쓰고 귀신을 공경하면서도 멀리 여긴다면 가히 지혜롭다고 이를 만하니라 하였다. 仁에 대해서 여쭈어 보니, 仁을 행하는 자는 어려운 일은 내가 먼저 하고 얻는 일은 나를 뒤로 돌린다면, 가히 어질다고 이를 만하니라.”61)라는 구절이 있다.

위에서 고산은, 굴원의 사실과 『논어』구절을 用事하여 형상화하였다. 굴원이 <九歌>를 불러 귀신에게 제사를 지낸 것은, 유교적 관점에서 보면 禮에 어긋나는 것이다. 그러나 귀신을 공경하면서도 현혹되지 않고 가히 멀리할 수 있다면 지혜로운 일일 것이다. 굴원은 <九歌>를 불러 자신의 소망을 빌었던 것이다. 『논어』, 「옹야」편에서의, 仁에 대한 孔子의 말씀, 곧 “어려운 일은 내가 먼저 하고 얻는 일은 나를 뒤로 돌린다고” 한 것과 같이, 굴원이나 고산 자신이 忠諫한 것은 가히 어려운 일이었으나 남보다 먼저 행한 일이므로, 그 근본의 뜻은 仁에 가깝다고 한 것이다. 頸聯에서의 “내가 천 首의 노래를 지으려 했으나, 누가 아홉 神을 제사할 수 있는가?”라고 한 것은, 고산도 굴원처럼 <구가>를 지어 아홉 神에게 제사를 지내면서 자신의 처지를 하소연하고 싶어도 그럴 수 없는 처지임을 나타내고 있다. 尾聯에서의 “술지게미와 모주를 먹기에 점점 어려워지니, 빙그레 웃음을 한 어보

---

60) 『孤山遺稿』,〈屬患頭痛無聊展讀九歌有感復用前韻〉 참조.
61) 『論語』「雍也」篇, ‘樊遲’章 “樊遲問之, 子曰務民之義, 敬鬼神而遠之, 可謂知矣, 問仁, 曰, 仁者, 先難而後獲, 可謂仁矣.” 참조.

를 내버려 두겠네.”라고 한 것은, 굴원의 <漁父辭>를 點化한 것이다. <어보사>에서의 “어보가 말하기를, 聖人은 외물 때문에 엉겨 붙거나 막히지 않고, 능히 세상과 더불어서 이리저리 옮겨 가나니, 세상 사람이 모두 흐리거든 어쩌서 한술 더 떠서 그 진흙을 파서 그 물결을 까뒤집듯이 들쳐 올리지 않으며, 뭇 사람이 모두 취해 있거든 어쩌서 한술 더 떠서 그 술지게미를 배불리 먹고 그 모주를 바가지 채 훌훌 마시지는 않고, 무슨 까닭에 깊이 생각하고 고답적으로 행동해서 스스로 하여금 내처지게 한단 말입니까?”62)라고 한 것을 孤山이 점화하여, 지금은 굴원의 시대보다 더 혼탁하여 어보가 말한바 “세속과 적당히 영합하여 살면 고관대작으로 부귀영화를 누릴 것인데, 어쩌서 그런 고생을 하신다는 말입니까?”라고 한 것과 같이, 자신을 깨닫게 해 줄 사람도 없음을 한탄한 것이다. 이처럼 고산 또한, <九歌>와 <漁父辭>에서와 같은 굴원과 같은 청렴결백함과 지조를 본받고자 하였다.

許筠은 「慟哭軒記」에서, “모두 팽함이나 굴대부처럼 돌을 끌어안거나 모래를 품고 투신하고자 할 것이요.”63)라고 하여, 당시의 시대 현실을 말세로 규정하면서, 팽함이나 굴원 같은 君子가 무도한 시대의 현장을 목도한다면 통곡할 사이도 없이 돌이나 모래를 안고 강물에 뛰어들 것이라고 하였다. 허균 또한, 굴원이 투신한 사실이 무도한 현실에서 지조를 지키기 위한 행위였음을 밝혔다.

洪大容 또한 「與潘秋妻庭筠書」에서, “千古에 굴대부가 이미 우리들의 마음속을 다 말하여 놓았습니다.”64)라고 하여, 굴원이 왕과 이별하여 戀君의 情을 <離騷>와 <九章>을 지어 표현하였듯이, 湛軒도 추루 반정균과 이별해 있어도, 굴원이 늘 왕을 사모하고 그리워하듯이, 자신도 추루를 잊지 않겠다고 하였다. 이처럼 담헌 또한 굴원의 변치 않는 지조와 충절을 기렸다.

李德懋는 「蟬橘軒銘幷序」에서, “굴원에게는 귤송을 취하여 그윽히 느끼는 바가 있었다.”65)라고 하여, 귤의 맑고 깨끗함을 예찬하였다. <橘頌>은 <九章>의 9편 중 하나로, “精色內白, 類可任兮(밝은 겉빛깔에 속이 희어서 중한 일을 맡길 수 있는 것 같다).”라고 귤을 예찬하면서, “更壹志兮(한결같은 뜻을 지녔다)”라 하여, 굴원 자신의 貞節을 비유하였다. <귤송>은, 굴원이 추방되기 전의 젊은 시절에 지은 노래로, 추방과 고난의 표현은 나타나지 않고 있다. 그러나 굴원의 정절이 잘 표현된 작품이라 할 수 있다.

---

62) 屈原, 〈離騷〉 “漁父曰, 聖人不凝滯於物, 而能與世推移, 世人, 皆濁, 何不淈其泥而揚其波, 衆人, 皆醉, 何不餔其糟而歠其醨, 何故, 深思高擧, 自令放爲.” 참조.
63) 許筠, 『惺所覆瓿藁』, 「慟哭軒記」 “皆欲抱石懷沙如彭咸屈大夫也.” 참소.
64) 洪大容, 『湛軒書』, 「與潘秋妻庭筠書」 “千古屈大夫已說盡吾輩意中事” 참조.
65) 李德懋, 『靑莊館全書』, 「蟬橘軒銘幷序」 “於屈取橘頌 竊有所感爲.” 참조.

茶山 丁若鏞은 謫中六夫子畵像贊 중 <湘水謫客屈先生>에서 굴원의 지혜를 해와 달에 비유하기도 하였다.

밝기는 나라의 기미를 밝혔고,
지혜는 하늘의 뜻을 통달했네.
해와 달이 무색하였는데,(일월과 빛을 다투었다는 말)
흙비는 자욱하였다.
난초를 걸치고 향초로 허리끈매고,
구름을 타고 바람을 몰고.
팔극을 두루 날아다니며,
몽매한 무리를 흘겨보았다.
현묘한 그의 문장은
고옹[노자]에게서 근원하였다.

明炳國幾,
知達天衷.
日月其晦,
霾雨濛濛.
被蘭紉茝,
乘雲馭風.
周流八極,
睥睨群蒙.
玄妙之文,
源出苦翁.[66]

위의 시에서 다산은, 굴원이 政事에 밝고 지혜가 출중하기로는 日月과 그 빛을 다툴 정도라고 격찬하였다. 온 세상이 다 흐리고 모든 사람이 취한 상황에서도 굴원 자신만이 향초를 걸친 고결한 모습을 보였으며, 문장은 노자의 『도덕경』처럼 철학적인 요소가 있다는 것이다.

이와 같이 조선 시대의 문장가와 유학자들이 굴원의 憂國忠節과 청렴결백한 품성을 모두 예찬하였는데, 유독 이규보는 「굴원불의사론」에서 굴원을 부정적으로 논하였다. 이는, 그의 시대 현실과 무관한 것이 아니겠으나, 그 자신의 삶의 자세와 역사의식과 연관 지어 문제점의 하나로 지적될 수 있을 것이다. 그러나 한편 그가 猬島에 귀양살이하던 63세에 지은 시에서는, 지난날 지은 「굴원불의사론」에 굴원과 가의의 곧은 마음을 책망한 것이 잘못이었음을 밝히기도 하였다.

<辛卯正月九日記夢>(신묘년 정월 9일 꿈을 기록함)

매우 깨끗하면 사람들은 반드시 비난하고,
강직하면 세상이 다 배척하도다.
매사는 어물어물하는 것을 귀히 여기니
크게 밝히고자 않느니라.
내 처음 이 말 명심하였으나
성질이 모나서 스스로를 이기지 못하여
과연 나는 위기를 밟아서

耿介人必非,
剛正世皆斥.
凡事貴依違,
不欲大明白.
我早銘斯言,
性方不自克.
果然蹈危機,

---

66) 『茶山詩文集』 제12권 <湘水謫客屈先生>.

이제 만리 밖으로 유배되었네.　　　　　　　受此萬里謫.
옛날엔 굴원 가의를 조상하면서　　　　　　伊昔弔屈賈,
겸하여 그들 곧음을 꾸짖었네.　　　　　　　兼責彼方直.
오늘밤 그 두 사람이 꿈에 나타나　　　　　今夜夢二子,
전에 꾸짖은 것을 따져 말하네.　　　　　　來理前所責.
"어찌 다만 우리들뿐이랴　　　　　　　　　"寧獨我輩歟,
곧음이 네가 더욱 심하도다.　　　　　　　方直汝尤劇.
우리들은 쌓은 지식을 믿고　　　　　　　　我輩負所蓄,
의리를 펴 나라를 다스리고자 하였네.　　　陳義圖經國.
당시 임금이 쓰지 않아　　　　　　　　　　時君不能用,
귀양살이 신세가 되었노라.　　　　　　　所以爲逐客.
자네는 무슨 말로 주장하다가　　　　　　而子抗何辭,
이 큰 곤경에 떨어졌는가.　　　　　　　　乃落大困阨.
자네가 우리에게 주던 책망　　　　　　　爾所責於吾,
도리어 자네에게 돌아갔네.　　　　　　　反爲子所得.
주림을 견디고 궁벽한 곳에 앉아　　　　忍飢坐窮鄕,
물고기와 자라의 집에 같이 살고 있네.　魚鼈同窟宅.
다시는 우리들 책망 말고서　　　　　　勿復責我爲,
자네의 그 버릇 고침이 마땅하도다."　　改轍思爾適."
부끄러워라 나는 대답도 못하고　　　　我慚未遽答,
손가락 깨물며 한숨만 쉬었노라.　　　　咋指空大息.67)

위의 시는, 이규보 자신의 일생의 행적을 축약해 놓은 듯한 작품이다. 젊은 시절에는, 깨끗하고 강직하면 세상에 배척당하기 쉽기 때문에, 매사에 모나지 않고 어물어물 넘어가는 것이 세상살이의 처세였다는 것이다. 그러나 타고난 성품은 감출 수 없어, 바른 소리 하다가 만 리 밖으로 추방되기도 하였다는 것이다. 추방된 후 꿈속에서 굴원과 가의가 나타나 지난날 자신들의 곧음을 꾸짖은 자기 자신을 꾸짖고 있다고 하였다. 이규보는 그와 같이, 꿈속에서 꾸짖음을 받고 지금까지의 삶의 태도가 잘못된 것인 줄을 알고 부끄러워하고 있다.

그러나 이규보를 어찌 장점보다 단점이 많은 문장가였다고 할 수 있겠는가?

『論語』「衛靈公」篇에, "君子, 不以言擧人, 不以人廢言."68)라는 말씀이 있는데, "君子는 말로써 사람을 천거하지 않으며, 사람으로서, 말까지도 버리지는 않느니라."라는 그 말씀은, 말만 들어 보고 그 사람을 薦擧하거나 인정하거나 평가하지 않으며, 사람이 나쁘다고 해서 그 사람됨을 가지고서 그 사람의 좋은 말까지도 버리지는 않는 것이, 君子로서 취해야

---

67) 李奎報, 『東國李相國全集』, 卷第二十二, 〈辛卯正月九日記夢〉 참조.
68) 『論語』「衛靈公」篇, '言擧'章 참조.

할 자세라는 교훈을 준다. 이 말씀과 관련하여 생각하자면, 좋은 말 좋은 글이 중요한 것이 아니라 사람됨이 더욱 중요하겠으나, 덕을 닦아 나가는 데 도움될 말이나 글을, 그 말을 하거나 글을 지은 자의 사람됨이 그르다고 하여 버릴 것이 아니라, 말이나 글의 좋은 점은 좋은 대로 인정해 주는 것이 문학 연구에 있어서 또한 필요한 방법이라고 할 수 있을 것이다. 도덕적으로도 매우 높이 평가할 만한 韓退之·歐陽脩·蘇東坡 등의 문장가들『朱子大全』·『朱子語類』 등에서 도덕적으로 비판을 면치 못한 것으로 보자면, 학술적으로 철저한 성리학적 유교사상이 아직 꽃피지 못했던 고려 이규보의 시대에서 우리가 이규보로부터 철저한 선비정신을 기대한다는 것이 쉽지 않은 일[69]일 것이다.

Ⅲ. 結 語

본고에서 필자는, 종래에 많은 연구자들에 의해 높이 평가되어 온 문장가 이규보를, 어쩌면 다소 심하게 비판한 점이 없지 않다. '立德'·'立功'·'立言'의 '三不朽' 가운데 하나인 '立言', 곧 '문장으로써 도덕을 세우는 것'도 중요하겠으나, 반드시 문장을 잘하는 것만이 선비의 참된 모습은 아닐 것이다. 실천적 학문을 통해 도덕을 밝히는 것과 문장으로써 그럴듯한 말을 하는 것과는 차이가 있기 때문이다. 이규보의 문장에서 훌륭한 측면이 무척 많다고 하겠으나, 또한 그 다소간의 부정적인 측면을 검증함으로써, 한국 역대의 학자와 선비 가운데 특히 높은 도덕을 드러낸 선비로서 일컬어지기 어려운 점을 확인할 수 있지 않을까 하는 관점에서 필자는 위와 같은 논의를 개진하였다.

국가의 운명이 위기에 처하자, 이규보는 「東明王篇」을 지어 민족적 자긍심을 떨치고자 하였으며, 문장으로써 나라를 빛내기 위해 書·表 등의 문장을 짓는 노력을 기울이기도 하였다. 또한 투철한 시의식에 의하여 시론 가운데 '詩九不宜體'를 말하기도 하였다. 그것은 시인들이 시를 지을 때 주의해야 할 사항들을, 평소의 체험을 통해 시론으로 정립한 것이다.

그러나 그의 문장에는, 진실성의 측면이 적지 않은 반면에 부정적인 측면도 없지 않았다. 이규보가, 벼슬을 구하기 위하여 「上平章事崔讜書」와 「上崔相國書」의 글을 보낸 일이나, 「謝知奏事相公見喚, 命賦千葉榴花」「晋康侯茅亭記」와 같은 글을 지어 실권자로부터 歡心을 얻

---

69) 鄭堯一, 「李奎報의 文學思想」, 『漢文學의 硏究와 解釋』, 一潮閣, 2000, p.172 참조.

게 된 일 등은, 선비정신에 비추어 다소 어긋나는 점을 보인 것이라고 하겠다. 無道한 시절에는 선비들이 대체로 벼슬살이를 하지 않았기 때문이다. 그리고 民亂의 평정에 출정하여 지은 시 <幕中書懷示同營諸公>에서 "경주의 약은 좀도둑 보지 못했나(君不見鷄林點俗眞小賊)."라고 했으며, <壬戌冬十二月從征東幕府行次天壽寺飮中贈餞客>에서는 "적을 평정하고 어연에 참여하면(破賊朝天參御宴)"이라고 하여, 백성들을 '小賊', '賊' 등의 말로 표현한 것 등은, '不忘百姓之病'의 관점에서 다소 지나친 점이 있다고 하겠다.

「屈原不宜死論」에서 "죽을 자리에 죽지 못하고서 다만 임금의 惡만을 드러냈을 따름이다(死不得其所, 祇以顯君之惡耳)."라고 하여, 굴원을 심히 깎아내린 것은, 더욱이 지나친 감이 없지 않다. 그에 비해 중국과 한국의 참된 학자와 문장가들은 대개, 굴원의 충절과 문장을 높이 평가하였다.

이규보는, 훌륭한 문장가임에 틀림없겠으나, 至高至純의 선비정신에 비추어, 그의 역사의식에 있어서 문제점을 드러내는 측면이 간혹 없지 않았다. 본고에서 필자는, 「屈原不宜死論」을 중심으로 하여 이규보의 그와 같은 측면을 검토하고자 하였는데, 이제 다만 본고가 문장가로서의 이규보의 훌륭한 점을 반드시 부정하고자 하는 관점에서 시도된 것은 아님을 분명히 밝혀 두고자 한다.

<『韓國漢文學硏究』 제38집, 韓國漢文學會, 2006.>

2002-yun@hanmail.net

<참고文獻>

Ⅰ. 基本 資料

宋刊本十三經注疏附校勘記 『禮記』, 藝文印書館, 1981.
_____________________ 『春秋左傳』, 藝文印書館, 1981.
_____________________ 『論語』, 藝文印書館, 1981.
『孟子』·『大學·中庸』, 景文社, 1979.
王逸, 『楚辭章句』, 台北, 黎明文化事業公司, 1973.
司馬遷, 『史記』, 樂天出版社, 1974.
班固, 『漢書』, 樂天出版社, 1974.
朱熹, 『楚辭集注』, 台北, 中華書局, 1974.
___, 『朱子大全』, 曺龍承 影印本, 1978.
___, 『朱子語類』, 啓明大 圖書館 所藏本.
『古文眞寶』, 景仁文化社, 1983.
李奎報, 『東國李相國全集』, 高麗名賢集1 收錄本, 成均館大 大東文化研究院, 1973.
『白雲小說』, 高麗名賢集1 收錄本, 成均館大 大東文化研究院, 1973.
徐居正, 『東人詩話』, 高麗名賢集2 收錄本, 成均館大 大東文化研究院, 1973.
_____, 『東文選』, 太學社, 1975.
金麟厚, 『河西先生全集』, 『韓國文集叢刊』33, 民族文化推進會.
朴仁老, 『蘆溪先生文集 』, 成均館大 大東文化研究院, 1973.
유성준 편저, 『楚辭』, 문이재, 2002.
尹善道, 『孤山遺稿』, 成均館大 大東文化研究院, 1973.
李德懋, 『青莊館全書』, 민족문화추진회, 1978.
李珥, 『栗谷全書』, 成均館大 大東文化研究院, 1958.
鄭澈, 『松江全集』, 成均館大 大東文化研究院, 1964.
洪大容, 『湛軒書』, 민문고, 1967.
丁若鏞, 『與猶堂全書』, 서울大 古典刊行會, 1966.
許筠, 『惺所覆瓿藁』, 민문고, 1967.
黃玹, 『黃玹全集』, 亞細亞文化社, 1978.

Ⅱ. 論著

1. 著書

金慶洙, 『李奎報 詩文學 研究』, 亞細亞文化社, 1986.

金鎭英, 『李奎報文學研究』, 集文堂, 1984.

金永德·許龍九·金秉洙, 『中國文學史Ⅰ』, 中文出版社, 1990.

金周漢, 『韓國文學批評史論』, 學士院, 1993.

金興圭, 『朝鮮後期의 詩經論과 詩意識』, 高麗大 民族文化研究所, 1982.

朴性奎, 『李奎報研究』, 啓明大學校 出版部, 1982.

申用浩, 『李奎報의 意識世界와 文學論 研究』, 國學資料院, 1990.

沈浩澤, 『高麗中期文學論研究』, 啓明大學校 韓國學研究院, 1990.

李東喆, 『白雲 李奎報詩의 研究』, 國學資料院, 1994.

柳在泳, 『白雲小說研究』, 圓光大學校 出版局, 1979.

정요일 外, 『한국고전시학사』, 弘盛社, 1986,

鄭堯一, 『漢文學의 研究와 解釋』, 一潮閣, 2000.

趙東一, 『韓國文學思想史試論』, 知識産業社, 1978.

2. 論文

강석근, 「李奎報의 佛教詩 研究」, 동국대학교 대학원 박사학위 논문, 1997.

具仕會, 「河西 金麟厚의 文學思想」, 『韓國文學研究』 제12집, 동국대학교 한국문학연구소, 1989.

金時鄴, 「武臣執權下에 있어서의 李奎報의 입장과 갈등」, 『雨田 辛鎬烈 先生 古稀紀念 論叢』, 창작과비평사, 1983.

______, 「高麗後期 士大夫文學의 성격」, 성균관대학교 대학원 박사학위 논문, 1989.

金周漢, 「答全履之論文書小攷」 및 「白雲文學批評研究」, 『韓國文學批評史論』, 學士院, 1993.

金興圭, 「李奎報의 氣·意論」, 『東洋學 國際學術會議 論文集』, 成均館大 大東文化研究院, 1993.

董達, 「朝鮮詩歌에 나타난 中國詩文學의 受容樣相 研究」, 한남대학교 대학원 박사학위 논문, 1994.

宋寯鎬, 「金河西 詩·賦 研究」, 『河西 金麟厚의 思想과 文學』, 河西紀念會, 1994.

李昌憲, 「金麟厚論」, 『조선시대 한시 작가론』, 以會文化社, 1996.

전형대, 「高麗朝批評文學 研究」, 서울대학교 대학원 박사학위 논문, 1985.

______, 「한국고전비평사(1) -고려조의 비평-」, 『京畿語文學』 第9輯, 京畿大學校 國語國文學科, 1991.

丁益燮, 「湖南歌壇을 背景으로 한 河西 金麟厚 研究」, 『河西 金麟厚의 思想과 文學』, 河西紀念會, 1994.

鄭堯一, 「李奎報의 文學思想」, 『漢文學의 研究와 解釋』, 一潮閣, 2000.

______, 「선비精神과 선비精神의 文學論」, 『漢文學의 研究와 解釋』, 一潮閣, 2000.

趙麒永, 「河西 金麟厚 詩 研究」, 연세대학교 대학원 박사학위 논문, 1991.

趙東一, 「李奎報와 李仁老의 文學思想의 거리」, 『碧史 李佑成 教授 定年退職 紀念論叢』, 창작과비평사, 1990.

范善均, 「屈賦研究」, 연세대학교 대학원 중어중문학과, 박사학위 논문, 1988.

蒲江淸, 「屈原生年月日的推算問題」, 『楚辭研究論集』, 台北, 學海出版社, 民國74년.

河岡震, 「李奎報의 現實志向的 文學世界 研究」, 釜山大學校 大學院 박사학위 논문, 1999.

「靑山別曲」 考
－ 詩的 話者의 移動 經路 考察을 通한 接近 －

김 상 철

Ⅰ. 序論

1. 問題提起

　「靑山別曲」은 「西京別曲」과 더불어 宮中 俗樂歌詞[1](高麗歌謠) 가운데 문학성이 가장 뛰어난 작품으로 평가되고 있다. 全 8聯으로 구성된 이 작품은 고도의 상징적·비유적 표현과 뛰어난 음악적 효과를 지닌 시어와 후렴구, 그리고 정연한 형식미 등을 갖추고 있다. 국문학 연구 초창기부터 「청산별곡」의 문학적 본질을 구명하기 위한 다각적인 접근이 시도되었다. 그 결과 작품 분석 및 해석에 상당한 진전을 이룰 수 있었다. 그럼에도 불구하고 자료의 한계와 고려시대의 언어에 대한 학자들 간의 완전한 합의가 도출되지 못한 까닭으로 인해 일부 難解語와 作者層에 관한 논의는 여전히 異見이 분분한 채로 남아 있는 형편이다.

　본고는 이러한 난제를 해결하기 위한 하나의 시도로서, 「청산별곡」을 작자의 절박했던 추체험을 바탕으로 형상화된 작품이라는 전제하에 시적 화자가 겪은 체험의 현장을 중심으로 접근하고자 한다. 이를 위해 청산별곡의 서사적 짜임에 주목하면서 '詩的 話者의 移動 經路'를 밝혀 보고, '話者의 正體'를 추정해 보고자 한다.

2. 旣存 論議의 檢討

　「靑山別曲」에 관한 초기 연구는 주로 어학적인 해석에 치중하였다. 梁柱東은 「靑山別曲」

---

1) '宮中 俗樂歌詞'라는 용어는 통상 고려가요를 의미하는 것으로, 궁중의 속악에 사용되던 '가사'라는 점에 주목하여 본고에서는 '속악가사'라는 용어를 사용한다.

은 「西京別曲」과 함께 麗謠의 絶調에 속하는 작품으로 짝사랑의 애상을 중심으로 생의 悲哀를 노래한 것[2]이라 하였다. 朴炳采는 生의 苦惱를 노래하되 諦念的 哀調와 自慰的 諧謔이 있는 노래[3]라 하였다. 李仁模는 이 노래를 사랑을 못 이룬 데 대한 哀歡·悲愴이 두처에 나타나고 있음으로 해서 '사랑의 실패'를 드러낸 노래가 틀림없다[4]고 하였다.

　문학사회학적 관점에서 접근을 시도한 연구자들은 「청산별곡」에 나타난 시적 상황이나 작자층을 역사적 현실에서 찾아내려고 했다. 張志暎은 「청산별곡」은 고려 중기 이후 말기에 이루어진 것으로, 患亂에 부대끼는 무리들이 世事를 벗어나 보려고 노력해 보는 노래[5]라 하였고, 高昌植은 張志暎의 주장을 수용하면서 "塗炭에 빠진 百姓이 民生苦에 허덕이며 現實詛呪, 厭世, 隱遁, 逃避해야 할 社會相의 反映과 呼訴[6]의 작품이라 하였다. 鄭炳昱은 삶의 고뇌를 풀기 위해서 산과 바다를 헤매며 기적과 위안을 구하면서도 집요하게 삶을 추구하는 지식인의 술노래[7]라 하였으며, 李勝明은 外戚·權臣의 跋扈와 외적의 침입 등 겹치는 內憂外患으로 民生은 塗炭에 빠져 疲弊해질 대로 疲弊해진 高麗人들이 언젠가 훗날 좋은 때를 기다리면서 청산과 바다로 피하며 부른 노래라 하면서, 작자 계층은 정치적인 까닭으로 실의 낙향하였거나 현직에 있으면서도 신분을 감추고 있는 상당한 학식을 갖춘 귀족 계급이었을 것으로 추정하였다.[8] 申東旭은 「청산별곡」은 삶의 터전을 잃고 유랑하는 민중들의 슬픔을 다소간은 체념적으로 또는 자포자기의 태도로 혹은 자조적으로 노래한 작품이라 할 수 있으며, 話者는 민중층의 男性일 것으로 생각된다고 하였다.[9] 金學成도 역사적 史實에 근거하여 작품의 배경을 파악하고자 했다. 그는 특히 제5연의 시적 상황을 고려 후기의 절박한 사회상과 결부시켜 화자의 신분계층을 추정하였다. 그는 고려 후기에 빈발했던 민란에 가담한 농민·어민·서리·노예·광대 중 어느 하나나 또는 혼합 집단이 이 노래를 지었을 것이며, 반란민들의 노래였기 때문에 조선조 왕실에 의해서 금기되었을 것이라 하였다.[10]

　金學成의 뒤를 이어 朴魯埻도 「청산별곡」의 창작 배경을 역사적 사실에 근거하여 해명하고자 했다. 그는 『高麗史』 列傳 卷第四十二 崔忠獻 기록을 근거로 하여, 이 작품은 蒙古와의

---

2) 梁柱東, 『麗謠箋注』(乙酉文化社, 1947), p.307.
3) 朴炳采, 『高麗歌謠의 語釋研究』(半島出版社, 1984), p.216.
4) 李仁模, 「青山別曲 內容의 再檢討」, 『국어국문학』 58–61합병호(국어국문학회, 1973), p.119.
5) 장지영, 「옛 노래 읽기(青山別曲)」, 『한글』 108호, 1955, pp.11~20.
6) 高昌植, 「青山別曲 解釋에 대한 管見」, 『국어교육』 3(국어교육연구회, 1962), p.95.
7) 정병욱, 『한국고전시가론』(신구문화사, 1976), pp.111~112.
8) 李勝明, 「青山別曲 研究」, 『高麗時代의 言語와 文學』(螢雪出版社, 1975), pp.125~134.
9) 申東旭, 「청산별곡과 평민적 삶의식」, 『高麗時代의 가요문학』(새문사, 1982), pp.Ⅰ–36~8.
10) 金學成, 『韓國古典詩歌의 研究』(圓光大出版局, 1980), pp.133~139.

戰亂 중 '又遣使諸道 徙民山城海島'의 命令이 내려진 高宗 19年 6月 이후 산과 바다로 난리를 피하며 헤매던 피난민이 지은 노래라고 하였다. 그리고 작자인 피난민은 양반계층이 아니라 양민들[11]이라는 주장을 제기했다. 이와 같은 작자층에 대한 구체적인 그의 주장은 작자층과 작품의 제작 동기에 대한 논의를 한층 심화시키는 계기가 되었다고 볼 수 있다.

필자는 작품의 배경을 당대의 사회적 배경과 관련지어 해석하려는 이들의 견해에 동의한다. 구체적인 역사 기록에서 해명하고자 한 金學成·朴魯埻의 견해는 민중들이 겪는 삶의 절박한 모습을 생생하게 표현하고 있는 이 노래의 창작 가능성 및 작자(층) 구명에 단서를 제공하고 있다는 점에서 상당한 의의가 있다.

하지만 작자층을 민란 가담자들로 보려는 金學成의 시각과는 입장을 달리한다. 왜냐하면 「청산별곡」의 시적 화자는 거대한 횡포세력에 맞서지 못한 채 피해 다녀야만 하는 힘없는 백성들의 고달픈 모습으로서, 탐관오리들의 집단적 횡포에 대항하고자 했던 민란 가담자들의 적극적 성격을 발견해 낼 수 없기 때문이다. 또한 그의 주장처럼 반란민들의 노래였기 때문에 朝鮮朝에서 금기시했다면, 계속해서 속악가사로 사용을 금지했거나 아예 기록조차 남기지 않았을 것이다. 그럼에도 『樂章歌詞』에 수록되어 전승되고 있다는 사실은 반란민들의 노래로 보기 어렵다는 것을 말해 준다고 볼 수 있다.

한편 시적 화자가 '나라의 명령으로 산과 바다로 이동했다'고 한 朴魯埻의 주장에도 선뜻 동의하기 어려운 점이 있다. 왜냐하면 조정의 명령에 의해 갑작스런 피난길에 오른 도시 백성들은 목숨을 부지할 만한 山村이나 漁村 또는 農村 가운데 어느 한 곳을 택하였을 것이다. 그런데 자신이 선택한 그곳이 역시 '위험한 곳'이라면 그때는 또다시 새로운 살 곳을 찾아 나설 것이다. 하지만 작품의 어느 문면에서도 이와 같은 이유로 이동했다는 대목은 찾을 수 없다. 말하자면 산속에서의 생활이 患亂으로 인한 공포 때문이거나, 아니면 생계를 유지할 수 없을 정도로 척박한 곳이어서 이동할 수밖에 없었다는 단서를 찾아볼 수 없다. 또 삶의 고독감은 작품 문면에 드러나 있지만, 그 고독감의 직접적 원인이 戰亂에 의해 비롯된 것인지에 대한 판단은 쉽지 않다.

이와 같은 전후 사정을 고려해 본다면, 시적 화자는 조정의 이주 명령에 의해 마지못해 다른 곳으로 떠난 것이 아니라 현실의 어려움을 이겨 보고자 화자 자신의 선택에 의하여 더 나은 공간을 찾아 이동한 것이라 해석하는 편이 근리인 듯하다.

한편 북한의 문학사에서는 「청산별곡」을 봉건 지배층의 "착취로 인한 농민들의 대량적

---

11) 朴魯埻, 「靑山別曲의 再照明」, 『高麗歌謠의 研究』(새문사, 1990), pp.95〜117.

인 토지 이탈의 정형을 반영"12)한 작품으로 보거나, "봉건적 수탈에 시달리던 유랑민들이 살길을 찾아 이리저리 떠돌아다니는 과정에서 얻은 체험을 노래한 것"13)이라는 경제사적 관점에서 접근하고 있다. 이들의 주장은 사회학적 현실과 문학적 현실을 동일선상에서 파악하려는 사회학적 편향을 드러내고 있는 일정한 한계가 있음에도 불구하고, 일부 속악가사가 창작된 작품일 가능성이 높다는 사실을 인정하고 있다는 점과 작자의 신분계층을 도시 인민으로 보려는 관점 등은 속악가사에 대한 접근에 새로운 시각을 제공하고 있다는 점에서는 의의가 있다.

이 밖에도 궁중에 잡혀온 官妓나 官婢 혹은 女巫의 恨과 孤獨이 담겨 있는 노래라는 견해14)와 절박한 상황과는 무관한 고려 남성의 하루 일과를 그린 노래15)라는 입장, 속세를 떠나 청산에 기거하게 되었던 작자가 산속의 고적함을 이기지 못하고 현실로 돌아오는 과정을 상상해 본 현실애착의 노래16)라는 견해 등이 있다.

필자는 이 노래는 艱難과 고통의 시대상황으로 인해 유랑체험을 한 후 이를 바탕으로 지어진 개인 창작 노래로 생각한다. 따라서 본고는 고려 후기의 혼란스러운 역사적 사회적 상황을 작품의 배경으로 파악하고자 한 기존 견해를 비판적으로 수용하면서, 그동안 간과하고 있었던 시적 화자의 '이동경로'와 이에 따른 시상의 전개 과정을 고찰하고자 한다. 아울러 유랑을 떠날 수밖에 없었던 화자의 처지와 신분도 함께 살펴볼 것이다. 화자의 '移動 經路'를 통한 「청산별곡」에 대한 접근방법은 무엇보다도 「청산별곡」의 構造와 일부 難解語 해명에 유용할 것으로 판단되기 때문이다.

Ⅱ. 詩的 話者의 移動 經路와 作品 構成

전 8聯의 「靑山別曲」은 흔히 '청산곡'과 '바다곡'의 두 부분으로 구성된 노래로 취급되어 왔다. 이 작품은 정교한 대응구조를 지닌 노래라는 형식적인 측면에 지나치게 얽매인 결과 제5聯과 6聯이 바뀌었다는 주장17)까지 나오게 되었다. 그러나 聯이 바뀌었을 것이라

---

12) 과학원 언어문학연구소 문학연구실, 『조선문학통사』(상)(과학원출판사, 1959;화다, 1989), p.208.
13) 김일성종합대학 편, 『조선문학사』 1(김일성종합대학출판사, 1982;천지, 1989), p.156.
14) 成賢慶, 「靑山別曲考」,『국어국문학』 58—60합병호(국어국문학회, 1972), pp.237~242.
15) 尹江遠, 「靑山別曲의 새로운 이해」, 『廣場』 116호(세계평화교수협의회, 1983), p.53.
16) 李東根, 「靑山別曲의 再攷」, 『冠岳語文研究』 제9집(서울大國語國文學科, 1984), p.259.
17) 金宅圭(「別曲의 構造」, 『高麗時代의 言語와 文學』(螢雪出版社, 1982)와 金尙憶(「靑山別曲 研究」, 『국어국문학』 30(국어국문학회, 1965), 鄭炳昱(「靑山別曲의 分析」, 『한국고전시가론』(신구문화사, 1977) 등에 의해 제기되었고, 최근에 김명호[「청산별곡의 속악적 이중성」, 『한

는 견해는 수용하기 어렵다고 판단된다. 그것은 대부분 국가 祭禮나 宴禮에 쓰이는 宮中樂의 歌詞를 기록하고 있는 『樂章歌詞』 속에 실린 작품이 한 단어 한 구절 정도라면 모르지만 聯 전체가 바뀐다는 것은 아무래도 납득할 수 없다. 무엇보다도 이 작품 시상의 흐름을 보거나 전체 歌意로 볼 때 『악장가사』에 전하는 그대로라야 일관된 흐름을 견지할 수 있다는 판단 때문이다.[18] 「청산별곡」은 화자가 '청산'을 懇求하며, 유랑했던 체험을 그려 낸 작품으로, 남성 화자라는 일정한 시선으로 자신의 이동 경로에 따라 시상의 일관된 흐름이 유지되고 있다.

그러면 작품 분석과 해석에 관건이라 할 수 있는 시적 화자의 이동 경위와 이동 행로를 살펴보자.

「청산별곡」의 구성은 시적 화자의 이동과 이에 따른 시상의 전개라는 측면을 고려해 볼 때 起: 1연, 承: 2·3·4연, 轉: 5연, 結: 6·7·8연의 4단계 구성 방식[19]으로 구분할 수 있다.

1연: 살어리 살어리랏다
      청산애 살어리랏다
      멀위랑 ᄃᆞ래랑먹고
      청산애 살어리랏다
      얄리얄리얄랑셩얄라리얄라(『樂章歌詞』[20])

1연은 청산을 향하여 출발하려는 화자가 각오를 마음속으로 거듭 다짐하는 내용[21]으로서 전체 시상의 '발단' 부분에 해당한다. 화자는 현실의 삶이 만족스럽지 못하기 때문에 청산을 향하여 떠나려 한다. 이때 '청산'은 현실의 고통에서 벗어나 좀 더 자유롭게 살 수 있는 곳으로, 지금의 현실보다 더 나은 공간이라 할 수 있다. 화자는 왜 삶의 터전인 이곳

국고전시가작품론』 1(집문당, 1992)는 이를 수용하는 입장을 취하고 있다.

18) 申東旭도 「청산별곡」의 화자가 일인칭 주인공으로서 변함이 없으며, 제1연에서 제8연까지 일인칭 시선이 고정되어 있다는 사실에서 이 작품이 통일성을 유지하고 있는 증거가 된다고 하였다(申東旭, 앞의 논문, p.Ⅰ-37).

19) 宋政憲은 전 8연 가운데 時空關係를 고려하여 각 2연씩을 대응시켜 한시와 같은 4단계의 起承轉結로 구성된 작품이라 하였으며,(宋政憲, 「靑山別曲 硏究」, 『忠北大學 論文集』 第十五輯, 1977, pp.45~46) 북한의 『조선문학사』 1에서는 이 작품을 기승전결의 흐름으로 보면서 3개 부분으로 구분하였다. 첫 부분은 제5분절(聯)까지, 둘째 분절은 제6, 7분절(聯), 셋째 부분은 제8분절(聯)로 나누고 있다(p.156).

20) 이하 제 2연에서부터 8연까지 동일한 문헌에 의해 인용함. 이하 후렴구는 생략함.

21) '살어리랏다'에 대한 기존 해석은 다음과 같다.
　양주동: '살아갈것이러라'의 감탄형.
　김형규: '살어리라'(종결) + ㅅ다(감탄종결).
　박병채: 서재극: '살리로다', '살아갈 것이로다'. 감탄형 요소가 내포된 종결어미.
　이인모: '살았을것이로다'(살았겠도다, 살았더라면 좋았을 것인데)
　이승명: (산에라도 가서)'살자', '살아 보자'라는 의미의 강한 의지의 표현.
　필자는 삶에 대한 강한 집착을 지닌 화자라는 입장에서 이승명의 견해에 전적으로 동감한다.

도시(도회지)22)를 벗어나 청산으로 향하고자 하는가.

高麗 後期는 무신들의 장기집권으로 인한 문신들의 몰락과 이에 따른 민심의 동요, 민란의 빈발 등 혼란의 시기로 대변된다. 게다가 몽고의 침입으로 인해 전 국토가 전란의 소용돌이 속에 빠지는 등 극도의 혼란을 겪어야 했다. 특히 몽고의 부마국이 된 충렬왕 이후의 시기는 내우외환의 이중고를 겪어야만 했다. 이 가운데 忠烈王 집권기는 왕을 비롯한 왕실들의 향락적 생활과 권신들의 발호, 불교의 타락 등은 민중을 더욱 도탄에 빠지게 하였다.23)

「청산별곡」은 이처럼 혼란했던 고려 후기를 배경으로 지어진 작품으로 볼 수 있다. 그것은 무엇보다도 시적 화자가 고단한 현실에서 벗어나 청산에 안착하여 살고 싶어 하는 시적 화자의 삶에 대한 끈질긴 집념에서 알 수 있다.

그렇다고 해서 작품의 배경을 굳이 특정한 역사적 사실(예컨대, 農民 叛亂軍 또는 奴隷 革命에 가담한 무리들, 蒙古의 침입으로 인한 피난길에 오른 高麗人들)에 직접 대입시켜 해석할 필요는 없다고 생각한다. 그 이유는 삶의 험난함과 이를 극복하고 했던 노력들은 어느 시대건 존재했을 것이기 때문이다. 게다가 작품 文面에 삶의 고단한 모습이 보이고 있지만 그 원인을 꼭 民亂이나 몽고군의 침입으로 인한 戰亂의 慘狀으로 보기 어렵다는 점과 시적 화자의 유랑이 외부적인 원인에 의한 피동적인 강요에 의한 것이 아니라 자발적 의지에 의한 결단에 의한 것으로 보인다는 점에서 전란이나 민란과 관련지은 해석에 선뜻 동의할 수 없다.24)

　　　　2연: 우러라 우러라 새여
　　　　　　　자고니러 우러라 새여
　　　　　　　널라와 시름 한 나도
　　　　　　　자고니러 우니로라

2연은 삶의 터전을 떠나온 화자가 새로운 공간에 도착하여 새로운 생활을 하고 있는

---

22) 시적 화자가 정착하여 살던 곳을 도시라고 보는 근거로는 첫째로, '청산'(작품에서는 농촌이나 산촌으로 생각됨)과 대립되는 공간은 바로 도시이며, 둘째로는, 작품에 표현된 시적 어휘의 세련성 및 유식층의 어휘로 보이는 표현 등이다.

23) 李基白, 『韓國史新論』(一潮閣, 1980 개정판), pp.169~192; 金庠基, 『高麗時代史』(東國文化社, 1961), pp.514~530.

24) 만일 전란의 참상을 피해서 산으로 피난한 것이라면 낮 동안에는 숨어 지내고 밤에 활동하는 것이 일반적이라 할 수 있다. 그런데 시적 화자는 3연에서처럼 낮에는 쟁기를 들고 일하고서 밤에는 집에 돌아와 고독감에 울고 있다고 한 표현은 쉽게 납득되지 않는다. 또한 전란의 참상을 피해 간 민중들의 노래였다면 '믜리도 괴리도 없다'라고 진술하지는 않았을 것이다. 오히려 참화를 일으킨 주체세력에 대한 원망이나 분노의 표출이 훨씬 자연스럽다고 할 수 있다. 만일 이 노래가 민요에서 수용되었다면, 원망이나 한이 짙게 배이 있었을 것이다. 끝으로 전쟁의 극한 상황에서의 亡命圖生이었다면 '사스미 짒대에 올아서 해금을 혀'는 소리를 감상할 한가로운 생활을 할 수 없었을 것으로 생각된다.

장면을 제시하고 있다. 이곳은 시적 화자 이외에 오직 새소리만이 들리는 인적이 드문 산간 마을이나 외딴 농촌 지대일 것으로 생각된다. 현실을 탈출하여 어렵게 정착한 이곳이 청산과 다르기 때문에 '나'는 시름에 잠긴다. 이곳은 화자가 생각했던 청산이 결코 아니다. 낮에는 외로움을 잊고 지낼 수 있었지만, 밤이 되면 견딜 수 없는 외로움에 시름겨워한다. 이때 '울며 지낸다'는 표현은 실제로 눈물을 흘리는 행위라기보다는 눈물이 날 정도의 외롭고 고달픈 삶의 연속임을 의미한다.

> 3연: 가던새 가던새 본다
>   믈아래 가던새 본다
>   잉무든 장글랑 가지고
>   믈아래 가던새 본다

2연이 화자의 고독감을 표현하고 있는 데 반해, 3연은 낮동안의 활동상황을 객관적인 시각으로 제시하고 있다. '나'는 아침이 되면 밤 동안의 시름을 털어 내고 생존을 위해 노동을 해야 한다. 그래서 오랫동안 내버려 두어 녹이 슨 쟁기[25])를 들고 일을 하러 나간다. 그렇지만 그의 일손 끝에는 자신이 떠나온 고향(물론 도시지만)에 대한 그리움이 언제나 묻어 있다. 따라서 일하는 틈틈이 믈아래로 향하는 새를 물끄러미 바라다보곤 한다.

그런데 3연은 이러한 하루 일과를 객관적으로 그려내고 있음에도 '본다'라는 행위 속에는 더 나은 삶에 대한 선망의 정서가 짙게 배어 있다. 이는 주어진 현실을 헤쳐 나가겠다는 삶의 의지에 다름 아니다.

> 4연: 이링공 뎌링공 ᄒ야
>   나즈란 디내와숀뎌
>   오리도 가리도 업슨
>   바므란 쏘엇디 호리라

4연에는 2연의 시름이 더욱 심화되어 이곳에서의 생할 자체에 대한 회의로까지 발전한다. 낮에는 노동하느라 잡념을 가질 시간적 여유가 없었지만 일을 마치고 집으로 돌아온 그에게 반겨 주는 이는 없고, 오히려 밤의 외로움만이 찾아온다. 이 밤을 또 '어떻게 지낼

---

25) 3연의 구절들 가운데 1. '잉무든 장글란'은 ① 이끼 긴 쟁기, ② 녹슨 병기, ③ 녹슨 농기구 등의 해석이 있으며, 2. '가던 새'는 ① 가던 새 ② 갈던 사래로 나뉘어지며, 3. '본다'는 ① 보느냐? ② 본다의 경우가 있다. 이 중에서 필자는 언어의 의미는 문맥에 따라 결정된다는 점에서 1-③, 2-①, 3-②를 취한다.

것인가'의 문제가 큰 고민이 아닐 수 없다.

고민을 거듭하던 화자는 마침내 이곳을 떠날 결심을 한다. 화자는 이곳이 피난처도 안식처도 될 수 없다는 것을 깨달은 것이다. 물론 처음부터 낙원을 기대하고 온 것은 아니다. 고난과 시련이 있으리라는 것을 충분히 예상하고서 이곳에 온 것이다. 따라서 어떻게 해서든지 이곳에 적응하면서 주어진 환경을 극복하려고 노력해 보았다. 그러나 도회지에 삶의 기반을 두고 있었던 화자에게는 생활 터전도 없는 데다가, 인적마저도 드문 낯선 이곳 생활이 오히려 도시생활보다도 더 중압감을 느끼는 고단한 생활이 되고 만 것이다. 결국 4연은 이와 같은 상황에 대한 근원적인 물음을 자신에게 던지고 있는 것으로 볼 수 있다.

이상의 2·3·4연은 도시의 삶을 떠나 이동한 후 산촌 내지 외딴 농촌이라 생각되는 곳에서 정착을 결심하고 얼마간 살다가 다시 새로운 삶터를 찾아 떠나 이동하기까지의 과정을 표현한 것으로 '承' 단락이라 할 수 있다.

> 5연: 어듸라 더디던 돌코
> 　　　누리라 마치던 돌코
> 　　　믜리도 괴리도 업시
> 　　　마자셔 우니노라

5연은 다시 새로운 곳을 찾아 나섰다가 어느 마을에서 돌에 맞는 비운을 표현하고 있다. 화자가 처한 더욱 어려운 삶의 체험을 누군가 던진 '돌에 맞는' 비운의 인물로 표현하고 있다. 여기서 '돌에 맞는' 사건은 실제 돌에 맞는 것을 표현할 수도 있지만, 돌에 맞는 것처럼 아픔과 충격을 느낀다는 상징적인 표현일 수도 있다. 5연은 이곳저곳을 유랑하는 시적 자아의 비애를 비탄조로 표현하였다.

그런데 5연에서 주목할 것은 시적 화자가 지니고 있는 삶에 대한 의욕이나 태도는 변하지 않고 있다는 사실이다. '청산'이라 생각되는 이곳까지 와서 오히려 삶의 고단함을 맛보았지만(2·3·4연) 좌절하지 않고 다른 곳에서 새로운 삶을 개척하기 위해 떠난다. 이런 까닭에 5연은 '시적 전환(轉)'에 해당한다고 할 수 있다. 그 이유는 다음 6연에 지금까지 생활했던 농촌 또는 산촌을 벗어나 전혀 새로운 공간인 바다에 가서 살겠다는 의지를 반복적으로 표현한 것에서 유추할 수 있기 때문이다.

5연에서 시적 화자가 '돌에 맞는' 사건은 이 작품의 제작 배경과 시적 화자의 정체를 구명하는 데 있어서 중요한 단서가 될 수 있다. 그런 점에서 돌에 맞는 사건의 의미를 좀 더 자세히 살펴보면, 먼저 '돌에 맞는다'는 표현이 지닌 의미는 ① 실제로 돌에 맞았다는 뜻과 ② 돌에 맞는 것처럼 아픔과 충격을 맛보았다는 뜻의 두 가지 경우가 있을 수 있다.

그러면 돌을 던지는(아픔과 고통을 제공하는) 주체는 누구이며, 돌을 던지는 이유는 무엇일까. 이를 몇 가지 경우로 추론해 본다.

첫째, 시적 화자의 외모가 오랫동안 떠돌이 생활로 인해 몰골이 형편없게 된 채 어느 마을에 들어가게 되었는데, 당시와 같은 긴박한 사회적 상황 하에서 마을마다 외부인에 대한 경계심을 갖고 있었기 때문에 낯설고 험상궂은 사람이 나타나자 이를 쫓아내기 위해서 돌을 던졌을 경우. 이때 돌을 던지는 주체는 마을 사람들이 된다.

둘째, 시적 화자의 겉모습이 거지와 흡사해서 이를 본 아이들이 장난삼아 그에게 돌을 던지는 경우이다. 위의 두 가지 경우일 때에는 돌에 맞고도 자신을 탓할 뿐 누구를 미워하거나 원망할 수도 없을 것이다.

셋째, 마을과 마을 사이에 벌어지는 편싸움인 석전놀이[擲石戲]일 수도 있다.

그러나 집단적인 민속놀이인 돌싸움이라면 '어디를 맞추던 돌인가. 누구를 맞추던 돌인가'라는 탄식을 할 리가 없을 뿐 아니라 그 대상이 누구인지 모를 리가 없을 것이다. 더욱이 그 뒤에 나오는 '미워할 이도 사랑할 이도 없이 울고 있다'는 표현과도 어울리지 않는다고 생각한다.

넷째, 실제 돌에 맞는 것이 아니라 돌에 맞는 것과도 같은 아픔을 극적으로 부각시키기 위한 관용적인 표현이라 할 수 있다. 그 슬픔의 원천이 지배자들의 집요한 박해의 손길[26] 이거나, 자신이 찾고자 했던 청산과는 너무나 거리가 멀기 때문일 수도 있다.

이와 같이 여러 상황 가운데 어떤 경우에 해당하는지를 판단하기는 쉽지 않다. 그렇지만 무엇보다도 중요한 것은, '믜리도 괴리도 업시'라는 진술에서 알 수 있듯이, 이러한 고통스러운 유랑의 길을 선택한 자신의 책임이기에 남을 탓할 수 없다는 자각이 작용하고 있다는 것이다.

   6연: 살어리 살어리랏다
      바르래 살어리랏다
      ᄂᆞ무자기 구조개랑 먹고
      바르래 살어리랏다

---

26) 과학원 언어문학연구소 문학연구실, 앞의 책, p.209.

돌에 맞아 울면서 되돌아 나온 화자는 그래도 삶을 포기하거나, 좌절하지 않고 오히려 또 다른 삶의 터전을 찾아 나선다. 6연은 새로운 삶을 개척해 보려는 화자의 충만한 의욕이 표현되고 있는 연이라 할 수 있다. 고난을 겪으면서도 좌절하거나 포기하지 않는 그는 계속해서 더 나은 삶의 터전을 찾기 위해 유랑을 계속하다가 드디어는 바닷가 어느 마을에 도착한다. 낯선 곳, 이곳에서의 삶도 역시 힘겨울 것이 분명할 테지만 오히려 이곳에서 '살아 보겠다'라는 강한 의지를 내보인다. "살겠노라 살겠노라 이 바다에서 나문재와 구조개랑 먹으면서라도 살아 보겠노라"라고 다짐해 보는 것이다. 이러한 각오가 있기까지는 그가 이곳에 도착하기까지 겪었던 시련과 고난이 좋은 경험이 되었을 것이다. 이런 점에서 본다면 6연은 이 노래의 결말 단락의 '絶頂' 부분에 해당된다고 할 수 있다.

이곳 바다는 삶의 유랑길을 따라서 오게 된 終着驛과도 같은 더 이상 갈 곳이 없는 막다른 골목이다. 더 이상 갈 수도 없는 이곳에 어렵사리 정착한 그는 새로운 환경에 적응하느라 바쁜 일과를 보내면서 살아간다. 삶의 터전인 고향을 등지고 떠나 왔기 때문에 일을 하지 않으면 생계를 꾸려 나갈 수가 없는 것이다.

> 7연: 가다가 가다가 드로라
>   에졍지 가다가 드로라
>   사스미 짒대예 올아서
>   奚琴을 혀거를 드로라

그러던 어느 날 도회지에서나 볼 수 있는 광대들의 공연[27](山臺雜戲 가운데 百獸戲와 같은)이 외딴 이 마을에까지 와서 공연을 하는 것이 아닌가. 귀에 익은 그 소리에 끌려 공연을 구경하게 되는 연이 바로 7연이다. 잊고 있던 도시(고향)에 대한 향수를 불러일으키는 이 공연을 본 후, 그는 고향에 대한 그리움으로 인해 마음의 안정을 잃고, 일조차 손에 잡히질 않는다. 그러던 차에 술 빚는 냄새에 마음이 끌려 그곳으로 발걸음을 옮긴다.

> 8연: 가다니 빈브른 도긔
>   설진 강수를 비조라
>   조롱곳 누로기 민와

---

27) 金完鎭은 假裝動物에 의한 놀이, 즉 山臺雜戲 중에 오늘날의 竹馬에 해당하는 놀이라 하였으며[金完鎭, 「靑山別曲에 대하여」, 『古典文學을 찾아서』(金烈圭 외 3인 편), 문학과지성사, p.158], 徐在克도 山臺劇 가운데 假面劇과 같은 것이라 하고 있다(徐在克, 「麗謠註釋의 問題點 分析」, 『어문학』 19후, 1968) 그러나 북한 문학사에서는 주로 탐관오리에 해당하는 인물을 비유적으로 표현한 것으로 해석하고 있다. 최근 중국 선비족 거주지에 있는 동굴 벽화에 '사슴이 장대에 매달려 있는 그림'을 발견하여 촬영한 사진을 구해 볼 수 있었다. 이 사진을 통해 기존 해석에 대한 새로운 시사점을 얻을 수 있을 것으로 판단된다. 이 대목에 대한 논의는 후고를 기한다.

8연은 바로 술에 의지하여 현실의 중압감과 고향에 대한 그리움을 잠시 동안만이라도 잊고 지내려는 화자의 몸부림으로 해석된다.

그러나 여기서 놓쳐서는 안 될 중요한 것은 이와 같은 상황에서도 결코 절망하거나 삶을 체념하는 듯한 태도가 전혀 보이지 않는다는 사실이다. 1연부터 7연까지에서 볼 수 있었던 시적 화자의 일련의 행동들이 이를 증거한다.

기존 연구 가운데 이 작품을 삶의 중압감으로 인한 좌절과 체념을 표현한 작품으로 보는 견해도 있지만, 술을 마시는 행위만을 가지고 체념이나 좌절을 운위하는 것은 그동안 1연에서 7연까지의 과정을 전혀 고려하지 않은 견해라 할 수 있다. 이 작품의 어떠한 구절을 보아도 절망감이나 체념과 같은 厭世的 態度, 運命順應的인 態度를 찾아볼 수 없다. 특히 '내엇디 흐리잇고'의 진술조차도 현실에 굴복하여 술에 탐닉하겠다는 체념적 태도의 표명이 아니라 현재의 주어진 상황에 충실하겠다는 태도의 표명으로 볼 수 있다.28) 이러한 태도야말로 새로운 삶을 개척하고자 하는 시적 화자의 '意志의 表出'에 다름 아니다.

필자가 삶에 대한 의욕 표출이라고 해석하는 까닭은 화자가 겪은 그동안의 고통스러운 체험은 그에게 현실을 바라볼 수 있는 안목을 심어 주는 계기가 되었을 것으로 생각하기 때문이다. 또한 경쾌하고 발랄한 후렴구도 근거가 될 수 있겠다.

시적 화자는 고통스러운 현실의 삶을 극복하기 위해 여기저기 떠돌아다니는 유랑 생활을 해 보았다. 그런데도 이상적이라 할 수 있는 공간은 찾을 수 없었다. 여기서 그는 '청산'이라는 곳이 현실세계에서 더 이상 존재하지 않음을 깨닫게 된다. 그럼에도 화자는 패배주의자의 모습을 보여 주는 것이 아니라 오히려 삶의 욕구를 강렬하게 드러낸다. 포기할 수 없는 생에 대한 욕구가 곳곳에 드러나고 있다. 이와 같은 열정이 있었기 때문에 그는 삶에 대해 투정도 해 보고 회의도 가져 보며, 때로는 눈물도 흘리며, 술에 의탁해 보기도 하는 것이다. 특히 8연은 삶의 중압감에서 벗어나 잠시 그것을 잊고자 하는 마음에서 오늘 같은 날 단 하루만이라도 마음껏 술을 마시고 싶은 심정을 그린 것으로 이해된다. 다음 날이면 다시 일상으로 돌아와 노동을 하면서 나, 혹은 가족의 생계를 꾸려 나갈 것이다.

---

28) 청산별곡을 짝사랑의 애상적 정서를 드러낸 작품으로 파악하고 있는 양주동도 "이 엇디 흐리잇고 調는 羅代以來 歌謠의 한 傳統的인 形式이니. 一見 諦念的 · 消極的인 듯하나 其實 含蓄的 · 達觀的인 悠遠한 情緒를 表白한 것으로서 우리先民의 根底깊은 人生觀의 底流를 보인 것이다."으로 해석한 바 있다. 이는 '엇디 흐리잇고'가 소극적인 체념. 그 이상의 의미가 있음을 시사해 주는 것으로 볼 수 있다.

7~8연은 바닷가 마을에 정착하여 그런 대로 적응하는 생활을 표현한 단락으로 전체의 '結末'이다. 그런데 8연의 '내엇디 ᄒ리잇고'는 앞으로의 생활에 대한 여운을 남겨 둔 표현으로써, 화자의 삶이 술에 탐닉하는 것으로 종료되는 것이 아님을 암시하고 있다고 볼 수 있다.

이상으로 작품 분석을 통해 볼 때 청산별곡의 시적 화자에게는 고향과 삶의 터전을 버리고 외지로 이주한다는 것은 실로 감내하기 어려운 결단이었을 것이다. 그럼에도 이런 고통을 감수하고 과감히 새로운 청산을 찾고자 하는 화자의 행동은 결연한 의지의 발로라 할 수 있다. 이런 까닭에 작품의 題名도 '靑山'을 지향하는 작자의 의도에 맞춰 '靑山'별곡이라 명명했을 것이다.

지금까지 살펴본 화자의 이동 경로를 간략하게 도시화하면 다음과 같다.

도시의 힘든 생활
→청산이라 여겨지는 외딴 곳(산촌 내지 외딴 농촌)에 정착하여 생활함.
→새로운 터전을 찾아 이동.
→바다에 접해 있는 마을까지 오게 됨.

Ⅲ. 話者의 正體

앞서 살펴보았듯이 「청산별곡」은 당대 현실의 질곡을 벗어나 '청산'이라는 이상적 공간을 찾고자 하는 백성 가운데 전형적 인물이라 할 수 있는 화자의 눈물 어린 분투가 담긴 인생 체험을 핍진하게 표현한 '체험 노래'라 생각된다. 그것은 이 시의 도처에 드러나고 있는 삶에 대한 절박감과 간난, 그리고 이를 극복하고자 하는 시적 화자의 노력과 짙은 고뇌 속에서 발견할 수 있다. 이런 점에서 작품의 성격을 밝혀내기 위해서 화자의 정체를 구명하는 일은 긴요한 문제라 할 수 있을 것이다.

그러면 시적 화자가 과연 누구일까. 먼저 화자는 가정의 생계를 떠맡고 있는 가장이거나 혼자서 생활을 해 나가야 하는 성인 남성이라고 할 수 있겠다.29)

---

29) 「청산별곡」의 화자를 男性으로 보는 견해가 지배적이나 金完鎭, 李仁模, 成賢慶, 金在用 등은 특정 구절을 바탕으로 여성으로 파악하였

또 시적 화자는 도회지(도시) 생활을 하던 사람으로 판단되며, 고단하고 힘겨운 현실을 벗어나 좀 더 자유롭고 인간다운 생활을 할 수 있는 공간을 추구하려는 사람이라 할 수 있다. 그리하여 화자는 희망과 꿈을 지니고 청산을 찾아 유랑의 길을 떠나는 것이다. 그런 희망이 없었다면 쉽게 좌절하거나 포기하고 말았을 것이다.

시적 화자의 이동은 작품 내용 면에서 본다면 타인과 관련된 표현은 전혀 보이지 않고 있다. 이런 점에서 시적 화자는 뿔뿔이 흩어져 떠나는 유랑민 가운데 한 사람이라 할 수 있을 것이다. 만일 전란을 피해 유랑을 떠났다면 자신이 속한 집단이 겪고 있는 비애가 어느 정도는 반영될 법한데 그러한 모습은 찾아보기 어렵다.

「청산별곡」의 시대적 배경은 고통과 혼란의 고려 후기 사회라 할 수 있으며, 화자는 현실의 고통을 극복하기 위해 과감히 고향을 등지고 유랑의 길을 떠난 남성이고, 그의 신분 계층은 작품의 정연한 구조와 고도의 상징적인 표현과 동시에 가식 없고 발랄한 생명력이 동시에 나타나고 있는 것으로 보아 상층 귀족이라 하기는 어려울 것 같다. 그렇다면 이들은 도시에 살고 있던 하급 관리이거나 농민 등으로 압축해 볼 수 있겠다. 이 가운데 농민은 당시에는 有識人이 될 수도 있었다는 점에서 이들 계층에 속하는 인물일 개연성이 높다고 할 수 있다.30)

이상에서 살펴본 것처럼 이 작품은 어려운 시대 상황 속에서 도시 생활을 하던 하급관리나 농민 또는 악공 계층에 속한 한 개인의 체험을 문학적으로 형상화한 것으로 추단해 본다.

Ⅳ. 結論

「청산별곡」의 구조는 제1연이 '起'에 해당되며, 그 내용은 청산에 은거할 수밖에 없게 된 자신의 처지를, 2·3·4연은 '承'으로서 청산에서의 고독하고 험난한 삶을, 5연은 '轉'으로 청산을 과감히 뛰쳐나와 새로운 삶을 개척하려는 의지를 노래하고 있으며, 6연은 시련의 최고조에서 오히려 역으로 삶에 대한 강렬한 의욕을 느끼는 聯으로 '絕頂'이라 할 수

다. 필자는 여러 근거 가운데에서도 특히 시적 화자가 고향을 등지고 여기저기 유랑을 하면서 새로운 삶을 찾고 있다는 점에서 '남성'이라고 생각한다.

30) 박노준, 앞의 논문, p.117. 이 밖에도 궁중악과 밀접한 관련이 있는 계층으로서 왕실 가까운 도회지에서 생활하면서 필요에 따라 궁중 행사에 참여하던 악공들의 역할도 주목해 볼 필요가 있다. 이들 '악공'들의 생활과 역할 등에 관한 상세한 논의는 후고를 기한다.

있으며, '結'의 일부에 해당한다. 7·8연은 새로운 공간에 어렵게 정착하여 보금자리를 꾸미고 살아가는 모습을 보여 주는 '結'에 해당한다고 할 수 있다.

작품의 구조와 화자의 이동 경로를 정리해 요약하년 나음과 같다.

1연: 청산에서의 삶 동경 ···起(발단)

2·3·4연: 청산이라고 생각한 곳에서의 생활 ···承(전개)

5연: 새로운 곳을 찾아 유랑하다가 어느 마을에서 돌에 맞는 불상사가 발생됨
   ···轉(위기)

6연: 새로운 생활을 동경하면서 삶의 의욕을 불태움 ····································結(절정)

7·8연: 바닷가 마을에 정착하여 새로운 생활에 적응하여 살고 있음 ···結(결말)

「청산별곡」의 시적 화자는 현실의 고통을 극복하기 위해 과감히 삶의 터전이었던 도시를 등지고 유랑의 길을 택한 남성이라는 점에서 작자를 추정해 볼 때, 작품의 표현상 구성상의 특징들을 고려할 때 하급관리이거나 유식한 농민일 것으로 추정된다.

「청산별곡」은 고려 후기의 비참한 겪은 작자의 현장 체험을 형상화한 뛰어난 작품이라 할 수 있다. 어려운 시대 상황 속에서도 좌절하지 않고 보다 나은 '청산'을 향해 나아가려는 시적 화자 또는 그들이 속한 민중의 끈질긴 생명력을 느낄 수 있는 뛰어난 작품으로 평가된다.

「청산별곡」에 대한 연구는 여전히 우리 앞에 커다란 문제로 남아 있다. 이러한 과제 해결을 위한 하나의 시도로서 본고는 기존의 연구 시각과 다른 방향에서의 접근을 시도해 보았다. 이와 같은 시도를 바탕으로 한 치밀한 작품 해석은 후고를 기약한다.

<『한국학연구』 6호, 인하대 한국학연구소, 1997.>

kscaer@naver.com

〈參考文獻〉

『高麗史』
『高麗史節要』
『樂章歌詞』
북역 『高麗史』, 신서원, 1992.
과학원 언어문학연구소 문학연구실, 『조선문학통사』(상), 과학원출판사, 1959; 화다, 1989.
국어국문학회 편, 『고려가요연구』, 정음사, 1979.
_______________, 『북한의 국어국문학연구』, 지식산업사, 1990.
金大幸 외 편, 『高麗詩歌의 情緖』, 半島出版社, 1986.
金思燁, 『改稿國文學史』, 正音社, 1956.
金庠基, 『高麗時代史』, 東國文化社, 1961.
金烈圭 외 3인 편, 『古典文學을 찾아서』, 文學과知性社, 1987.
金烈圭・申東旭 編, 『高麗時代의 가요문학』, 새문사, 1982.
김일성종합대학 편, 『조선문학사』 1, 김일성종합대학출판사, 1982; 천지, 1989.
金學成, 『韓國古典詩歌의 研究』, 圓光大出版局, 1980.
_____, 『國文學의 探究』, 成均館大出版部, 1987.
金亨奎, 『古歌謠註釋』, 一潮閣, 1974.
민족문학사연구소 엮음, 『민족문학사강좌』 상, 창작과비평사, 1995.
민족문학사연구소, 『북한의 우리문학사인식』, 창작과비평사, 1991.
朴魯埻, 『高麗歌謠의 研究』, 새문사, 1990.
朴炳采, 『高麗歌謠의 語釋 研究』, 이우출판사, 1984.
백영정병욱선생 10주기추모논문집 간행위원회 편, 『한국고전시가작품론』 1, 집문당, 1992.
白鐵・李秉岐, 『國文學全史』, 新丘文化社, 1961.
梁柱東, 『麗謠箋注』, 乙酉文化社, 1947.
李基白, 『韓國史新論』, 一潮閣, 1980 개정판.
李聖周, 『高麗詩歌의 研究』, 雄飛社, 1991.
李壬壽, 『麗歌研究』, 螢雪出版社, 1988.
全圭泰, 『高麗歌謠』, 正音社, 1987.
鄭琦鎬, 『高麗時代 詩歌의 研究』, 仁荷大出版部, 1986.
정병욱, 『한국고전시가론』, 신구문화사, 1977.
정병욱・이어령, 『古典의 바다』, 현암사, 1978.
鄭尙均, 『韓國中世詩文學史研究』, 翰信文化社, 1986.
조동일, 『한국문학통사』 2, 지식산업사, 1983.
韓國語文學會 編, 『高麗時代의 言語와 文學』, 螢雪出版社, 1982.
黃浿江 외 2인, 『鄉歌麗謠研究』, 半島出版社, 1985.

사설시조의 가창공간과 가창 참석자들의 심리
-프로이트의 농담이론을 통하여-

이 영 태

Ⅰ. 서론

시조는 "賓筵之娛"[1]이다. 그래서 "시조를 순정한 문학으로 대접하지 않고 '詩餘'니 '時人調'라 이른"[2] 것도 시조의 가창공간과 관련된 일이다. 시조가 '賓筵之娛'나 '詩餘'로 기능했던 만큼 이에 대한 이해는 '賓筵'의 정황을 감안하는 데에서 출발해야 한다. 시조에 대한 논의들 중에서 '구비연행적 측면'[3]에 대한 관심, '공식적 표현과 시인의 독창성'[4]에 대한 고려, '관습시론적 검토'[5]는 물론 사설시조와 엮음민요의 '유희적 개방구조를 중심으로 사설시조의 작시원리'[6]에 대한 천착, 사설시조 연행의 성격을 '개인 놀이형, 동호인형, 패트론형, 놀이를 파는 형'[7]으로 분류, '연행예술로서 사설시조가 지닌 문학적 성격'[8]을 규명했던 시도들은 모두 '賓筵'이라는 가창공간을 감안한 논의들이었다.

하지만 시조의 가창공간에 대한 주목은 있었지만 그곳에 참석한 자들의 심리를 본격적으로 논의한 경우는 없었다. 가창공간에 참석한 자들의 심리가 그곳에서 가창되는 시조에 그대로 반영된다는 점에서 참석자들의 심리변화에 기대어 시조를 이해하는 것도 연구의 한 방법이다. 그러나 가창공간 참석자들의 신분이나 동원된 악기, 그리고 노래 부르는 순서 정도만 알 수 있을 뿐 '賓筵之娛'에 참석했던 자들의 심리를 온전히 재구할 수 있는 자료는 없다. 다만 사설시조가 '허튼소리'[9]로 기능한다 할 때, '허튼소리'에서 '허튼'이 "헤

---

1) 申欽, 「放翁詩餘 序」, 我國所謂歌者 只足以爲賓筵之娛;『歌曲源流 河合本』, 今之歌 只用以爲 賓筵之娛 歎可惜.
2) 최동원,『고시조론』, 중판, 삼영사, 1991, p.73.
3) 최재남, 「구비적 측면에서 본 시조의 시적 구성방식」, 서울대 석사, 1983, pp.6~25.
4) 신연우, 「시조에 있어서 문화 동질감의 표현–공통어구의 문학적 기능」,『조선조 사대부 시조문학 연구』, 박이정, 1997, pp.197~213.
5) 류수열, 「사설시조의 텍스트 구성원리 연구–선행 텍스트 수용작품을 중심으로」, 서울대 석사, 1996, pp.51~62.
6) 이창식, 「시조놀이를 통해 본 사설시조의 현실양상」,『시조학의 전개와 그 좌표』, 김동준 편, 백산출판사, 1922, pp.115~124.
7) 신경숙, 「사설시조 연행의 존재양상」,『홍익어문』10·11집, 홍익어문회, 1002, pp.745~759.
8) 조태흠, 「18·9세기 장시조 연행의 기반과 그 문학적 의미」,『도남학보』15집, 도남학회, 1996, pp.133~154; 류근안, 「사설시조의 연행화 양상에 대한 연구」,『한국언어문학』49집, 한국언어문학회, 2002, pp.49~64.

프게, 함부로, 쓸데없는, 되지 못한"[10]이란 뜻의 관형사이기에 '허튼소리'는 곧 '농담'이다. 그리고 농담이 "정신적 과정에서 쾌락을 획득하는 것을 목표로 하는 행위"[11]이고 "농담에 의해 고무된 청취자의 정신적 과정은 대부분의 경우 농담을 만들어 낸 사람이 지닌 정신적 과정을 모방하리라는 추측을 잠정적으로 표현하려 한다."[12]는 점에서 농담이론이 허튼소리가 가창되는 공간에 참석했던 자들의 심리를 재구하는 방법이 될 수 있다. 가창 내용이 창자나 청자, 그리고 기녀의 심리에 단순히 영향을 끼치는 데에 머무는 것이 아니라 다음 가창될 노래에까지 영향을 준다는 점에서 참석자들의 심리를 재구하는 일은 의미 있는 일이다. 이를 통해 가창공간에서 '성'을 노골적으로 드러내려 했던 자와 이를 듣고 있던 자, 그리고 그들 사이에 있었던 기녀의 심리를 이해할 수 있는데, 예컨대 '성'이 진술될 때 쾌락의 효과를 누리는 자가 누구인지 또는 '성'에 대한 진술이 공격대상으로 삼고 있는 자가 누구인지, 그리고 공격당하고 있는 자가 어떤 심리변화를 겪는지 등을 이해할 수 있을 것이다. 게다가 성리학적 예교를 학습한 자들이 생각하는 '세련된 허튼소리' 혹은 '세련된 농담'이 어떤 류의 시조인지 지적할 수 있을 것이다.

Ⅱ. 가창공간의 여러 정황과 농담이론

시조 가창공간의 정황을 종합적으로 보여 주는 자료는 없지만 다음 노래에서 그 일단을 살필 수 있다.

> 孫約正은 點心을 추리고 李風憲은 酒肴을 장만ㅎ소
> 거문고 伽倻琴 嵇琴 琵琶 笛觱篥 長鼓 巫鼓 工人으란 禹堂掌이 두려오시
> 글짓고 노릭부르기와 女妓花看으란 내 다 擔當ㅎ옴식(#1673)[13]

約正, 風憲, 堂掌에 해당하는 사람들이 酒肴와 工人, 그리고 女妓와 같은 공간에 있었다. 그들은 '글짓'거나 '노릭부르기' 혹은 '女妓花看'을 하기도 했다. 물론 '노릭부르기'에서 '노래'는 시조이다. '노릭부르기'는 "南勸農趙堂掌은 醉ㅎ여 뷔거르며 杖鼓巫鼓 둥다락궁 춤

추는고나(#2370)”처럼 춤이 수반되기도 했다. 그리고 ‘노리부르’는 속도도 “옛 풍습에 높은 수준의 가곡을 즐기는 층에서도 이삭대엽·삼삭대엽 등 무게 있고 근엄한 노래를 불러 나가다가 弄·樂·編으로 가면서 점자 멋과 흥으로 자즈러”14)졌을 정도로 가창공간의 정황에 따라 곡의 속도가 ‘무게 있고 근엄’에서 ‘멋과 흥’ 쪽으로 바뀌었다.15) ‘멋과 흥’ 쪽으로 곡의 속도가 변하는 것은 주효의 소비에 따라 가창 분위기가 바뀌기 때문이다.

시조는 연행상황이나 창작향유의 환경에 따라 진지한 발화가 요청될 경우와 허튼소리가 요청될 경우 혹은 양쪽 모두가 요청될 경우가 있기 때문에 이러한 필요에 의해 이 두 부류가 함께 공존할 수 있었던 것이다.16)

‘근엄한 노래’는 ‘진지한 발화’이고 ‘멋과 흥’은 ‘허튼 소리’인데 전자는 평시조이고 후자는 사설시조이다. 술과 안주[酒肴]가 소비되고 있는 가창공간에서 ‘노리부르기’ 순서는 평시조[근엄한 노래:진지한 발화]→사설시조[멋과 흥: 허튼소리]라 할 수 있다.17) 그리고 사설시조[허튼소리] 노랫말도 가창공간의 분위기에 따라 바뀌는데 이는 사설시조에 나타나는 애정형상을 통해 엿볼 수 있다.

사설시조에 나타난 애정형상 양상을 ‘1. 관습적 수사에 의한 애정형상의 제시’, ‘2. 시어의 확대와 애정형상의 구체적 진술’, ‘3. 직설적 묘사로 인한 본원적 욕구의 표출’18)로 나눌 때 애정양상이 드러나는 순서는 주효의 소비를 감안해 대체로 1.→2.→3.이라 할 수 있다.19) 1.은 근엄한 노래[진지한 발화]에서 완전히 벗어나 있지 못해서 한자어구가 자주 등장하는 경우이고,20) 2.는 일상사 주변에서 쉽게 발견할 수 있는 물건 등이 등장하거나 평시조에서 좀처럼 발견할 수 없는 애정형상이 드러나는 경우이다.21) 그리고 3.은 주로 ‘性’을 노골적으로 드러내는 경우이다.22) 결국 주효의 소비에 따라 사설시조의 노랫말은 ‘점

---

14) 장사훈, 『시조음악론』, 서울대출판부, 1986, p.198.
15) 실제로 가창공간의 ‘노리부르기’ 단계가 곡의 속도에 따라 중대엽, 삭대엽, 후정화, 낙시조, 소용, 편락으로 이어지는데 김수장의 다음과 같은 노래에서 이를 확인할 수 있다[노리ᄀᆞᆺ치 조코 조흔 거슬 벗님닉야 아돗던가/春花柳 夏淸風과 秋月明 冬雪景에 弼雲昭格蕩春臺와 南北漢江絶勝處에 酒肴爛漫ᄒᆞᆯ디 조은 벗 가즌 奚笛 알리ᄊᆞ온 아모가이 第一名唱드리 츠례로 벌어안ᄌ 엇거리 불너 닉제 中大葉數大葉은 堯舜禹湯文武ᄀᆞᆺ고 後庭花 樂時調ᄂᆞᆫ 漢唐宋이 되어잇고 騷聳이 編樂은 戰國이 되어이셔 刀創劍術이 各自騰揚ᄒᆞ야 管絃聲에 어릭엿다 功名과 富貴도 닉몰닉라/男兒의 豪氣를 나ᄂᆞᆫ 됴ᄒᆞ노라(#629)].
16) 김학성, 앞의 논문, p.90.
17) 이 순서는 가창공간에 참석한 구성원들의 성격과 그곳의 분위기에 따라 바뀔 수도 있다.
18) 김용찬, 「사설시조에 나타난 애정형상과 세계관 연구」, 고려대 석사, 1990, 『조선후기 시가문학의 지형도』, 보고사, 2002(재수록).
19) 가창에 참가한 구성원의 성격과 공간의 분위기에 따라 1.→2.→3.이란 순서가 2.→1.→3.으로 바뀌기도 하겠지만 3.→1.→2.나 3.→2.→1. 처럼 3.이 가장 앞서는 경우는 드물 것이다.
20) 月一片燈三更인졔 ᄂᆞ간 님혜여보니/酒肆靑樓에 싀 님을 거러두고 不勝蕩情ᄒᆞ야 花間陌上에 春將晩이요 走馬鬪鷄猶未返이라/三時出望 無消息ᄒᆞ니 盡日欄頭에 空斷腸 ᄒᆞ노라(#2226)
21) 어제밤도 홈자 곱송그려 싀오줌 ᄌᆞ고 지난밤도 홈ᄌ 곱송그려 싀오줌 자닉/어인 놈의 八字ㅣ 완듸 晝夜長常 곱송그려셔 싀오줌만 ᄌᆞ노/오늘은 그리던 님 맛나 발을 펴벅리고 츤츤 휘감아 즐가 ᄒᆞ노라(#1974)

잖은’ 것에서 ‘노골적’인 쪽으로 바뀌게 마련이다. 그리고 가창공간에 참석한 자들의 성향이나 그곳의 분위기에 따라 ‘노골적’인 노랫말이 ‘女妓花看’이라는 구체적 행위에까지 연계되기도 했다.

가창공간의 여러 정황을 감안해 보았다. 가창공간에 주도적으로 참석한 사람들, 주효, 악기, 기녀, 그리고 가창분위기에 걸맞게 노래의 속도가 빨라지거나 노랫말이 진지한 데에서 허튼 쪽으로 이동한다는 것을 지적할 수 있었다. 특히 애정과 관련한 허튼소리의 경우 ‘점잖은 허튼소리’가 ‘노골적 허튼소리’ 쪽으로 이동한다는 점에서 ‘허튼소리’, 곧 ‘농담이론’에 기대 논의를 좀 더 진전시킬 필요가 있다.

프로이트는 농담을 다음과 같이 네 단계로 나누었다.23)

놀이-익살-악의 없는 농담-경향성의 농담

농담의 첫 단계인 ‘놀이’는 “어린아이가 언어를 사용하고 생각을 정리하는 것을 배우는 과정에서 나타”24)나는데 “유사한 것의 반복, 잘 알고 있는 것의 재발견, 같은 소리 등에서 비롯되는 쾌락효과”25)를 느낄 수 있게 한다. 그리고 ‘익살’은 “장난의 본질인 단어와 생각의 연쇄를 시도하되, 그 안에 의미를 짜 넣는 것”26)인데 프로이트는 그 예를 네 아들의 직업에 대해 “두 명은 치료하고heilen, 두 명은 웁니다heulen(두 명의 의사와 두 명의 가수)”27)라고 대답하는 로키탄스키 박사에게서 찾았다. 익살은 하일렌(heilen: 고치다)과 호일렌(heulen: 소리치다)처럼 “두 단어에서 나는 같은 소리의 일원화”28)에서 출발한 것이다. 이는 ‘놀이’의 단계를 넘어선 것으로 다음과 같은 사설시조에서 확인할 수 있다.

<blockquote>
딕들에 동난지이 사오 져 쟝스야 네 황후 긔 무서시라 웨는다 사쟈
外骨內骨兩目이 上天前行後行 小아리 八足 大아리 二足靑醬 으스슥하는 동난지 사오
쟝스야 하 거복이 웨지말고 게젓이라 하렴은(#844)
</blockquote>

<blockquote>
屛風에 암니 죽근동 부러진 괴 그리고 그 괴 압희 됴고만 麝香쥐를 그려시니
</blockquote>

---

22) 간밤의 자고 간 그놈 아마도 못 이저라/瓦冶ㅅ 놈의 아들인지 즌흙에 쏨닉드시 沙工놈의 뎡녕인지 沙於쎠로 지르드시 두지쥐 녕식인지 곳곳지 두지드시 平生에 처음이오 흉중이도 야롯지라/前後에 나도 무던이 격거시되 참 盟誓하지 간밤 그 놈은 참아 못니저 하노라(#71)
23) 이 단계는 농담에 참석한 자들의 성향과 농담이 구현되는 공간의 특성에 따라 유동적일 수 있다. 이 글의 각주 19번의 경우와 유사하다.
24) 프로이트, 앞의 책, p.166.
25) 같은 곳.
26) 리처드 월하임, 『프로이트』, 이종인 옮김, 시공사, 1999, p.181.
27) 프로이트, 앞의 책, p.168.
28) 같은 곳.

　　　　닉고 요괴 숏부론양ᄒᆞ야 그림에 쥐를 믈냐고 존니는고나
　　　　우리도 식님 거러두고 존니러 볼가 ᄒᆞ노라(#1254)

　　장사꾼이 '동난지[방게를 간장에 담근 젓]'를 유식한 표현을 동원해 가며 팔려하지만 종장에서 여인이 등장하여 단순히 '게젓이라 ᄒᆞ'라 한다. 그래서 이 노래를 '처지에 어울리지 않게 유식한 문구를 장황하게 늘어놓은 장사꾼의 허위의식을 풍자'한 것으로 볼 수 있었다. 한편 게젓 장사꾼이 굳이 장황한 표현을 한 이유를 달리 해석한 논자도 있었다. 그의 논의에 따르면 '게젓'의 첫 음절 모음을 'ㅔ'에서 'ㅐ'로, 둘째 음절 모음을 'ㅓ'에서 'ㅗ'로 바꾸면 말놀이의 정체가 드러난다는 것이다. 경우에 따라 'ㅔ'를 'ㅐ'로 그리고 'ㅓ'를 'ㅗ'로 발음할 수 있기에 #844에서 '게젓'은 音相似나 訛音에 의한 골계적 장난이며, 방게의 모습을 '外骨內骨兩目이 上天前行後行~'처럼 장황하게 표현한 것도 희극적 반전을 노린 장치라는 것이다.29)

　　앞니 부러진 고양이가 조그만 생쥐를 잡으려고 쫓는 모습을 그린 병풍이 있다. 그리고 병풍 밖에 있는 고양이가 약삭빠른 척하며 병풍 안의 쥐를 물려고 쫓아다닌다. 이어 화자도 병풍에 '식님[새로운 님]' 걸어두고 병풍 밖의 고양이처럼 쫓아다니고 싶다 한다. #1254에서 '식님'이 화자가 평소에 만나고 싶었던 님인지 아니면 최근에 새로 만났던 님인지 불분명하지만 어쨌건 화자는 그림에 있는 '식님'을 쫓아다니[존니러 볼가 ᄒᆞ]고 싶다.

　　#844와 #1254는 농담의 단계에서 '익살'에 해당한다. '익살'이 '두 단어에서 나는 같은 소리의 일원화'를 통해 드러난다고 하는데, '게젓'과 '존니러'가 그것이다. '게젓'이 '音相似나 訛音'에 기댄 골계적 장난인 것처럼 '존니러'도 마찬가지이다. 고양이[괴]가 그림에 있는 쥐를 물려고[믈냐고] 쫓는[존니는] 모습에서 '존니는'은 단어 그대로 '쫓다'의 의미이다. 고양이가 꾀가 많은'[숏부론]'30) 척하며 그림 속의 생쥐를 쫓는 모습에서 누구건 웃을 수밖에 없다. 그러나 종장에서 화자가 새 님[식님]의 모습이 있는 그림을 걸어두고[거러두고] 쫓겠다[존니러 볼가]는 것은 중장의 경우와 달리 자연스럽지 못하다. '고양이가 생쥐를 쫓다'와 '화자가 식님을 걸어놓고 쫓다'에서 고양이가 쫓는 대상이 구체적으로 생쥐인 반면 종장에서 화자가 쫓는 대상은 그저 '식님'으로 나타난다. 초장·중장이 웃음을 자아내는 진술이듯 종장도 이에 해당한다면 종장은 다른 접근이 필요하다. 종장을 중장처럼 구체적인 진술로 만들려면 '존니러'를 '존'과 '니러'로 나누어야 하는데 이 경우 '존 니

---

29) 김흥규, 『욕망과 형식의 시학』, 태학사, 1999, pp.244~245.
30) '숏부론'은 생쥐를 실제로 사냥할 때처럼 모든 노력을 다하는 고양이의 모습과 관련된 단어이다.

러’는 ‘쫓다’의 의미가 아니다. 가집에 따라 ‘존’이 2개, ‘죤’이 1개, ‘좃’이 12개, ‘좃’이 4개, ‘조’가 1개, ‘노’가 1개로 표기돼 있다는 점에서 ‘존 니러’를 ‘쫓다’의 의미 이외에 ‘다른 단어에서 나는 소리의 일원화’로 이해할 수 있다. 이를 구체적으로 말하면 ‘존’에서 ‘ㄴ’ 받침이 ‘ㅈ’으로 대체되고 ‘니러’는 ‘일다’ 혹은 ‘일어나다[起]’이기에 결국 종장은 ‘시님’ 그림을 걸어 놓고 ‘존’을 ‘니러’ 보겠다는 의미를 띤 ‘익살’이다.31)

농담의 단계에서 ‘악의 없는 농담’은 “겉으로 보기에 순수한 단어이지만, 거기에 실체나 가치가 있는 생각을 바꾸어 넣을 수 있는 경우를 말”32)한다.

어흠아 긔 뉘옵신고 건너 佛堂에 動鈴僧이 내올너니
홀居士 내 홀노 ᄌ시ᄂ 방안에 무스것ᄒ랴 와 겨오신거
홀居士 내 노 감토 버셔 거ᄂ 말겻틔 내 곡갈 버셔 걸너 왓노라(#1985)

窓밧기 어른어른 ᄒᄂ니 小僧이 올소이다
어제 저녁의 動鈴ᄒ랴 왓든 듕이 올ᄂ니 閣氏님 ᄌᄂ 房 독도리 버셔 거ᄂ 말 그틔 이ᄂ
쇼리 숑락을 걸고 가자왓소
져 듕아 걸기ᄂ 걸고 갈지라도 後ㅅ말이나 업게 ᄒ여라(#2720)

動鈴僧이 홀居士가 ‘홀노 ᄌ시ᄂ 방’에 찾아 왔다. 動鈴僧이라는 전문 신앙인과 ‘在家 남자 신도’33)라는 홀居士가 만나는 것은 그들이 동일한 신앙을 공유한다는 점에서 장애될 게 없다. 어찌 보면 動鈴僧의 방문은 신앙과 관련된 대화를 목적으로 했던 것으로 보이기에 방안에 들어서서 ‘곡갈’을 벗는 게 당연하기도 하다. 하지만 ‘걸다[掛]’라는 행위와 관련된 승려가 시조에서 대부분 파계승으로 나타나기에 #1985는 다른 이해가 필요하다. 시조에서 ‘걸다’는 단순히 ‘걸다[掛]’의 의미이기보다 다리를 걸고 성행위를 하는 일로 연계된다.34) 이는 #2720에서도 그대로 재현된다. 動鈴僧이 ‘쇼리 숑락을 걸’었던 것은 ‘後ㅅ말’이 날 정도의 행위가 동반되는 일이다. 결국 #1985은 ‘겉으로 보기에 순수’하지만 ‘거기에 실체나 가치가 있는 생각을 바꾸어 넣을 수 있’는 ‘악의 없는 농담’이기에 “쾌락의 효과가

---

31) 물론 “숭구로혀 안즌 白松骨 이를 아모져나 잡아 질드러 쒱山行 보닉ᄂᄃ/우리ᄂ 식님 거러두고 절 못 드러ᄒ노라(#107)”에서 ‘걸다’가 ‘掛’의 의미에 머무는 게 아니라 ‘交脚’에 연계된다는 점에서 #1254의 화자를 남자인 경우와 여자인 경우로 나눌 수 있다. 결국 ‘존 니러’에서 ‘니러’의 주체가 남성 혹은 여성이냐에 따라 익살의 정도가 다를 수 있다.
32) 리처드 월하임, 앞의 책, p.181.
33) 僧[僧伽]이라 하는 四衆에는 ‘比丘, 比丘尼, 優婆塞, 優婆夷’가 있는데 홀居士가 優婆塞이다. 동국대학교교양교재편찬위 편, 『불교학개론』, 10판, 동국대, 1989, p.133.
34) 박문욱이 지은 노래[듕과 僧과 萬疊山中에 맛나 어드러로 가오 어드러로 오시는게/山쬭코 물 좃흔듸 갈씨를 부쳐보오 두 곳같이 흔듸 다하 너픈너픈 ᄒ는 樣은 白牧丹 두 퍼귀가 春風에 휘듯는 듯/암아도 空山에 이씰음은 즁과 僧과 둘쑨이라(#2657)]에 대해 김수장이 “僧尼交脚之歌 千古一談”라고 평가를 내리고 있는데 여기서 ‘交脚’은 단순히 ‘다리를 걸다’의 의미를 넘어선다.

대부분 온건”하면서 “주로 뚜렷한 만족감, 가벼운 미소가 청취자들에게서 얻어 낼 수 있”35)도록 기능하던 노래이다.36)

농담의 마지막 단계인 경향성을 지닌 농담은 “공격이나 풍자, 방어를 위한, 적의 있는 농담”이거나 “노출을 위한 외설적인 농담”37)으로 나눌 수 있는데 시조의 가창공간이 태생적으로 ‘酒宴席이나 風流場이 대부분’이었던 만큼 ‘공격이나 풍자’보다는 ‘노출을 위한 외설’과 관련한 농담이 가창공간과 더 친연하다.38) 무엇보다 술과 안주[酒肴]가 소비되는 공간에서 평시조[근엄한 노래: 진지한 발화]→사설시조[멋과 흥: 허튼소리]의 순서에 따라 ‘노릐부르기’를 할 때, 사설시조는 ‘공격이나 풍자’보다 허튼소리로 온전히 기능할 수 있는 ‘노출을 위한 외설적’인 내용과 가까울 수밖에 없다. 결국 ‘노출을 위한 외설’과 관련한 농담이 사설시조의 가창공간과 밀접한데 이는「청구영언 序」에 “만횡청류는 노랫말이 음탕하고 뜻과 지취가 보잘 것 없어 족히 본받을 만하지 못”39)다고 나타나는 것과 다름 아니다. 그리고 ‘노랫말이 음탕하고 뜻과 지취가 보잘 것 없’는 것은 곧 음담패설로 이는 “분위기의 흥을 돋우는 데 결코 빠지지 않는 행위”40)이기도 하다.

> 드립더 브드득 안으니 셰 허리지 ㅈ느ㅈ늑
> 紅裳을 거두치니 雪膚之豊肥ㅎ고 擧脚ㅎ 紅牧丹이 發郁於春風이로다
> 進進코又退退ㅎ니 茂林山中에 水舂聲인가 ㅎ노라(#937)

기녀의 ‘ㅈ느ㅈ늑’한 가는 허리[細: 셰 허리]를 힘주어 안고 붉은 치마를 풀어내자 흰 눈(白雪) 같은 속살이 풍만하게 드러난다. 이윽고 다리를 들어 올리자 붉은 모란이 눈에 띈다. 모란꽃 냄새가 봄바람을 타고 진동한다. 마침내 ‘進進코又退退ㅎ’는 물방아소리[水舂聲]로 비유된 단계로 접어든다. #937에서 화자는 ‘水舂聲’을 실제로 재연하고 있는 게 아니라 단지 가창공간의 분위기를 돋우기 위해 ‘노랫말이 음탕하고 뜻과 지취가 보잘 것

없'는 음담패설을 진술한 것이다. 그리고 이러한 진술은 갑자기 차단되는 게 아니라 가창공간에 참석해 있던 다른 자들에 의해 계속된다. 무엇보다 "쾌락의 효과를 누리는 사람은 농담을 하는 사람이 아니라 아무것도 하지 않는 청중"[41]들이며 그들도 "언어유희나 허튼소리를 내뱉는 데서 나오"는 농담의 쾌락을 "비판에 의해 사라지지 않도록 보호하려"[42]하기 때문이다.

가창공간에 허튼소리를 하는 자[歌唱者]와 그것을 듣는 자[聽者], 그리고 그 사이에 있는 자[妓]가 있다 할 때, 이는 경향적 농담이 일반적으로 세 사람을 필요로 하는 것과 동일하다. 가창공간에서 "농담을 하는 사람 외에도 적대적이고 성적인 공격의 대상이 되는 사람, 그리고 쾌락의 생성이라는 농담의 목적을 충족시키는 제삼자"[43]라는 지적이 그것인데 농담을 하는 자는 가창자이고 성적인 공격의 대상이 되는 사람은 기녀, 그리고 농담의 목적을 충족시키는 사람은 청자들이다. 그래서 허튼소리를 가창하는 일은 가창자의 쾌락보다 그것을 듣고 있는 여러 청자들에게 더 큰 영향을 미쳐 가창공간의 분위기를 고조시킨다. 실제로 "외설적 언행을 숨김없이 표현함으로써 당사자는 만족을 얻게 되고, 제삼자는 웃게 된다"[44]는 것도 이와 무관하지 않다.[45] 그리고 외설적 내용을 가창하는 창자와 그것을 통해 쾌락을 충족시키고 있는 청자들 사이에 성적인 공격의 대상이 되는 기녀가 있는데 그녀는 "음담패설을 들음으로써 음담패설을 하는 사람의 흥분을 깨닫게 되어 스스로도 성적으로 흥분"[46]된다고 한다. 물론 가창공간에서 음담패설을 늘 경험했던 기녀의 경우 실제로 성적으로 흥분되지 않았다 하더라도 그녀는 '酒宴席이나 風流場'에서 온전히 기능하기 위해 창자와 청자가 예상하고 있는 모습을 취해야 한다.[47] 가창공간에서 '글짓고 노리부르기'와 참석자나 분위기에 따라 '女妓花看'이 행해졌는데 이 중 '여기화간'이 마지막에 자리 잡고 있는 것도 이와 같은 사정과 밀접하다.

---

41) 위의 책, p.129.
42) 위의 책, p.170.
43) 위의 책, p.129.
44) 같은 곳.
45) 음담패설은 하는 자보다 듣는 자에게 쾌락의 정도가 더 크다는 점에서 허튼소리를 제대로 하는 가객이 가창공간에 자주 불려 다니기 마련이다.
46) 프로이트, 앞의 책, p.126.
47) 물론 음담패설을 진술하는 가창자가 기녀라 해도 마찬가지이다. 그녀의 가창은 자족적인 것과 상관없이 '酒宴席이나 風流場'에 참석한 자들을 위해 존재하는 것이다. 기녀들이 어떤 류의 허튼소리를 했는지 알 수 없지만 다만 기녀 화자가 등장해서 '性'을 노골적으로 드러낸 경우보다는 자신들 입장에서 얕잡아 볼 수 있는 '파계승'을 소재로 잡았을 것으로 추정된다. 파계승의 노골적인 성 행각은 가창공간의 분위기를 고조시키는 데에 가장 합당하다(졸고, 「파계승 등장시조와 '믈아레 그림자~」, 『국어교육연구』9집, 인하대국어교육과, 2005, 참조). 혹은 불구동물을 소재로 했던 시조를 가창했을 것으로 추정된다(#134, #834, #923, #3159, #3160이 이에 해당한다). '불구'에 대한 당대인들의 '경멸과 조롱'에 대해서는 박희병, 「병신에의 시선」, 『고전문학연구』 24, 한국고전문학회, 2003, pp.316~317 참조.

어듸 보자. 먼저는 것치마를 쓰르고 잇으면 …… 쏘 단속것 쓰르고 홋속것만 입고 안젓스
면…… 속것쓴을 풀고 이스면 이년아 두 손 쩨여라 하면 입으로 속것 허리를 입에 물고 두
손을 쩨고 섯스면 그제야 손이 속것 문 것을 팩 재치면 잠간 거긔가 뵈이면서 주저안나니[48]

　손님이 기녀의 '속것쓴'을 확 당겨 '거긔[花]'를 잠간 보는 女妓花看을 하는 모습이다. 무
엇보다 "음담패설은 그것이 겨냥하는 이성을 발가벗기는 것과 거의 같"고 그것은 "외설
적인 말을 통해 공격받는 사람에게 해당 신체부위나 행위를 생각하도록 강요하면서, 공격
자 자신도 그것을 생각하고 있음을 보여" 주기에 이것이 "음담패설의 원초적 동기라는 것
은 의심의 여지가 없다"[49]고 한다. 그래서 기녀화간에 이르기 이전 단계에서 가창자와 그
것을 듣는 청자, 그리고 그들 사이에 껴 있는 기녀가 허튼소리를 진술할 때 그곳에 참석
해 있던 자들의 심리를 재구할 수 있는 것이다.

　그러나 '노출을 위한 외설'과 밀접한 관계에 있는 경향적 농담이 "악의 없는 농담이 갖
지 못하는 쾌락의 원천을 가지고 있음에 틀림없"[50]다 하여 性을 노골적으로 드러내는 것
일수록 좋은 음담패설이 되는 것은 아니다. 주효가 구비돼 있는 '酒宴席이나 風流場'에서
성이 노골적으로 드러나는 상황을 경험했던 자라 하더라도 '노랫말이 음탕하고 뜻과 지
취가 보잘 것 없어 족히 본받을 만하지 못하(「청구영언 序」)'다는 만횡청류에 대한 평가에
동의할 만큼 그들은 인간의 기본욕구를 억제하는 성리학적 사유를 지녔기 때문이다. 하지
만 그들이 음탕한 것을 즐기려는 "원초적인 향유의 가능성이 문화의 억압작용 때문에 우
리 내부의 검열Zensur에 의해 배척되면서 상실"[51]되지만 결국 상실된 것을 다시 획득하
는데 이는 "인간의 심성에서 전면적인 포기란 아주 어려운 것"[52]으로 성리학적 사유를
지닌 자들에게도 예외는 아니다. 그래서 '문화의 억압작용', 곧 성리학적 예교에 영향을
받은 사람들의 집단에서 농담의 형식적 조건이 첨가된다. 예컨대 "듣는 사람은 느슨하게
연관되어 있는 것들을 자신의 표상 속에서 완전하고도 직접적인 음담패설로 재구성해"
내고 "음담패설로 직접 표현되는 것과 듣는 사람에게서 그로 인해 자극되는 것 사이의 불
균형 관계가 커질수록 농담은 더욱 세련"[53]된다는 게 그것이다.

---

48) 정재호 · 김흥규 · 전경욱 편, 「외입장이 격식」, 『주해 악부』, 고대민족문화연구소, 1992, p.699.
49) 프로이트, 앞의 책, p.127.
50) 위의 책, p.125.
51) 위의 책, p.131.
52) 같은 곳.
53) 위의 책, p.130.

물아레 그림자 지니 드리 우희 즁이 간다
져 즁아 게 서거라 너 가는듸 무러보쟈
손으로 흰구룸 フ르치고 말 아니코 간다(#1083)

허튼소리가 진술되는 공간에서 '쾌락의 효과를 누리는 사람은 농담을 하는 사람이 아니라 아무것도 하지 않는 청중'이며 그들도 '언어유희나 허튼소리를 내뱉는 데서 나오'는 농담의 쾌락을 '비판에 의해 사라지지 않도록 보호'해야만 한다. 이런 사정을 고려하지 않은 채 난데없이 가창공간의 분위기와 거리가 있는 #1083을 가창하는 것은 참석자들에게 질시를 받아 마땅하다. '손으로 흰구룸 フ르치고 말 아니코' 가는 즁은 禪의 경지에 도달한 듯한 인물로 가창 분위기와 무관하기에 그 심각성은 크다. 그러나 가창공간에 참석한 자들이 '즁'을 소재로 삼는 경우, '즁과 僧'이 '쏜山에'서 '씰음'(#2657)을 하거나 '곡갈 버셔 걸'(#1985, #2720)거나, 혹은 '즁놈은 승년의 머리털' '츤츤 휘감아 쥐고' '작작공이 첫'(#2659)던 파계승이었다는 것을 잘 알고 있었다면 #1083은 세련된 농담 혹은 세련된 허튼소리이다. 물론 가창공간에 있던 모든 참석자들이 '드리 우희' 즁이 어디 가서 무엇을 할 것인지 잘 알고 있는 경우, 뻔히 알면서 묻는 것도 허튼소리에 해당하지만 즁이 능청스럽게 대응하는 모습 또한 마찬가지이다. 즁이 어디 가서 무엇을 할지 창자나 청자 모두 잘 알고 있지만 '드리 우희 즁'만 혼자 그것을 알아차리지 못한 채 전문 신앙인인양 '손으로 흰구룸 フ르치고 말 아니코' 가는 꼴인 셈이다.54)

Ⅲ. 결론

프로이트의 농담이론을 통해 사설시조의 가창공간에 있던 자들의 심리를 재구해 보았다. 가창공간에서 노래를 부르는 자[창자]와 그것을 듣는 자[청자], 그리고 그들 사이에 있던 자[妓]의 심리 변화를 재구하는 일은 그곳에서 가창된 시조를 이해하는 한 방법이기도 하다. 술과 안주가 소비되고 있는 공간에서 가창되는 노랫말은 점차 '性'을 노골적으로 드러내는 쪽으로 이동하기 마련인데 이는 농담이론의 '익살ㅡ악의 없는 농담ㅡ경향성의 농담' 경우와 유사하다. '경향성의 농담'의 경우 '노출을 위한 외설적인 농담'으로 곧 음담패

---

54) "희극적인 사람은 자각하지 못하는 사이에 희극적이 된다. …… 자기 자신은 스스로 보지 못하면서 다른 모든 사람들에게 보이는 존재가 되는 것(앙리베르그송, 『웃음ㅡ희극성의 의미에 관한 시론』, 7쇄, 정연복 옮김, 세계사, 1999, p.23)"인데 '손으로 흰구룸 フ르치고 말 아니코' 가는 즁이 이에 해당한다.

설을 가리킨다. 그리고 이는 '분위기의 흥을 돋우는 데 결코 빠지지 않는 행위'로 시조의 가창공간에서 '성'이 노골적으로 드러난 이유와 밀접하기도 하다. 그렇다고 해서 노골적인 내용을 담고 있는 시조가 좋은 음담패설에 해당하는 것은 아니라 '세련된 농담'이 되기 위해서는 '농담의 형식적 조건'이 첨가돼야 한다.

하지만 문제는 여전히 남아 있다. 농담을 네 단계로 나누어 각각에 해당하는 시조를 적용시켰지만 '익살'과 '악의 없는 농담'이 교직되는 시조가 있을 수 있고 혹은 '악의 없는 농담'이 '경향성의 농담'과 교직될 수 있는 가능성은 얼마든지 있다. 그런 부분에 대해서는 구체적인 작품분석을 통해 보완해야 할 것이다. 다만 이 글은 농담이론이 사설시조에 대한 논의를 풍성케 하는 계기일 수 있다는 데에 의의를 두고 싶다.

끝으로 이 글에서 다루지 않았지만, 농담의 단계에서 교직되는 노래들과 평시조이면서 '세련된 농담'에 해당하는 시조들을 선별해서 이를 정치하게 분석한다면 사설시조의 정체성, 발생시기, 향유층에 대한 논의까지 진전될 수 있을 것이다.

<『고전문학연구』 27호, 한국고전문학회, 2005.>

mc0528@hanmail.net

〈參考文獻〉

김용찬,『조선후기 시가문학의 지형도』, 보고사, 2002, p.391.

김학성,『한국 고전시가의 정체성』, 성균관대 대동문화연구원, 2002, p.187.

김학성,「사설시조의 형식과 미학적 특성」,『어문연구』30집, 한국어문교육연구회, 2002, p.90.

김흥규,『욕망과 형식의 시학』, 태학사, 1999, pp.244~245.

동국대학교교양교재편찬위 편,『불교학개론』, 10판, 동국대, 1989, p.133.

류근안,「사설시조의 연행화 양상에 대한 연구」,『한국언어문학』49집, 한국언어문학회, 2002, pp.49~64.

류수열,「사설시조의 텍스트 구성원리 연구-선행 텍스트 수용작품을 중심으로」, 서울대 석사, 1996, pp.51~62.

박희병,「병신에의 시선」,『고전문학연구』24, 한국고전문학회, 2003, pp.316~317.

신경숙,「사설시조 연행의 존재양상」,『홍익어문』10 · 11집, 홍익어문회, 1992, pp.745~759.

신연우,「시조에 있어서 문화 동질감의 표현-공통어구의 문학적 기능」,『조선조 사대부 시조문학 연구』, 박이정, 1997, pp.197~213.

심재완 편,『교본역대시조전서』, 재판, 세종문화사, 1972, p.309, p.339, p.385, p.457, p.592, p.708, p.995.

이영태,「파계승 등장시조와 '믈아레 그림자~'」,『국어교육연구』9집, 인하대국어교육과, 2005, pp.313~323.

장사훈,『시조음악론』, 서울대출판부, 1986, p.198.

정재호 · 김흥규 · 전경욱 편,「외입장이 격식」,『주해악부』, 고대민족문화연구소, 1992, p.699.

조태흠,「18 · 9세기 장시조 연행의 기반과 그 문학적 의미」,『도남학보』15집, 도남학회, 1996, pp.133~154.

이창식,「시조놀이를 통해 본 사설시조의 현실양상」,『시조학의 전개와 그 좌표』, 김동준 편, 백산출판사, 1922, pp.115~124.

최동원,『고시조론』, 중판;삼영사, 1991, p.73.

최재남,「구비적 측면에서 본 시조의 시적 구성방식」, 서울대 석사, 1983, pp.6~25.

한글학회,『우리말 큰사전』3, 어문각, 1992, p.4617.

리처드 월하임,『프로이트』, 이종인 옮김, 시공사, 1999, p.181.

앙리베르그송,『웃음-희극성의 의미에 관한 시론』7쇄, 정연복 옮김, 세계사, 1999, p.23.

지그문트 프로이트,『농담과 무의식의 관계』, 임인주 옮김, 재간, 열린책들, 2004, pp.124~127, pp.129~131, p.166, p.168, p.170.

俞晩柱의 『欽英』에 보이는 小說批評 研究*

간 호 윤

Ⅰ. 序論

　『欽英』은 通園 俞晩柱(1755~1788)[1]의 日記이다. 이 일기는 영조 51년인 1775년부터 시작하여 정조 11년인 1787년에 끝나고 있다.[2] 이 책에는 저자의 宏博한 독서 편력을 바탕으로 한 학문과 사상이 들어 있는데, 이에 대한 논문으로는 최자경의 석사학위 논문[3]과 姜明官, 金榮鎭, 金允朝 등 약간의 연구가 있다.[4]

　通園 유만주는 이 일기에서 "사람들은 고문이라지만 나는 금문이다. 사람들은 남의 글이라지만 나는 내 글이다. 우리 글 쓰는 법은 다른 사람들과는 다르다."라거나 "비록 조악하고 천박한 소설일지라도 한두 곳쯤은 기쁨을 줄만한 곳이 있기 마련"이라고 소설을 옹호한다.[5] 여기에 "唐虞(요·순) 三代(하·은·주)는 經의 시대요, 周末은 제자백가의 시대

---

* 이 논문은 『어문연구』 111호(한국어문교육연구회, 2001)에 수록된 〈흠영의 소설비평 연구〉를 일부 수정·보완하였음을 밝힌다.

1) 金榮鎭, 「유만주의 한문단편에 대한 일고찰」, 『大東漢文學』 13집, 중문출판사, 2000, pp.31~34 참조.
　　通園 俞晩柱의 字는 伯翠 경화 노론계의 인물로 명문거족인 杞溪 俞氏이다. 유만주는 俞漢雋(1732~1811)과 順興 安氏부부 사이에 외아들로 태어났는데, 5대조는 斥和派로 유명한 忠簡公 俞槼이고 4대조는 송시열의 문하생인 俞命賚, 曾祖는 현감을 지낸 俞廣基, 조부는 학문과 문학으로 이름 난 俞彦鎰이다. 부친 유한준은 1768년에 진사시에 합격하였으며, 문장으로 명성이 있었으나 官運은 없어 겨우 蔭職으로 김포, 부평 등지의 고을 원을 거쳐 刑曹參議를 지냈다. 16세에 부친을 잃고 17세에는 형마저 잃어 아들에 대한 사랑이 각별하였다. 유만주 또한 아들 久煥(1773~1787)을 깊이 사랑했는데, 아들의 요절에 깊은 상심을 하여서인지 34세로 생을 마쳤다. 유언호(俞彦鎬)의 〈從子晩柱墓誌銘〉, 박윤원(朴胤源)의 〈俞君伯翠哀辭〉, 남공철(南公轍)의 〈與吳士執 允常〉 등을 보면 유만주는 대단히 총명하고 박식한 인물로 기록하고 있다.
2) 俞晩柱, 『흠영』 1, 「흠영의 성격과 내용 참조」, 서울대규장각 간행, 1997 참조. (이하 『흠영』은 모두 같은 책임)
3) 최자경, 『유만주의 소설관 연구』, 연세대학교 석사 논문, 2000.
　　이 최자경의 학위 논문 4-2. 「소설에 대한 인식」에서 유만주의 소설관을 살폈다. 특히 이 논문의 부록에는 유만주의 소설 향유와 소설관을 알 수 있는 자료를 번역 수록하여 이 방면의 연구에 많은 도움을 준다.
4) 김윤조, 「유만주가 본 연암」, 『한국의 경학과 한문학』, 태학사, 1996과 『大東漢文學』 13집, 위의 책에서는 『흠영』에 대한 종합적 검토를 기획하였다. 이 책에는 강명관의 「한 지식인의 독서체험과 조선 후기 문학」, 김영진의 「유만주의 한문단편과 記事文에 대한 일 고찰」, 김윤조의 「조선 후기 한문학에 있어서 전겸익」 등이 게재되어 있다. 모두 소설 비평에 대한 연구로 보기는 어려우나 『흠영』이라는 일기문학이 우리 소설문학사에 차지하는 비중을 자리매김하였다는 데 의의가 있다.
　　이후 김하경, 「『흠영(欽英)』일기에 재현된 경험적 시간의 의미」, 『韓國漢文學研究』 41, 2008; 김지연, 「『흠영(欽英)』에 나타난 통원(通園) 유만주(俞晩柱)의 도서해제에 대한 연구」, 『서지학연구』 43, 2009; 황정연, 「18세기 경화사족의 서화수장과 예술취향, 유만주와 『흠영』」, 『내일을 여는 역사』 40, 2010 등의 논문이 보인다.
5) 유만주, 『흠영』 5. 앞의 책, p.139.
　　(人則古文 我則今文 人則人文 我則我文 我輩謄法 自與人異)
　　유만주, 『흠영』 3. 위의 책, p.250.

요, 한나라와 위나라는 고문의 시대요, 당나라 송나라는 시문의 시대요, 원나라 명나라는 소설의 시대"[6]라고 중국 문학사에 대한 깊이 있는 이해까지 곁들여 우리의 고소설을 비평하고 있다.

따라서 통원의 이러한 조선식 사고, 소설에 대한 관심, 해박한 소설에 대한 지식을 바탕으로 저술된 『흠영』은 우리 고소설 비평의 폭을 日記文學으로까지 확장시켰다는데, 小說文學史적인 가치가 있다.

『흠영』은 우리 고소설 최초의 소설 비평 이론서라는 데 비평사적인 의미가 심대하며, 또한 18세기의 전후를 이어 주는 소설 비평어들의 교통로 역할을 하였다는데 의의를 부여할 수 있다.

통원의 『흠영』이란 일기에 보이는 고소설 비평 중 특이한 것은 소설에 대한 기원설과 소설의 정의, 그리고 소설 批評用語가 다수 보인다는 점이다. 이 논문에서는 통원의 『欽英』이란 일기에 보이는 이러한 세 부분에 주목하여 살펴보겠다.

Ⅱ. 本論

1. 소설의 起源說

유만주는 『흠영』에서 소설의 기원설 세 가지를 考證하고 있는데, 모두 현재의 연구자들이 밝히는 중국 소설 기원설과 부합하다. 실상 당시에 소설에 대한 기원을 이렇게 정확하게 지적한 것은 우리의 소설 비평에서 찾기 어렵다. 당시에는 소설의 기원을 '野史' 정도로 보는 것이 고작이었기에, 유만주의 소설에 대한 식견을 미루어 짐작할 수 있다.[7]

1) 佛典 起源說

유만주의 글을 보면 소설의 기원을 정확하게 지적하고 있는데, 그것이 內典說이다.

(雖粗淺之小說 亦有一二段行文可喜處)

6) 유만주, 『흠영』 2. 위의 책, p.287.
　(唐吳[편집자 주: 虞일 듯]三代 經之世也 周末 子之世也 漢魏古文之世也 唐宋時文之世也 元及皇明小說之世也)

7) 『第一奇彦』을 번역한 洪羲福(1794~1859)은 「제일긔언서문」에서 "경셔는 셩인에 말슴을 법밧들 빅요 소긔는 녁대흥망을 긔록한 빅요 주집은 고금 문쟝의 짓고 쓴 빅요 구류빅가는 슐업과 방문을 젼ᄒ는 빅니 그 즁 쇼셜이란 명쇠이 잇셔 처음은 소긔에 쌘진 말과 초야의 젼ᄒ는 일을 거두어 모화ᄂ니 혹 닐으되 샤쉬라 하더라."(柳鐸一 編, 『韓國古小說批評資料集成』, 아세아문화사, p.183에서 인용)고 하여 소설을 '샤쉬(野史類 정도)'라 하는 정도였다.

이 내전설의 내용은 다음과 같다.

> 소설은 한 글자나 한 格式이라도 內典에서 나오지 아니한 것이 없다. 내전이 아니면 소설
> 이 이루어지지 아니하니 소설가는 마땅히 내전을 신주와 제문처럼 여겨야 한다.[8]

여기서 내전은 불교의 서적을 말한다. 소설과 불교의 서적을 이렇게 연결 지어 평한 것
은 유만주의 견해가 처음이 아닌가 한다.

유만주의 불경에 관한 견해는 여러 곳에서 찾을 수 있으나 그가 본 불경이 무엇인지는
알 수 없다.

다음은 불경과 서상기를 연결하고 있는 부분이다.

> 나는 비로소 서상기 일부가 내전체임을 알았다. 내전은 게송 사이에 긴 글이 있고 서상기
> 는 말에 잡박하게 글을 기록하였다. 그러니 西廂記讀法과 내전의 說經은 같고 표면에 이
> 름을 세운 것과 그 뜻을 펴 부연한 것이 또한 금병매 등 여러 책의 연원을 열었으니 내전
> 과 소설은 실상 표리관계다.[9]

이것을 볼 때 유만주는 우리의 소설 근원이 불경에서 비롯되었음을 분명히 하고 있다.
다음 글 또한 이와 관련 있다.

> 내전의 문장은 비록 간략하나 그 말이 자세하고 섬세하여 다시 남음이 없다. 이것이 흘러
> 후세에 소설의 조종이 된 것이 아닌가?[10]

다음을 보면 소설의 근원을 불경으로 잡고 있는 더욱 구체적인 이유를 찾을 수 있다.

> 내전은 '무슨 인연 때문인가'와 '이렇게 된 원인은 무엇인가'는 두 마디의 말을 표식으로
> 하며 그 아래에 섬세한 것을 기술하는 것이 많다. 소설가는 이 뜻을 꿰뚫어 왕왕 일을 서
> 술하다가 看官聽說이라는 한 마디를 삽입하니 분명히 이것은 내전으로부터 훔쳤다.[11]

---

8) 유만주, 『흠영』 5, 앞의 책, p.3.
　 小說 無一字無一格 不出於內典 非內典不成爲小說 小說家當尸祝內典
9) 유만주, 『흠영』 6, 위의 책, p.201.
　 余 始知西廂是一部內典體格 內典以偈間長行 西廂以詞雜記文 而西廂讀法與內典說經同 而其表立名號 演其意趣 又開金瓶諸書之淵源 內
　 典小說實相表裏
10) 유만주, 『흠영』 2, 위의 책, p.286.
　 內典文 雖簡而其辭 則委曲纖細 更無餘有 此所以流而爲後世小說之祖宗也歟
11) 유만주, 『흠영』 2, 위의 책, P.297.
　 內典多標 以何因緣 所以者何 兩串語 而其下敷演纖細 小說家透見此義 故往往於敍事中揷入看官聽說一語 明是從內典偸來者

이 글을 보면 통원이 내전을 소설의 祖宗으로 여기는 이유가 분명하게 드러난다. 즉 "무슨 인연 때문인가(以何因緣)."와 "이렇게 된 원인은 무엇인가(所以者何)."라는 두 구절은 불교의 인연설과 관련이 있고 따라서 그 원인을 자세히 기술한 것이 소설의 문체와 유사하다고 한다. 즉, 통원은 소설의 曲盡한 문체가 佛經의 敍事性과 연관된다고 이해한 듯하다.

胡適은 "韻文佛經은 대부분 찬란한 서정 서사시이고 散文佛經은 전체가 장엄한 소설이며 희곡으로 볼 수 있다."12)라고 하였다. 그리고 우리나라에서도 『釋迦如來十地修行記』 같은 것은 고려대에 형성, 집성되어 조선조에 유전되면서 「金牛太子傳」·「善友太子傳」·「悉達太子傳」 등 10여 편의 소설을 유통시켰으며,13) 세종과 세조 조에 불경 언해가 주목된 이래, 부처를 『釋譜詳節』이라는 책을 통해서 장편소설로 入傳하기도 하였다.14) 또 覺訓의 『海東高僧傳』이나 『東師列傳』에는 傳奇小說 등이 들어 있기도 하다.15)

이러한 저간의 연구 결과물들로 미루어 볼 때, 통원의 견해는 소설의 기원설로 우리 고소설 비평사에서 의미 있는 이론이다. 이에 대한 자세한 언급은 선행 연구로 대신한다.16)

2) 莊子 起源說

통원은 소설 시원설을 세 가지 들었는데, 그중에 하나가 지금도 우리에게 널리 인용되고 있는 莊子說이다.

내용은 다음과 같다.

> 사람들은 소설이 당나라 사람들에게서 처음으로 시작된 것으로만 알고 莊子와 司馬遷에서 시작되었다는 것은 모른다. 장자 한 책은 우언이 열에 아홉인데 크게는 鯤(鯤魚의 잘못인 듯)과 鵬에 이르고 작게는 鷽鳩(작은 비둘기: 소인을 이르는 말)와 鷦鷯(굴뚝새)의 무리에까지 이른다. 散木鳴雁(쓸모없는 나무와 잘 우는 기러기: 남이 아껴줄 만한 능력이 없는 것)은 양생을 비유하고 소 잡는 백성과 바퀴 살 깎는 목수는 오묘한 뜻 아닌 것이 없다. 심지어 성인을 조소하고 제왕을 우스개로 만드니 칠원의 소설이다. …… 대개 그 마음에 정사로 읽으면 감히 소설이라고 덧붙이지 못하지만, 곧 두씨와 전씨가 서로 사이가 좋지 않았던 일이 어찌 전기와 다르겠으며, 구천세가 뒤에 도주공과 장생의 일, 즉 초나라에서

---

12) 胡適, 『白話文學史』, 樂天出版社, 1970, p.145.
  普曜經 佛所行讚 修本行經都是偉大的長篇故事 不用說了 其餘經典也往往帶着小說或戲劇的形式
13) 史在東, 『佛敎系敍事文學의 硏究』, 1996, pp.59~124 참조.
14) 印權煥, 「釋譜詳節의 文學的 考察」, 『民族文化』 제9호, 고려대학교 민족문화연구소, 1975 참조.
15) 金承鎬, 「僧傳의 敍事體裁와 文學性의 檢討 -海東高僧傳을 중심으로-」, 『韓國文學硏究』 第10輯, 동국대학교, 1987 참조.
16) 이에 대해 더 자세한 것은 사재동에 의해 집적된 일련의 연구 결과물들이 있다.
  史在東, 『佛敎系 國文小說의 硏究』, 中央文化社, 1994.
  _____ 『佛敎系 敍事文學의 硏究』, 中央文化社, 1996.
  _____ 『韓國文學流通史의 硏究 Ⅰ』, 中央人文社, 1999.
  _____ 『韓國文學流通史의 硏究 Ⅱ』, 中央人文社, 1999.

살인한 사건을 덧붙였으니, 이는 분명히 소설이다. 그러므로 소설은 당나라 때에 시작되
지 않았다고 말한다.[17]

이러한 점으로 미루어 볼 때, 유만주는 소설의 시원을 분명하게 장자와 사마천으로부터
시작하였음을 알 수 있다. 소설의 장자 시원설은 중국에서도 소설의 처음으로 널리 인정되
었다. 魯迅도 『中國小說批評史略』에서 『莊子』, 「외물편」에서 중국 소설의 처음을 찾았다.[18]

우리나라에서는 『장자』로부터 소설의 시원을 찾는 것은 통원 유만주가 그 처음이 아닌
가 한다. 아울러 이 『장자』 「외물편」에 보이는 소설이라는 말의 바탕에는 任나라의 公子
가 굵은 낚싯줄에 50마리의 거세한 소를 미끼로 매달아 會稽山에 앉아 東海에 낚싯대를 드
리우고 있다가 1년 만에 거대한 고기를 잡아 魚脯를 만들었다는 소설의 허구적 요인이 내
재해 있다는 사실에 유념해야 한다. 그렇다면 통원은 소설의 허구성에 대한 분명한 이해
가 선행되었음을 알 수 있다.

3) 虞初 起源說

다음에 통원은 소설의 시원을 漢의 河南 洛陽 사람인 虞初의 무리에서 나왔다고 하였다.

> 그 시작은 虞初의 무리에서 나왔는데, 위·진 시대에 점점 성해졌다가, 당·송 때에는 더
> 욱 많아져서 소설가가 드디어 한 부류를 이루게 되었다.[19]

통원은 이 虞初에 대해, "우초신지는 십 책이다. 우초는 한나라 무제 때 작은 벼슬아치
인데, 옷은 누렇고 수레를 타고 다니며, 천하의 기이한 일을 채집하였다."라고 적었다.[20]
그이 말은 『한서·예문지』에 보인다. 즉 小說十五家[21]를 말하며, 「虞初周說九百四十三篇」이
라는 곳에서 보인다. 같은 책에 보이는 師古의 말에 의하면, "소설 구백이 본래 우초로부
터 저술되었다."[22]고 기술되어 있다. 이로 미루어 볼 때 통원은 『한서·예문지』를 보고

---

17) 유만주, 『흠영』 5, 앞의 책, pp.414~415.
   人知小說昉于唐人 不知其昉于莊馬也 莊子一書寓言十九 大至鵾鵬 小及鸒鳩鷦鴂之屬 散木鳴雁 可喻養生 解牛蹏輪 無非妙義 甚至誨
   諧賢聖 談笑帝王 此漆園小說也 …… 蓋其心 先以正史讀之 而不敢以小說加焉也 卽竇田之相軋 何異傳奇 而句踐世家後 附一段 陶朱莊
   生入楚喪子之事 明是小說 故曰 小說不昉于唐人也
18) 魯迅, 丁範鎭 譯, 『中國小說史略』, 學研社, 1997, p.11.
19) 유만주, 『흠영』 1, 앞의 책, p.26.
   其始也 出於虞初之類 而稍盛於魏晉 增多乎唐宋 而說家遂專一部
20) 유만주, 『흠영』 1, 위의 책, p.26.
   閱虞初志 十册 虞初漢武帝時小吏 衣黃乘輜 采訪天下異問 新志之名 蓋以是也
21) 반고, 『한서·예문지』, 경인문화 편, p.437 참조.
   小說十五家는伊尹說·鬻子說·周考·靑史子·師曠·務成·宋子·天乙·黃帝說·封禪方說·待詔臣饒心術·待詔臣安成未央術·臣
   壽周紀·虞初周說·百家 등이다.

소설의 기원을 적어 놓은 것을 알 수 있다.

유만주의 이러한 소설 기원설은 그의 소설에 대한 해박함에서 나온 합리적인 견해이다. 비슷한 시기의 학자인 李德懋(1741~1793)의 소설 기원설과 비교를 해 보아도 알 수 있다. 이덕무는 "(소설은) 원나라에서 시작하여 명나라에서 남상이 되었는데, 지금에 더욱 유행한다."[23]고 하였다. 이 말은 이덕무가 「歲精惜譚」에서 소설 배척론을 펴면서 한 말인데, 소설의 기원을 원으로 보고 있다. 이덕무가 말하는 소설의 개념 또한 유만주와는 달리『서상기』등의 元代 雜劇을 말하는 것이 아닌가 하는데, 그렇다면 이덕무에 비하여 유만주의 소설에 대한 식견이 높음을 알 수 있다.

그리고 이 우초 기원설은 金紹行이 1814년에 창작한『三韓拾遺』에 序한 淵泉 洪奭周 (1774~1842)의 글에 다음과 같이 이어진다.

> "小說類는 대개 西漢의 虞初에 기원을 둔다. 班固가 소위 街談巷語 道聽塗說이라 한 것이 이것이다. 거기에 기록되어 있는 것은 자잘한 것으로 성인의 대도에 맞지 않는다. 그러므로 소설이라 한다."[24]

2. 소설의 定義와 批評

1) 소설의 定義

통원 유만주는『흠영』에서 소설에 대한 정의를 다음과 같이 적고 있다.

> 대저 패관이라는 것은 소설을 잡다하게 기록한 것으로 비속한 말을 갖추어 기록하였다. 혹 여러 傳記 가운데에서 신괴하고 황탄한 이상한 일을 취하고 진실을 바탕으로 허구를 꾸미고 여러 곡절로써 인정물태를 극진하게 만들었다. 그리고 오직 그 마음과 입이 마음대로 횡행하여 거리낌이 없다.[25]

이 글을 보면 통원은 소설에 대한 해박한 지식을 지니고 있다. 통원 유만주의 소설의 정의를 이끄는 단어들은 俚言・神怪・荒誕・依眞鑿空・人情物態 등인데, 이러한 통원의 소

---

22) 반고, 위의 책, p.437 참조.
23) 李德懋, 「嬰處雜稿」 2, 민족문화추진회편, 『국역청장관전서』 2, 솔출판사, 1978, (영인 원문), p.6.
　　　權與於元 濫觴於明 至于今日 而尤往而尤盛
24) 洪奭周, 「洪氏讀書錄 自序」, 『淵泉全書』 6, 旿晟社, 1984, pp.79〜80.
　　　小說之類 盖起於西漢之虞初 班固所爲街談巷語道聽塗說者 是也 其所識者小 而不軌語聖人之大道 故曰 小說
25) 유만주, 『흠영』 1, 앞의 책, p.25.
　　　夫稗官者 雜記小說 備錄俚言 或取諸傳記中 神荒不常之事 依眞鑿空 千曲萬折 以極乎人情物態 而惟其心口方行無忌

설에 대한 견해는 조선시대 보편적인 고소설 비평 용어들이다.

여기서 依眞鑿空은 소설이 '蓋然性 있는 虛構'라는 특성을 지적하는 비평어이다. 依眞이란 사실성이고 鑿空이란 허구적이다. 독자의 입장에서 사실성에서 진실성을 찾는다면, 허구성에서는 소설의 예술적 가치와 흥미를 느낀다. 이러한 소설의 허구와 진실에 대한 이론은 實錄類에 대한 극복이라는 점에서 주목된다.

통원은 이 용어들 중 가장 중요한 소설의 특성을 인정물태라는 것에서 찾았다. 통원은 결국 소설이란 일반 대중의 삶을 그린 것이라는 비평의식을 지녔다. 따라서 통원은 인정물태(인정세태) 때문에 소설은 읽지 않을 수 없다고 말한다.

> 소설은 보지 않을 수 없다. 이것은 인정세태의 책이기 때문이다. 인정세태에 대해서는 유불선의 성인들이 말씀한 것도 참으로 상세하지만, 문자가 고원하고 예스러워 쉽게 통할 수가 없다. 이에 만약 후세의 전기・방언과 이어를 가리지 않고 다만 포괄하면 일을 말하지 않음이 없으니, 음란한 것을 가르치고 도둑질을 가르치는 패륜의 책만 없애 버린다면 소설도 또한 도움이 되지 않을 수 없다.26)

이 '人情世態論'은 결국 소설의 現實 反映을 통한 효용적 측면을 유념한 비평이다. 통원이 지적한 이러한 소설의 사회적 친연성은 조선 후기까지 이어지며, 소설의 大衆性 획득에 일조를 한다. 이러한 것은 유만주가 『사씨남정기』를 평하며, 이 인정물태를 사용하였기에 그 형용이 曲盡하다는 이유를 들어 국문소설 중에서 유일하게 긍정적으로 평하는 것에서도 알 수 있다.27)

그리고 이 인정물태는 유만주 이후 우리 고소설 용어로 계속 존재하며, 우리 '小說의 市民權 獲得'에 의미 있는 역할을 한다. 즉 사람이 살아가는 일을 그렸기 때문에 읽지 않을 수 없다는 것은 소설의 가치론이나 수용적 측면에서도 의미 있는 진술이며, 소설과 우리의 삶과 연결시키려는 含意를 담고 있기 때문이다.

또 이 글에서 통원은 소설을 장르상으로는 傳奇, 문자는 方言과 俚語를 포괄하는 개념으로 이해하였다. 즉 통원은 聖經의 언어와 小說의 언어가 다르다는 2원적 文體認識을 지녔음을 알 수 있다. 그리고 이러한 문체 인식 위에 인정물태론을 들고 있다.

이러한 유만주의 소설의 정의는 19세기 徐有英(1801~1874?)의 「六美堂記 小序」에서도 나

---

26) 유만주, 『흠영』 6, 위의 책, p.130.
　　小說不得不觀 蓋爲是人情世態之書也 人情世態 三敎聖人固說之也詳矣 然文字高古 未易領透 乃若後世 傳奇方言俚語 都不揀擇 止管入裏 無事不說 除却誨淫誨盜一種悖書 則小說家亦不爲無助
27) 유만주, 『흠영』 6, 위의 책, p.119 참조.

타난다.

> 소설은 架虛鑿空하고 至離煩瑣하여 진실로 족히 취할 것이 없으나 人情世態의 묘사가 잘
> 되면 무릇 비환득실에 현우선악의 구분이 있어 종종 사람으로 하여금 보고 느끼게 하는
> 데가 있다.28)

이후에도 이 인정물태론은 우리 고소설 비평에서 소설 긍정론으로 많이 등장한다. 이 것은 우리 고소설이 당시에 문학으로서 살아남기 위한 自生的 發展理論이라고 할 수 있으 며, 동시에 소설의 大衆性에 부합하는 논리이다.

아울러 통원 유만주는 또 하나의 소설의 정의를 가늠하는 비평어로 性情論을 들고 있는 데, 이 성정론은 소설의 효용성과 관련이 있다.

> 서유기는 性을 안정시키는 책이고, 수호전은 情을 안정시키는 책임을 분명하게 깨달을 수
> 있다.29)

이러한 소설의 교화적 측면의 강조는 다음과 같은 글에서도 보인다.

> 서유기라는 책은 金丹의 대도를 講하였다. 혹은 바르게 말하기도 하고 …… 혹은 그 참된
> 깨달음을 드러내기도 하는데, 가로세로로 나오면서 두루두루 곡진히 비유하니 천만 가지
> 요괴를 통해 결국 모두 性命 두 글자를 수양하는 것을 강설하고 先天眞一의 기를 닦지 않
> 음이 없다.30)

통원은 이 글에서 『서유기』의 저작 목적이 性命에 있다고 하였다. 『성리대전』에 의하면 命은 하늘이 부여하는 것이고 하늘로부터 부여받은 것을 性이라고 하였다. 결국 이 말은 『서유기』라는 소설이 성리학에 입각한 心性 敎化的 측면이 있다는 비평이다. 그리고 先天 은 하늘로 받은 품성이요, 眞一은 도가에서 사용하는 말로 본성을 보존하여 人爲的인 것을 제거한다는 말이니 이 또한 심성 수양과 관련이 있는 비평어이다.

결국 통원은 소설의 효용적 측면을 은연중 드러낸 것이다.

---

28) 徐有英, 「六美堂記 小序」, 김기동 편, 『필사본 고전소설전집』 1, 아세아문화사, 1980, p.305.
　　皆架虛鑿空 至離煩瑣 固無足取 然至若人情世態 善於模寫 凡悲歡得失之際 賢愚善惡之分 往往有令人觀感處
　　김종철, 「옥루몽의 대중성과 진지성」, 『한국학보』 61, 1990 겨울 참조.
29) 유만주, 『흠영』 2, 앞의 책, p.581.
　　西遊記一部是定性書 水滸傳一部是定情書 勘得分曉
30) 유만주, 『흠영』 2, 위의 책, p.593.
　　西遊一書 講金丹大道 或正言 …… 或顯露其眞傳 橫豎側出 旁通曲喩 千魔萬怪 無非止講得修性命二字 止修得先天眞一之氣而已

아울러 통원은 소설의 感發論과 함께 소설의 조건을 다음과 같이 문체의 眞切情理에서 찾는다.

> 正經이나 小說이나 番書, 竺典을 물론하고 그 문장이 참으로 간절하고 情理가 있어 읽는 다면 능히 사람으로 하여금 감동할 것이니 해가 되지 아니하는 奇文이 된다.[31]

이 '진절정리'는 중국 소설 비평에서 世情說과 같다. 세정설의 주요 내용은 "소설이 삶의 진리를 진실하게 묘사한 것으로, 이렇게 해서 소설의 제재에 담긴 진실성의 여부와 세상의 정리에 부합하는가 하는 여부 등이 소설을 평가하는 원칙과 표준이 된다."[32]는 뜻이다. 결국 이 말은 소설은 現實社會를 묘사해야 한다는 寫實性, 혹은 문체의 曲盡性과 상응하는 용어이다. 유만주는 바로 이 세정설과 유사한 '진절정리'로 소설을 비평한 것이다.

이 인정물태와 진절정리는 결국 유교적 모랄로서의 문에 대한 반 비평적 견해를 내재이다. 또한 통원은 소설의 感動으로 소설을 奇文化시키니, 위에서 언급한 性命을 수양시키는 효용론에 다름 아니다. 통원의 이러한 性命의 효용론은 조선 말엽 탕옹의 '彰善懲惡論'[33] 등으로 나타난다. 즉, 소설가들의 생각은 九經에서 나오는 까닭에 결코 타고난 천성을 지키는 것에 배치되지도 않고 법을 무시하는 데로 빠지지도 않아 마침내는 '善을 나타내고 惡을 징계하는' 彰善懲惡에 귀결된다는 소설 효용론이 그것이다.

또 통원은 소설이란 장르와 타 장르는 다음과 같은 다른 점이 있으며, 전기를 집대성한 것이 소설로 인식하고 있다.

> 옛날 송 태종이 학사 이방 등에게 조서를 내려 『태평어람』의 가운데에서 소설을 모아 따로 『태평광기』 500권을 만들게 하여 전기의 대가가 되었다.[34]

이를 보면 통원은 『太平廣記』에 실린 내용을 소설로 보았으면서도 전기의 대가라고 하였다. 통원은 소설과 전기를 거의 동일한 개념으로 보고 있다.

다음 글을 보면 이를 더욱 구체적으로 알 수 있다.

---

31) 유만주, 『흠영』 5, 위의 책, p.152.
  毋論正經小說番書竺典, 其文章之眞切情理 讀之 能使人感動者 不害爲奇文
32) 方正燿 著, 홍상훈 역, 『中國小說批評史略』, 을유문화사, 1994, p.361.
33) 이 '彰善懲惡論'에 대해서는 이문규, 「宕翁이 '稗說論'考」, 『고전문학과 교육』 제1집, 태학사, 1999, pp.378~383 참조.
34) 유만주, 『흠영』 1, 앞의 책, p.26.
  昔宋太宗詔學士李昉等 就御覽書名中 類其小說 別爲 太平廣記五百卷 傳奇之大家也

세상에 전기·소설이라고 불리는 것이 많으나 그 시작을 모르는 경우가 많다. 蘭坮의 예
문지를 살펴보면 "虞初의 주설 943편이 있는데, 우초는 하남 사람이다."라고 하였고 장평
자의 서경부에는 소설 구백이 우초로부터 근원하였다고 하였다. 전기는 당나라 때 배형이
지은 것으로서 소설이다. 범문정공이 악양루기를 지었는데 대어를 사용하여 당시 풍경을
말하였고 윤사로가 읽어서 말하기를 "전기체다." 했다고 하였다. 대개 이러한 것들에서
기인한다.[35]

통원은 위와 같이 소설과 전기를 유사한 개념으로 이해하였다. 여기서 통원이 말하는
傳奇는 당의 소설을 지칭함에 틀림없다. 당의 傳奇는 六朝의 志怪와는 다르다. 지괴가 기록
성에 중점을 두었다면, 전기는 독자들의 흥미를 돋우기 위한 작자의 개인 創作 意志와 이
야기로서의 성격을 다분히 담고 있어 오늘날의 소설과 다를 것이 없다.

그리고 통원은『태평어람』과『太平廣記』를 분명히 구분하였다. 이『태평광기』는 대부분
이 晉·唐 시대의 傳奇小說的인 내용으로 약 2,000편의 설화와 패설 등이 수록되어 있는
책이다.

결국 통원이 말하는 소설이란『태평광기』류의 傳奇小說的인 내용을 담고 있는 것들을
지칭한다.

위에서 언급한 내용을 모두 정리할 때 통원은 소설의 정의를 '전기라는 외형에 인정물
태라는 내용을 담고 있으며, 문체는 곡진해야 된다.'는 것으로 이해하였으며, 소설의 효용
성과 감발론을 모두 중시하는 소설 인식을 지녔음을 알 수 있다.

또 통원 유만주는 소설을 小說(『흠영』 1, p.224), 稗官小說(『흠영』 1, p.240) 稗書(『흠영』
1, p.359) 등으로 칭하는 것으로 보아 당시의 소설에 대한 명칭이 다양했음을 추측케 한다.

2) 소설 批評 基準

통원 유만주는 상당한 양의 소설을 읽고 있었으며,[36] 그러한 소설독서 경험에 의해 나
름대로 소설 비평의 基準과 原則을 만들었다.

그리고 이 기준에 의해 한문 소설은 대체로 긍정적으로 평하였고 우리의 국문 소설에
대해서는 비판의 자세를 취하였다.

통원은 소설에 대한 해박한 지식을 지니고 있었기에 그의 소설에 대한 평도 평범한 수

---

35) 유만주,『흠영』5, 위의 책, p.400.
　　世多稱傳奇小說 而多昧其始 按蘭坮藝文志 虞初周說九百四十三篇 初河南人也 張平子西京賦 小說九百 本自虞初 傳奇 唐裵鉶所著 小
　　說也 范文正公爲 岳陽樓記 用對語說 時景 尹師魯 讀之日 傳奇體爾 蓋因此
36) 김영진,「兪晩柱의 '한문단편'에 대한 일고찰」, 앞의 책, pp.39~41에 연도별로 통원이 읽은 소설을 찾아 놓았다. 대략 중국 소설 100여
　　편에 우리나라 소설 15편 정도가 적혀 있다.

준은 아니다.37) 도드라진 것은 유만주의 소설 비평에서 가장 중요한 기준점이 소설 비평의 기준을 문체에 두었다는 사실이다. 이것은 조선 후기의 소설 비평이 대체로 문체론을 중심으로 이루어지고 있다는 것에 유의한다면 우리 고소설의 批評慣習으로 보아 무방할 듯하다.

다음 글을 보면 유만주의 소설평은 문장으로부터 시작한다는 것을 알 수 있다.

> 正經이나 小說이나 番書, 쁘典을 물론하고 그 문장이 참으로 간절하고 情理가 있어 읽는다면 능히 사람으로 하여금 감동할 것이니 해가 되지 아니하는 奇文이 된다.38)

특히 '奇文'은 뒤에서 살필『삼한습유』비평의 핵심이 되기도 하는 우리 고소설 비평의 긍정적 가치를 부여하는 비평어이다.

이 奇文論은 중국에서도 소설 비평 용어로 사용되었다. 그중 徐如翰의 견해를 보면 다음과 같다.

> 세상에 기이한 사람이 있어야 비로소 기이한 사건이 있게 되고, 기이한 사건이 있어야 비로소 기이한 문장이 나오게 된다. 무릇 기이함이라는 것은 奇怪, 奇僻의 기이함이 아니라, 바로 特奇함와 正雅함이 서로 보완 관계를 이룰 때에 영웅이 그 기질을 토해 내게 되고 호걸이 씩씩한 말을 할 수 있다는 의미와 비슷하다. 이것은 세속 사람들이 깜짝 놀라도록 큰 소리로 가리키지만 사물을 제대로 분별하지 못하는 것과는 다르다.39)

이 논의로 미루어 본다면 유만주가 평한 기문론이란, 영웅이 그 기질을 토하게 하고 호걸이 씩씩한 말을 할 수 있게 하는 것이다.

유만주의 논의가 정확하게 중국 소설 비평가인 서유한의 진술과 일치하지는 않을지라도, 소설을 '천하기문'이라든지 소설가를 '천하기재'로 칭하는 경우는 쉽게 찾을 수 있다. 이로 미루어 보건대, 이 '기문' 운운 비평은 적극적인 이해를 둠직한 비평어이다.

다음 글에서도 유만주는 奇文論을 들어 연암 박지원의 「放璚閣外傳」 소재 소설을 평하였다.

---

37) 비평이란 대상의 본질적 의의를 밝혀 논리적인 가치판단(evaluation and judgement)을 하는 評價作用이라고 볼 때,『흠영』의 소설비평에는 이에 整合性을 갖춘 비평어를 상당수 볼 수 있다.
38) 유만주,『흠영』5, 앞의 책, p.152.
毋論正經小說番書쁘典, 其文章之眞切情理 讀之 能使人感動者 不害爲奇文
39) 徐如翰,「雲合奇踪 序」, 박정요 저, 홍상훈 역, 앞의 책, p.235에서 再引用.
天地間有奇人始有奇事 有奇事乃奇文 夫所謂奇者 非奇 奇怪奇詭奇僻之奇 正惟 奇正相生 足爲英雄吐氣豪傑壯談 非若警世駭俗吀指而不可方物者

이내 아버지를 모시고 「放瓊閣外傳」을 보았는데, 별부에 운운한 것들 이는 하나의 奇文字
라고 생각한다. 중서인과 여항인의 이문기적을 두루 취하여 차례로 논하였는데, 형용이 이
처럼 핍진하여 스스로 고문을 이루니 하늘이 주신 기이한 재주가 아니면 가능하겠는가.40)

이것을 보면 통원이 小說文體의 수월성을 들어 '기문론'을 펴는 것임을 알 수 있다. 이
기문론은 조선 후기 소설 비평의 보편성을 함유하고 있는 용어이기도 하다.41)

통원은 교분이 있는 凜에게 「호질」을 빌려 주었는데, 늠이 통원에게 준 편지에는 다음
과 같이 적혀 있었다.

편지에 이르기를 "문장은 기이하지 않음이 없으나 뜻은 심히 아름답지 못하니 한 번 보는
것으로 족하다."고 하였다.42)

늠은 연암의 문장이 기이하다고는 인정하지만 뜻이 아름답지 못하다며, 「호질」을 부정
적으로 보았다.

그렇지만 통원은 연암이 소설식 문장을 쓴다는 것을 알았으나 부정적 견해를 보이지
않는다. 아래 글로 미루어 통원은 연암의 문장이 소설식 문장을 구사한다는 것을 확실히
이해하고 있음을 알 수 있다.

의논을 나누다. 명대의 評學이 흘러 성탄외서 문장이 되었고 우리나라에 이르러 연암 박
지원43)의 문장이 되었다. 대개 김성탄의 무리가 사용한 문장은 매번 한 번은 남화경을 본
받고 한 번은 불경을 본받았으니 이와 같이 그칠 따름이다.44)

따라서 통원은 소설의 문체에 주목한 비평에서 일보 전진하여 時文보다도 넉넉하다고
빗댄다. 아울러 유만주의 박지원에 대한 기록은 우리 소설 비평사에 상당한 의의가 있다.

유만주가 살았던 시기에는 이미 많은 중국의 연의 소설이 읽혀졌으며, 우리 소설의 창
작과 수용이 활기차게 진행되어 소설이 문학의 中心圈으로 서서히 진입하기 시작하였다.
특히 傳 형식의 소설류를 지은 朴趾源(1737~1805)은 직접적인 소설에 대한 언급은 없으나

---

40) 유만주, 『흠영』 6, 앞의 책, p.71.
　　仍侍閱 放瓊閣外傳 云云別部 議是一奇文字也 雜取中庶閭巷間 異聞奇蹟 論次而形容之 如是逼眞 自成古文 非天授之奇才 而能之乎
41) '奇才' 云云 또한 『三韓拾遺』에 나오는 淵泉 洪奭周의 소설 비평어인 '天下奇才'와 유사한 비평어이다.
42) 유만주, 『흠영』 6, 위의 책, p.408.
　　虎叱還書云 "文非不奇 意甚不佳 一覽而 止足矣
43) 『흠영』에서 '祗'는 연암 박지원을 말한다. 〈伯嫂恭人李氏墓誌銘〉(성균관대 소장 필사본)에서 '趾'자가 '祗'자로 되어 있다.
44) 유만주, 『흠영』 6, 앞의 책, p.369.
　　議明世評學流 爲聖嘆外書之文 至東國 而爲祗文 盖聖嘆輩所爲文章 每一半法 南華 一半學內典 止如此而已

문학론 자체가 바로 소설 작법의 원리와 같았다.

따라서 이러한 문학론의 일부는 우리 소설론의 단계를 金時習(1435~1493), 金萬重 이후 한 단계 승화·발전시켰으며, 소설이라는 장르의 전략적 글쓰기의 시도이다. 유만주는 이러한 연암이 金聖歎류의 문장을 썼음을 알았다. 이것은 『흠영』에도 기록되어 있는 것처럼 박지원 자신도 인정하였다.45) 그러나 유만주는 연암의 글에 비판적 태도를 취하지 않는 것으로 미루어 유만주의 소설에 대한 긍정적 입장은 문체라는 것에 연유함을 짐작할 수 있다.

또 유만주는 다음과 같이 당시 유행하던 演義小說과 시문을 비교하는 데서도 역시 비평의 기준이 문체를 중시함을 알 수 있다.

> 연의 소설류는 잘 해석하고 잘 본다면 그 시대에 쓰이던 글보다도 나음이 있다. 대개 시
> 문이란 관아에서 쓰는 문서·편지·공문서에 불과할 뿐이다. 복잡한 구절을 막힘없이 통
> 하게 하고 참신한 생각을 표현해 내니, 시문과는 마땅하나 고문과는 마땅치 않다.46)

이 글로 미루어 볼진대, 통원은 연의 소설류의 문체가 通暢委曲하고 陶削生新하기에 고문과는 다르지만 당시의 時文으로 보기에는 부족함이 없다는 소설평을 하고 있다. 즉 통원은 소설의 문체를 높이 평가하는 문체론적 소설평을 하여 소설에 대한 유연한 자세를 보인다. 당시에 소설에 대해 이렇듯 유연한 평을 하는 것은 다른 사대부들에게서는 용이한 것이 아니었다. 많은 사대부들은 연의 소설의 폐단을 지적하는 데 힘을 쏟았다.

심지어 澤堂 李植(1584~1647)은 『澤堂集』에서 '오늘날에 역대의 연의를 秦代의 焚書같이 해야 한다'47)고까지 매우 적대적인 의식을 보인다.

그런데 여기에는 중요한 소설 비평적 요소가 내재해 있다. 그것은 소설의 속성인 虛構性과 歷史의 眞實性의 문제이다. 즉 이식이 연의류를 焚書까지 해야 한다고 하는 기저에는 소설의 虛構性(fiction)을 심각하게 인식한 때문이다.

소설의 허구성과 역사성의 문제는 鄭泰齊(1612~1669?)의 「天君演義序」에서도 찾는다. 즉

---

45) 유만주, 『흠영』 6, 위의 책, p.424를 보면, 연암은 자신의 문장이 袁宏道, 金聖歎을 따른 것이 있다 하고 사람들도 자신의 글을 袁·金小
　　품으로 칭한다고 하였다.
　　이로 미루어 연암의 문학론은 소설에 관한 중요한 비평서로도 새로이 조명될 수 있다. 연암의 문학론에 관해서는 졸고, 「연암 박지원의
　　문학론과 사유의 지향」, 『고전서사의 문헌학적 탐구와 현대적 변용』, 박이정, 2008 참조.
46) 유만주, 『흠영』 2, 위의 책, pp.139~140.
　　演義小說之類 能解識 能善觀 則其於時文可以裕如 蓋時文者 不過程式. 書札. 題覆而已 而通暢委曲 陶削生新 宜於時 而不宜於古也
47) 李植, 「雜著」, 『澤堂別集』 권15·21, 景文社(影印), 1982.
　　今歷代各有演義 至於皇朝 開國聖典 亦用誕說敷衍 宜自國家痛禁之 如秦代之焚書可也

"근래 소설 잡기는 …… 귀신스럽고 괴상한 말이 아니면, 즉 대개 남녀가 서로 만나는 일이니, 그것은 역사와 거리가 멀어서 미치지 못한다."[48]고 하여 소설과 역사적 진실성에 입각한 소설 비평을 하고 있다. 결국 당시의 사대부들은 유교적 교리에 의한 교화와 순응의 현실적 논리가 지배해야 할 人性을 理想世界와 非現實性이 지배한다는 것 자체를 용인할 수 없었던 것이다.

이와 같은 것은 중국에서도 實錄理論[49] 비평을 통하여 잘 알 수 있다. 소설의 허구성 문제에 연유한 소설의 부정적 견해로 중국에서도 康熙(1662~1722) 연간만 해도 모두 다섯 차례나 소설 금지령을 내렸다.[50]

우리 또한, 17·8세기에 소설이 유행하게 된 것의 한 이유를 이 허구성으로 이해하여, 정조는 중국에서 들여오는 소설류의 輸入禁止令을 내리기도 하였다. 정조의 文體反正策 또한 이해의 일단을 이 허구성이라는 소설의 성격과 연관 짓는다.

통원의 소설평을 보면 이러한 소설의 문체론 부분이 상당량 보인다.

> 수호전의 짧은 말들은 매우 신이하다. 문자가 험난한 데에 이른 것을 김성탄이 쉽게 펼쳐 놓았으니 읽으면 문장가의 활법[51]을 깨달을 수 있다.[52]

김성탄이 『수호전』의 문장을 사실적으로 그렸기에 신이하다고 한다. 또 통원이 말한 이 활법은 뒤에서 언급할 逼眞論과 함께 소설 문체의 생동감을 평하는 용어이다. 통원의 이러한 文體美學에 중심을 둔 소설 비평은 문장의 사실성으로 이어진다.

> 등월연을 보았는데 6책 12회이다. 성세기관이라고 칭하였고 추리연수산인이 희롱하여 지었다. 비록 조잡한 소설이라고 하여도 한 두 행의 글은 즐거워할 만한 곳이 있으니 '무너져 가는 농막의 모습이 그렇다. 다만 어지럽고 쓸쓸한 섬돌엔 풀이 가득하고 창에는 거미줄이 있고 벽에는 이끼 자국, 연못에는 부평초가 있는데 금붕어는 보이지 않고 길 옆 울타리는 부서져 있고 푸른 대나무는 하나도 없는데, 창연히 탄식하며 우두커니 서 있네.'라고 하였다. 읽어보면 쉽게 사람을 처량하게 만드니 이것이 글쓰기의 묘이다.[53]

---

48) 鄭泰齊, 「天君演義序」, 『天君演義』, 유탁일, 『한국고소설 비평자료집성』, 아세아문화사, 1994, p.88.
  "小說雜記 …… 非鬼神 愧誕之說 卽皆男女期會之事 其不及諸史遠矣"
49) 방정요 저, 홍상훈 역, 앞의 책, pp.103~131. 「實錄理論의 형성」 항 참조.
50) 방정요 저, 홍상훈 역, 위의 책, p.298 참조.
51) 活法은 『광한루기』에도 보인다. 즉, 사실적인 표현일 때 쓰는 소설 비평용어로 畵法과 유사하다.
52) 유만주, 『흠영』 2, 앞의 책, p.556.
  水滸斷辭極神 凡文字至險難寫處 嘆乃能容易展托之 讀之可以悟文章家活法
53) 유만주, 『흠영』 3, 위의 책, p.250.
  見鐙月緣 六冊 十二回 稱醒世奇觀 檇李煙水散人戲述 雖粗淺之小說 亦有一二段行文可喜處 如說廢墅之景云 但見亂蕭蕭 艸盈石砌 窓圍蛛網 壁綉苔文 池內萍多 不見金魚 俓邊籬破 全無翠竹 悵然歎息 延佇久之 讀來易令人悽涉 是述者之紗也

위 내용은 『등월연』이라는 소설을 보고 평한 내용인데, 이 글에서 통원의 소설에 관한 견해가 그대로 드러난다. 통원은 소설 문장에 깊은 관심을 지녔기에 『등월연』이라는 소설의 무너진 농막을 서술한 묘사부분에 유의하여 글쓰기의 묘함을 칭찬하고 있다. 그리고 앞에서도 언급한바, 이러한 소설의 曲盡性이 불교의 문장과 유사하기에 소설의 조종이 된다고까지 하였다.

그러나 이렇듯 당시 소설에 대한 긍정적 평을 하던 통원도 우리 국문소설에 대한 평은 중국 소설류에는 미치지 못하고 있다.

> 언문소설은 우리나라 사람이 지은 것으로 마땅히 수 만 권이 된다. 모조리 묶어 내어서 잡된 것을 끌어내어 불태워 버린다면 일대의 통쾌한 일이리라.54)

그리고 그 이유로 든 것이 "대개 이것은 여공을 해치는 도구"이다.55) 이로 미루어 보아 당시 여인들에게 국문 소설의 영향을 짐작할 수 있으며, 당시 국문을 貶下하는 시대적 조류와도 무관치 않은 듯하다.

그렇지만 국문소설에 대해서도 통원은 끝내 부정으로만 일관하지 않았는데, 그것은 뜻밖에도 민족적인 자각에서 기인한다.

> 중국과 주변 나라는 모두 자기 나라의 글자가 있는 것이 물론이다. 지금 언문은 우리나라의 글자이다. 이 우리의 글자로써 소설을 지은 것이 나라 안에 산재한데, 합쳐서 헤아리면 무려 수만 권이 될 것이고 그 명목은 거의 수십 백 종이니 비록 순박하고 정제되지 않았고 기탁한 바가 일정치 않으나 요컨대 다 우리나라의 패관지서이다. 훗날 예문지를 찬하는 자는 언문이 비루하다고 생략하여 기록하지 않으면 안 된다. 56)

3) 소설 批評 用語

① 逼眞

유만주의 『흠영』에는 많은 소설 비평어가 보인다.

---

54) 유만주, 『흠영』 6, 위의 책, p.119.
　　内文小說 東人程製 當爲累萬卷 沒數括出 拉雜摧燒 另是一大快事
55) 유만주, 『흠영』 6, 위의 책, p.459.
　　蓋是女紅之一大蠹也
56) 유민주, 『흠영』 2, 위의 책, p.540.
　　毋論華蕃 皆有本國之字 今諺文 卽東國之字 以東國之字 作爲小說 散在國中 合而計之 無慮累萬卷 其名目 畿數十百種 雖純駁不齊 托寄非一 要皆東蕃稗官之書也 後之撰藝文志者 不可以諺文之陋 略而不錄也

그중 하나가 바로 逼眞性이다. 통원은 핍진이라는 용어를 사용하여 소설을 비평하고 있다.

> 비로소 『요재지이』를 온전히 보았다. 그 일은 꿈과 같고 문은 그림과 같다. 그러나 신이하
> 게 닮은 그림도 그 문장의 핍진함에 미치지 못하고 괴이한 꿈도 그 일의 괴기함에 미치지
> 못한다. 나는 이 글에서 이러한 것을 보았다(始專閱志異 其事則如夢 其文則如畵 然畵之神
> 肖 猶不及其文之逼眞 夢之詭異 猶不及事之怪奇 吾於是書 如是觀而已)(『흠영』 6, p.396).

이 글은 『요재지이』를 평한 말인데, 그 문장의 핍진함을 들어 그림보다도 더하다고 한
다. 소설 속에 묘사된 인물들의 목소리, 생김새, 말투, 행동거지 등이 일상생활 속의 그것
과 가깝다는 말이다.

이 '사실에 가깝다.'라는 뜻의 핍진은 중국의 소설 비평에서도 흔히 보이는 것으로 李贄
등이 寫實理論의 하나로 자주 사용한 비평 용어이다.[57] 이 용어는 明代의 비평가들이 보편
적으로 인식하였던 것으로 '생동감이 있어야 한다.'는 '欲活'이라는 것과 함께 예술적 형
상화에 꼭 필요한 것으로 여겼다.

또 통원은 박지원의 「放瓊閣外傳」을 소설의 핍진성을 들어 대단히 만족하게 평하고 있
다. 앞에서 이미 인용을 하였지만 논의의 편의를 위해 다시 한 번 옮긴다.

> 이내 아버지를 모시고 「放瓊閣外傳」을 보았는데, 별부에 운운한 것들 이는 하나의 奇文字
> 라고 생각한다. 중서인과 여항인의 이문기적을 두루 취하여 차례로 논하였는데, 형용이
> 이처럼 핍진하여 스스로 고문을 이루니 하늘이 주신 기이한 재주가 아니면 가능하겠는가
> (『흠영』 6, p.71).

통원은 이 글에서 「방경각외전」의 형용이 핍진하다고 하였다. 주지하다시피 燕巖 박지
원이 지은 「방경각외전」에 실린 소설들은 「馬駔傳」·「穢德先生傳」·「兩班傳」·「廣文者傳」
등으로 당시 사회의 인정물태를 그린 작품들이다. 이것은 유만주가 강조하는 인정세태를
묘사한 것이 소설이라는 정의에서 비롯된 소설 비평이라고 할 수 있다. 추측컨대 그만큼
통원은 인간의 삶에 애정을 갖고 임했다는 의미이다. 이러한 것은 통원이 그의 아들 久煥
이 요절하자 그도 많은 상심을 하고 세상을 뜨는 것에서도 알 수 있다.[58]

이러한 소설의 逼眞은 당시에도 보편성을 지니고 있었던 용어로 보인다.

凜이란 자 역시 이 핍진론을 들어 연암의 소설 「호질」을 평하고 있다.

---

57) 방정요 저, 홍상훈 역, 앞의 책, pp.257~289 참조.
58) 최자경, 앞의 논문, pp.12~21 참조.

늠이 호질을 돌려보내며 편지에 이르기를 "……필세가 왕성하지 못한 것은 걱정스럽지 않으나 너무 핍진하게 묘사한 것이 걱정스러우니 혹 지나친 것은 아닐는지"라고 했다(凜還虎叱 書云 …… 不患不淋漓 患太逼盡 毋或過乎)(『흠영』 6, p.409).

② 技癢

유만주의 『흠영』에서는 技(伎)癢이라는 고소설 비평어가 보이는데, 이 기양은 우리 고소설 비평의 논리성과 아울러 소설을 공격하는 논자들로부터 소설 저작자를 방어하는 용어이기도 하다.

> 그러나 수호전의 평어가 신출귀몰하다는 것과는 같지 못하다. 요컨대 이것은 공의 기양이 연의에는 뛰어나다는 것이다(然似不如 水滸評之神出鬼沒 要是此公之技癢 長於演義)(『흠영』 6, 위의 책, p.234).

이 글은 김성탄의 『수호전』 평이 특히 뛰어 난 것은 이 기양 때문이라는 유만주의 평이다.

기양은 "인간에게는 긁지 않고서는 견딜 수 없는 가려움증과 같이, 표현하지 않고서는 못 배기는 기술 내지 재주가 있는바, 이 쓰지 않고 견딜 수 없는 表現慾을 기양이라고 한다."[59] 그런데 이 기양이라는 것은 저술의 심성적 동기로서 단순하게 쓰고 싶은 표현욕을 말하는 것으로 소설에 한정되어 사용된 용어는 아니다.[60]

기양은 우리 고소설 비평에서 고소설의 저작할 수밖에 없는 상황적 이해를 하는데, 상당한 논리적 가치를 부여할 수 있는 비평용어이다. Ⅱ장에서도 살핀 바, 실록 비평에서 채수의 『설공찬전』 사건이 불거지자 김수동은 이 기양으로 채수의 교수형 부당성을 무마하려 하였으니, 이미 한 세기 전부터 소설 저작자의 방어기제 용어로 사용되었음을 본다.

그러나 기양의 쓰임은 이에 한정되지 않는다.

기양은 서거정의 「태평한화골계전서」와 후대의 고소설 비평에서도 찾는다. 서거정의 「태평한화골계전서」에는 당시 소설류의 비평을 알 수 있는 여러 문제가 제기되는데, 그중 하나가 바로 기양이다. 「태평한화골계전서」는 서거정과 客, 두 사람의 대화로 『태평한화골계전』을 지은 것에 대한 정당성을 유도하는 글이다. 기양은 서거정이 『태평한화골계전』을 지은 것에 대해 客이 다음과 같이 꾸짖는 부분에서 찾을 수 있다.

---

59) 伎癢者 謂人有技藝 不能自認 如人之癢也 伎癢 謂懷伎欲求表現也
　　이에 대해 吳春澤, 『韓國古小說批評史研究』, 고려대 박사학위논문, 1990, pp.57~63 참조.
60) 이러한 技癢은 『중종실록』 19년 5월 10일, 김희수의 글씨 평에 관한 사신의 논에서도 보이고 있다.
　　"史臣은 논한다. 졸렬한 옛 필적을 바치는 것이 어찌 옛사람이 規諫한 글을 바치는 것만 하겠는가? 아깝다. 이것은 김희수가 글씨를 잘 쓰므로 그 技癢이 그렇게 시켰다."

부지런하게 맹랑한 이야기를 주워 모아 한갓 호사가들의 웃음거리로 제공하였을 뿐이다. 그렇다면 광대들의 우두머리일 따름이다. 세교에 무슨 도움을 주겠는가? …… 그런데 그대는 아직도 심성을 바르게 하지 않고 기괴한 이야기를 즐겨 기양을 참을 줄 모르고 있다.61)

여기서 객의 문학론은 세교에 집중하니, 이것은 당시 일반 사대부들의 문학관이었다. 그렇기에 심성을 바르게 하지 않고 기괴한 이야기를 즐기는 기양에 의한 글을 부정하는 것이다. 여기서 말하는 기양은 당대 흔히 보이는 문학 저술의 心性的 動機로 인식한 것 같다.

따라서 그 속에는 작가의 대 사회적 교화나 철학적 사유라는 것을 찾기보다는 저술의 1차적 욕망을 엿볼 수 있다. 또 洪瑞鳳(1572~1645)의 「續禦眠楯跋」에서 홍서봉은 기양을 들어 성여학의 글을 다음과 같이 평하고 있다.

혼탁한 세상을 당하여 荒野에 자취를 숨기고 孟浪한 말에 마음을 의탁하여 기분을 푸는 도구로 자료 삼으니, 어찌 문인의 餘事로서 난잡한 기양이 아니겠는가.62)

물론 이 글은 홍서봉이 성여학의 猥藝的인 내용으로 되어 있는『속어면순』을 책하려는 것보다는 반어적으로 감싸려는 의도가 내재해 있겠으나, 여하간 기양은 당시 문의 개념에서 저급한 수준의 1차적 저술 동기로밖에는 볼 수 없다. 따라서 이 기양이 저급한 장르인 패관류와 소설의 저술 동기에 이용되었다는 추론 또한 가능하다.

이 기양은 우리의 고소설 비평에서는 소설을 저작할 수밖에 없는 상황적 이해를 하는 데 상당한 논리적 가치를 부여할 수 있는 비평용어로, 이 글뿐 아니라 조선 全期를 통하여 보이는 비평어이다. 통원은『흠영』에서 이 용어를 적극 이용하여 소설의 저작자가 아닌 評者의 말을 '다시 비평'하는 용어로 사용하였다.

③ 文章如畵

이 文章如畵는 후대 수산 선생의『광한루기』에서도 나오는 용어인데, 통원의 글에서도 보인다. 첫 번째 것은 관화당에 관한 내용이고, 두 번째 것은『요재지이』를 평하는 내용이다.

관화당이 두루 엮은 문장들은 곧 신이한 그림이다(貫華堂通篇文字 只是一部神畵)(『흠영』

---

61) 서거정, 「태평한화골계전서」,『韓國古典批評論資料集』1, 啓明文化社, 1998, pp.169~170.
　　徒屑屑焉 撥拾孟浪 爲好事者解頤 此則俳優之雄長耳 何補於世敎乎 …… 曾不動心忍性 馳怪騁奇 惟技是攘
62) 洪瑞鳳, 「續禦眠楯 跋」,『韓國文獻說話全集』7, 태학사, 1984, pp.188~189.
　　値世混濁 遯迹荒野 托意孟浪之辭 以資消遣之具 豈非文人之餘事 嘗叢之技攘乎

1, pp.261~262).

> 비로소『요재지이』를 온전히 보았다. 그 일은 꿈과 같고 문은 그림과 같다(始專閱志異 其 事則如夢 其文則如畵)(『흠영』 6, p.396).

통원의 위와 같은 그림을 이용한 소설 비평은『광한루기』라는 소설 비평의 핵심어이기도 하다. 이 '文章如畵'의 근원은 畵論이다. 중국에서는 일찍이 회화와 관련하여 畵論이 있었고 우리나라에서도 이미 13세기부터 그 초보적 논의가 있었다. 이후 조선시대 문인들이 序·跋·評·記나 書札·墓地銘·行狀 등을 통하여 다양한 형식으로 나타난다. 조선초기 成俔의「畵論」은 대표적이다.[63] 이런 화론이 시론으로 차용되어 詩·書·畵一致라거나 畵中有詩, 詩中有畵라는 시 비평적 요소로 등장하였다.

중국에서는 이러한 화론이 소설 작품의 예술적 특성을 묘사하는 용어로 쓰이기도 하였는데 명청 시대에 'ju-hua: 如畵' 등의 평어가 그것이다.[64] 아마도 유만주는 여러 중국 소설 비평가들의 글을 읽고 그 영향을 받은 것 같다.

당시에 중국 소설 비평가들의 비평은 우리나라에서 많이 읽혔기 때문이다. 따라서 중국학자인 이암은 이 화론을 끌어 들여 박지원의 사실주의적인 文學思想은 繪畵이론에 영향을 받았을 것[65]이라고 추론하기도 하였다. 이로 미루어 보면 중국에서는 이 이론이 꽤 일반화된 듯하다.

이 화론은 조선 후기에 성하였는데, 유만주는 이러한 화론을 소설에 끌어다 평어로 사용한 것이다. 우리나라의 소설관계 기사로는 처음이기에 소설 비평사적으로 의미가 자못 크다. 겸하여 소설[文]과 藝術[美術]과의 相互 聯關性도 챙긴다.

④ 機辯 · 氣義 · 情懷 · 人情物態 · 怒 · 想 · 悟 · 哀

통원은 소설들을 보고 인상비평을 하였는데, 소설 평어의 간략성이 특이하다.

> 일찍이 사대기서에 대하여 다음과 같이 평해 보았다.『삼국지』는 전쟁의 기이함이다. 그러므로 이 책은 機辯에 뛰어나다.『수호전』은 衰亂의 기이함이다. 그러므로 이 책은 氣義에 뛰어나다.『서상기』는 幽艶의 기이함이다. 그러므로 이 책은 情懷에 뛰어나다.『금병매』는 炎凉의 기이함이다. 그러므로 人情物態에 뛰어나다(蓋嘗就四大奇而斷之 三國 戰爭之

---

63) 유홍준,『조선시대 화론 연구』, 학고재, 1998 참조.

64) Sheldon Hsiao-peng Lu,『From Historicity to Fictionality』, Stanford University Press, Stanford, California, 1994, p.134.

65) 李岩,『朝鮮文學思想史研究』, 國學資料院, 1994, pp.129~148 참조.

奇也 故其書長於機辯 水滸 襄亂之奇也 故其書長於氣義 西廂 幽艶之奇也 故其書長於情懷
第一 炎凉之奇也 故其書長於人情物態)(『흠영』 1, p.280).

옛 사람이 말하기를 "『남화경』은 한 편의 노한 글이요, 『서상기』는 그리움을 담은 책이며,
『榜嚴』은 깨달음을 담은 책이며, 『이소경』은 한 편의 슬픔의 글이다."라고 하였으니 이것
들을 사대기서라 한다. 『서상기』를 경의 반열에까지 올려놓은 것은 바로 이 책을 패설 중
의 경으로 여겨서이다(昔人云 南華是一部怒書 西廂是一部想書 榜嚴是一部悟書 離騷是一
部哀書 此之謂四大奇書 而列西廂於經之列 則直以謂稗中之經矣)(『흠영』 2, 위의 책, p.52).

서유기는 성을 안정시키는 책이고 수호전은 정을 안정시키는 책임을 분명히 알 수 있다
(西遊記一部是定性書 水滸傳一部是定情書 勘得分曉)(『흠영』 2, 위의 책, p.581).

위의 소설 평어들은 대부분 짧은 단어 중심의 비평을 하고 있는데, 이것은 시평에 연유
한다. 그리고 感發的 쾌락 기능 또한 분명하게 보이니 이것은 앞 시대의 金萬重(1637~1692)
의 『西浦漫筆』에서도 볼 수 있는 비평이다.66)

⑤ 鑿空架虛

유만주의 소설 인식은 현재의 소설 개념과 비슷하다. 그는 소설을 분명히 인식하는 발
언을 하였는데 그중에 하나가 鑿空架虛이다.
내용은 다음과 같다.

도리어 또 황제를 보호하는 신하로 이백과 두보가 있다고 말하고 뇌해청을 뇌만춘의 형
이라고 하니 이것은 소설에서 상투적으로 쓰이는 말이다. 허공을 뚫고 빈 데 시렁을 매어
도 어그러진 것을 미워하지 않으니 대저 작자의 뜻은 또한 매번 일부러 어그러진 틈을 보
여 주고서 그 편찬한 것이 우언임을 밝혔다(却又言護上皇之臣 有李白杜甫 以雷海淸爲雷
萬春之兄 此自小說例套 鑿空架虛 不嫌舛誤 大抵作者之意 每亦故示罅隙 使其編纂 明爲寓
言也)(『흠영』 6, p.130).

이 '허공을 뚫고 빈 데 시렁을 매는 행위'인 鑿空架虛는 일찍이 소설의 허구성 용어로
등장하였다.

---

66) 金萬重, 洪寅杓 譯註, 『西浦漫筆』, 일지사, 1897, p.385를 보면 이른바 카타르시스의 효과로서 소설의 쾌락적 기능을 다음과 같이 적고 있다.
『동파지림』에 이르기를 거리의 어리석은 아이들은 그 집에서 싫어하고 괴롭게 여기는 바이다. 문득 돈을 주고 모여 앉게 해서는 옛날이야기를
들려준다. 삼국의 일을 말하는 데 이르러서는 유현덕이 패했다는 말을 들으면 얼굴을 찡그리고 눈물을 흘리는 아이도 있으며 조조가 패했다는
말을 들으면 즉시 기뻐 소리치니 이것이 나관중의 『삼국지연의』의 힘이다. 이제 陣壽의 『史傳』과 사마온공의 『자치통감』을 가지고 무리를
모아 가르친다면 반드시 눈물을 흘릴 자가 없을 것이니 이것이 통속 소설을 짓는 까닭이다(東坡志林曰 塗港中小兒薄劣 其家所壓苦 輒與錢
令聚生聽古話 至說三國事 聞劉玄德敗 嚬蹙有出涕者 問書操敗 卽喜唱快 此其羅氏演義之權輿乎 今以陣壽史傳 溫公通鑑 聚衆講說 人未
必有出涕者 此通俗小說所以作也).

洪萬宗(1643~1725)의 글에서는 '鑿空構虛'로, 李頤淳(1754~1832)은 자신이 지은 소설『一樂亭記』가 "架空構虛之說"에서 나왔다고 하였고 李遇駿(1801~1867)은『夢遊野談』의「小說」章에서 "소설이란 곧 작가가 빈 데다 시렁을 매고 허공을 뚫어 생각을 쌓고 뜻을 포개이 하나의 기이한 이야기를 꾸며 놓은 것이다(作者 乃架虛鑿空 層思疊意 又作一奇語)."라고 적고 있다.

또 徐有英(1801~1874?)의 글에서는 '架虛鑿空'으로, 조선 말엽 宕翁의 '패설론'에서는 '架虛鑿空'으로 나타나는 것으로 미루어 조선 후기의 대표적인 소설 비평 용어이다. 앞은 洪萬宗, 뒤의 예문은 徐有英의 글에서 架虛鑿空을 통한 소설의 허구성 이해다.

> 옛 소설로 뚜렷하게 칭할 수 있는 것으로 西遊記, 水滸傳 외에 列國, 東·西漢, 齊魏, 五代, 唐, 南·北宋의 시대마다 각기 演義가 있어 세상에 간행되었다. 명나라 말엽에 이르러서는 여러 문사들이 더욱 부조한 글을 숭상하여 鑿空構虛로 한 부씩을 만들었다.[67]

> "소설은 架虛鑿空하고 至離煩瑣하여 진실로 족히 취할 것이 없으나, 인정세태의 묘사가 잘 되면 무릇 비환득실에 현우선악의 구분이 있어 종종 사람으로 하여금 보고 느끼게 하는 데가 있다.[68]

『순오지』는 1678년에,『六美堂記』가 지어진 것은 1863년의 일이니, 17세기로부터 19세기 말까지 지속적으로 보이는 소설의 허구성 이해다.

조선 말엽 宕翁의 '패설론'에서는 궁벽한 것을 캐고 괴상스러운 짓을 하는 무리인 '索隱行怪之徒'와 허황된 것을 희롱하고 공론을 말하는 '架虛鑿空之流'를 소설 창작자로 보기도 하였다.[69]

유만주의 허구성 이해는 또 다음과 같이 '雖眞亦假 雖假亦眞'이라는 비평어로 소설의 허구성을 더욱 강조하였다.

> 밤에 계속 사씨남정기를 읽었다. 기쁨과 슬픔이 있고 더하고 나눔이 있으니 비록 진실이나 또한 거짓이고 비록 거짓이나 또한 참이다(夜續聽南征內文 悲懽苦樂 堆遷乘除 雖眞亦

---

67) 洪萬宗,「旬五志」,『洪萬宗全集』上, 태학사, 1980, p.90 참조.
　　古說之表表 可稱者 西遊記水滸傳外 如列國東西漢齊魏五代唐南北宋 各有演義 皆行於世至大 明末諸文士 尤尙浮藻 鑿空構虛 輒成一部
68) 서유영,「六美堂記 小序」, 김기동 편,『필사본 고전소설전집』1, 아세아문화사, 1980, p.305.
　　皆架虛鑿空 至離煩瑣 固無足取 然至若人情世態 善於模寫 凡悲歡得失之際 賢愚善惡之分 往往有令人觀感處
69) 宕翁, '패설론',『옥선몽』, 앞의 책, p.104.
　　여기서 '索隱行怪之徒'는 李滉이 김시습을 평하여 "매월은 일종의 특별한 이인으로 索隱行怪류에 가깝다(梅月別是一種異人 近於索隱行怪之徒)(李滉,「答許美叔問目」,『退溪集』권33,『한국문집총간』30, p.273)."라는 말에도 보이는 것처럼 일찍이 小說家와 관계되는 용어로 쓰였음을 알 수 있다.

假 雖假亦眞)(『흠영』 6, p.119).

이러한 소설 비평어들은 후에 『광한루기』로 이어진다.

Ⅲ. 結論

『흠영』은 통원 유만주의 일기이다. 그런데 이 일기에는 중국의 문학사에 대하여 깊이 있는 이해를 바탕으로 한 우리의 고소설 비평이 실려 있으며, 아울러 우리 고소설 비평의 폭을 일기문학으로까지 확장시켰다는 데 문학사적인 의의도 찾을 수 있다.

통원의 『흠영』이란 일기에 보이는 고소설 비평 중 특이한 것은 소설에 대한 정의와 기원설, 그리고 소설 비평용어가 보인다는 점이다.

통원의 글을 보면 소설의 기원을 셋으로 보고 있다. 첫째는 내전설이다. 여기서 내전은 불교의 서적을 말한다. 유만주는 소설 근원을 불경에서 비롯되었음을 분명히 하고 있다. 둘째는 莊子說이다. 이 장자설은 중국에서조차도 소설의 처음으로 널리 인정되며, 우리나라에서는 『장자』로부터 소설의 시원을 찾은 것은 통원 유만주가 그 처음이 아닌가 한다. 이러한 점으로 미루어 볼 때, 유만주는 소설의 시원을 분명하게 장자와 사마천으로부터 시작하였음을 알고 있으며, 아울러 소설의 허구성을 이해했다고 볼 수 있다. 셋째는 우초설인데, 이것은 『한서·예문지』를 보고 소설의 기원을 적어 놓은 것이다.

통원 유만주의 소설의 정의를 이끄는 단어들은 비속한 말·신괴·황탄·허구·인정물태 등인데, 이러한 통원의 소설에 대한 견해는 18세기로서는 상당히 논리성을 갖춘 고소설 비평론이다. 그리고 여기서 가장 중요한 것은 인정물태라는 말이다. 통원은 결국 소설이란 일반 대중의 삶을 그린 것이라는 비평의식을 지녔다. 그리고 이 '인정세태론'은 결국 소설의 사회적 반영론을 말한다. 통원이 지적한 이러한 소설의 사회적 친연성은 조선 후기까지 이어진다.

통원은 소설을 전기를 집대성한 것으로 인식하였으며, 小說과 傳奇를 거의 동일한 개념으로 보고 있다. 즉 통원은 소설의 정의를 전기라는 외형에 인정물태라는 내용을 담고 있는 것으로 이해함을 알 수 있다.

통원 유만주는 상당량의 소설을 읽었으며, 그의 소설에 대한 평은 평범한 수준은 아니었다. 특히 그의 소설 비평에서 가장 중요한 기준점은 소설 비평의 기준을 문체에 두었다는 사실이다. 통원이 소설을 평하는 이 문체론은 조선 후기 소설 비평의 보편성을 함유하고 있다. 즉 조선 후기의 소설 비평이 奇文論 등과 같이 대체로 문체를 중심으로 이루어지고 있다는 것과 맥을 잇대고 있다.

마지막으로 통원의 고소설 비평어를 살폈다. ① 핍진론은 박지원의 「放璚閣外傳」을 평하는 데 보인다. 「방경각외전」에 실린 소설들이 당시 사회의 인정물태를 그린 작품들인 점으로 미루어, 통원은 인정세태를 묘사한 것이 소설이라는 정의에서 비롯한 소설 비평을 하였다. 그리고 이러한 소설의 逼眞論은 당시에도 보편성을 지니고 있었던 용어였다. ② 技癢은 우리 고소설 비평의 논리성과 아울러 소설을 공격하는 논자들로부터 소설 저작자를 방어하는 용어이기도 하다. 표현하지 않고서는 못 배기는 기술 내지 재주인 이 기양은 우리의 고소설 비평에서는 고소설을 저작할 수밖에 없는 상황적 이해를 하는 데 상당한 논리적 가치를 부여할 만한 비평용어이다. 이것은 서거정의 「태평한화골계전서」 등에서도 보이는 것으로 조선 全期를 통하여 찾는 비평용어이다. ③ 문장여화 역시 19세기 수산 선생의 『광한루기』에서도 나오는 용어인데, 그림을 이용한 이 소설 비평은 동양 문학의 독특성이기도 하다. 이 소설 비평어는 본래 詩·書·畵一致와 관계 있다. 즉 畵中有詩, 詩中有畵라는 시 비평적 요소가 소설이라는 장르에까지 전염되어 소설[文]과 藝術[美術]과의 相互 聯關性을 제시한 비평어가 이것이다. ④ 機軸, 氣義, 情懷, 人情物態, 怒, 想, 悟, 哀 등의 소설 평어들에서는 통원의 소설 비평의 간략함을 찾을 수 있다. 이것은 한시비평의 영향임을 추측케 하며, 感發的 쾌락 기능도 분명히 보인다. ⑤ 鑿空架虛는 현재의 소설 개념과 비슷하다. 이 착공가허는 또한 조선 후기의 대표적인 소설 이해의 한 용어이다. 유만주의 허구성 이해는 또 '雖眞亦假 雖假亦眞'라는 비평어에서도 찾는다.

이러한 소설 비평어들은 후에 『광한루기』로 이어진다.

<『어문연구』 111호, 한국어문교육연구회, 2001.>

kan771@hanmail.net

〈參考文獻〉

1. 資料

金萬重 著(1987), 洪寅杓 譯註, 『西浦漫筆』, 一志社.

金時習(1987), 「題剪燈神話後」, 『梅月堂文集』 下, 啓明文化社.

朴趾源(1982), 『燕巖集』, 景仁文化社.

牛稀十疋長亘直心 著, 『水山 廣寒樓記』(春香傳)』, 남원군청본.

徐居正(1998), 「太平閑話滑稽傳序」, 『韓國古典批評論資料集』, 啓明文化社.

徐有英(1980), 「六美堂記 小序」, 김기동 편, 『필사본 고전소설전집』 1, 아세아문화사.

成俔(1973), 『慵齋叢話』, 『國譯大東野乘』, 民族文化推進會.

梁誠之(1980), 「骨稽傳後序」, 『徐四佳全集』, 晤晟社.

魚叔權(1973), 『稗官雜記』, 『國譯大東野乘』, 민족문화추진회.

兪晩柱(1997), 『흠영』 1-6, 서울대학교규장각자료총서 문학편.

兪漢雋(1987), 『著菴集』, 여강출판사.

李德懋(1978), 「嬰處雜稿」 1, 민족문화추진회편, 『국역청장관전서』 2, 솔출판사.

李承召(1985), 「略太平廣記序」, 『續東文選』 8, 협성문화사.

李植(1982), 「雜著」, 『澤堂別集』 권15, 景文社.

李滉, 「答許美叔問目」, 『退溪集』 권33, 『한국문집총간』 30.

鄭泰運(1998) 『鄭泰運全集 1』, 고전소설자료총서1집, 태학사.

宕翁(1977), '稗說論', 『玉仙夢』, 金起東 編, 『筆寫本古典小說全集』 3, 아세아문화사.

洪瑞鳳(1984), 「續禦眠楯 跋」, 『韓國文獻說話全集』 7, 태학사.

洪奭周(1984), 「洪氏讀書錄 自序」, 『淵泉全書』 6, 昨晟社.

『筆寫本 古典小說全集』(1980), 아세아문화사.

『韓國古小說批評資料集成』(1994), 柳鐸一 編, 아세아문화사.

『韓國古典批評論資料集』(1988), 啓明文化社.

『中國歷代小說序跋集』(上・中・下)(1996), 丁錫根 編著, 人民文學出版社(北京).

『漢書・藝文志』, 班固, 경인문화 편.

2. 論著

簡鎬允(2008), 「연암 박지원의 문학론과 사유의 지향」, 『고전서사의 문헌학적 탐구와 현대적 변용』, 박이정.

_____(2007), 『한국 고소설비평 용어 사전』, 경인문화사.

姜明官(2000), 「한 지식인의 독서체험과 조선후기 문학」, 『大東漢文學』 제13집, 중문 출판사.

金明昊(1990), 『熱河日記 研究』, 창작과 비평사.

金承鎬(1987), 「僧傳의 敍事體裁와 文學性의 檢討 －海東高僧傳을 중심으로－」, 『韓國文學研究』 第10輯, 동국대학교.

金榮鎭(2000), 「兪晩柱의 한문단편과 記事文에 대한 일 고찰」, 『大東漢文學』 제13집, 중문출판사.

金允朝(2000),「조선후기 한문학에 있어서 전겸익」,『大東漢文學』제13집, 중문출판사.

金鐘澈(1990),「옥루몽의 대중성과 진지성」,『한국학보』61, 겨울.

金學主(2000)『조선시대 간행 중국문학 관계서 연구』, 서울대학교출판부.

史在東(1994),『佛敎系 國文小說의 硏究』, 中央文化社.

＿＿＿(1996),『佛敎系 敍事文學의 硏究』, 中央文化社.

＿＿＿(1999),『韓國文學流通史의 硏究』I・II, 中央人文社.

吳春澤(1990),『韓國古小說批評史硏究』, 고려대 박사학위논문.

유홍준(1998),『조선시대 화론 연구』, 학고재.

李文奎(1999),「宕翁의 ‘稗說論’考」,『고전문학과 교육』제1집, 태학사.

李岩(1994),『朝鮮文學思想史硏究』, 國學資料院.

周動初 外(1994),『中國文學批評史』, 이론과 실천.

崔奉源 外(1998),『中國歷代小說序跋譯註』, 을유문화사.

최자경(2000),『유만주의 소설관 연구』, 연세대학교 석사 논문.

黃浿江(1978),『朝鮮王朝小說研究』, 檀國大學校出版部.

Sheldon Hsiao-peng Lu(1994),『From Historicity to Fictionality』, Stanford University Press, Stanford, California.

魯迅, 丁範鎭 譯(1997),『中國小說史略』, 學硏社.

方正耀 著, 홍상훈 역(1994),『中國小說批評史略』, 을유문화사.

시마다 겐지 저, 김석근 외 옮김(1986),『주자학과 양명학』, 까치.

劉若愚 著, 李章佑 譯(1994),『中國의 文學理論』, 明文堂.

劉若愚 著, 李章佑 譯(1994),『中國詩學』, 明文堂.

劉偉林, 沈揆昊 옮김(1999),『중국문예심리학사』, 동문선.

胡適(1970),『白話文學史』, 樂天出版社.

'풍기문란'형 설화 연구
﹣인천 지역을 중심으로﹣

이 영 수

Ⅰ. 서론

　오늘날 여성들은 다양한 사회경제적 활동을 통해 자신들의 발언권을 강화하며, 그 활동 영역을 넓혀 가고 있다. 그렇다고 해서 과거에 비해 그들의 위치나 역할이 월등히 향상된 것은 아니다. 여전히 여성들의 사회경제적 활동에는 여러 가지 제약이 뒤따르며, '여성스러움', '현모양처' 등이 그네들이 지녀야 할 미덕인 양 포장되고 있다. 예나 지금이나 남성들에 의해 만들어진 울타리 안에서 생활할 것을 강요당하고 있다.

　과거엔 여성의 행실이 문란한 것을 칠거지악의 하나로 규정하고, 그네들의 성적 충동을 죄악시하였다. 그녀들의 음행은 가문의 명예를 더럽히는 수치스런 일로 여겼다. 그럼에도 불구하고 지역에 존재하는 자연물 내지 인공물을 이용하여 여자들의 품행이 단정하지 못하게 된 내력을 전하는 이야기들이 전승하고 있다. 일반적으로 이 유형의 설화는 '어떤 대상에 감응한 여성들이 바람이 난다'고 하는 이야기로, 전국적으로 광포되어 전해지고 있다. 이들 설화에 등장하는 여성들은 불가항력적인 힘에 의해 바람을 피운다는 점에서 의도적인 목적 하에 외간남자와 정을 통하는 외도와는 구별되어야 한다. 그렇다고 하여 이런 현상이 사회적으로 바람직한 것은 아니다. 이에 본고에서는 이 유형의 설화를 '풍기문란'형 설화라고 부르고자 한다.[1]

　'풍기문란'형 설화에 관해서는 암석전설[2]과 비보풍수[3], 그리고 성기숭배[4]를 고찰하는

---

1) 여성의 바람기가 자신의 의지와는 상관없이 일어나지만, 그로 인해 마을 공동체의 안녕을 해친다는 점에서 다소 부정적인 어감의 용어를 사용한다.
2) 柳增善, 「岩石信仰傳說 ﹣慶北地方을 中心으로﹣」, 『說話』(교문사, 1989); 趙奭來, 「암석전설의 연구」, 『韓國이야기文學硏究』(교문사, 1993).
3) 최원석, 『한국의 풍수와 비보』(민속원, 2004); 임재해, 『안동의 비보풍수 이야기』(민속원, 2004).
4) 이종철·김종대·황보명, 『性, 숭배와 금기의 문화』(대원사, 1997); 이종철, 「韓國 性崇拜 硏究」, 영남대 대학원 박사학위논문, 2001.

과정에서 논의된 적이 있다. 이 중에서 임재해의 연구를 제외한 대부분의 연구가 관련 자료를 제시하거나 간략하게 언급하는 수준에 머물러 있다. 임재해는『안동의 비보풍수 이야기』에서 영남신 성진골과 관련된 다양한 전설과 풍수신앙을 문헌자료와 구전 채록 자료를 통해 고찰하였다. 그는 안동의 여성들이 바람기가 많은 것을 성진골의 여근형국의 지형과 비보풍수라는 관점에서 접근하였다. 이 연구는 그동안 제대로 포착되지 못했던 안동의 인문 지리적 정보와 풍수설에 대한 인식, 그리고 다양한 신앙의 전승양상을 상호 관련성 속에 파악하였다는 점에서 의의를 지닌다. 하지만 '풍기문란'과 관련해서는 성진골의 음기를 다스리기 위한 비보풍수에 국한하여 논의된 관계로, 이 유형에 속하는 설화의 전반적인 양상을 파악하기에는 미흡한 감이 있다.

본고는 기존의 연구 성과를 토대로 하여 인천 지역에 전승하는 '풍기문란'형 설화를 고찰하고자 한다. '풍기문란'형 설화가 인천 지역에서는 다양한 형태로 전승하고 있다는 점에서 이 지역을 대표하는 설화의 한 유형이라고 하겠다. 본고는 전승하는 '풍기문란'형 설화의 형태에 따라 크게 바위, 비석, 산세, 용천 등으로 구분하고, 각각의 서사구조에 나타난 특징을 살펴본다. 그리고 이 설화에 내재되어 있는 설화 전승집단의 의식을 고찰한다. 이를 위해 필요한 경우, 다른 지역에 전승하는 '풍기문란'형 설화도 함께 논의에 활용하고자 한다. 본고에서 논의의 대상으로 삼은 인천 지역의 '풍기문란'형 설화는 모두 24편이다.[5]

Ⅱ. '풍기문란'형 설화의 형태별 고찰

1. 바위형

바위형 설화는 일상에서 아무런 문제없이 생활하던 여성들이 돌의 영험한 힘에 감응하여 바람이 난다는 이야기이다. 본고에서 논의의 대상으로 삼은 24편의 자료 중에서 8편이 이에 해당한다.[6] 바위형 설화에서 여성들을 바람나게 하는 대상으로 언급된 것은 '간드랑

---

5) '풍기문란'형 설화가 채록된 문헌을 간략하게 정리하면 다음과 같다.『한국구비문학대계』에 8편(이하『대계』로 약함).『강화 구비문학 대관』에 12편(이하『대관』으로 약함).『강화군 역사자료 조사 보고서』에 2편(이하『강화군』으로 약함).『인천의 설화』와「인천지방 전설고 Ⅰ」에 각각 1편의 설화가 채록되어 있다.

6) 〈바람나는 간드렁 바위〉, 〈상여 바위 각시섬, 바람나는 바위〉(『대계』 1-7), 〈저녀들이 바람나는 삼바윗돌〉, 〈처녀가 바람나는 간드링 바위〉, 〈넘어뜨릴 수 없는 간드렁 바위〉, 〈처녀가 바람나는 옥녀봉 간들바위〉(『대관』), 〈백운산의 부채바위〉(「인천지방 전설고 Ⅰ」), 〈간드랑 바위〉(『강화군』) 등이다.

바위’, ‘부채바위’, ‘바람나는 바위’, ‘삼바윗돌’ 등이다.

① 저기 간드랑 바위라는 게 있는데 바위가 그냥 오련거(좁고 길쭉한 바위 모양) 하나 서 있어. 그게 근데 인자 혼자는 어렵겠지, 한 두세 명이라도 흔들면 흔들린단 말이야. 그런데 그게 안 넘어가. 여기서 간드랑 바위라고, 간드랑간드랑하면서도 안 쓰러지니까 간드랑 바위라고 하는데 그게 지금은 이북 적지지만 거기서 보면 요기 포구가 개풍군이지, 요 건너가 한강 하류 건너가 개풍군인데, 거기 인제 영종포라는 포구가 있어. 근데 거기가 아주 진통 밴단 말이야. 근데 인제 요기에서 바라보이는 그 자리에 심심치 않게 뭐 지금이야 처녀들 바람나는 거 보통으로 생각하지 뭐. 옛날에야 다 그거 흉으로 생각했잖아. 그게 그 인제 처녀들이 자주 바람이 나고 그러니까는 어떤 지가술 가진 사람(지관)이 저 건너에 저 마주치는 바위가 흔들바위가 있는데 그것 때문에 그렇다, 그래가지고 배로다 사람을 하나 가득 실어가지고 이걸 넘길려고 했대요. 아 넘길려고 하는데, 그래 뭐 여러이 넘길려고 하니까 넘어가겠지. 근데 우르릉 땅땅하고 소나기가 내리 따르면서 뇌성벽력을 하니까 못하고 그냥 갔다는 거야. 그런 전설도 있고 그렇다고(<간드랑 바위>, 『강화군』, p.149).

② 영종도 주산은 백운산(白雲山)이다. 백운산 북쪽 기슭에는 훤히 높이 솟은 바위(岩) 하나가 있었다. 이 바위를 부채바위라 불렀다. 바위의 형태가 마치 사람이 부채를 들고 서 있는 것같이 보였기 때문이다. 그런데 이 바위가 강화도에서 보면 그 형태가 신랑이 사모관대를 쓰고 부채를 펴보고 있는 모습과 흡사하여 강화도에 사는 처녀들이 바람기가 난다는 것이었다. 그래서 강화도 사람들이 하루는 배를 타고 와서 그 부채바위를 부수어 버렸으니 그 바위에서 사람의 피가 흘러내렸다 한다. 그리고 이 바위를 부숴 버린 강화 사람들은 되돌아갈 때 배가 파산되어 죽고 말았다 한다(<백운산의 부채바위>, 「인천지방 전설고 Ⅰ」, p.161).

③ 여차리 넘어가는데 이 바위가 이상스럽게 영락없이 처녀자지모양으로 그럼콤 생겼어요. 그런데 그 그 전에는 거기서 가무랙이 많이 났어요. 그래 거기 넘어오다가 거기에 돌멩이를 끼어 놓는다는구만. 그러면 그 아랫동네에 바람이 났다는구만.[웃음] 화도면에 바람이 났다는 그런 얘기가 있지(<상여 바위, 각시섬, 바람나는 바위>, 『대계』 1-7, p.712).

④ 아, 여기 산에 삼바윗돌이라는 것이 있는데, 왜 삼바윗돌인지는 몰라요. 그런데 왜냐면 이 산 낭떠러지에 바위가 떡하니 막고 있는데, 그것이 동네의 동구 밖을, 아니 동네가 아니라, 언제 저기서 보면은 삼바윗돌하고 마주 보고 있는데, 무엇이라고 그러더라? 뭐 바람만 맞춘다는 그런 이야기가 있던데(조사자: 아, 그 바위를 보면은 처녀들이 바람을 피운다는 말씀이군요). 예. 그 나무가 앞을 가려 주어야 좋다고 그런 것 같고. ……(중략)…… (조사자: 그 마을 사람들이 이 바위를 쓰러뜨린다는 소문은 없었습니까?) 그런 것은 못 들었어요(<처녀들이 바람나는 삼바윗돌>, 『대관』 pp.283~284).

위의 인용한 바위형 설화에서 바위가 처녀에게 영향을 미치는 것은 그 모양이 남성 또는 여성의 성기 모습을 닮았기 때문이다. <간드랑 바위>에서는 “바위가 그냥 오련게(좁고 길쭉한 바위 모양) 하나 서 있어.”라 하고, <백운산의 부채바위>에서는 “이 바위가 강화도에서 보면 그 형태가 신랑이 사모관대를 쓰고 부채를 펴보고 있는 모습"을 하고 있으며, <처녀들이 바람나는 삼바윗돌>에서 "이 산 낭떠러지에 바위가 떡하니 막고" 있다고 하는 것으로 보아 '간드링 바위'와 '부채바위' 그리고 '삼바윗돌'은 남성을 상징한다. 이에 비해 <상여 바위, 각시섬, 바람나는 바위>의 경우, 화자가 "처녀자지모양으로 그럼콤 생겼어요."라 하여 바위의 형상이 구체적으로 여성의 성기를 닮았음을 밝히고 있다.

다른 지역의 설화에서도 남성 내지 여성의 성기 모양을 한 바위로 인해서 여성이 바람난다고 한다. "그 바우가 양쪽이 어떻게 묘하게 생겨가지고, 꼭 속말로 여자 그 공알같이 생겼다 해서 공알 바위라고 지금도 내려오고 있그든요."7)라거나 "큰 덕줄에 큰 바위가 있는데 근데 그 바위가 구멍이 뚫렸어 그게 여자 신이래."8)라고 하여 여성의 성기 모양을 한 바위의 생김새로 인해서 여성들이 바람나게 된다고 한다. 또는 "옛날에 신랑바위 각시 바위가 있어 가지고 언뜻 보면 신랑같이 생기고 그 밑에 각시바위가 있거든."9)이라거나 그냥 "그걸 화냥바위라고 불렀어요."10)라 하여 여성들의 바람기가 바위로 인한 것임을 밝히는 선에서 언급된 경우도 있다. 이처럼 남성 내지 여성을 닮은 바위로 인하여 처녀들이 바람이 난다고 하는 것은 유감 주술적 사고에 기초한 것이다. 이런 유감 주술적 사고에 기초하여 설화 전승집단은 바위에 어떤 작용이 가해지면 그에 따라 유사한 결과를 가져오게 된다고 믿는다.

> 이 바위 위가 이렇게[두 손으로 흔드는 시늉] 올라 그 바위가 섰어요. 게 그건 어린애두 가서 이렇게 흔들면 근드은등했어요. 게 그거 한 번만 건드리면 저 지금 이북이지만 영등 포라구 있잖아요? 영등포. [조사자: 연백(延白) 이북이예요?] 네. [조사자: 이북에도 영등포가 있어요?] 네. 영등포, 거기 저 물 건너 있어요. 영등포 처녀들이 하나씩 거기서 바람이 난대요. [조사자: 아 그런 얘기가 있어요?] 네. 그래 영등포 처녀 바람난다 그랬죠(<바람나는 간드렁 바위>, 『대계』 1-7, p.123).

위의 <바람나는 간드렁 바위>에서 사람들이 바위를 흔들거나 ③의 <상여 바위, 각시섬, 바람나는 바위>와 같이 "거기에 돌멩이를 끼어 놓"으면 그에 따라 건너편 마을의 여성이 바람이 난다고 한다. <바람나는 간드렁 바위>에서 화자가 "이렇게 흔들면 근드은등했어요."라고 하는 것은 손으로 바위를 흔드는 것을 형상화한 것이다. 여기서 바위를 흔드는

---

7) 〈대밑동 공알바위〉, 『대계』 6-6, p.423.
8) 김용국, 『경기도 화성시 구비전승 및 민속자료 조사십 3』(화성시 화성문화원, 2006), p.269.
9) 최웅 · 김용구 · 함복희, 『강원설화총람 Ⅲ』(북스힐, 2006), p.219.
10) 최웅 · 김용구 · 함복희, 『강원설화총람 Ⅷ』(북스힐, 2006), p.368.

것은 신체적인 접촉을 의미하는 것으로 볼 수 있다. 이처럼 신체적인 접촉에 의해 바람난다고 하는 설화는 인천 지역 이외에도 여러 지역에서 전승하고 있다. 이들 설화에서 신체적 접촉으로 인해 바람이 나는 대상은 주로 여성이다. 그런데 강원도 영월읍 방절리에 있는 선돌 옆의 '총각바위와 각시바위'에 얽힌 이야기에서는 총각바위를 만지면 동네 총각이, 각시바위를 만지면 처녀가 바람이 난다고 한다.11) 어떤 형상의 바위를 만지느냐에 따라 그에 상응하는 성별의 사람이 바람이 난다고 설명하고 있는 점이 특이하다. 이것은 바람이 나는 것은 남녀가 따로 없다는 생각을 반영한 것으로 보인다. 일반적으로 설화 전승 집단은 모의 성행위를 통해 여성들이 바람나는 것으로 설명한다. 농가에서는 모의 성행위를 통해 풍요를 기원하는 풍습이 있다. 정월 대보름의 과일나무 시집보내기와 단옷날 대추나무 시집보내기가 그것이다. 이때 벌어진 나뭇가지 위에 돌을 끼워 넣는데, 이는 성행위를 모방한 것이다. 이렇게 하면 열매가 많이 맺힌다고 믿었다. '풍기문란'형 설화에서는 풍요를 기원하던 모의 성행위가 음사가 무분별하게 자행됨을 보여 주는 방편으로 사용되고 있는 것이다.

그런데 '풍기문란'형 설화의 경우, 모의 성행위를 통해서만 여성들이 바람이 나는 것은 아니다. ②의 부채바위는 "이 바위가 강화도에서 보면 그 형태가 신랑이 사모관대를 쓰고 부채를 펴보고 있는 모습과 흡사하여 강화도에 사는 처녀들이 바람기가 난다"고 하며, ④ 에서는 "저기서 보면은 삼바윗돌하고 마주 보고 있는데, 무엇이라고 그러더라? 뭐 바람만 맞춘다." 한다. '부채바위'와 '삼바윗돌'을 보는 것만으로도 여성들이 바람나게 된다는 것이다. 여기서 바위의 바라봄과 여성의 바람기를 연계시킨 것은 우리의 내외하던 풍속과 연관 지어 생각해 볼 수 있다. 내외법에 따르면, 남녀 간에 말할 기회가 있더라도 서로 마주 서서 쳐다보지 않고 비켜서서 이야기해야 한다. 특히 여성들은 남자를 대할 때, 내심으로는 그렇지 않다고 하더라도 겉으로는 부끄러움, 수줍음 등의 징표를 나타내야 정숙한 여자로 평가받았다고 한다.12) 우리 선조들은 내외법을 통해 혹시라도 생길지 모르는 남녀 간의 불미스러운 사건을 예방하고자 했던 것이다. 이런 내외하는 관습이 설화에 반영되어 여성들로 하여금 남성을 상징하는 '부채바위'와 '삼바윗돌'을 바라보지 못하게 했던 것으로 볼 수 있다.

예전에는 어느 마을의 여성이 바람났다고 하는 이야기는 단지 한 개인의 불미스러운

---

11) 이학주, 『아들 낳은 이야기』(민속원, 2004), p.93.
12) 朴秉濠, 『韓國의 傳統社會와 法』(서울대학교 출판부, 1985), pp.106~107.

행동을 의미하는 것이 아니었다. ①의 화자는 "지금이야 처녀들이 바람나는 거 보통으로 생각하지 뭐. 옛날에야 다 그거 흉으로 생각했잖아."라고 하여 처녀가 바람나는 것은 마을 전체의 근심거리였다는 것이다. 그래서 마을 주민들은 여성들의 바람기를 막을 방법을 강구하게 된다. 그 대책의 하나가 바로 여성을 바람나게 하는 대상을 제거하는 것이다. ①에서 마을 주민들은 지관을 통해 '간드랑 바위'가 여성들의 바람기를 발동하게 하는 진원임을 알게 된다. 그래서 배를 타고 와서 간드랑 바위를 넘어뜨리고자 한다. "근데 우르릉 땅땅하고 소나기가 내리 따르면서 뇌성벽력을 하니까 못하고 그냥 갔다"고 한다. 또 다른 간드랑 바위 설화에서는 마을 주민들이 "'이 바위를 쓰러뜨려라.' 발을 걸어 가지고 쓰러 뜨릴려고 와서 이제 그 줄을 다리는데 갑자기 우르르 땅땅 하면서 비가 쏟아지는 바람에 못 쓰러뜨리고 갔다."13)고 한다. 사람들이 간드랑 바위를 넘어뜨리려고 할 때, 우르르 땅땅 비가 오고 뇌성벽력이 치는 것은 이 바위가 하늘의 보호를 받고 있음을 뜻하는 것이다. 간드랑 바위가 하늘의 보호를 받고 있음을 명확히 보여 주는 설화가 <넘어뜨릴 수 없는 간드렁 바위>이다.

> 그 바위로 인해서 저 건너 영종인가 어디 사람들이 뭐 되질 않으니까 그래서 그 바위를 쓰러뜨려 놓고 갔다는 거예요. 그 동네 사람들이 저 바다 건너. 근데 그 바위를 그 동네 사람들이 동아줄을 매다 잡아 다리니까 넘어간 거 아니에요? 근까 뭐 천둥번개가 와서 도로 올라가 붙었더라는 말도 있고 그래요(<넘어뜨릴 수 없는 간드렁 바위>, 『대관』, p.530).

위의 설화에서 마을 주민들은 합심하여 여성을 바람나게 하는 바위를 넘어뜨리는 데에는 성공하였지만, 그것은 절반의 성공에 불과하다. 간드렁 바위는 "천둥번개가 와서 도로 올라가 붙"어 버렸기 때문이다. 결국 주민들의 노력은 실패로 끝나고 만다. 그래서 주민들은 이 바위를 없애려는 노력을 더 이상 기울이지 않는다. 설화 전승집단은 하늘의 보호를 받는 신성한 대상에 위해를 가하면 그에 따른 벌을 받게 된다고 믿는다. 이를 잘 보여 주는 것이 ②의 <백운산의 부채바위>이다. 마을 주민들은 동네 처녀의 바람기를 막기 위해 합심해서 부채바위를 부순다. 그때 "그 바위에서 사람의 피가 흘러 내렸다 한다." 이것은 부채바위에 영험한 기운이 서려 있음을 의미하는 것이다. 이처럼 영험한 기운이 서린 바위를 부쉈기에 "강화 사람들은 되돌아갈 때 배가 파산되어" 모두 물에 빠져 죽었다고 한다. 이것은 설화 전승집단이 신성이 서려 있는 바위를 부쉈기 때문에 마을 주민들이 신

---

13) 〈처녀가 바람나는 간드랑 바위〉, 『대관』, p.528.

벌을 받아 죽었다고 믿었음을 보여 준다. 결국 마을 주민들은 자신들의 목숨을 여성의 바람기를 막는 것과 바꿨던 것이다.

한편, 여성의 바람기를 막기 위한 방편으로 사람들이 활용한 것이 바로 비보이다. 최원석에 의하면, "집단심리적으로 한 집단의 인지환경상에 심리적 불안 요인이 있을 경우에 비보는 이를 적절히 해소하여 그 집단의 환경심리적인 안정과 조화를 이끄는 문화적 장치가 된다."[14]고 한다. ④에서 화자는 여성들로 하여금 바람기가 발동하게 하는 삼바윗돌을 "그 나무가 앞을 가려 주어야 좋다고" 한다. 이처럼 나무로 바위를 가려 사람들이 보지 못하게 함으로써 여성의 바람기를 막았다고 하는 이야기는 영남의 '처자바위(處子岩)'와 전남 안좌도 구대리의 여근석에서도 볼 수 있다. 영남의 처자바위의 경우, 바위가 솔잎으로 덮여 있으므로 아무도 못 보게 되어 있으며, 만약 이 바위를 들썩이거나 만져 보면 마을 처녀들이 바람이 나서 도망을 가고 아낙네들이 바람을 피우게 된다. 그래서 아무도 들어갈 수 없는 금지구역이라고 한다.[15] 구대리 여근석의 경우, 앞쪽엔 소나무를 무성하게 심어 바위를 가리고 있으며, 소나무를 쳐 버리면 구대리뿐만 아니라 이웃 마을 처녀들까지 바람이 난다고 한다.[16] 비보가 '풍기문란'형 설화에서 여성의 바람기를 잠재우고 마을의 평안을 유지하는 방편으로 이용되고 있다. 이러한 바위형 설화는 인천 지역은 물론 다른 지역에서도 비교적 쉽게 접할 수 있다는 점에서 '풍기문란'형 설화를 대표하는 설화 형태라 하겠다.

2. 비석형

비석은 비, 빗돌, 석비 등으로 불리기도 하며, 돌을 재료로 하여 인공적으로 가공하여 만들어진 것이다. 그래서 돌에 내재되어 있는 신성성은 그대로 비석에 전이되는 것이다. 비석형 설화에서 여성들의 바람기를 부추기는 대상인 비석은 일정한 목적 하에 사람들이 인위적으로 갖다 놓은 것이다. 본고는 편의상 돌미륵과 망부석과 관련된 이야기도 비석형 설화에 포함시켜 논의하고자 한다. 비석형 설화에 속하는 설화는 모두 10편이다.[17]

---

14) 최원석, 앞의 책, p.56.
15) 柳增善, 『영남의 전설』(형설출판사, 1974), pp.273~274.
16) 김대성 · 윤열수, 『한국의 性石』(도서출판 푸른숲, 1997), p.124.
17) 〈석산의 비석〉, 〈홍비석〉, 〈바람나는 비석〉(『대계』 1-7), 〈갓쓴 비석〉(『대계』 1-8), 〈동네 여인들 바람나게 하였다는 비석〉(『인천의 설화(說話)』), 〈여인들이 바람나는 망부석〉, 〈삼산면 여자들이 바람나는 돌미륵〉, 〈부녀자가 바람나는 대빈창 비석〉, 〈동네사람 바람나는 선원사 비석〉, 〈여자가 바람나는 비송고개 비석〉(『대관』) 등이다.

⑤ 구읍에 비가 몇이 있는데, 근데 이렇게 삿갓 모냥으로 쓴 비가 있었어요. [조사자: 네.]
인제 그걸 어떻게 인제 말이 도냐 하면 거기 구읍에 비선 데에서 저 영, 어딘가? 어딘가
그 비가 비친데요. 뵌데요. [조사자: 아 영흥에서요?] 아, 네. 근데요, 근데 [청중: 뵈는 게
아니라, 마주 서 비쳤데요.] 네네. 마주 보며 비친 거지. 아, 그 그걸 씌워 노면 그걸 씌워
노면 거기 여자들이 놀아난답니다. [조사자: 아 옳치.] 네. 그래서 거기 사람들이 일부러
와서 그걸 들어서 베껴 논데요. 베껴 노면 여기 사람들은 뵈기 싫어서 도로 씌워 놓고, 이
런 얘기가 있습니다(<갓쓴 비석>, 『대계』 1-8, pp.461~462).

⑥ 옛날부터 전해오는, 거 이 마을 저 마을 패싸움들이 있고 그랬는데, 여기 그 망부석을
가지고 싸움을 했어요. 그 망부석이 파란만장하게 아주 그냥 안 댕긴 데가 없시다, 저거.
저거를 향하고 꽂아놓으면은 그 동네 여인들이 바람을 난다 그래가지고, 꽂아놓으면은 파
다가 갯벌에도 갖다놓으면, 건져다 또 해놓고, 그래 나중에 그게 사람이 죽기 시작하더라구
요. 그러니까 지금은 그걸 다치질 않고선 그냥 묻어났어요. 사람이 다치니까. ……(중략)……
지금 묻혀 있죠. (길가에 머리 부분만 나올 정도로 묻혀 있는 망부석을 가리키며) 사고가
없게 해달라고 여기다 모셔났어요(<여인들이 바람나는 망부석>, 『대관』, pp.76~77).

⑦ 광대 옆에 재너머라고 있는데, 아마 옛날에 산소가 많아요. 고청인지 아닌지는 몰라도
산들을 많이 쓰고 그러니까 있는 집에서 썼는지 미륵도 많고 비석도 많고. 그런데 그게 어
떻게 지형이 그렇게 돼서 그런지 몰라도 거기 미륵을 세우고서는 삼산면 여자들이 바람이
냈대요. 그래서 거기 사람들이 와서 죄다 그걸 쓰러뜨리고. 근데 여기 사람들이 이렇게 세
우면, 거기 사람들이 와서 또 쓰러뜨리고 그렇다는 전설이 있어요. 아마 그렇게 비추면은
그런 게 이는지 모르겠습니다만(<삼산면 여자들이 바람나는 돌미륵>, 『대관』, p.225).

위에서 인용한 비석형 설화에서 여성이 바람나게 하는 대상으로 언급된 '비석, 망부석,
돌미륵'은 남성을 상징하는 것으로 여겨진다. ⑤에서 화자는 "아, 그 그걸 씌워 노면 그걸
씌워 노면 거기 여자들이 놀아난답니다."고 한다. 여기서 화자가 씌워 놓으면 바람난다고
하는 것은 비석의 이수를 지칭한다. 비의 모양은 비신(碑身)과 이수(螭首), 귀부(龜趺)로 되
어 있다. 이수는 비의 갓으로 뿔 없는 용(龍)을 조각하고, 귀부는 비의 기석(基石)으로서
거북모양으로 되어 등에 비신을 세운다고 한다.18) 우리가 흔히 보게 되는 비석의 이두는
일반적으로 삼각형의 형태를 띤 것이다. 삼각형의 이두가 남성을 상징함은 마을 주변에
세워진 입석의 형태에서 유추해 볼 수 있다. 입석의 모양이 대체로 길쭉하고 상단이 가늘
거나 뾰족하며 세모의 삿갓 모양을 한 것은 주로 남성을 상징하는 것으로 여긴다고 한
다.19) 그래서 바위형 설화와 마찬가지로 비석에 감응된 여성들이 바람기가 동하게 된다
는 것이다.

비석형 설화에서 여성들이 바람나게 된 것은 "어딘가 그 비가 비친데요. 뵌데요."(⑤),

---

18) 『한국 민속대사전 1』(민족문화사, 1991), p.717.
19) 김형주, 『민초들의 지킴이 신앙』(민속원, 2002), p.87.

"저거를 향하고 꽂아놓으면은"(⑥), "미륵을 세우고서"(⑦)부터이다. 남성의 성기를 상징하는 대상물이 일방적으로 여성에게 영향을 미쳐 바람나게 한다는 것이다. 이를 여실히 보여 주는 것이 전북 석교리의 남근석이다. 석교리의 남근석은 많은 사람들이 치성을 드리는 영험 있는 바위였으며, 특히 석교마을 하씨댁 부인들은 아들을 점지해 달라고 밤마다 치성을 올려 그 보람으로 대를 잇게 된 이래 하씨댁 후손들이 신주 모시듯 하는 바위다. 그런데 이 남근석의 귀두가 음골을 바라보고 있기 때문에 상등리의 처녀들이 바람난다고 생각한다.[20] 아들을 점지해 달라고 빌던 남근석이 여성들의 바람기를 일으키는 원흉으로 지목된 것이다.

과거에는 오늘날과 달리 결혼한 여성이 가문의 대를 이어 줄 아들을 출산하지 못하면 칠거지악의 하나인 무자(無子)에 해당하여 시댁에서 쫓겨나는 수모를 겪어야 했다. 아들의 있고 없음은 여성에게 있어서 결혼 생활의 지속 여부를 결정하는 잣대가 되었던 것이다. 그래서 아들을 얻기 위한 여성들의 노력은 가히 필사적이었다. 그중의 하나가 신교리의 남근석처럼 남성의 성기 형상을 한 돌을 신앙의 대상물로 삼고, 여기에 아들 낳기를 기원하는 기자속을 들 수 있다. 여기서 말하는 기자속은 성 숭배의 일종이다. 성 숭배는 성행위나 남녀 성기에 의해 상징되는 생식 원리를 숭배하는 문화현상으로, 세계적으로 광범위하게 분포되어 있는 주술 종교적 행위를 가리킨다.[21] 이러한 성 숭배는 일반적으로 알려진 것처럼 다산과 풍요 기원뿐만 아니라 지역공동체 구성원의 갈등을 해소하고 화합하는 사회적 기능도 지녔다고 한다.[22] 그런데 시대와 사회, 종교에 따른 의식의 변화는 기존의 성 숭배에 대해 갖고 있던 인식에도 변화를 가져온다. 그 결과, 성 숭배의 위상은 격하되며 그 기능이나 역할이 축소된 채 전승하게 된다. 이러한 전승상의 변화를 보여 주는 것이 비석형 설화인 것이다.

비석형 설화에 등장하는 비석이나 망부석, 돌미륵 등은 더 이상 신앙의 대상물이 아니다. ⑤에서 비석을 "그래서 거기 사람들이 일부러 와서 그걸 들어서 베껴 논데요. 베껴 노면 여기 사람들은 뵈기 싫어서 도로 씌워 놓고", ⑥에서 망부석의 경우는 "꽂아놓으면은 파다가 갯벌에도 갖다놓으면, 건져다 또 해놓"았다고 한다. 그리고 ⑦의 돌미륵은 "거기 사람들이 와서 죄다 그걸 쓰러뜨리고. 근데 여기 사람들이 이렇게 세우면, 거기 사람들이 와서 또 쓰러뜨"렸다고 한다. 성 숭배에서 남성 성기의 신앙 대상물에 투영된 의미체계는

---

20) 김대성·윤열수, 앞의 책, p.149.
21) 이종철·김종대·황보명, 앞의 책, p.147.
22) 김선풍 외, 『한국의 민속사상』(집문당, 1996), p.119.

불임을 가임으로 전환하는 수태 관념, 아들에 대한 관념, 집안의 무사와 자손의 건강, 동네 안녕과 농사 풍년, 풍수지리상 수구맥이에 대한 관념, 건강과 성욕 증진 그리고 음양의 조화를 통한 여성의 바람기 방지 등 다양하게 나타난다고 한다.[23] 그런데 비식형 설화에 등장하는 비석과 망부석, 돌미륵은 신앙의 대상물로서의 역할과 기능을 상실한 채 마을과 마을 사이의 분란을 조장하는 대상으로 그려져 있다. 그래서 ⑥에서 "그 망부석이 파란만장하게 아주 그냥 안 댕긴 데가 없시다"고 화자가 말하고 있듯이, 인간들이 가하는 온갖 수난을 겪어야만 했던 것이다.

한 마을에서 비석의 갓을 씌워 놓고, 망부석을 꽂아놓으며, 돌미륵을 세우면 이와는 반대로 다른 마을에서는 비석의 갓을 벗기며, 망부석을 파놓고, 돌미륵을 쓰러뜨린다. 여기서 여성을 바람나게 하는 것으로 생각되는 대상물을 사이에 두고 마을 간의 반목이 지속적으로 반복되었음을 볼 수 있다. 왜 여성이 바람난다고 하는 대상물을 사이에 두고 마을 간의 반목이 지속되는 것일까. 위에서 인용한 설화뿐만 아니라 인천 지역에 전승하는 다른 비석형 설화에서도 그 이유가 명확하게 드러나지 않는다. 다른 지역에 전승하는 '풍기문란'형 설화의 예를 통해서 그 이유를 살펴본다.

> 오래전부터 남근석이 있는 화지마을은 수마을로, 1킬로미터쯤 떨어져 마주 보고 있는 갈평리는 암마을로 불려 왔다. 갈평리를 감싸고 있는 뒷산이 여성의 은밀한 부위를 닮았기 때문이다. 문제는 암마을의 부녀자들은 수마을의 남근석 때문에 바람기가 심해진다는 것이다.
> 그 때문에 암마을 남자들이 캄캄한 밤에 수마을로 잠입해 남근석을 쓰러뜨렸다. 남근석이 쓰러지고 나면 신기하게도 암마을 부녀자들은 언제 그랬냐는 듯 얌전해진다는 것이다. 대신 남근석이 쓰러지고 나면 무슨 영문인지 수마을 남자들이 통 힘을 못 쓰고 비실비실거렸다. 그러니 공방전이 계속될 수밖에 없다는 것이다.[24]

위의 인용문은 전남 승주군 월등면 대평리 화지마을에 있는 남근석과 관련되어 전해오는 이야기이다. 이 남근석은 갈평리 마을의 부녀자들이 보면 마음이 싱숭생숭해져서 바람기가 동한다고 한다. 그래서 그 마을의 남자들이 몰래 남근석을 쓰러뜨린다. 그러면 이번에는 화지마을의 남자들이 힘을 쓰지 못하게 된다는 것이다. 그런 이유로 해서 두 마을 간에는 공방전이 되풀이된다. 화지마을의 남근석을 통해서 비석형 설화에서 마을 사이의 마찰과 갈등이 증폭되는 이유가 마을의 안위와 관련되어 있음을 짐작할 수 있다. 마을 간

---

23) 이종철 · 김종대 · 황보명, 앞의 책, p.155.
24) 김대성 · 윤열수, 앞의 책, p.112.

의 이해관계의 상충으로 세우고 쓰러뜨리는 상호 간의 공방이 불가피했던 것이다. 이러한 공방전은 마을의 존립과 관련된 까닭에 어느 한쪽의 일방적인 승리로 끝날 수 있는 것이 아니다. 결국 마을 주민들은 분쟁의 원인을 제공하는 비석과 망부석, 그리고 돌미륵을 없애기로 마음먹는다. 이러한 생각은 신앙의 대상물로서의 돌에 대한 믿음이 약화되었음을 의미한다. 그런데 이를 처리 과정에서 비석·돌미륵과 망부석 사이에는 차이를 보인다.

⑤에서는 지금도 비석이 존재하는지의 여부를 알 수 없다. 비석형 설화에서 이야기 속에 비석이 등장하는 것은 모두 8편이다. <홍비석>에서는 "근데 지금은 그 비석조차 어디루 갔는지 알 수가 없어요(204쪽)."라고 하여 지금은 비석이 존재하지 않는다고 한다. <홍비석>처럼 비석의 행방이 묘연하기는 <동네 여인들 바람나게 하였다는 비석>과 <여자가 바람나는 비송고개 비석>의 경우도 마찬가지다. 그리고 <바람나는 비석>에서는 "근데 결국은 뽑아놓는 사람을 못 당해 가지구 그 사람들이 뽑아서 깨트렸"(554쪽)고, <동네사람 바람나는 선원사 비석>에서는 "비석을 뽀개 가지고 하여튼 공구리를 쳤"(498쪽)으며, <부녀자가 바람나는 대빈창 비석>에서는 "그래선 나중엔 물에다 수장해 넣었대요. 바다에 집어넣"(412쪽)는다. 비석과 관련된 8편의 설화 중에서 그 행방이 직접적으로 언급된 설화는 모두 6편이다. 이들 설화에 등장하는 비석은 그 존재 자체를 알 수 없다거나 아니면 부수거나 깨뜨려서 지금은 그 흔적조차 찾을 수 없다고 한다. 사람들이 비석에 위해를 가하지만 그에 따른 재앙은 보이지 않는다.

이에 비해서 ⑥에서 망부석을 함부로 취급했던 마을 주민들이 어느 순간부터 "사람이 죽기 시작"하였다고 한다. 이것은 주민들에게 망부석에 대한 공포심을 유발하였으며, 나중에는 망부석을 "길가에 머리 부분만 나올 정도로"만 묻어 놓음으로써 사람이 다치는 것을 예방한다. 땅에 망부석을 묻은 것은 돌의 기운을 억눌러 사람에게 악영향을 미치지 못하게 하고자 하는 의도가 숨어 있는 것이다. 이러한 돌을 함부로 다룬 결과, 사람들에게 사고가 끊이질 않았다고 하는 이야기는 여러 지역에서 전해지고 있다. 정선군 북면 나전의 난향로원에 있는 음석의 이야기가 이에 해당한다. 나전의 난향로원에 있는 음석을 만진 부녀자가 바람이 나는 경우가 많다는 소문이 퍼지자, 마을 주민들이 음석을 흙으로 덮는다. 그러자 교통사고가 많이 발생하고 이유 없이 병을 얻는 사람들이 늘어나 다시 음석을 파낸다. 대신 여성들의 바람기를 막기 위해 다른 곳의 남근석을 옮겨온다. 이로 인해서 음양의 화합을 이루었기 때문에 지금은 사고가 발생하지 않는다고 한다.25) 난향로원의

---

25) 이학주, 앞의 책, pp.187~188.

음석은 남근석과 한 짝을 이루게 됨으로써 음기가 사라지게 된 것으로 볼 수 있다.

비석과 망부석에 대한 처리 방법이 다른 양상을 띠는 것은 이들을 바라보는 설화 전승 집단의 인식 차에서 비롯된 것으로 보인다. 망부석과 같은 입석은 마을을 중심으로 하여 동구·당산거리와 그 주변의 논·밭이나 언덕배기에 세워졌던 것으로, 신적 영력이 깃들어 있다고 여겨져 민간신앙의 대상물로 숭상되었다. 26) 이에 비해서 비석은 기공·의열·공덕·정려·성곽·교량·제지 등의 각종 기적비와 순수비, 신도비 그 밖에 능비와 묘비 등이 허다하게 남아 있다.27) 이러한 비석은 돌을 인공적으로 가공하여 세운 것으로 망부석과 같은 입석에 비해 상대적으로 신앙적인 측면이 미약하다 하겠다. '풍기문란'형 설화에서 여성들의 바람기를 비석과 관련지어 설명하는 것은 다른 지역에서 찾아보기 어려운 것으로 인천 지역만의 특징이 아닌가 한다.

3. 산세형

산세형 설화는 지형적 특성으로 인하여 여성들이 바람이 난다는 이야기이다. 이에 속하는 설화는 모두 2편28)으로, 강화도에 있는 부시미산과 관련된 것으로 내용은 대동소이하다. 여기서는 『강화 구비문학 대관』에 수록된 <처녀가 바람나서 부신 부시미산>을 살펴본다.

> ⑧ 그거는 부시미산이 아니고, 처음에는 말산이에요. 말산. 말형국으로 생겼다고 말산. 그런데 그거이 거기 양갑리라고 거기 처녀들이 바람이 나니까는. (조사자: 그 말산 때문에.) 응. 대사가 와서 "저 산 때문에 양갑리 처녀들이 바람이 난다. 저 봐라." 그래, 보면은 서울 선비가 와서 춤추는 형국이거든. "그러니 여자들이 밤에 저녁 먹고 저기를 안 나가느냐?" 이거야. 그러니 바람이 난다. 그래가지고 "그것을 조금 한쪽만 부셔라. 때려내라." 그래가지고 그쪽에 조금 때려내 가지고 부셨다고 해가지고 부시미산으로 된 거야. 전설이 (<처녀가 바람나서 부신 부시미산>, 『대관』, p.121).

오늘날 부시미산이라고 일컬어지는 산은 본래 "말형국으로 생겼다고 말산"이라고 불렀다는 것이다. 우리의 오랜 관습에 의하면, 말은 양을 상징하는 동물로 여겨 왔고 말의 육체미와 건강, 그리고 활기에 넘치는 정력을 찬미해 왔다고 한다.29) 말은 남성을 상징하는

---

26) 김형주, 앞의 책, pp.83~84.
27) 『한국민속대사전 1』, p.717.
28) <부시미산 이야기 (2)>(『대계』 1-7), <처녀가 바람나서 부신 부시미산>(『대관』) 등이다.

것이다. 위의 설화에서 산의 생김새를 말의 형상을 닮았다고 하는 것은 산을 남성의 이미지로 받아들였음을 알 수 있다. 이를 보다 구체적으로 표현한 것이 "서울 선비가 와서 춤추는 형국"이라고 한 것이다. 그래서 산의 정기에 감응된 "양갑리 처녀들이 바람이 난다."고 하는 것이다. 이처럼 지형적 특성으로 인해 여성이 바람난다고 하는 이야기는 다른 지역에 전승하는 설화에서도 찾아볼 수 있다. 강원도 인제군에 전해지는 설화 중에는 "산의 지형이 여자의 치마폭 같아서 여자의 수난이 많다는 말이 많더라구요. 저기 양지마을 건너편의 산이요. 그래서 그런지 여기 며느리들이 별로 없어요. 바람이 나서. 산세가 여자 치마폭 같이 생겨서. 그런 게 구전으로 전해져요. 지금도 며느리들이 바람이 아니더라도 잘 안 살고 가구 그래요."30)라고 한다. 산의 지형으로 인해서 시집 온 여자들이 바람이 나거나 아니면 정상적인 결혼 생활을 영위할 수 없다고 한다.

　일상생활에서 산의 영향을 받게 된다고 하는 것은 마을의 형성과 관련지어 생각해 볼 수 있다. 우리나라에서 산은 마을 형성의 터전이자, 그 공간 구성 및 분할의 기준이 된다.31) 마을의 터를 정할 때, 흔히 배산임수(背山臨水)라 하여 산을 등지고 물을 바라보는 지형에 마을을 형성한다. 여기에 마을 전체가 남향의 양지바른 곳이면 더욱 좋은 터가 된다. 마을 뒤편의 산과 그 주변의 산들은 대체로 위압적이지 않고 부드러움을 간직하여 시각적으로나 심리적으로 안정감을 준다. 그리고 사람들은 산에서 실생활에 필요한 식물을 채취하고 건축과 토목 공사에 필요한 돌과 목재를 공급받는다. 또한 산은 심한 바람을 막아 주고 홍수의 피해를 줄여주며, 한 생(生)을 마감한 '죽은 이'들에게는 보금자리인 산소도 마련해 준다.32) 이처럼 산은 마을을 형성하고 인간이 삶을 영위하는 데 있어서 중요한 역할을 담당했던 것이다. 삶의 터전을 제공하는 역할을 산이 하였기에 사람들이 그 영향에서 자유로울 수 없다고 하는 생각은 자연스러운 것이라 하겠다.

　산세나 지형을 남성 내지 여성을 상징하는 대상물로 인식한 것은『삼국유사』선덕왕 지기삼사조의 여근곡 관련 기사에서도 볼 수 있다. 선덕여왕은 옥문지에 많은 개구리가 모여 우는 것을 적병이 내침한 것으로 판단하고, 이에 군사를 보내어 백제군을 물리쳤다는 이야기다. 훗날 신하들이 이날의 일에 관해서 묻자, 선덕여왕은 "개구리의 노한 형상은 병사의 형상이며, 옥문(玉門)은 즉 여근(女根: 女子 生殖器)이니 여자는 음(陰)이요 그 빛

<hr>

29) 任東權,『韓國民俗文化論』(집문당, 1989), p.484.
30) 최웅·김용구·함복희,〈142. 여자 수난 지형〉,『강원설화총람 Ⅱ』(북스힐, 2006), p.667.
31)『韓國文化象徵辭典』, p.398.
32) 이필영,『마을신앙으로 보는 우리문화이야기』(웅진닷컴, 2004), p.21.

이 희고 또 흰 것은 서쪽이므로 군사가 서쪽에 있음을 알 수 있으며, 남근(男根)이 여근에 들어가면 반드시 죽는 법이라. 그러므로 쉽게 잡을 수 있음을 알'[33] 수 있었다고 한다. 선덕여왕이 개구리의 노한 형상을 병사 곧 남근으로, 개구리가 모여 울던 옥문지를 여성의 생식기로 풀이한 것은 성상징에 기인한 것이다. 그리고 '남근이 여근에 들어가면 반드시 죽는 법이'라고 하여 성교의 원리를 들어 내침한 적을 손쉽게 물리칠 수 있으리라 생각하였다는 것이다. 현재 여근곡은 경주시 건천읍 신평리 맞은편 산에 자리 잡고 있는데, 고속철도 공사를 하면서도 이곳을 우회한 까닭에 지금도 본래의 형상 그대로 남아 있다. 여근(女根)의 형상은 여성기의 구조와 흡사하여, 신평마을에 바람난 처녀가 많다는 우스갯말과 함께 음기가 강한 탓에 처녀들이 마을에서 견디지 못하고 객지로 나간다고 하는 속설이 있다고 한다.[34]

⑧에서 마을 사람들은 산의 형국으로 인해서 여자들이 바람나게 됨을 알게 된 후에 산의 귀퉁이를 약간 허물게 된다. "그래 가지고 그쪽에 조금 때려내 가지고 부셨다고 해가지고 부시미산으로" 부르게 되었다는 것이다. 여기서 말산의 일부를 부쉈다고 하는 것은 왕성한 양기를 억누르는 행위로 이해할 수 있다. '풍기문란'형 설화에서는 부시미산처럼 일방적으로 여성에게 바람기를 일으키는 대상의 기운을 약화시키기도 하지만 한편으로는 음양의 조화를 통해 여성의 바람기를 잠재우기도 한다. 군산시 개정면 발산리 대방마을의 총각바위가 이에 해당한다. "원래 이 바위는 마을 뒷산 암메산과 관련이 있다. 평야 건너 서쪽의 삼수동(또는 삼시동)에서 해질녘에 이 산을 보면 마치 여자 음부가 저녁놀에 붉게 물들어 있는 것처럼 보이는데 이 때문에 삼수동 아낙데들이 바람이 자주 나므로 이를 누르기 위해 대방마을 입구 곧 암메산 골짜기 초입에 이 총각바위를 세웠다고 한다."[35] '여자 음부가 저녁놀에 붉게 물들어 있는 것처럼 보'인다고 한 것은 색정이 동하게 됨을 우회적으로 표현한 것이다. 결국 산의 형국이 여성기를 닮았기에 음기를 발산하게 되고, 이에 영향을 받은 여성들이 바람이 난다는 것이다. 그래서 이를 해결하기 위해서 음에 대항하는 양으로, 총각바위라는 남근석을 세웠다는 것이다. 여성의 바람기를 음양의 조화를 통해 해결하고 있다. 앞에서 살펴본 바위형 설화에서 바람나게 하는 대상을 나무로 가려 외부로 드러나지 않도록 주의를 기울이는 소극적인 행위로 여성의 바람기를 막고자 했다면, 산세형 설화에서는 보다 적극적인 방법을 통해 바람기를 일으키게 하는 대상을 제압

---

33) 一然, 李丙燾 역, 「심국유사」, 『韓國의 民俗·宗敎思想』(심성출판사, 1979), p.75
34) 임재해, 앞의 책, pp.21~22.
35) 이종철·김종대·황보명, 앞의 책, p.126.

하고 있는 것이다.

<처녀가 바람나서 부신 부시미산>에서 말산을 여자들의 바람기를 일으키는 대상으로
인식하고 이를 훼손함으로써 부시미산이 되었다고 하는 것은 산에 대한 경외심이 약화되
었음을 보여 주는 것이다. 그래서 산의 한쪽을 부쉈음에도 불구하고 그에 따른 징벌이 내
리지 않는 것이다. 산에 대한 인간의 행위가 산의 진노를 부르지 않는 경우는 강원도 평
창군에서 전해오는 이야기에서도 볼 수 있다. "여기 바로 앞에 보이는 앞산에 구뎅이가
하나 있는데 그 앞에 가면 찬바람이 신기하게 나와요. ……(중략)…… 그래서 예전에 노인
들이 진흙을 개어서 그 구멍을 다 막"36)아 버렸다고 한다. 이렇게 산에 존재하는 구멍을
막았지만 그로 인해서 사람들이 피해를 당했다고 하는 이야기는 전해지지 않는다. 이것은
산을 신성시하는 사고보다 성의 문란을 경계하는 윤리 도덕적 측면이 보다 더 강조되는
시대적 세태를 반영한 것으로 볼 수 있다. 인간의 윤리 의식이 과거 산에 대해 품고 있던
믿음보다 우월적인 위치를 차지하게 되었음을 산세형 설화는 보여주고 있다. 산세형 설화
는 지형적 특성을 고려하여 구성된 이야기이기에 바위형 설화보다는 덜 보편화 된 것으
로 여겨진다.

4. 용천형

용천형 설화는 여성이 감응하여 바람나게 하는 대상을 '물'로 보는 것이다. 이와 관련
된 설화는 모두 4편37)이며, 강화의 교동에 있는 문무정과 관련된 것이다. 여기서는 『한국
구비문학대계』에 실려 있는 <문무정(文武井) (1)>을 살펴본다.

⑨ 화개산 남쪽 기슭에 두 개의 샘이 있었다고 합니다. 동쪽에 있는 것은 문정, 글월 문
(文)자, 문정(文井). 서쪽편에 있는 걸 무정이라고 불렀대요. 무정, 호반 무(武)자, 우물 정
(井)잔가 봐요. ……(중략)…… 근데 이 두 샘물이 솟으면서 이 교동에서는 문관 무관 할 것
없이 높고 훌륭한 그 인재가 계속해서 태어났답니다. 그러다가 어쩌다 한쪽 그 샘물이 많
이 나오면 다른 한쪽은 줄어들게 되고, 그래서 인제 그 문정에 물이 넘치면 문관이 많이
나고, 무정에 물이 넘치면은 무관이 많이 생겼답니다. 근데 한 가지 이상한 것은 이 샘의
물빛이 늘 바다 건너 있는 송가도, 근까 지금 그게 삼산면이죠. 송가도까지 비쳤다 그래
요. 게 이 빛을 받은 송도, 송가도 그 부녀자들이 이 물빛만 바라보면은 풍기가 문란해졌

---

36) 최웅·김용구·함복희, 〈52. 바람구뎅이 지명 유래〉, 『강원설화총람 Ⅳ』(북스힐, 2006), p.418.
37) 〈문무정(文武井) (1)〉(『대계』 1-7), 〈황청개 여인들이 바람나는 문정·무정〉, 〈삼산면 여인들이 바람나는 문무정〉(『대관』), 〈문무정 이야기〉
   (『강화군』) 등이다.

답니다. 게 동네 사람들이 모여 가지고 공론한 끝에 '수십 명의 남자들이 이 교동으로 건너가서 어떤 일이 있어도 이 샘을 메우자' 그랬습니다. 그 뒤에 이 샘을 메우려고 수개월을 두고 많은 사람들이 애를 썼는데 샘물은 더 용솟음칠 뿐 어찌할 바를 몰랐습니다. 게 초초허구 낙심이 일구 지쳐서 걱정을 하구 있는데, 때마침 어떤 한 노승이 이곳을 지나가다가 그 광경을 보고 까닭을 물었습니다. 그중에서 한 사람이 그 사연을 자세히 말하니까 그 노승이 빙그레 웃으면서 하는 말이,
"소금 몇 포만 넣으면 될 것인데 괜히 고생을 한다."
하구 말했습니다. 그래두 했더니 과연 샘은 말라버리고 다시는 물이 솟지를 않았답니다. 그로부터 교동에는 문무의 재목이 귀하고 높은 벼슬이 딱 끊였다는 얘기죠. 게 그 후 송가도에서는 이 노승에게 감사한 뜻으로 사당을 짓고 제사를 지냈다고 전해지고 있지만 지금은 사당도 없구, 문무정도 찾을 수가 없습니다(<문무정(文武井) (1)>, 『대계』, pp.680~681).

위의 설화에서 여인들이 바람나는 것을 샘물 때문이라고 한다. 물은 만물의 모태로, 모든 잠재적 형질을 내포하고 있고 그 안에서 모든 생명의 씨가 자라난다고 한다. 그래서 물에 의한 임신이 가능하다고 여긴다.38) 이것은 우리나라에 전승되는 이야기 속에서도 발견된다. 우리나라 동쪽 2만 1천 리쯤에 여인국(女人國)이 있는데, 그 나라에는 여자들만이 살고 살결이 희며 장발(長髮)을 땅에 끌고 다녔다. 이들은 남풍(南風)을 치마 속에 들이거나 영험 있는 샘을 들여다봄으로써 임신하게 되었다. 아이가 태어나 아들일 경우 없애버리고 딸만을 애지중지 길렀다고 한다.39) 이처럼 남자와의 신체적 접촉이 없이도 임신할 수 있다고 하는 것은 물이 지닌 생생력40)에 기인한 것이다.

<문무정(文武井) (1)>에서 동쪽의 샘을 문정으로, 서쪽의 샘을 무정이라고 한다. 연암 박지원의 「양반전」에 "자고로 무관은 계급을 따라 서반(西班)에 늘어서고 문관은 서열을 좇아 동반(東班)에 차례대로 서는지라, 이를 통틀어 양반이라 일컫느니라."41)고 하였다. 위의 설화에서 문무정이란 이름은 양반의 개념을 이용한 명명임을 알 수 있다. 그래서 문정의 물이 넘치면 문관이, 무정의 물이 넘치면 무관이 많이 배출되었다고 하는 것이다. 이 지역 주민들에게 있어서 문무정은 여인들이 바람나게 하는 원인제공자이기 이전에 교동에 큰 인물을 배출시키는 근원이었던 것이다. 큰 인물이 나게 되는 것을 물과 관련지어 설명하는 것은 물의 신성 관념에서 비롯된 것이다.

그런데 교동에 큰 인물을 배출하는 것으로 여겨지는 문무정이 "송가도 그 부녀자들이

---

38) 엘리아데, 이은봉 옮김, 『종교형태론』(한길사, 1997), pp.269~270.
39) 이규태, 〈男人國〉, 『눈물의 韓國學』(기린원, 1992), p.305.
40) 金烈圭, 『韓國民俗과 文學硏究』(일조각, 1988), p.209.
41) 박지원, 「양반전」, 『한국고전문학전집』 1(희망출판사, 1965), p.78.

이 물빛만 바라보면은 풍기가 문란해"지게 한다. 물은 음을 상징하는 것으로, 여자에 비유된다. 그리고 물은 밤이기도 하다. 밤의 조건에 적합한 것이 성행위라 하여 이에 대한 묘사가 물과 연관되어 있다고 한다.[42] 이렇게 볼 때, 문무정의 물빛이 송가도에 비춘다고 하는 것은 샘이 여성기를 상징하는 것에 머물지 않고 성적 욕망에 사로잡혀 있는 여성의 생리적 상황을 뜻하는 것으로 풀이할 수 있다.[43] 그래서 문무정의 영향을 받은 송가도의 부녀자들이 성적으로 문란하게 되었다는 것이다. 물에 의해 여성이 바람난다고 하는 용천형 설화는 다른 지역에서도 전승된다. <음풍정 이야기>[44], <음풍정(淫風井)>[45], <처녀가 바람나는 우물>[46], <굴물의 조화 1>[47] 등이 그것이다. 여기서는 <음풍정 이야기>만을 간략하게 살펴본다.

여기서는 음풍정만을 간략하게 살펴본다.

> 구미의 산은 효가리의 남근과 마주치면서 꼭 여자의 음부처럼 생겼다 이거죠. 그 골짜기에 음부처럼 이렇게 생겼다 이거요. 생겼는데, 그 골짜기에 음부처럼 생긴 그 골짜기 맨 아래 쪽에 샘물이 있는데, 이 샘을 보통 그 한재가 오면, 날이 가물면 그 위에 중턱에 물은 말른단 말이야. 마르니 그 밑에 물을 인제 먹었다, 이러면 그기 인제 여자들은 바람기가 나 가지고 말이야. 아주 난리 친다 이거지. 그래서 이것을 음풍정이다(<음풍정 이야기>, 『대계』 2-3, pp.279~280.).

위의 설화에 등장하는 음풍정은 사람들이 식수로 사용하던 샘이다. 이곳에는 두 개의 샘이 존재하는데, 가뭄이 들면 위쪽의 샘은 마르고 아래쪽의 샘에서만 물이 나왔다는 것이다. 그런데 아래쪽의 샘에서 나오는 물을 마시면 처녀가 바람이 난다고 한다. 음풍정이 존재하는 골짜기의 형상을 여성의 음부처럼 생겼다고 한 것으로 보아 가뭄에도 물이 마르지 않는 아래쪽의 샘에는 음기가 모여 있음을 짐작할 수 있다. 왕성한 음기로 인해서 이 샘물을 마신 처녀들이 바람기가 동한다는 것이다. 즉, 이 설화는 여성의 바람기에 이야기의 초점이 맞춰져 있다. 이것은 <음풍정(淫風井)>, <처녀가 바람나는 우물>, <굴물의 조화 1>의 경우도 마찬가지이다.

<문무정(文武井) (1)>에서 송가도 사람들은 문무정이 마을 부녀자에게 바람을 일으키는

---

42) 『韓國文化상징사전』, p.286.
43) 임재해, 앞의 책, p.165.
44) 『대계』 2-3, pp.279~280.
45) 위의 책, p.362.
46) 김용국, 앞의 책, p.251.
47) 최웅·김용구·함복희, 『강원설화총람 Ⅳ』(북스힐, 2006), 493쪽.

대상임을 알고, "공론한 끝에 수십 명의 남자들이 이 교동으로 건너"온다. 이들은 문무정을 메워 여성들의 바람기를 잡으려고 하지만, 그들의 노력은 오히려 물이 더 용솟음침으로 해서 수포로 돌아간다. 그때 마침 그곳을 지나가던 노승이 소금을 넣으면 샘을 메울 수 있다고 가르쳐 준다. 노승의 말대로 했더니 샘이 말라서 더 이상 물이 나오지 않았다고 한다. 문무정에 소금을 넣었다고 하는 것은 샘을 오염시키는 행위로, 샘을 더 이상 성스러운 곳으로 여기지 않으며 물이 지닌 신성을 부정하는 것이다.

또 다른 설화인 <문무정(文武井) (2)>48)에서는 시주 왔던 노승이 장풍이라는 풀로 발을 엮어 덮으면 샘물을 메울 수 있다고 한다. 장풍발을 이용해서 샘물을 거의 메웠을 무렵, 갑자기 요란한 소리와 함께 용마가 뛰쳐나와 어디론가 사라졌다고 한다. 용마의 등장을 통해 영웅적 인물의 탄생이 좌절되고, 이후로는 이 고장에서 큰 인물이 나지 않았다고 한다. 이들 설화에서 설화 전승집단은 제3자에 의해 문무정이 메워진 것에 대한 진한 아쉬움을 토로한다. 외지인에 의해 문무정이 메워지지 않았다면, 여전히 교동은 큰 인물을 지속적으로 배출했을 것이며, 그만큼 살기 좋은 고장이 되었을 것이라는 인식이 설화의 저변에 갈려 있다. 이들에게 있어서 문무정의 물빛에 감응한 여성들이 바람이 난다고 하는 것은 부차적인 문제인 것이다. 인천 지역의 용천형 설화는 여성의 바람기보다는 지역의 큰 인물의 배출 여부에 이야기의 초점이 맞춰져 있다. 이런 점에서 다른 지역의 용천형 설화와는 구별되는 특징을 지닌다.

Ⅲ. '풍기문란'형 설화의 전승 의미

'풍기문란'형 설화는 가부장적 사회의 면모를 그대로 반영하고 있다. 손바닥도 마주쳐야 소리가 나는 법이다. 여성이 바람을 피우기 위해서는 그에 따른 상대인 남성이 존재해야 한다. 그것은 여성이나 남성이나 모두 혼자서 바람이 나는 것은 구조적으로 불가능하기 때문이다. 여성의 바람기는 곧 남성의 바람기를 동반하며, 그것은 상호 비례하기 마련이다.49) 그럼에도 불구하고 '풍기문란'형 설화에서 남성을 배제한 채 지역의 자연물과 인공물을 통해 여성의 바람기만을 문제시한다.

---

48) 『대계』 1-7, pp.681~682.
49) 임재해, 앞의 책, p.106.

그 전에 사람이 얼마 살지 않았을 때는 그런 일이 없었는데, 사람이 차차 자은면에 번식함에 따라서, 그 자꼬 부락에 그 남녀관계가 어떻게 나뻐져가지고, 서로 그런 사건들이 많이 생기게 되니까 한번에는 지관이 마치 그 부락에를 왔기 때문에 지관을 데려다 놓고, "이 부락에가 자꼬 남녀 부정 관계가 이러코 생겨싸니, 어떤 일이냐?" 이렇게 문의를 허니께, 지관이 그 지세를 두루 살펴본 후에 하는 소리가. "지금 부락 앞에 있는 저 산이 지금 이것이 공알 바우 산인데. 저 공알 바우를 그대로 보존을 해야기, 공알 바우 앞에 그 나무들을 비어부른다든지 없애부린다든지 해서 저 바우가, 아 외부로 보이그나 표나게 되면 부락에 반다시 좋지 못한 일이 생긴다."(<대밑동 공알바위>, 『대계』 6-6, p.423).

위의 설화에서 화자는 "사람이 얼마 살지 않았을 때는 그런 일이 없었는데, 사람이 차차 자은면에 번식함에 따라서" 남녀 사이에 부정이 생겼다고 한다. 여기서 사람이 번식했다고 하는 것은 외지 사람들이 마을에 유입되었음을 의미한다. 사람이 많아지면 자연스레 여러 가지 사회 문제가 발생하기 마련이다. 여성의 바람기도 그 중의 하나이다. 그런데 그 원인을 남녀가 정분난 것에서 찾지 않고 마을 앞산의 공알바위에서 찾고 있다. 여성의 바람기를 자연의 힘과 결부시킨 것은 인간의 능력으로는 이를 제어할 수 없는, 즉 불가항력적인 일로 여겼음을 의미한다. 이것은 여성의 바람기가 단순히 성적 욕망의 표출이라기보다는 우주자연의 섭리에 따른 근원적이고 필연적인 현상임을 말해주는 것이다.[50] 성에 대해 관심을 갖고 그에 대한 욕구를 분출하는 것은 지극히 자연스러운 현상이다. 그런데 이를 외부로 드러내놓고 자연스럽게 표현하는 것은 남성에게만 가능한 일이다. 가부장제 사회에서 성적인 면에서도 억압된 생활을 강요당했던 여성에게 있어서 성욕은 그 자체가 수치스럽고 부도덕한 것으로 받아들여졌다. 그럼에도 불구하고 '풍기문란'형 설화가 광포되어 전승하는 것은 여성의 성적 욕구의 표출이 자연스런 일임을 시사한다. 그렇지만 가부장적 사고에 젖어 있던 남성들이 이를 용납하기는 쉽지 않았을 것이다. 그래서 여성이 바람피우는 대상을 남성이 아닌 무생물로 설정한 것이다. 이렇게 함으로써 모든 책임을 여성에게 전가하여 가정 내지 가족을 온전히 지키지 못한 상황을 합리화하는 것이다.

설화 전승집단은 여성에게 바람을 일으키는 대상에 대해 어떠한 행위도 해서는 안 된다고 한다. 즉 사람들에게 일종의 금기가 주어진다. 금기는 사회적으로 악한 것이나 위생적으로 더러운 것 또는 물리적으로 위험한 상태에의 접근이나 접촉을 못하게 하는 일반적 금지와는 구별해야 한다. 금기는 '~를 해서는 안 된다. 그것을 하면 탈이 난다'는 비교적 간단한 주술적·기제적 전제조건이 따르는 것으로, 탈이 날 것을 전제로 만들어진 금지

---

50) 논문심사위원의 심사평 일부를 인용함.

가 바로 금기인 것이다.[51] 그래서 사람들은 암묵적으로 금기를 인정하고 이를 지키고자 노력한다. 만일 인위적인 방법으로 금기가 파기되었을 때는 일상생활에서 그에 따른 불상사가 일어나게 된다. 이것은 '풍기문란'형 설화에서도 그대로 볼 수 있다. 바위를 흔들거나 구멍을 쑤셔서는 안 된다는 금기가 제시되며, 이를 위반한 사람으로 인해서 마을의 처녀가 바람나서 도망갔다는 것이다. 이와 같은 설화가 전승하는 이유를 유증선은 "節制勤愼함으로써 윤리적·도덕적 사회를 조성"[52]하기 위한 것이라고 한다. 그런데 여성의 바람기는 전적으로 그녀들에게 책임이 있기에 '절제근신'은 여성에게만 국한된 것으로 볼 수 있다.

설화 전승집단은 설화의 내용이 실재했던 사실을 토대로 한 것이며, 그것은 과거완료가 아닌 현재진행형의 이야기라고 생각한다. 영종도의 부채바위나 교동의 문무정처럼 사람들에 의해 부수어졌거나 메워져서 원형이 훼손된 경우는 여성들에게 어떠한 영향도 미치지 못한다고 한다. 하지만 교동의 망부석이나 강화의 삼바윗돌처럼 본래의 모양을 보존한 채로 전승되는 대상은 현재도 여성들이 감응하게 되면 바람이 나게 되는 것으로 여긴다. 즉, '풍기문란'형 설화는 여전히 유효한 이야기라는 것이다. 그래서 지역에 따라서 여성의 바람기를 잠재우기 위한 노력이 지금도 계속되고 있다고 한다.

화자들은 구술 과정에서 처녀가 바람났다고 하는 곳의 지명을 구체적으로 언급하는 경향이 있다. 이것은 자신의 이야기가 진실한 것임을 입증하기 위한 것으로, 설화의 진실성을 뒷받침하는 구실을 한다. 하지만 설화 전승집단으로 하여금 설화 속 지명의 여성들에 대해 부정적인 태도를 취하게 한다. 강원도에서 채록된 <음풍정>의 화자는 "그 여자들은 결혼을 해도 화낭끼가 대단하답니다."[53]라고 하여, 그 지역 출신의 여성 전부를 싸잡아서 화냥기로 인해 정상적인 결혼생활을 영위할 수 없다고 구술하기도 한다. 이것은 결과적으로 '풍기문란'형 설화에 등장하는 지역에 사는 여성들로 하여금 일상생활에서 위축된 모습을 보이게끔 한다. 이를 잘 보여 주는 것이 안동의 성진골 관련 설화이다. 안동의 성진골은 음기가 왕성하여 여성들이 바람이 난다고 알려진 지역이다. 그래서 이 지역에 사는 여성들은 성진골에 산다는 이유만으로 바람기가 있는 것으로 인식되기 때문에 남들한테 자신이 사는 곳을 창피해서 이야기하지 못한다고 한다. 성진골에 산다는 말은 곧 자신이 행실이 부정한 여자라고 말하는 것과 다름없기 때문이다.[54] 설화의 진실성을 뒷받침하는

---

51) 김동욱 외, 『韓國民俗學』(새문사, 1988), pp.210~211.
52) 유증선, 앞의 논문, p.329.
53) 〈淫風井〉, 『대계』 2-3, p.362.

방편으로 사용된 지명이, 이를 여성의 바람기와 동일시하는 설화 전승집단의 인식으로 인해 해당 지역의 여성들에게 정서적으로 악영향을 끼치고 있음을 알 수 있다. '풍기문란'형 설화는 일개인으로서의 여성의 삶을 황폐화시킬 뿐만 아니라 사회 구성원의 일원으로 활동하는 데 있어서도 일정한 제약을 주는 구실을 하는 것이다.

Ⅳ. 결론

지금까지 인천 지역의 '풍기문란'형 설화를 중심으로 논의를 전개하였다. 이 유형의 설화는 전국적인 분포 양상을 보이며 전승하는 것으로, 여성이 어떤 대상에 감응하면 그에 따라 바람이 난다고 하는 이야기이다. 인천 지역의 '풍기문란'형 설화에서 여성의 바람기를 유발하는 대상은 '바위·산·비석·망부석·돌미륵·샘' 등 그 종류도 다양하다. 이를 형태별로 분류하면, 크게 바위·비석·산·샘 등으로 구분할 수 있다. 또한 처녀들이 바람나게 하는 행위에 주안점을 두면 흔듦, 쑤심, 바라봄 등의 구체적인 행위를 수반한다. 본고에서는 설화의 전승 형태에 따라 인천 지역의 '풍기문란'형 설화를 1) 바위형, 2) 비석형, 3) 산세형, 4) 용천형으로 구분하고, 각각의 형태에 속한 설화를 살펴보았다.

바위형 설화는 돌의 신성에 감응한 여성이 바람나게 된다는 이야기로, '풍기문란'형 설화를 대표하는 설화의 형태로 보인다. 이 설화형에서 여성으로 하여금 바람나게 하는 것으로 지목된 대상은 '간드랑 바위, 부채바위, 바람나는 바위, 삼바윗돌' 등이다. 설화 전승집단은 이들 바위의 형상이 남녀의 생식기 형태를 닮았다고 하며, 여기에 모의 성행위나 내외법을 활용하여 여성이 바람나게 되는 원인을 설명하고 있다. 여성이 바람나서 가정을 버리고 도망가는 것은 마을의 안위를 위협하는 것이기에 그 실체를 확인한 마을 주민들이 나서서 이를 없애고자 한다. 하지만 마을 사람들의 노력은 '간드랑 바위'와 '부채바위' 설화에서 보듯이 절반의 성공에 그치고 만다. 그것은 이들 바위에 신성이 내재되어 하늘의 보호를 받는 까닭이다. 이처럼 직접 바위를 파괴하거나 훼손하려는 것 이외에 바위형 설화에서는 바위가 보이지 않게 그 앞을 나무로 가려 줌으로써 여성의 바람기를 잠재우기도 한다. 비보의 방법을 활용하여 여성의 바람기를 미연에 방지함으로써 마을의 평안을 유지하기도 한다. 이러한 바위형 설화는 인천 이외지역에서도 비교적 쉽게 접할 수 있는

---

54) 임재해, 앞의 책, p.169.

것으로 보아 '풍기문란'형 설화를 대표하는 설화 형태로 보인다.

비석형 설화는 인공적으로 가공된 대상물에 감응한 여성이 바람이 나게 된다는 이야기이다. 이 설화형에서 여성을 바람나게 하는 것으로 언급된 대상은 '비석·돌미륵·망부석' 등으로, 이들은 모두 남성을 상징하는 것으로 여겨진다. 비석형 설화에 등장하는 가공물들은 여성에게 바람을 일으키는 동시에 마을과 마을 사이의 마찰과 갈등을 일으키는 대상이 된다. 이 설화형에서 마을 간에 비석과 망부석을 세우고 꽂고 넘어뜨리고 뽑는 행위를 수없이 반복한다. 이처럼 마을 간의 반목이 지속되는 이유는 공동체의 평안과 직접적으로 연관되어 있기 때문이다. 종국에는 비석과 망부석을 없애는데, 이를 바라보는 설화 전승집단의 인식차로 인하여 서로 다른 결말을 보인다. 즉 비석은 사람들에 의해 깨뜨려지며 현재 그 행방을 알 수 없다고 하는 데 비해 망부석은 땅에 묻혀 있으며 지금도 그곳에 존재한다고 한다. 비석에 의해 여성이 바람난다고 하는 것은 다른 지역에서 찾아보기 어려운 것으로, 인천 지역만의 특징이 아닌가 한다.

산세형 설화는 지형적 특성으로 인해 여성이 바람난다고 하는 이야기로, 강화의 부시미산과 관련되어 전승하고 있다. 본래 부시미산은 말의 형국을 닮았다고 하여 말산으로 불리던 산으로, 산세가 남성을 상징한다. 사람들은 말산의 형국으로 인해 여성들이 바람난다고 생각하고 귀퉁이의 일부를 허물어 버린다. 이처럼 산의 일부를 훼손했음에도 불구하고 그에 따른 징벌이 내리지 않는다. 이것은 산에 대한 경외심이 약화되었음을 보여 주는 것으로, 성의 문란을 경계하는 윤리 도덕적 측면이 강조되던 시대적 세태를 반영한 것이다.

용천형 설화는 여성의 바람기를 '물'에 기인한 것으로 생각하는 이야기이다. 이 설화형에 등장하는 문무정은 교동에 큰 인물을 배출하게 되는 진원지로서의 샘이었다. 하지만 이 문무정의 물빛에 감응한 송가도의 부녀자들이 바람이 나자, 그 지역 주민들에 의해 메워져 지금은 그 흔적을 찾을 수 없다고 한다. 설화 전승집단은 본래 교동은 뛰어난 인물이 많이 배출되었던 지역인데, 이 문무정이 메워진 까닭에 인물이 낳지 않게 되었다고 하면서 진한 아쉬움을 토로한다. 이들에게 있어서 물빛에 감응하여 여성이 바람나게 된다는 것은 부차적인 문제인 것이다. 인천 지역의 용천형 설화는 여성의 바람기보다는 지역의 큰 인물의 배출 여부에 이야기의 초점이 맞춰져 있다.

지금까지 살펴본 바와 같이 '풍기문란'형 설화에서 여성에게 바람기를 일으키는 대상은 자연적 대상물이다. 여성의 바람기를 자연의 힘과 결부시킨 것은 여성의 바람이 단순히 성적 욕망의 분출이라기보다는 우주자연의 섭리에 따른 근원적이고 필연적인 현상임을 보여주는 것이다. 그리고 지역에 여성의 바람기를 부추기는 대상물이 현존하는 경우, 그네들의 바람기는 언제든지 일어날 수 있다. 즉, '풍기문란'형 설화는 과거완료가 아닌 현재진행형의 이야기라는 것이다. 이에 따라 사람들에게는 여성의 바람기를 유발하는 대상에 대한 금기가 주어지며, 이를 지키고자 하는 노력이 수반된다. '풍기문란'형 설화를 구술하는 화자들은 구체적인 지명을 언급하는 경향이 있다. 이것은 해당 지역의 여성들을 부정적인 시각에서 바라보게 하는 계기가 되며, 일개인으로서 뿐만 아니라 사회 구성원의 일원으로 활동하는데 있어서도 여러 가지 제약을 받게 한다. '풍기문란'형 설화는 가부장제 사회의 면모를 그대로 반영하며 전승하는 것이다.

<『비교민속학』36집, 비교민속학회, 2008.>

81-3377@hanmail.net

〈參考文獻〉

『한국구비문학대계』 1-7, 1-8, 2-3, 6-6, 한국정신문화연구원, 1981~1985.

『한국 민속대사전 1』, 민족문화사, 1991.

金烈圭, 『韓國民俗과 文學硏究』, 일조각, 1988.

김대성·윤열수, 『한국의 性石』, 도서출판 푸른숲, 1997.

김동욱 외, 『韓國民俗學』, 새문사, 1988.

김문태 편저, 『강화 구비문학 대관』, 인천가톨릭대학교, 2001.

김선풍 외, 『한국의 민속사상』, 집문당, 1996.

김용국, 『경기도 화성시 구비전승 및 민속자료 조사집』 3, 화성시 화성문화원, 2006.

김형주, 『민초들의 지킴이 신앙』, 민속원, 2002.

朴秉濠, 『韓國의 傳統社會와 法』, 서울대학교 출판부, 1985.

박지원, 「양반전」, 『한국고전문학전집』 1, 희망출판사, 1965.

엘리아데, 이은봉 옮김, 『종교형태론』, 한길사, 1997.

柳增善, 「岩石信仰傳說 -慶北地方을 中心으로-」, 『說話』, 교문사, 1989.

_____, 『영남의 전설』, 형설출판사, 1974.

이규태, <男人國>, 『눈물의 韓國學』, 기린원, 1992.

이종철·김종대·황보명, 『性, 숭배와 금기의 문화』, 대원사, 1997.

이종철, 「韓國 性崇拜 硏究」, 영남대 대학원 박사학위논문, 2001.

이필영, 『마을신앙으로 보는 우리문화이야기』, 웅진닷컴, 2004.

이학주, 『아들 낳은 이야기』, 민속원, 2004.

이현복, 「인천지방 전설고Ⅰ」, 『기전문화연구』, 인천교대 기전문화연구소, 1991.

인천광역시·인하대학교 한국학연구소, 『강화군 역사자료 조사 보고서』, 2001.

인천문화원, 『인천의 설화』, 인천: 민정도서출판, 2000.

一然, 李丙燾 역, 「삼국유사」, 『韓國의 民俗·宗敎思想』, 삼성출판사, 1979.

任東權, 『韓國民俗文化論』, 집문당, 1989.

임재해, 『안동의 비보풍수 이야기』, 민속원, 2004.

趙喜雄, 「암석전설의 연구」, 『韓國이야기文學硏究』, 교문사, 1993.

최웅·김용구·함복희, 『강원설화총람』 Ⅱ·Ⅲ·Ⅵ·Ⅷ, 북스힐, 2006.

한국문화상징사전편찬위원회, 『韓國文化상징사전』, 동아출판사, 1992.

II
현대문학

구인회(九人會)와 아동문학

원 종 찬

1. 논의의 초점

아동문학은 아동을 사회적 범주로 인식하게 된 근대 이후에 성인문학과 대비를 이루는 문학의 한 갈래로 성립 발전해 왔다. 오늘날에는 각 영역의 분화에 상응하는 전문문인들의 활약이 뚜렷한 경계선을 사이에 두고 펼쳐지고 있지만, 일제시대만 해도 두 영역 사이를 오가는 문턱이 지금보다 훨씬 낮았다. 각 일간지의 학예면에는 성인문학과 아동문학 작품이 나란히 실렸다. 그런 만큼 상호 교류의 기회도 많았다. 그렇다고 두 영역이 혼동되었던 것은 아니다. 신문학 초창기에 이루어진 최남선과 이광수의 '소년문학'은 어느 정도 미분화단계라고 볼 수도 있겠지만, 방정환이 주재한 『어린이』(1923~1934)가 발간되고부터는 아동문학의 독자적 영역이 명료하게 인식되고 있었다.

그런데 아동문학이 본무대로 올라선 1920대 이후에도 아동문학을 질적으로 성숙시킨 기억할 만한 일반 문인들이 적지 않았다. 예컨대 정지용, 이태준, 박태원, 현덕, 박목월, 윤동주 등은 아동문학'도' 한 것이 아니라 아동문학'을' 한 것으로 기록할 수 있을 만큼 그 성과가 뚜렷하다. 최근에 재발견된 이들의 아동문학 작품은 오늘날의 어린이독자들에게도 폭넓게 사랑받는다. 따라서 한국아동문학사는 이들의 아동문학을 비중 있게 다뤄야 마땅하지만 그렇게 되어 있지 않다. 정지용 동시의 영향을 받은 박목월과 윤동주는 오히려 주목되어 온 편이다. 그러나 한층 개척의 몫을 지니는 정지용, 이태준, 박태원, 현덕은 월북문인으로 분류되었기 때문에 한동안 잊혀 왔고 아동문학사에서는 그 이름을 찾아보기 힘들다. 현덕은 동화집 2권, 소년소설집 1권, 장편 소년소설 1권을 남김으로써 누구보다 두드러진 활동을 보여 주었는데 그의 문학은 이태준, 박태원, 김유정의 영향을 빼고 논할 수 없다.[1] 이렇게 보면 한국아동문학사에서 하나의 단위로 묶어 새롭게 주목해야 할 작

---

1) 원종찬, 『한국근대문학의 재조명』(서울: 소명출판, 2005), pp.79~80, pp.153~155.

가와 시인들의 범위가 드러나는바, 바로 구인회(九人會) 소속 문인이라는 점이다.

잘 알려져 있는 바와 같이 1933년 8월에 만들어진 구인회는 한국 모더니즘문학의 전개와 관련이 깊고, "실체 자체가 의심의 대상이면서도 그 중요성을 인정받는 독특한 단체이다."[2] 두 번의 강연회와 한 권의 기관지를 남겼을 뿐이고 단체로서의 이념이나 주장을 내걸지 않은 친목 모임 같은 활동방식 때문에 그 조직위상을 둘러싼 의견이 분분했지만, 당시까지 문단을 주도한 카프(KAFP)와는 방식부터 차별화하려는 의도라 여겨지는 것이니, 구인회는 '집단화된 열정'과 작품을 통해 자신의 존재가치를 증명한 점에서 "문학사적 의미를 충분히 지닌 실체적인 문학단체"[3]라 자리매김할 수 있다.

본고는 아동문학의 양대 갈래인 동시와 동화의 질적 성숙에 결정적으로 기여한 일반 문인이 구인회 회원이라는 사실에 착안하여 구인회 주요 작가들이 남긴 아동문학 작품의 특징을 살펴보고 그 아동문학사적 의미를 짚어 보려고 한다. 본고가 대상으로 하는 작가들은 정지용, 이태준, 박태원, 이상, 김유정 등인데, 앞서 말한 구인회의 독특한 성격으로 인해서 이들이 아동문학사에 더욱 의미 있는 작품을 내놓은 시기가 구인회 이전이라는 문제점은 어느 정도 상쇄된다. 아동문학 쪽의 영향은 구인회가 조직된 이후 그들의 작가적 명성과 비례하여 커졌을 것이며, 개인 작품집이나 아동문학선집에 수록되면서 더욱 깊이 각인되었을 것이다.

그동안 구인회 소속 작가와 시인들의 아동문학 작품에 대해서는 개별적인 연구가 어느 정도 진행되어 왔다. 작가론의 보조적인 자료로 삼는 것에서부터 작품의 독자적인 특질을 규명하는 것으로 진행돼 온 각각의 연구들은 어디까지나 개별 작가와 시인의 작품론으로 한정되었기 때문에 아동문학사적 의미를 짚어 주는 데까지는 나아가지 못했다. 물론 이들의 아동문학 활동은 일반 문학보다 더욱 개별적인 차원에서 이루어진 것이고, 각각의 기여도 또한 차이가 난다. 각자의 몫은 작품이 아니면 인맥으로 작용하는 경우도 있었고, 아동문학에서의 몫이 미미하거나 창작의 진위 여부가 논란이 되기도 한다. 이런 점들은 본론에서 차례대로 살펴보게 될 것이다.

한편, 구인회 소속 문인들의 아동문학 활동이 그동안 크게 주목되지 않은 것은 사실 확인의 문제에 앞서 가치판단과 시각의 문제에 걸려 있었기 때문이라고 필자는 보고 있다. 따라서 본고의 궁극적인 지향은 한국문학사에서 구인회가 차지하는 것과 같은 비중으로

---

2) 박헌호, 「구인회를 어떻게 볼 것인가」, 상허문학회, 『근대문학과 구인회』(서울: 깊은샘, 1996), p.13.
3) 같은 책, p.21.

구인회의 아동문학사적 위치가 각별하다는 사실을 확인하고 그 '현재적 의미'를 되새겨 보는 일이다. 논의의 초점은 동시 부문의 정지용과 동화 부문의 이태준이지만, 이들의 파급력이 구인회를 매개로 상호 상승작용을 했을 것이라는 전제 아래, 개별적인 싱과에서는 차이가 나더라도 박태원, 이상, 김유정의 아동문학도 한데 모아 살펴보려고 했다. 집단적인 움직임이 없었기 때문에 한계가 없지 않지만, 아동문학에서 구인회 소속 문인들의 작품성과를 강조하려는 것은 아동문학의 모더니즘 수용 문제와 관련한 논의를 진전시키기 위함이다. 이 점에 대해서는 마지막 장에서 좀 더 구체적으로 언급이 될 것이다.

2. 정지용 – 동요에서 동시로

해방 직후 문단좌우합작 노선의 하나로 성립한 조선문학가동맹의 아동문학부 위원장은 정지용이었다.[4] 제1회 전국문학자대회의 아동문학 부문 발표자로서도 정지용은 박세영과 함께 지목되었다.[5] 조선문학가동맹이 불법화되고 그 경력이 문제로 되어 국민보도연맹에 가입해 있던 시기에는 어린이 잡지에 투고한 시들에 대해 줄곧 심사평을 썼다.[6] 어떻게 해서 정지용은 아동문학 부문의 권위를 인정받아 이와 같은 일들에 관여하게 되었을까? 그 열쇠는 그의 동시가 쥐고 있다.

정지용은 1926년 『학조』에 「까페 프란스」를 비롯한 9편의 시를 발표함으로써 시단에 첫선을 보이는데, 이 중 5편이 동시다. 「서쪽 하늘」, 「띠」, 「감나무」, 「하늘 혼자 보고」, 「딸레(人形)와 아주머니」가 그것들이다. 동시 부분 머리글로 쓴 한 줄짜리 산문은 나중에 운문으로 고쳐 「별똥」(『학생』, 1929. 10.)이라는 제목으로 다시 발표되었으니 전부 6편이 되는 셈이다. 정지용의 활동 가운데 잘 알려지지 않은 사실이 하나 있다.

> 그리하여 이 동요운동에 있어서는 자연성장기로부터 의식적 운동으로 방향을 전환하였으니 그것이 곧 동요연구에 뜻둔 한정동 · 정지용 · 고장환 · 신재항 · 유도순 · 윤극영 · 김태오 제씨가 1927년 9월 1일 조선동요연구협회를 창립하고 새로운 동요운동을 제창하였으니 이것이 곧 조선동요운동의 한 시기를 그은 것이라고 할 수 있다.[7]

---

4) 「조선문학가동맹위원 명부」, 『문학』 1호(1946년 7월), p.153.
5) 조선문학가동맹, 『건설기의 조선문학』(서울: 백양당, 1946), p.207. 정지용은 이 대회에 불참했기 때문에 보고연설문은 박세영에 의해 작성되이 수록되었다.
6) 동지사아동원에서 발행한 『어린이나라』(1949. 1.~1950. 5.)에서 정지용은 윤복진과 함께 작품평을 썼다. 이 잡지에는 조선문학가동맹에 가담했던 문인들이 대거 참여했다.
7) 김태오, 「동요 짓는 법」, 『설강동요집』(서울: 한성도서주식회사, 1933), pp.172~173.

　　정지용은 1920년대 중후반 무렵 『어린이』와 『신소년』 등에 동시를 발표하곤 했는데, 우리 아동문학의 제1세대와 함께 "새로운 동요운동을 제창"했음을 알 수 있다. 이로 미루어 보아, 일찍부터 동요운동에 깊숙이 관여한 바 있는 정지용을 우리 아동문학사에서 새롭게 자리매김해야 할 필요성이 절실해진다.

　　최근 한 연구자는 정지용의 문학적 출발이 일본의 대표적인 시인이자 동시 개척자인 기타하라 하쿠슈(北原白秋)와 관련된다고 밝히고 있어 주목된다. 기타하라 하쿠슈는 운문학(韻文學)의 모든 영역을 개척해서 불세출의 천재를 발휘한 시인으로 평가되는데, 동요(동시)를 비롯하여 전통 민요의 가락을 살려 시를 쓴 점은 정지용에게 적지 않은 영향을 주었을 것이다.[8] 기타하라 하쿠슈는 특히 일본 근대아동문학의 본격 출발을 알리는 『빨간새(赤い鳥)』의 동인으로 그때까지의 창가를 동요(동시)로 발전시키는 중요한 역할을 했다.

　　방정환이 『어린이』를 발행하면서 본격 출발을 보인 한국아동문학은 일본의 『빨간새(赤い鳥)』 운동으로부터 많은 영향을 받고 있었다. 그리하여 1920년대에는 계몽적인 창가를 탈피한 서정적인 동요의 황금시대를 맞이했다. 그런데 극소수를 제외한다면 동요운동의 제창자들은 문학적 순도가 낮은 감상적인 동요를 거의 7.5조 글자 맞추기 식으로 지어내는 수준이었다. 『어린이』의 독자 연령이 십대 후반에 가까웠기에 이들 소년문예가들의 아마추어적인 작품이 많이 소개된 점도 1920년대 동요의 질적 수준을 낮춘 요인으로 작용했다.

　　사정이 이러했기에 정지용의 동시는 단연 돋보였다. 1920년대의 어린이독자와 만났던 작품은 「산에서 온 새」(『어린이』 1926. 11.), 「굴뚝새」(『신소년』, 1926. 12.), 「산 너머 저쪽」(『신소년』, 1927. 5.), 「해바라기 씨」(『신소년』, 1927. 5.), 「바람」(『조선동요선집』, 1928) 등이다. 당시의 신문과 잡지에 쏟아져 나온 수많은 동요 작품들 속에서 이것들은 일등성으로 빛나면서 이채를 띠고 있다. 정지용 동시만의 특성은 초기 작품부터 뚜렷이 드러난다.

　　　새삼나무 싹이 튼 담우에
　　　산에서 온 새가 울음 운다.

　　　산엣 새는 파랑치마 입고.
　　　산엣 새는 빨강모자 쓰고.

　　　눈에 아름 아름 보고 지고.

---

8) 사나다 히로코(眞田博子) 『최초의 모더니스트 정지용』(서울: 역락, 2002), pp.34~35.

발 벗고 간 누의 보고 지고.

따순 봄날 이른 아침부터
산에서 온 새가 울음 운다.

―「산에서 온 새」 전문9)

　　1920년대의 동요는 창가의 계몽성에서는 벗어났지만 눈물주의라고 비판될 만큼 애상적인 주조를 띤 것들이 대부분이었다. 「산에서 온 새」도 슬픔과 그리움의 정조를 담은 것인데 감정의 직접적인 토로가 아니라 객관상관물을 통해 감정을 환기시키는 기법의 자각이 개입해 있다. '파랑치마 입고 빨강모자를 쓴 산새'는 죽은 누이의 상관물이다. "발 벗고 간 누의"라는 구절에서 저 세상으로 떠난 누이에 대한 기억이 아프게 감지된다. 당시의 동요작품들에서는 이 정도의 간접 표현도 찾아보기 힘들었다. 이 작품의 율격은 4.4조나 7.5조의 글자 맞추기와 거리가 멀다. 하지만 두운과 각운, 반복과 수미상관의 구성 등에 의한 안정적이고 유장한 가락이 슬픔과 그리움의 정조를 타고 흐른다. 입으로 소리를 내어 감정을 일시에 발산하고 마는 동요의 음악성이 아니라, 눈으로 읽으면서 심상으로 새겨두고 속으로 읊조려지는 동시의 음악성이다. "눈에 아름 아름"하면서도 실체가 부재하는 데에서 비롯되는 간절한 그리움이 명료한 형식의 옷을 입고 있다. 2연의 선명한 색상 대비는 볼 수 없고 만져지지 않는 죽은 누이의 환영(幻影)이자 환생(還生)으로 서정적 자아 앞에 모습을 드러낸 산새의 시각적 이미지를 강화한다. 여기에서의 현재적 감각은 3연의 과거적 회상과 명암 대비로 겹치고 있는데, 1연과 4연의 청각적 이미지와도 공명하는 구도라서 시 전체가 입체적인 영상 효과를 내고 있다. 우리말의 울림을 잘 살려낸 자연스러운 가락과 토속적인 소재 때문에 발상 자체는 전통성의 뿌리에 닿아 있다. 하지만 이 작품은 직접적인 감정 토로에 그친 동시대의 동요작품은 물론이고 소월시의 전통적 비애감과도 구별되는 모더니스트의 감각을 엿보게 해 준다.

　　그가 『학조』에 처음 선을 보인 동시 「하늘 혼자 보고」도 '여우누이' 설화의 내용을 차용하면서 시각적 이미지를 부각시킨 것으로 전통적인 요소와 모더니스트의 감각이 잘 어우러진 작품이다.

---

9) 본고의 정지용 작품 인용은 『정지용 전집 1』(서울: 민음사, 1988)을 따랐고, 작품제목은 처음 발표한 대로 썼다.

부형이 울든 밤
누나의 이야기—

파랑병을 깨치면
금시 파랑바다.

빨강병을 깨치면
금시 빨강 바다.

뻐꾹이 울든 날
누나 시집 갔네—

파랑병을 깨트려
하늘 혼자 보고.

빨강병을 깨트려
하늘 혼자 보고.

　　　－「하늘 혼자 보고」 전문

　1920년대에는 동요와 동시의 구분이 뚜렷하지 않았다. 이는 무엇보다도 동요의 정형성에서 벗어난 작품들이 아직 충분히 나타나지 않았기 때문이다. 어린이문화운동의 성격을 강하게 띤 초창기 아동문학은 어린이에게 직접 들려주는 이야기와 함께 노랫말로서의 동요가 중요한 몫을 차지했다. 그런데 작가와 독자 그리고 출판매체를 근간으로 성립하는 근대문학의 제도에 들어서게 되면 아동문학도 이전 시기와는 구별되는 근대적인 문학성을 요구받게 마련이다. 지금은 아주 당연하게 받아들이는 사실이지만 어린이를 대상으로 하면서 근대문학으로서의 자질과 품격을 갖춘다는 것은 어떤 발상의 전환을 전제로 하지 않으면 안 된다. 여기에서 '동시' 개념을 탄생시킨 기타하라 하쿠슈를 사숙한 정지용의 위치가 부각되는 것이다.

바람.
바람.
바람.

늬는 내 귀가 좋으냐?
늬는 내 코가 좋으냐?
늬는 내 손이 좋으냐?

내사 왼통 빩애 젔네.
내사 아므치도 않다.

호 호 칩어라 구보로!

　　－「바람」 전문

　이 작품은 추운 겨울날 바람과 맞서 유희적인 대결을 벌이는 어린이다운 생동감을 잘 표현하고 있다. "내사"와 같은 고유어의 활용도 돋보이지만 치밀한 계산에 의해 구분된 행과 연이 불어오는 바람을 감촉하느라 얼른 발화하지 못하는 시간적 경과 효과까지 살려낸다. 시를 읽으면서 상상력으로 시적 상황을 머릿속에 그려내는 과정은 자신의 기억을 재생하고 새로운 의미망을 구축하면서 상황을 추체험하는 일이 될 것이다. 기타하라 하쿠슈는 "동요는 동심동어(童心童語)의 가요다. 동시는 동심동어의 시다. 동요는 노래하기 위한 것이며, 동시는 오히려 조용히 읽고 느끼게 하는 것이다."[10]라고 했다. 여기에 비추어 볼 때, 정지용의 동시는 노래의 가사로서가 아니라 눈으로 감상하기 위한 예술작품으로 쓰인 것들이라고 할 수 있다.

　정지용 앞에 기타하라 하쿠슈의 존재가 우뚝한 것은 여러 면에서 확인되는 사실이지만, 그렇다고 정지용의 시가 단순한 모방이나 아류라고 생각해서는 곤란하다. "그는 하쿠슈가 일본의 옛말이나 방언, 외국어 등 다양한 어휘를 발굴해서 새로운 표현방법을 창출한 것처럼 한국어를 깊이 연구해서 한국어를 새로운 언어로 만드는 것"[11]에서 독보적인 위치에 있었다. 일본 어린이와는 처지가 다른 식민지 어린이의 현실을 반영하는 정조를 놓칠 수 없거니와, 누구도 흉내 내기 힘든 고유어의 탁발한 조탁미가 그의 동시에 개성적이 자질을 부여한다. 특히 어린이의 즉물적인 감수성과 쉽게 만나는 의성·의태어의 활용은, 여느 동요시인들의 경우엔 글자 맞추기에 급급한 상투적인 표현에 지나지 않는 경우가 더욱 흔했는데, 오히려 상당한 파격을 전하면서 율격의 단조로움을 극복하는 요소로 작용하고 있다. 다음 시구들에서 이를 확인할 수 있다.

　후락 딱 딱
　훠이 훠이!
　　－「감나무」 부분

---

10) 사나다 히로코, 위의 책, p.46.
11) 같은 책, p.38.

호. 호. 잠들여 노코
냥. 냥. 잘도 먹엇다.
 ―「딸레와 아주머니」 부분

철나무 치는 소리만
서로 맞어 쩌 르 렁!
 ―「산넘어 저쪽」 부분

상실의 비애를 그린 것이든 천진한 동심을 그린 것이든 자연발생적인 노래를 넘어서는 정지용의 예술적인 동시작품들은 이원수, 윤석중, 윤복진, 박목월, 윤동주, 강소천 등 차세대 동요시인들에게 뚜렷한 지표로 작용했을 것이다. 우리 동시문학사의 계보로 보아 상실의 비애 표현은 이원수 동시, 천진한 동심 표현은 윤석중 동시로 이어진다. 휘문고보의 제자였던 오장환도 정지용에게서 자극받아 적지 않은 편수의 동시를 남기는데, 그중에는 아류로 여겨지는 것들이 많다. 이 점에서 오장환은 아동문학'도' 한 것이지 정지용처럼 아동문학'을' 한 것은 아니었다.

정지용의 동시가 비록 적은 수일지라도 초창기 아동문학에 지울 수 없는 자취를 새겨 넣은 점은 의심할 여지가 없다. 그의 동시가 1928년판 『조선동요선집』에 4편(「삼월 삼질날」, 「산에서 온 새」, 「해바라기 씨」, 「바람」), 1938년판 『조선아동문학집』에 3편(「말」, 「지는 해」, 「홍시」) 소개되고 있는 것도 이러한 사실을 뒷받침한다. 이 편수는 다른 동시인들보다 더 많은 것이다.

3. 이태준 ― 이야기에서 성격창조로

이태준은 1929년 개벽사에 입사하여 『학생』의 편집을 맡은 적이 있는데, 이것이 인연이 되어 『어린이』에 10편 내외의 동화를 발표했다. 이들 작품에 대해 최근 들어 다양한 시각에서 분석이 이루어지고 있다. 박헌호는 이태준이 동화를 집중 발표하던 시기를 "이태준의 초기"로 보고, 그의 동화가 이후의 작품세계까지 관통하는 독자적인 구성 원리에 기초해 있음을 밝혔다. 그 구성 원리는 일종의 아이러니로서 "현상과 그 이면의 비동질성, 혹은 의도와 결과의 상이성을 드러내는 데 초점을 두고 있다."12) 그러니까 이태준의 동화는 "'인식의 관성'에 제동을 가함으로써 실상에의 조망(眺望)을 촉구"하는 것, 또는 "개별

---

12) 박헌호, 『이태준과 한국 근대소설의 성격』(서울: 소명출판, 1999), p.121.

자들의 구체적인 상황에 대한 천착, 즉 인간 삶에 대한 미시적인 조망을 지향"하는 것으로 이해할 수 있다는 것이다.13) 이러한 지적은 정곡을 찌른 것으로 이태준의 동화가 당시 아동문학의 작품경향과는 어떤 점에서 차별되는지, 그리고 그렇게 해서 성취한 바가 무엇인지를 짚어 보기 위한 바탕이자 전제가 된다. 박헌호의 논문이 아쉬운 것은 이태준과 한국 근대소설의 성격을 살피는 과정에서 동화를 분석한 것이기 때문에, 아동문학사적 의미를 짚어 보는 일은 그냥 지나치고 있으며 특히 유년동화에 대한 검토를 빠뜨린 점이다. 이태준 문학의 전개과정에서만 초기동화를 바라보게 되면 어쩔 수 없이 그의 동화는 "이태준 고유의 '스타일'을 확립해 가는 습작기"14)의 산물로 자리할 수밖에 없는 것이다.

  송인화는 이태준 동화에서 드러나는 '동심'을 "이태준 문학의 예술적 지향성과 상통하는 것으로 그의 창작의식의 심원을 구성"15)하는 것이라고 파악했다. 이태준 문학의 '순수' 지향이 속악한 시대의 흐름과 대결하는 하나의 예술방법이자 태도라고 여기는 시각에서 '동심'이라는 키워드로 그의 문학세계를 구명한 것은 새로운 차원의 해명이다. 송인화는 특히 유년동화를 포함해서 "양식적인 특징이 어떻게 동심 및 예술과 연결되는지를"16) 시기별로 살핌으로써 당시 아동문학의 작품경향에 비춘 성취도와 함께 이태준 동화에 새겨진 시대현실의 의미까지도 드러냈다. 그런데 송인화의 논문은 필자가 동의하기 힘든 해석이 눈에 띈다. 이태준 문학의 '순수' 또는 '동심' 지향은 그 해석의 폭이 워낙 넓은 편이니까 연구자의 몫이라 할지라도, 소년 주인공의 "여림과 안쓰러움"17)을 통해 동심으로 나아갔다는 작품 해석은 주인공 소년을 위해(危害)하는 또 다른 소년 등장인물이 존재하기 때문에 설득력이 약해진다. 또한 그보다 더 무리한 것은 「엄마 마중」의 창작시기를 1930년대 중후반으로 추정하고 결말의 비극성과 시대현실과의 관계를 유추한 대목이다.18) 하지만 「엄마 마중」의 결말을 소설 「패강랭」(1938)에서 보는 것처럼 암울한 비극성으로만 파악할 수 있을지 의문이다. 창작시기에 대한 추정도 작품의 비극성에서 끌어낸 것이기 때문에, 이 논문은 작품의 정조 면에서 드러나는 차이를 시대상황과 도식적으로 꿰맞추고 있다는 인상이 짙다. 양식적인 특징을 염두에 두었다지만 정작 동화와 소년소설이라는 더욱 본질적인 갈래의 특성을 간과했기 때문에 이러한 무리수가 드러났다고 여겨

---

13) 같은 책, p.123.
14) 같은 책, p.117.
15) 송인화, 「'예술'로 나아간 '동심', 그리고 폐쇄된 비극성의 세계 – 이태준 동화 연구」, 건국대학교 동화와번역연구소, 『동화와 번역』 제9집, 2005, p.9.
16) 같은 글, p.10.
17) 같은 글, p.12.
18) 같은 글, p.23.

진다.

이태준의 아동문학 작품은 크게 두 부류로 나뉜다. 하나는 유아·유년이 주인공으로 등장하는 「몰라쟁이 엄마」(1931. 2.), 「슬퍼하는 나무」(1932. 7.), 「꽃장수」(1933), 「엄마 마중」(『조선아동문학집』, 1938) 등이며, 다른 하나는 소년이 주인공으로 등장하는 「어린 수문장」(1929. 1.), 「불쌍한 소년 미술가」(1929. 2.), 「슬픈 명일 추석」(1929. 5.), 「쓸쓸한 밤길」(1929. 6.), 「불쌍한 삼형제」(1930. 7.), 「외로운 아이」(1930. 11.) 등이다. 시기별로도 두 부류가 나뉘어 창작되었음이 확인되는데 전자를 '유년동화', 후자를 '소년동화'라 할 수도 있지만, 더 정확하게 말한다면 전자는 '동화'이고 후자는 '소년소설'이다. 어린이를 위한 허구적 산문에 대해 흔히 '동화'라는 명칭을 사용하고 있는데, 아동문학의 산문 영역은 '동화'와 '소년소설'로 크게 구분된다.[19] 동화와 소년소설은 상대적으로 낮은 연령과 높은 연령의 어린이 독자에 각각 대응해서 분화 발전해 왔다. 동화가 유아유년의 내면세계와 통하는 초자연성과 물활론의 성격을 띠고 궁극의 질서를 지향하는 시적이고 상징적인 양식이라면, 소년소설은 어린이의 눈높이에서 경험할 수 있는 현실의 문제를 구체적으로 파고드는 가운데 삶의 진실을 탐구하는 양식이다. 동화는 궁극적인 자연의 질서로 귀결되는 세계이기 때문에 조화와 희망의 결말을 보여 주지만, 소년소설은 현실의 단면을 제시하면서 진실을 추구하기 때문에 균열과 비극의 결말을 보여 주기도 한다.

작품이 발표된 시기로 볼 때, 이태준은 소년소설류를 먼저 창작했고 그다음에 동화류를 창작하고 있는 것이 확인된다. 비극적인 정조가 두드러진 작품들은 대부분 소년소설류에 속한다. 동화와 소년소설의 갈래별 특성을 간과하고 작품의 정조만을 염두에 둘 때에는 자칫 작가의 현실인식이나 대응방식에서 변화가 보인다고 파악하기 쉽다. 그러나 1930년을 전후로 하는 3, 4년의 기간을 두고서 현실에 대한 태도의 변화를 읽어 내려는 것은 지나친 해석이다. 결정적인 것은 갈래상의 차이인데, 그 사이에 이태준의 결혼이 놓여 있는 사실을 지나칠 수 없다. 이태준은 1930년 5월경 이화여전 음악과를 갓 졸업한 이순옥과 결혼하여 단란한 일가를 이루고 이후 2남 3녀의 자녀를 두게 된다.[20] 그의 초기 소년소설류가 『어린이』의 전반적인 기조 속에서 자신의 불우했던 소년기 고아체험을 형상화한 것들이라면, 결혼 이후에 쓰인 엄마와 아기가 나오는 동화류는 자신의 가정을 모델로 해서 새로 개척한 독특한 스타일의 작품들이라는 점이다.

---

19) 자세한 것은 원종찬, 「동화와 소설」(『동화와 어린이』, 창비, 2004)을 참고하기 바람.
20) 민충환, 「이태준의 전기적 고찰」, 상허문학회, 위의 책, 45쪽. 결혼한 다음 해부터 장녀(1931), 장남(1932), 차녀(1934)가 태어났고, 그 무렵 이태준은 이화보육학교와 경성보육학교에 출강했다.

이태준의 아동문학은 초자연적인 환상과 공상의 세계를 보여 주는 것들과는 다른 모습이다. 학창시절에 교지 『휘문』(제2호, 1924. 6.)에 발표한 옛이야기 방식의 「물고기 이야기」를 제외한다면 『어린이』에 발표한 의인동화는 「슬퍼하는 나무」 하나뿐인데 연극적인 서술방식으로 되어 있어서 조금 색다른 모습이다. 이 「슬퍼하는 나무」는 '아기'가 아니라 새, 나무와 대화를 나누는 '아이'를 내세운 점에서 두 부류 가운데 중간적인 정조를 지닌 작품이기도 하다. 이 작품의 간결한 대화체는 유아 주인공의 작품들과 비슷하고, 어미와 새끼의 관계에서 자연의 이치를 깨닫게 하는 주제는 소년 주인공의 작품인 「어린 수문장」, 「불쌍한 삼형제」와 비슷하다. 소년소설류처럼 소년이 맞이하는 비극성이 직접 드러나 있지 않은 점에서 교훈적인 의인동화라 할 수 있다. 그밖에는 유아 주인공의 작품이든 소년 주인공의 작품이든 넓은 의미의 '사실동화'에 속하는 것들이다. 동화, 사실동화(생활동화), 소년소설(아동소설)의 명칭과 범주에 관해서는 논란이 없지 않기 때문에 여기에서는 당시의 작품경향과 비교되는 이태준 아동문학의 독자적 특질과 그 성취도를 중심으로 살펴보고자 한다.

이태준이 『어린이』에 동화와 소년소설을 집중적으로 발표한 시기는 프로 아동문학의 열기가 뜨겁던 때였다. 초창기 창작동화의 대부분이 의인화된 캐릭터와 옛이야기에서 보는 것과 같은 가공(架空)의 인물이었던 것에 대하여 프로 아동문학은 현실의 어린이를 그릴 것을 요구하였다. 그런데 프로 아동문학은 계급 현실의 도식에 갇혀 아동으로서의 실감을 지니지 못한 '수염난 총각'을 그려 내고 있을 뿐이었다. 그리하여 거의 성인소설로 다가선 것들을 제외한다면 의인동화거나 사실동화거나 당시까지는 비현실적이고 도식적인 줄거리를 지닌 교훈담과 설교방식의 이야기들이 대부분이었다. 이태준의 아동문학은 이러한 배경을 고려했을 때 더욱 적극적이고 새로운 의미를 부여받는다. 「어린 수문장」의 첫 부분을 살펴보자.

여름이었으나 장마 끝에 바람 몹시 부는 어느 날 밤이었습니다.
어머니는 이런 말씀을 하셨습니다.
"웃집에 장군네가 살 때는 장군 아버지가 술이 곤망태가 되어도 우리 마당을 지날 때마다 기침 소리를 내어 한결 든든하더니…… 그이가 떠난 후에는 그 소리나마 들을 수가 없구나. 이제는 개라도 한 마리 길러야지 문간이 너무 횅해서 어디 적적해 견디겠니."
자는 줄 알았던 누이동생이 이 말을 기다리고 있었던 것처럼,
"참, 어머니, 저어 웃말 할먼네 개가 오늘 새끼를 낳았대요. 다섯 마리나 낳았다는걸요."[21]

---

21) 본고의 이태준 작품 인용은 겨레아동문학연구회 엮음, 겨레아동문학선집 1권 『엄마 마중』(보리, 1999)을 따랐다.

작품 도입부터 대화 장면을 말끔하게 제시하는 솜씨가 돋보인다. 기존 작품들의 구태의연한 이야기성에서 탈피하여 그 정황에 꼭 맞는 디테일을 갖춘 한 편의 사실동화(실은 소년소설)를 선보이고 있는 것이다. 작품의 제목인 '어린 수문장'은 어미의 젖을 떼자마자 데려온 새끼 개를 가리킨다. 강아지가 낯을 가리고 밥을 먹지 않으니 소년은 안타깝기 짝이 없다. 그날 밤 끙끙대는 강아지에게 아궁이 한구석에 따듯하게 자리를 마련해 주고 겨우 안심이 되어 잠이 들었건만, 이튿날 아침에 강아지는 없어진다. 소문에 의하면 어미한테 가려고 징검다리를 건너다 그만 물에 빠져 죽었다는 것이다. 소년은 그날 밤새도록 꿈자리가 산란하였다. 작품의 결말은 다음과 같다.

> 그 후 며칠 못 되어 나는 윗말에 갔다가 그 어미개와 마주치게 되었습니다.
> 그는 자기 자식 하나를 그처럼 비참한 운명으로 끌어낸 나임을 아는 듯이 불덩어리 같은 눈알을 알른거리며 앙상한 이빨을 벌리고 한 걸음 나섰다 한 걸음 물러섰다 하면서 원수를 갚으려는 듯한 기세를 돋구고 있었습니다.
> 그 때 마침 그 댁 할머님이 나오시다가,
> "네가 양복을 입고 와서 그렇게 짖는구나. 이 개, 이 개."
> 하시고 개를 쫓아 주셨습니다.
> 딴은 내가 양복을 입고 가기는 하였습니다.

강아지의 죽음을 안타까워하는 소년의 심정이 어미개와 대면하면서 죄의식으로 새겨지는 과정을 극적인 방법으로 간접화해서 제시하고 있다. 이 죄의식은 아동을 단순히 대상이 아니라 주체의 면모를 지닌 존재로 파악하는 것이기에 주목된다.[22] 옛이야기 방식의 초창기 동화와 프로 아동문학이 권선징악과 교훈주의에 대한 강박으로 사건을 통속이나 도식으로 해결했던 것과는 차이를 보이는 인물의 내면심리 곧 성격창조가 돋보이는 작품이라 하겠다.

불우했던 작가의 어린 시절이 투영된 작품으로 잘 알려진 「불쌍한 소년 미술가」, 「슬픈 명일 추석」, 「쓸쓸한 밤길」, 「불쌍한 삼형제」, 「외로운 아이」 등은 고난과 역경 속에서 살아가는 서민 어린이의 삶을 연민의 눈으로 그려 낸 한국아동문학의 기본성격에 부합하는 내용들이다.[23] 작품에 따라서는 신파조와 감상벽이 드러나는 대목도 없지 않지만, 이들

---

22) 권희선, 「이태준 동화에 나타난 아이와 엄마의 관계」, 『창비어린이』 2003년 겨울호, 186쪽. 권희선은 죄의식 대신 빠른 회개와 교정과 눈물이 있을 뿐인 동심주의의 근원에는 죄의식을 위한 자리가 없다는 점에서, 그리고 손쉽게 화해되거나 해소할 수 없는 죄의식을 근대 주체에 깊이 각인된 피해갈 수 없는 심연의 기원으로 볼 수 있다는 점에서, 「어린 수문장」은 아동 내면에서 입 벌리기 시작한 죄의식의 탄생을 보여 주는 작품이라고 지적한다.
23) 한국아동문학의 기본성격에 관해서는 원종찬, 「한일 아동문학의 기원과 성격 비교」(『아동문학과 비평정신』, 창비, 2001)를 참고하기 바람.

작품에서 눈여겨볼 것은 송인화도 지적했듯이 상투적인 계몽성 대신에 정서적인 자질인 '정감'을 놓음으로써 나름의 리얼리티를 확보하고 있다는 점이다.24) 흔히 아동문학은 희망의 서사라는 구실을 들어서 우연이나 외부조력자의 도움으로 행복한 결말을 취하는 경우가 많다. 이는 자연과 인생의 상징적 반영인 옛이야기에 뿌리를 둔 동화 양식과의 혼동에서 비롯되는 것인데, 현실적인 인물과 배경과 사건으로 이루어진 소년소설은 어디까지나 근대소설의 기율에 바탕을 두고 가치를 추구하는 양식이다. 이 점에서 박헌호가 지적한 "현상과 그 이면의 비동질성, 혹은 의도와 결과의 상이성을 드러내는" 초점은 이태준이 성인문학과는 눈높이를 달리해서 획득한 아동문학의 근대성이라고 할 수 있는 요소다. 또한 이 초점은 "개별자들의 구체적인 상황에 대한 천착, 인간 삶에 대한 미시적인 조망"을 통해서 달성되고 있는바, 이야기에서 성격창조로 나아가는 길목에 이태준의 아동문학이 놓여 있는 것이다.

아기가 등장하는 짤막한 유년동화들은 서사적 줄거리를 배제한 채 간결한 대화만으로 시에 다가서는 독특한 스타일의 작품들로서 이후에 하나의 계보를 이룰 만큼 인상적이다. 「몰라쟁이 엄마」와 「꽃장수」는 아기와 엄마가 나누는 하나의 대화 장면으로 되어 있다. 천진함에서 비롯되는 대화말의 생동감, 아기와 엄마 사이를 이어 주는 깊은 신뢰감과 친연성, 전체적으로 밝고 건강한 분위기를 이끄는 긍정성 등은 프로 아동문학이 외면한 유아·유년기 아동의 동심적인 특징의 반영이다. 어린이다운 호기심에서 촉발된 자연의 이치가 간결한 문장과 단일한 극적 구성으로 한 편의 시처럼 표현되었다. 그 당시에 단란한 가정을 이룬 이태준이 자연의 조화로운 질서를 꿈꾸면서 만들어 낸 작품들이라 하겠다.

처음 발표된 시기와 지면을 정확하게 알 수 없는 「엄마 마중」25)은 아기가 혼자 한길에 나와 엄마를 기다리는 내용이다. 짤막하더라도 기승전결의 완벽한 구성요건을 갖추고 있으며, 반복에 의한 시적 효과와 여운을 남기는 작품이다. 엄마의 부재로 인해서 울림은 더욱 크게 다가온다. 이러한 특징 때문에 필자는 '조국을 잃은 시대의 상징으로서 한 편의 시라 여기고 읽을 수 있다.'고 소개한 적이 있지만,26) 그렇다고 이 작품의 분위기가 비극적으로 파악되는 것은 아니다. 작품 전문을 감상해 보자.

---

24) 송인화, 위의 글, pp.17~18.
25) 「엄마 마중」은 1938년 조신일보사 발행의 『조선아동문학집』에 실린 것으로 처음 발표된 시기와 지면을 확인할 수 없으나, 이태준의 모든 아동문학 작품이 예외 없이 『어린이』에 발표되었다는 점에서 이 잡지가 폐간된 1934년을 넘지 않은 시기의 작품으로 보는 것이 타당할 듯하다.
26) 원종찬, 「정지용과 이태준의 아동문학」, 『아침햇살』 1997년 여름호, 참고.

추워서 코가 새빨간 아가가 아장아장 전차 정류장으로 걸어 나왔습니다. 그리고 끙 하고
안전지대에 올라섰습니다.
이내 전차가 왔습니다. 아가는 갸웃하고 차장더러 물었습니다.
"우리 엄마 안 오?"
"너희 엄마를 내가 아니?"
하고 차장은 '땡땡' 하면서 지나갔습니다.
또 전차가 왔습니다. 아가는 또 갸웃하고 차장더러 물었습니다.
"우리 엄마 안 오?"
"너희 엄마를 내가 아니?"
하고 이 차장도 '땡땡' 하면서 지나갔습니다.
그다음 전차가 또 왔습니다. 아가는 또 갸웃하고 차장더러 물었습니다.
"우리 엄마 안 오?"
"오! 엄마를 기다리는 아가구나."
하고 이번 차장은 내려와서,
"다칠라. 너희 엄마 오시도록 한 군데만 가만히 섰거라 응?"
하고 갔습니다.
아가는 바람이 불어도 꼼짝 안 하고, 전차가 와도 다시는 묻지도 않고, 코만 새빨개서 가
만히 서 있습니다.

전차 정류장에 한 아기가 등장한다. 이름도 성별도 알 수 없지만 아기의 앙증맞은 모습
을 시각적으로 명료하게 붙들어 내고 있다. 작가는 설명적 개입을 자제하고 서술 대상과
객관적 거리를 유지하면서 카메라 뒤에 숨어 장면만을 제시한다. 다른 유년동화들에서 보
는 아기와 엄마의 대화가 아니라, 엄마를 기다리는 아기와 전차차장의 대화로 되어 있다.
전차가 도착하자 아기는 차장더러 엄마가 언제 오느냐고 묻는다. 첫 번째와 두 번째 차장
은 외면하는 대답과 함께 그냥 지나친다. 그런데 세 번째 차장은 다르다. 아기를 걱정해
주면서 한 군데에 잘 서 있으라고 일러 준다. 이제 아기는 전차가 와도 더 묻지 않고 엄마
가 오기만을 기다리고 서 있다. 엄마와 만나는 것으로 작품이 끝나지 않았기 때문에 안타
까운 감정이 일어난다. 그렇다고 "만남이 실현될 가능성은 차단된 채 막막한 불안감과 비
극적 전조의 우울함이 전체 작품을 감싸고 있다"27)고 볼 수 있을까? '불안감'이나 '우울
함'이라는 말은 천진한 동심이 관통하면서 이뤄 낸 이 작품의 내적 긴장을 제거하며, '비
극적'이라는 말도 한쪽으로 치우쳐진 단순한 파악에 가깝다. 이 작품이 독특한 여운을 남
기는 것은 엄마가 돌아오지 않은 채로 끝낸 결말의 구조에 어떤 '약속과 믿음'을 내장하
고 있기 때문이다. '약속'이 세 번째 차장의 사려 깊고 따듯한 배려에서 비롯된다면 '믿음'
은 천진하고 순수한 아기의 동심에서 비롯된다. 세 번째 차장과 아기 사이에는 엄마와 아

27) 송인화, 위의 글, p.25.

기 사이처럼 깊은 신뢰감과 친연성이 놓여 있다. 당대 사회의 비극적 현실성과 일정하게 조응하면서도 동화 양식 특유의 '궁극의 조화로 통하는 안정감'을 끌어안고 있는 구조인 것이다. 이와 같은 이태준의 시적인 유년동화는 1930년대 말에 '노마 이야기'를 연작으로 발표한 현덕에 와서 정점에 이른다.[28]

4. 박태원, 이상, 김유정

박태원, 이상, 김유정의 아동문학은 대부분 1930년대 중후반에 이루어진 것이기 때문에 개척의 몫은 덜하다. 그런데 1930년대 아동문학의 결정체라 할 수 있는 작가 현덕이 김유정을 통해 이태준, 박태원과 더 깊숙이 연결되었다는 점을 기억해야 한다. 그러니까 박태원과 김유정은 문단사적으로 아동문학에 끼친 영향도 무시할 수 없다. 아동문학 활동을 누구보다 오래 전개하면서 빛과 그림자를 동시에 남긴 박태원과 그 활동이 미미한 이상과 김유정의 아동문학은 최근에 떠오른 몇 가지 새로운 사실을 중심으로 간략하게 살펴보려고 한다.

1938년 조선일보사 발행의 『조선아동문학집』은 일제시대의 아동문학을 한 차례 결산한 것으로서 의미를 지닌다. 여기에 박태원의 동화가 4편이나 실려 있다. 「소꿉질」, 「골목대장」, 「소꿉」, 「아빠가 매맞던 이야기」가 그것들이다. 지금까지 박태원의 작품연보에는 이 가운데 「소꿉」만이 올라 있다.[29] 이 밖에도 연보에 올라 있지 않은 작품으로 동화 「영수증」(매일신보, 1933. 11. 1.~11.)과 「줄다리기」(매일신보, 1935. 12. 1.~2.) 두 편을 더 추가할 수 있다. 최근에 친일문학과 관련한 논의에서 새롭게 부각된 『방송소설명작선』(조선출판사, 1943)에 실린 「꼬마반장」과 「어서 크자」[30], 1938년 『소년』에 연재한 「소년탐정단」, 해방 후 『소학생』에 연재한 「이순신」과 「소년삼국지」 등을 포함할 때 박태원도 줄기차게 아동문학에 대해 관심을 갖고 활동했다는 사실을 알 수 있다.

박태원의 아동문학에서 주목해야 할 작품은 「영수증」이다.[31] 이 작품은 그의 출세작 「소

---

28) 현덕의 수많은 유년동화(『너하고 안 놀아』, 창비, 1994)는 이태준을 잇는 것이면서도 독자적인 경지를 보여 준다. 이 가운데 솜사탕 장수를 기다리는 아이들의 모습을 시적으로 그려 낸 「바람은 알건만」(『소년조선일보』, 1938. 5. 29.)은 형식과 내용 면에서 더욱 「엄마 마중」을 닮아 있다. 지나는 사람마다 솜사탕 장수가 어디쯤 오느냐고 아이들은 질문을 하는데 모른다는 대답만 돌아오고 마지막까지 솜사탕 장수는 모습을 드러내지 않지만, 바람이 솜사탕 장수 북소리를 지붕 너머로 계속 실어오는 내용이다.

29) 정현숙, 『박태원 문학연구』(서울: 국학자료원, 1993); 강진호 외, 『박태원 소설연구』(서울: 깊은샘, 1995), 참고.

30) 함태영의 해설과 함께 『민족문학사연구』 제21호(2002년)에 『방송소설명작선』에 실린 작품들이 소개되고 있는데 박태원의 동화 두 편도 포함되어 있다.

31) 필자의 해설과 함께 『창작과비평』 1998년 가을호에 박태원의 「영수증」이 소개된 바 있다.

설가 구보씨의 일일」(『조선중앙일보』, 1934. 8. 1.~9. 1.)보다 일 년가량 앞서는 것이기에 유독 관심을 끈다. 사실주의 요건을 충족한 소년소설이면서도 카프 계열의 작품과 구별되고, 영수증을 도표로 제시하는 형식 실험도 엿볼 수 있다. 이 작품에서 박태원은 서울 한복판 소시민의 삶을 배경으로 우동집 배달부 소년이 겪는 비정한 세태를 직접 표면에 나서서 들려준다. 자본의 힘이 가게의 운명을 좌우하고 그 피해가 힘없는 어린 소년에게 전가되는 내용인데, 당시 주조를 이루던 분노와 흥분의 감정을 내세우기보다 사건의 진상을 일상사에 녹여서 파헤치고 있다. 표면적으로는 이야기를 들려주는 방식이지만 인물들의 부대낌에서 비롯되는 정서의 파장을 극적으로 제시하는 이중의 서술구조다. 밑천 없는 우동집이 밀려나고, 가게에서 일하는 아이는 월급도 못 받고, 그나마 의지하는 먼 친척뻘 아저씨는 별 소용이 닿지 않고 아이만 곤란하게 만든다. 자본의 무자비한 속성은 일상을 파고들어 각양각색의 사람 사는 모습을 만들어 내는바, 이 작품은 투쟁적 가치를 내세워 도식에 빠지곤 했던 프로 아동문학과는 사뭇 다른 실감을 가지고 있다. 상황 전개에 따른 인물의 심리 변화가 독자에게 정서의 파동을 전하는 것이다. 「영수증」이 이룬 성취는 당대의 프로 아동문학이 지닌 문제점을 극복한 결과다. 작품의 처음부터 끝까지 결코 현실을 떠나지 않았으되, 인물을 또렷이 살려 내고 여러 가지 형식적 배려를 해서 이야기의 맛을 더해 준 것은 확실히 형식을 일신함으로써 내용에 깊이를 주는 1930년대적 대응이었다.

그런데 박태원은 태평양전쟁이 터지자 시국에 협조하는 동화를 남겨 그의 이력에 지울 수 없는 그림자를 만들어 낸다. 박태원의 친일문학은 그가 사숙한 이광수의 영향도 무시할 수 없는 요인으로 작용했을 것이다. 연작형태인 「꼬마 반장」과 「어서 크자」는 어린이의 천진한 말과 행동거지를 귀엽게 내려다보는 이른바 동심주의 발상이 도드라진다. 이 때문에 아이들의 병정놀이와 관련된 내용이 전쟁동원의 메시지 쪽보다는 아이의 귀여운 면을 부각시키는 쪽으로 작용한다. 그렇더라도 동네 반장이 앞장서서 일제에 협력하는 '총후'의 세태를 추수하는 태도가 분명히 드러나고 있는 점에서 친일문학의 얼룩은 지워지지 않는다.

시인이자 소설가인 이상의 동화는 그동안 상당한 호기심과 매력의 대상이었다. 당대 문단에 센세이션을 불러일으킨 천재작가가 어린이를 위해 귀여운 악마 같은 색다른 도깨비를 등장시킨 동화 한 편을 썼다는 점 때문이다. 그런데 얼마 전까지 움직일 수 없었던 이 사실이 최근 한 연구자에 의해 완전히 뒤집혀지고 말았다. 이상의 동화로 알았던 「황소와 도깨비」(『매일신보』, 1937. 3. 5.~9.)가 일본의 유명한 어린이잡지 『빨간새』에 실린 토요시마 요시오(豊島與志雄)의 「천하제일의 말(天下一の馬)」(1924. 3.)의 번안임이 밝혀진 것이다.[32] 「황소와 도깨비」는 한 농부가 상처 입은 도깨비에게 소의 배를 빌려 주자 도깨비가 그 보답으로 소의 힘을 아주 세게 해 준다는 내용을 담고 있다. 「천하제일의 말」에 나오는 '말'과 '산꼬마(악마의 새끼)'가 「황소와 도깨비」에서는 '소'와 '도깨비'로 바뀌어 나온다는 것만 다를 뿐, 이야기의 전개과정, 구성, 심지어는 낱말에 이르기까지 거의 비슷하다. 이로써 「황소와 도깨비」는 창작이 아닌 번안작으로 분류가 된다. 그러면 번안한 사람은 이상인가? 이조차 아닐 것이라는 가능성이 제기되었다.[33] 이제 「황소와 도깨비」라는 이채로운 작품은 이상의 작품 목록에서 지워져야 할 것이다.

　구인회 후기동인인 김유정도 아동문학을 몇 편 남겼다. 여기서 몇 편이라고 한 것은 경계가 모호한 작품들이 여럿 있기 때문이다. 어린이독자를 뚜렷이 의식하고 쓴 것은 사후에 『소년』에 연재된 「두포전」을 들 수 있다. 그런데 이 작품은 살아생전에 미처 끝내지 못했기 때문에, 중간부터는 절친한 친구인 현덕이 이어서 완성시켰다.[34] 영웅이 등장하는 역사물로서 그다지 새롭다거나 의미가 있는 것이라고는 할 수 없다. 1936년 4월 『중앙』에 발표된 「이런 음악회」는 중학생들의 생활을 다룬 학생소설로서 뒤에 『소년문학독본』(이영철 엮음, 1955, 글벗집)에 실리기까지 했기 때문에 아동문학의 범주에서 볼 수 있는 작품이다. 중학생다운 소란스러운 활기가 등장인물을 감싸는 작품으로, 「동백꽃」이나 「봄봄」과 구별되는 점은 독자 대상이 학생에게 뚜렷이 맞춰져 있다는 점이다. 「동백꽃」「봄봄」처럼 원래는 소설로 쓰였으나 최근에는 아이들에게도 소개되고 있는 작품으로 「옥토끼」(『여성』, 1936. 7.)가 있다. 순박한 시골총각의 결혼 문제를 둘러싼 갈등을 다룬 것인데, 그 제목 때문에 출판사의 상업적인 기획에 따라 '동화'로 둔갑되었는지 몰라도 "김유정이 남긴 유일한 동화"라는 식으로 소개하는 것은 전혀 잘못된 정보다.[35] 「옥토끼」는 어느 면으로 보아도 아동문학의 범주에 들기 힘든 것이며, '동화'라는 명칭과는 한참 거리가 멀다.

---

32) 김영순, 「'황소와 도깨비'는 이상의 창작인가」, 『창비어린이』, 2003년 겨울호. 참고.

33) 같은 글, p.195과 p.202 참고.

34) 「두포전」은 『소년』 1939년 1월호부터 5월호에 총5회 연재되었는데, 김유정이 3회분, 현덕이 2회분을 채워 완성했다. 소년 1939년 4월호 연재분 말미를 보면, "여기까지 쓰시고, 그러께 봄에 김유정 선생님은 이 세상을 떠나셨습니다. 이다음 이야기는 다행하게도 김 선생님 병간호를 해드리며 끝가지 그 이야기를 횅히 들으신 현덕 선생님이 김 선생님 대신 써주시기로 하였습니다." 하는 편집자 수가 붙어 있나.

35) 가교출판사에서 『옥토끼』(서울: 1998)를 그림동화로 출판하면서 김유정의 유일한 동화라고 책표지에 써넣었는데, 이 문구를 받아 일간지들에서도 「옥토끼」가 김유정의 유일한 동화라 소개를 했고, 지금도 인터넷 서점에서 그대로 통용되고 있는 실정이다.

5. 마무리

각각의 크기는 다를지라도 구인회 소속 문인들의 동시와 동화는 그들의 시와 소설이 한국문학사에 끼친 것 못지않게 비중 있는 영향을 아동문학사에 끼쳤다. 이 때문에 한국 아동문학을 한국문학 전체 흐름에 조응해서 바라보는 시각이 절실하다. 상대적 독자성을 특권화하고 자기폐쇄성을 강화함에 따라 적지 않은 문제점이 발생해왔다. 성인문학 쪽에서는 동심주의와 교훈주의의 흐름을 아동문학의 본질인양 여기면서 아동문학을 문학 이하로 폄하하는 시각을 품어 왔고, 아동문학 쪽에서는 특수한 일면을 내세워 문학성을 냉정하게 평가하지 못하고 우물 안 개구리처럼 자족해 온 면이 없지 않다.

한국아동문학은 성인문학 쪽보다 한층 단순하고 소박한 성격의 리얼리즘을 근간으로 전개되어 왔다. 그런데 아동문학의 리얼리즘이 하나의 양식으로 좁혀지는 양상을 띠게 되자, 분방한 상상력이나 개성적인 스타일에 제약이 가해지고 구투를 답습하는 안이한 관성이 생겨났다. 이 점에서 미학적으로 리얼리즘과 긴장관계를 맺어 왔던 모더니즘의 도전과 자극이 우리 아동문학에는 충분치 못했다는 아쉬움이 남는다. 본고가 구인회의 아동문학을 주목한 것은 바로 이 모더니즘과 관련한 문제의식을 되살려 보고자 하는 의도다.

우리가 눈여겨 볼 것은 구인회 소속 문인에게서 리얼리즘과 모더니즘이 적대적이지 않았다는 사실이다. 식민지 근대라는 역사적 조건에서 민족과 계급이 동전의 양면이었듯 리얼리즘과 모더니즘도 동전의 양면이었다. 모더니즘을 추동한 구인회 회원의 작품이 리얼리즘과 대립한 모더니즘의 층위로만 파악되지 않는 이유가 여기에 있다. 그런데 리얼리즘과 모더니즘의 합류로 만들어진 해방 후의 조선문학가동맹이 불법화되고 문단이 남북으로 재편되면서 문학도 양극화의 길을 걸었다. 아동문학에서의 모더니즘은 일종의 형식주의 또는 기교주의로서, 리얼리즘과 미학적으로 긴장관계를 맺기보다는 이념적으로 적대관계에 서면서 본래적 가치가 굴절되었다.[36]

아동문학에서 모더니즘이 전통적인 리얼리즘과 긴장관계를 이루며 생명력 있는 내실을 갖게 된 것은 대략 1990년대에 들어와서다. 이는 무엇보다도 아동문학의 발전과 불가분의 관계에 있는 도시중산층 기반의 시민사회가 확장되면서 새로운 수준의 근대성을 요구했기 때문이다. 어린이를 둘러싼 삶의 환경은 이전 시기와 크게 달라졌다. 오늘날 한국

---

[36] 체제나 제도 바깥의 사유를 허용하지 않는 시대분위기에서는 이분법적 사고가 팽배할 수밖에 없었으니, '참여/순수', '내용/형식', '리얼리즘/모더니즘' 등의 대립구도를 역사적 현상으로 바라볼 필요가 있다.

아동문학은 세계아동문학의 지평에서 다양한 모색과 더불어 발전해 가고 있다. "전통적
인 서술 구조의 파괴나 여러 실험적 양식들의 폭넓은 사용, 시간과 공간의 얽히고설킨 사
용, 증가하는 상호 텍스트성, 텍스트와 현실 사이의 관계에 대한 전통직인 접근법에 재기
되는 의문 같은 현상"37) 등등 이른바 포스트모더니즘 문학이론으로 현대아동문학의 특징
을 설명하는 외국이론서도 우리 아동문학을 바라보는 데에서 중요한 참조가 된다.

이러한 상황에서 빼놓을 수 없는 중요한 일 가운데 하나가 우리의 전통과 자산을 새로
운 시각으로 재조명하는 것이다. 1930년대는 오늘날 자명하게 받아들이는 사회문화적 현
상들이 새롭게 모습을 드러낸 시기로 그 이전과는 다른 감수성의 문학이 요구되었다. 그
러나 전시기의 과제 또한 의연히 존속하고 있었으니, 무릇 문학사적 발전은 단절에 의한
교체가 아니라 변증(辨證)에 의한 이월을 핵심 내용으로 하게 마련이다. 본고에서 살펴본
1930년을 전후한 시기의 정지용 동시, 이태준 동화, 그리고 박태원의 「영수증」 같은 작품
들이 이룩한 성취가 여기에 해당한다. 이러한 성취는 사회성격의 변화와 더불어 자기갱신
을 과제로 삼고 있는 오늘의 아동문학에도 생생한 현재성을 제공해 주는 것이라고 하겠다.

<『동화와 번역』 11호, 2006.>

wjc92@inha.ac.kr

---

37) 마리아 니콜라예바, 김서정 옮김, 『용의 아이들』(서울: 문학과지성사, 1998), p.309.

<参考文献>

강진호 외, 『박태원 소설연구』, 깊은샘, 1995.
권희선, 「이태준 동화에 나타난 아이와 엄마의 관계」, 『창비어린이』, 2003년 겨울호.
김영순, 「'황소와 도깨비'는 이상의 창작인가」, 『창비어린이』, 2003년 겨울호.
김태오, 『설강동요집』, 한성도서주식회사, 1933.
마리아 니콜라예바, 김서정 옮김, 『용의 아이들』, 문학과지성사, 1998.
박헌호, 『이태준과 한국 근대소설의 성격』, 소명출판, 1999.
사나다 히로코, 『최초의 모더니스트 정지용』, 역락, 2002.
상허문학회, 『근대문학과 구인회』, 깊은샘, 1996.
송인화, 「'예술'로 나아간 '동심', 그리고 폐쇄된 비극성의 세계 – 이태준 동화연구」, 『동화와번역』 제
　　　9집, 2005.
원종찬, 『아동문학과 비평정신』, 창작과비평사, 2001.
원종찬, 『동화와 어린이』, 창비, 2004.
원종찬, 『한국근대문학의 재조명』, 소명출판, 2005.
정현숙, 『박태원 문학연구』, 국학자료원, 1993.
조선문학가동맹, 『건설기의 조선문학』, 백양당, 1946.

沈連洙 시의 原典과 세계 탐구

황 규 수

I. 序論

青松 沈連洙(1918~1945). 그의 이름이 아직 낯설게 느껴지는 이유는, 그가 세상에 알려진 지 그리 오래되지 않았기 때문이다. 지난 2000년 중국조선족이 이주 100년을 맞이해서 민족문화유산을 정리하기 위해 50권에 달하는 『20세기 중국조선족문학사료전집』[1]의 출판을 기획하였는데, 그중 제1집에 沈連洙의 문학편이 수록됨으로써, 그의 존재[2]가 일반에게 공개된 것이다. 물론 그도 살아생전에 작품을 전혀 발표하지 않은 것은 아니어서, <滿鮮日報>에 그 일부가 실린 바 있다.[3] 그럼에도 불구하고 그처럼 많은 작품들[4]이 한꺼번에 공개되어 여러 사람들의 주목을 받게 된 것은 늦게나마 다행스러운 일이었다. 왜냐하면 日帝 말기에는 국내에서 국어로 소신껏 창작 활동을 한다는 것이 사실상 거의 불가능했다는 특수한 사정을 감안한다면, 당시 國外에서의 훌륭한 문학적 成果는 당연히 국문학으로 인정해야 할 것이기 때문이다.

이와 관련하여 지금까지 그의 생애 및 작품에 대한 연구는, 대체로 민족시인 또는 저항시인으로서의 면모에 초점이 맞추어져 시를 중심으로 전개되어 온 것을 볼 수 있다. 물론 近者에는 시조 및 일기·소설 등에 이르기까지 그 대상을 넓혀 가며 다양한 측면에서 논의가 진행되고 있기도 하다.[5] 그럼에도 불구하고 그 實體에 대해 보다 온전하게 이해하고

---

1) 심련수(2000), 『20세기 중국조선족문학사료전집』 제1집(심련수 문학편), 연변인민출판사. 이후 이 책을 언급할 때는 편의상 간략히 『사료전집』(2000)이라 일컫기로 한다.
2) 김룡운(2000), 「문단에 솟아난 또 하나의 혜성 – 심련수론」, 심련수(2000), 『20세기 중국조선족문학사료전집』제1집(심련수 문학편), 연변인민출판사, pp.621~627.
3) 〈滿鮮日報〉에 발표된 沈連洙의 작품을 순서대로 열거해 보면 다음과 같다. 먼저 시에 있어서는 「대지의 봄」(1940. 4. 16.)·「旅窓의 밤」(1940. 4. 29.)·「대지의 暮色」(1940. 5. 5.)·「길」(1941. 3. 3.)·「인류의 노래」(1941. 12. 3.) 등이 있으며, 기행문에는 「槿域을 찾아서」(1~3, 1941. 2. 18~3. 5)가 있고, 단편소설로는 『農鄕』(상·하, 1941. 11. 12.·11. 19.)이 있다.
4) 『사료전집』(2000)은, 제1부 시편(174편), 제2부 기행시초편(64편), 제3부 소설수필편(단편소설 4편, 만필 4편, 수필 2편, 평론 1편), 제4부 기행문편(1편), 제5부 편지편(26편), 제6부 일기편(310편), 부록(「희생」(전2막), 강영희 작, 심련수 베낌)으로 구성되어 있다.
5) 지금까지 발표된 박사학위 논문으로는, 金海鷹(2003)의 「심연수 시문학 연구」(한국정신문화연구원 한국학대학원)와 최종인(2006)의 「심연수 시문학 연구」(관동대 대학원)가 있다.

평가하기 위해서는, 지금까지의 연구 성과는 그대로 인정하되 그 裏面에 內包되어 있는 문제점은 해결해야 할 것이다. 이와 같은 맥락에서 한 논자의 지적은 주목을 요한다. 그중 하나는, 작품의 정본(텍스트)을 확정하는 데 힘을 모으면서 그의 다양한 연구공간을 활짝 열어 놓아야 한다는 것과, 다른 하나는, 沈連洙에 대하여 일제 식민지 말기에 활동한 시인이라는 전제하에서 그의 작품의 가치 평가가 再論되어야 한다는 것이다.6) 실제로 필자가 현재 沈連洙 시인의 아우 沈湖洙가 보관하고 있는 肉筆 原稿의 사진본7)과 기존에 간행된 沈連洙 작품집에 수록된 시들을 비교 검토해 본 결과, 기존의 출판본에서는 原典 確定과 관련된 여러 문제점들이 발견되었다. 또한 沈連洙의 肉筆 原稿가 발굴될 당시 거기에는, 일기 및 편지 등 일제 강점기 이국땅에서 어렵게 살다 간 시인의 내면세계가 진솔하게 잘 드러나 있는 자료들이 여럿 포함되어 있었다.

따라서 본고에서는 먼저 기존의 연구에서 등한시되기 쉬웠던 原典 確定의 문제에 대해 여러 異本들을 대상으로 비교 검토해 보고자 한다. 그리고 이를 바탕으로 그의 전기적 사실과 관련하여 다양한 시세계를 살펴보고자 한다. 그럼으로써 그의 시가 韓國 現代詩史에서 지니는 意義에 대해서 파악하고자 하는 것이다.

Ⅱ. 沈連洙 시의 原典 確定 문제

『사료전집』(2000)이 간행됨으로써 沈連洙의 존재가 처음 일반에게 알려지게 되었다는 사실은 앞에서 언급한 바와 같다. 그런데 이 책은 그의 작품이 발굴되자마자 곧바로 출판된 것이어서, 그것이 지니는 나름대로의 선구적 의의에도 불구하고 많은 문제점을 또한 지닐 수밖에 없었다. 이와 같은 맥락에서 이 출판본이 연구 텍스트로서의 자격을 상실하였다는, 한 논자의 지적8)은 적절하다고 본다.

이처럼 첫 출판본이 많은 문제점을 지니고 있어서 2004년 『20세기 중국조선족문학사료전집』 제1집9)은 다시 간행되었다. 그렇지만 '발간사'에서 펴낸이가, 일체 교정을 하지 않

---

6) 문덕수(2006. 10.), 「심연수론을 위한 각서」, 『민족시인 심연수 제6차 학술세미나』, 심연수선양사업위원회, p.18.
7) 필자는 지난 2006년 7월 31일부터 8월 7일까지 연변에 머물면서, 沈連洙 시 原本을 보관하고 있는 그의 아우 沈湖洙 씨 댁을 직접 방문하여, 이를 사진으로 찍어 온 바 있다.
8) 金海鷹(2006), 『심연수 시문학 연구』, 한국학술정보, pp.46~52.
9) 심연수(2004), 『20세기 중국조선족문학사료전집』 제1집(심연수 문학편), 중국조선민족 문화예술출판사. 이후 이 책을 언급할 때는 편의상 간략히 『사료전집』(2004)이라 하여, 첫 출판본인 『사료전집』(2000)과 구분해서 지칭하고자 한다.

아 原本에 가깝도록 최선을 다하였다고 기술하고 있음에도 불구하고, 실제 작품에 있어서는 그렇지 않은 점이 눈에 띈다. 부득이 原本을 구하지 못한 것은 이전 출판본의 것을 그대로 썼다고 같은 자리에서 밝히고 있기는 하지만, 再出版된 『사료전집』에 수록된 작품들과 시 原本들 사이에 상이점이 여전히 남아 있음에도 불구하고, 이에 대한 해명이 없다는 점은 문제의 심각성을 더해 주는 것이다. 구체적으로 原本에는 있지만 再出版本에는 수록되지 않은 시가 남아 있는 점, 原本의 시 제목이 달리 기술되거나 誤記된 점, 原本의 단어 및 구절이 잘못 기술되거나 아예 빠진 점, 原本과 행 또는 연 구분이 다른 점 등은 이에 해당되는 예로 볼 수 있는 것들이다.10)

이와 같이 기존에 출판된 沈連洙의 『사료전집』(2000, 2004)은 많은 오류를 지니고 있으므로, 여기에 수록된 作品들은 연구 대상으로 삼기에 만족스럽지 못한 것이 사실이다. 이러한 점에서 그 문제점들을 파악하여 그의 肉筆 原稿들을 입수해서 총 311편의 작품 중 244편의 시를 最終本으로 선정하고 이를 다시 교정하여 「심연수 시전집」11)으로 엮어 낸, 金海鷹의 연구 성과는 주목에 값한다. 실제로 필자도 肉筆 原稿의 사진본과 한국 내에 반입되어 있는 복사본12)을 비교 검토해 본 결과, 지금까지 알려진 그의 작품 수는 311편에 이르는 것을 확인할 수 있었다. 그럼에도 불구하고 沈連洙 시인의 추가로 발굴된 作品들13)과 1941년 3월 3일자「滿鮮日報」(4면)에 발표된 시「길」등 총 10편의 시가 여기에는 포함되어 있지 않다. 또한 편자에 의해 最終本으로 선정된 244편 중에는 일부 시가 제외되어 있다.14) 이와 관련하여 最終本으로 선정된 이 작품들 가운데에는 그것으로 보기에 적합하지 않은 異本들도 일부 포함되어 있다고 판단된다.

필자가 최근『심연수 원본대조 시전집』(2007)을 엮게 된 동기는 바로 여기에 있다. 그래서 필자는 이를 위해 먼저, 沈連洙의 시 총 321편 중 한 편씩만 존재하여 이를 그대로 最終本으로 볼 수 있는 206편을 제외한 나머지 115편은, 49편의 시가 한 차례부터 세 차례

---

10) 이에 대해서는 앞서 필자(2007. 3.)가, 「기존 심연수 작품집의 의의와 문제점」(《조선-한국언어문학연구》 4. 북경: 민족출판사. pp.251~264)에서 보다 구체적으로 논한 바 있다.
11) 金海鷹 편(2006). 「심연수 시전집」. 『심연수 시문학 연구』. 한국학술정보. pp.229~330.
12) 필자는 현재 강릉의 삼척 심씨 대종회에 보관되어 있는 복사본을 참조하였다.
13) 沈連洙 시인이 『鷲山時調集』을 읽으면서 쓴 7편의 시와, 중학생 시절 영어 교재로 사용했던 것으로 추정되는 책에 써 놓은 2편의 시가 이에 해당되는 것이다. 黃圭樹 편(2007). 『심연수 원본대조 시전집』. 한국학술정보. pp.506~515.
14) 이에 해당되는 작품으로는 「북국의 봄맞이」와 「夜頌」·「해란강」·「맨발」 등 4편의 시가 있다. 물론 金海鷹은 그의 글(앞의 책. p.57)에서 「추억의 해란강」과 「해란강」, 「寢頌」과 「夜頌」을, 제목은 다르지만 내용이 같은 작품으로 구분하여, 이들을 같은 작품의 異本으로 본 듯하다. 그러나 필자가 판단하기에는 이 작품들뿐만 아니라, 「대지의 봄」과 「북국의 봄맞이」, 「심연수 시전집」에 수록된 「맨발」과 여기서 지칭하는 시 「맨발」 사이에는 유사점보다 상이점이 더욱 눈에 띄어, 이들을 각기 별개의 시로 구분하고자 한다. 따라서 필자가 엮은 『심연수 원본대조 시전집』에는 이들 작품이 각기 수록되어 있는 것을 볼 수 있는데, 이와 같은 이유 때문에 여기서 시 「맨발」은 1과 2로 구분되어 있다.

에 걸쳐 고쳐진 것으로 판단되어, 이들에 대해서는 그중 각기 한 편씩을 最終本으로 선정하였다.[15] 시 原本 끝에 기록된 創作日과 原本의 묶음별[16] 수록 순서 및 그것의 고쳐진 흔적 등을 참조하여 最終本을 결정한 것이다. 특히 異本이 존재하는 49편의 작품 중 무려 45편[17]이 그의 自選 詩集 『地平線』의 원고 묶음[18]에 포함되어 있는 점은, 그의 시에서 最終本을 선정하는 데에 중요한 단서를 제공해 준다. 왜냐하면 이것이 시인이 살아 있을 때 공식적으로 출판된 것은 아니라 할지라도, 여기에 수록된 작품들은 시집으로 엮기 위해 일차적으로 정리되어 最終本일 가능성이 높은 것으로 추정되기 때문이다. 따라서 이를 전제로 『地平線』에 수록된 시들을 대상으로 먼저, 異本이 존재하는 양상을 조사하여 이를 표로 작성해 보면 다음과 같다.

순서	시 제목	異本 數	2집	6집	9집	鷲山時調集	순서	시 제목	異本 數	2집	6집	9집	鷲山時調集
1	여명	2	○				25	현해탄을 건너며	3	○		○	
2	대지의 봄	3	○	○			26	이향의 야우	2			○	
3	여창의 밤	3	○	○			27	자지 않는 밤	2			○	
4	이역의 만종	3	○	○			28	추억의 해란강	2			○	
5	대지의 모색	3	○	○			29	한 줌의 모래	2			○	
6	청춘	4	○	○		○	30	인생의 사막	3	○		○	
7	쏟아진 잉크	3	○	○			31	아침	2			○	
8	소원	4	○	○		○	32	그	·				
9	침송	2		○			33	기다림	2			○	
10	대지의 여름	2		○			34	침묵	3	○		○	
11	교외	2		○			35	귀로	2			○	
12	모교	2		○			36	새벽	2			○	
13	불탄 자리	2		○			37	안식처	2			○	
14	대지의 가을	3	○	○			38	맨발	2			○	
15	들길	2		○			39	세기의 노래	3	○		○	
16	앞길	3	○	○			40	어제와 오늘	2			○	
17	목자	2		○			41	고독	2			○	

15) 이와 관련하여 『심연수 원본대조 시전집』에는, 필자가 最終本으로 선정한 255편의 시 이외에 3편의 異本이 더 실려 있는 것을 볼 수 있다. 그런데 이는, 시인이 『鷲山時調集』을 읽으면서 쓴 7편의 시 중 「님의 뜻」을 비롯하여 「靑春」·「참(眞)」 등 3편이 추후 고쳐진 것(「참(眞)」은 「소원」으로 제목도 바뀜)임에도 불구하고 추가로 발굴된 시편이어서, 이 책의 제3부에도 중복해서 수록됐기 때문이다.

16) 추가로 발굴된 시 10편 이외에 현재 沈湖洙 씨 댁에 보관되어 있는 나머지 304편의 시 原本은, 그의 맏아들에 의해 제1집부터 제10집까지 10개의 묶음과 기타 2개의 묶음으로 정리되어 있다. 그리고 이 밖에 「대지의 젊은이들」·「생과 사」·「奉天城 위에서」·「新京」·「불탄 자리 3」·「舊友를 찾아서」·「눈보라」 등 7편의 시 原本은 여기에 포함되어 있지 않고, 강릉의 삼척 심씨 대종회에 그 복사본만이 보관되어 있는 것을 볼 수 있는데, 그 이유가 무엇인지에 대해 알기 위해서는 좀 더 확인이 필요하다고 생각한다.

17) 여기에 포함되어 있지 않은 시로는, 「어디로 갈까」·「松花江 저쪽」·「追懷」·「心星」 등 4편이 있는데, 이들에 있어서는 각기 두 편씩의 異本이 존재한다.

18) 沈連洙의 시 原本 묶음 중 『地平線』이라는 시집 제목 아래 48편의 시가 그 목록과 함께 묶여져 있는 것은 제3집이다.

번호	제목	편수				
18	사연	2		○		
19	운성	3	○	○		
20	흩어질 무리	2		○		
21	안도의 바다	3	○	○		
22	밤은 깊었으련만	2		○		
23	대지의 겨울	2		○		
24	떠나는 젊은 뜻	2			○	
계		61	12	22	1	2

번호	제목	편수				
42	님의 뜻	2				○
43	떠나는 설움	2			○	
44	들꽃	2			○	
45	냇가	2			○	
46	샘물	·				
47	수명	2			○	
48	오신 것을	·				
계		46	4	·	20	1

위의 표에서와 같이 시집 『地平線』의 원고 묶음 속에 있는 48편의 시 중, 「그」·「샘물」·「오신 것을」 등 3편을 제외한 나머지 45편은, 당시 시인이 읽었던 『鷺山時調集』[19]이나 제2집·제6집·제9집 등 3개의 원고 묶음에도 최소한 한 번부터 최대한 세 번까지 수록되어 있어, 적게는 두 편부터 많게는 네 편까지의 異本이 존재함을 알 수 있게 한다. 그러면 이들 사이의 선후 관계는 어떠한가? 이 가운데 우선 『鷺山時調集』에 수록되어 있는 3편은, 다른 원고 묶음에 포함되어 있는 작품들[20]과 달리 원고지에 옮겨 적기 이전의 것일 뿐만 아니라, 創作日이 1940년 3월 29일로 가장 초기에 창작된 것이므로, 그중 먼저 쓰인 異本으로 판단된다. 다음으로 『地平線』에 실려 있는 48편 중 전반부의 22편은, 주로 1940년에 쓰인 총 47편이 수록되어 있는 제6집의 시들과 많은 유사성을 보여, 이의 異本들로 볼 수 있다. 그런데 제6집의 일부 작품에는 고쳐진 흔적이 남아 있어, 이와 『地平線』에 수록된 것을 비교해 보면, 전자를 고친 후 다시 정리한 것이 후자라는 사실을 알 수 있게 된다. 그리고 이와 같은 방법에 따라 『地平線』의 후반부에 실려 있는 작품들과, 주로 1941년 2월부터 7월까지 창작된 총 30편이 수록되어 있는 제9집의 시들을 비교해 보면, 이 중 21편이 異本인데, 여기서도 『地平線』에 실려 있는 것이 추후 고쳐진 것임을 파악할 수 있다. 그렇다면 『地平線』에 정리된 작품들과, 제2집에 수록된 총 21편 중 그 異本으로 판단되는 16편 사이의 선후 관계는 어떠한가? 같은 방법으로 비교해 보면 여기서는 오히려 『地平線』에서 다시 고쳐진 시가 제2집에 정리되어 있다는 사실을 알 수 있다. 이렇게 볼 때 『地平線』의 시가, 시인이 살아 있을 때 시집으로 엮기 위해 정리해 놓은 것이라 할지라도, 그

---

19) 沈連洙의 유복자인 沈相龍은 30여 년 전에 그의 막역지우인 윤길복에게 책 한 권을 선물한 적이 있는데, 그 책은 다름 아닌 그의 아버지가 생전에 읽었던 『鷺山時調集』(3판; 한성도서주식회사, 1937)으로, 여기에는 「봄소식」·「책집」·「憧憬의 金剛」·「할 일」 등 沈連洙의 친필 유고 시조 7편이 기록되어 있다. 이에 대해서는 김룡운(2003. 8. 30.)이 「청송 심련수와 그의 시조문학」(인터넷 '문화산맥', 중국연변조선족문화발전추진회, http://koreancc.com)이라는 글에서 처음 밝힌 바 있는데, 필자도 2006년 8월 연변에 갔을 때 실제 확인한 바 있다.
20) 12개의 묶음에 수록되어 있는 沈連洙의 시 原本들은 대체로, 200자 원고지에 세로쓰기 형태로 써져 있다.

모두가 最終本이 아니며, 이 중 제2집에 다시 수록된 16편의 시는 그것이 最終本이라고 보는 것이 타당하리라고 생각한다.

III. 沈連洙의 시세계

1. 異域 체험과 이상 세계에의 꿈

　"人生은 藝術을 떨어져서는 살 수 없다[「四月 九日 火 晴」, 『사료전집』(2004), p.284]." 이는 『사료전집』(2004) 제3부 일기편[21]에 기술된 내용 중의 한 부분인데, 여기서는 沈連洙 시인의 예술에 대한 기본적인 생각을 알 수 있어서 주목된다. 즉 이 문장에서는 예술과 인생과는 긴밀한 관련성이 있음을 단적으로 나타내고 있는 점을 파악할 수 있다. 더욱이 그는 비슷한 시기의 다른 일기에서는, "世上에서 藝術마저 없다면 없는 우리들은 무엇에 慰安을 받으며 生에 愛着心이 있으리요[「四月 二十二日 月 晴 風」, 『사료전집』(2004), p.291]." 라고 함으로써, 그 둘 사이의 관계에 대해 보다 구체적으로 언급하고 있다. 험난한 현실 상황 속에서 삶을 살아갈 수밖에 없었던 그에게 예술은, 큰 위안의 대상으로 생에 애착심을 갖게 해 주었다는 것이다. 그러므로 다시 그의 다른 일기에서, "文人은 幸福한 사람이다. 自己의 하고 싶은 일을 글로써 다 나타낼 수 있는 것이다[「三月 二十六日 火 晴 風」, 『사료전집』(2004), p.276]."[22]라고 하여, 현실 세계에서와는 달리 문학의 세계에서는 글을 이용해서라도 자신의 소망을 표현할 수 있는 데에 행복감을 느낀다고 함은 어색하지 않다. 자기 나라말로 자신의 이름을 적는 것조차 허용되지 않았던 억압된 시대 상황에서 비록 이국땅이긴 하지만, 그의 바람을 글로써 나타낼 수 있었던 것은 행복이라는 말이다. 이러한 점과 관련하여 그의 시들 중에서는 먼저, 억압된 현실 상황 속에서 나그네처럼 떠돌아다닐 수밖에 없었던 자신의 처지와 서러움 등을 나타낸 작품들이 적지 않게 눈에 띈다.

　　잘살려고 故鄕떠나/못사는게 他鄕사리/간곤마다 펴친心荷/뜰때마다 허실됏다//
　　흐무할 품을찾어/들뜬마음 잡으려고/두러서 東海를 漁船에실려/대인곧은 漠々한 벌판이엿다.//

　　싸늘한 北風바지 헤넓은곧/떼장막을 치고누어/떠돌든몸 쉬이려든心思/불상한流浪民의 꿈
이엿다//
　　서글퍼 가엾든 부모형제/헐벗고 주림을 참든일/지금도 뼈아픈 눈물의記錄/잊지못할 拓史
의 血痕이엿다.

─「滿洲」 전문(1942?. 9월 말)23)

　　이 시에는 시인 자신뿐만 아니라 그의 가족들이 태어나서 살던 한국 강릉의 고향을 떠
나, 러시아의 블라디보스토크를 거쳐 중국의 밀산과 신안진·용정 등에서 생활하던 시절,
그 감회가 담겨 있다. 이 시는 일제 강점이라고 하는 비극적 상황에서 불쌍한 떠돌이의
삶을 살아갈 수밖에 없었던 시인과 그 가족의 실제 체험을 바탕으로 쓰인 것이다. 이처럼
시인의 만주 체험이 시의 근간을 이루고 있는 이 시는, 내용상 대비되는 것이 특징이다.
먼저 1·2연의 앞부분에는 "잘살려고 故鄕떠나"와 "흐무할 품을찾어"라고 하여, 그의 가
족이 정든 고향을 떠나게 된 이유가 잘 나타나 있다. 경제적인 가난과 정신적인 불만이
그들로 하여금 더 이상 이곳에 머물지 못하게 하였던 것이다. 그러나 같은 연에는 "못사
는게 他鄕사리"이고 "漠々한 벌판이엿다."라는 구절도 이어져 있어서, 그것이 그리 쉽게
해결될 수 있는 문제가 아니라는 점을 나타내 주고 있다. 그곳에서의 삶은 고향에서의 그
것과 별반 다르지 않다는 것이다. 그래서 이 시의 3연에서 "떠돌든몸 쉬이려든心思/불상한
流浪民의 꿈이엿다"와 같은 결론에 도달하게 됨은, 당연한 이치라 하겠다. 이역 땅에서라
도 풍요롭고 평안한 삶을 살지 못하고 방황하던 유랑민에게 이제 꿈은, 단지 쉬고자 하는
것임을 소박하게 表現하고 있기 때문이다. 이러한 점에서 "지금도 뼈아픈 눈물의記錄/잊
지못할 拓史의 血痕이엿다."라고 함으로써 이 시가 끝맺게 됨은, 시인과 그 가족이 당시
그곳에서 겪었던 고통이 얼마나 심했던가 하는 것을 거듭 짐작할 수 있게 해 준다. 또한
이는, 이 시가 그곳에서 발표된 동시대의 다른 시인들의 작품들과는 그 성격을 달리하고
있다는, 하나의 구체적인 근거가 되기도 한다. 이 시가 쓰인 때와 같은 해인 1942년 만주
에서는 『滿洲詩人集』과 『在滿朝鮮詩人集』 등 두 권의 시집이 간행되었는데, 沈連洙의 시「滿
洲」는 여기에 수록된 일련의 시들에서 드러나는 '만주국문학'이나 '친일문학'으로서의 시
적 특성을 보이지 않는다는 것이다.24) 그러므로 이 시는 '한국문학'의 범주 내에서 논의

---

23) 황규수 편(2007), 『심연수 원본대조 시전집』, 한국학술정보, p.413.
24) 필자는 林八陽 편(1942), 『滿洲詩人集』(길림 : 제일협화구락부문화부)과 金朝奎 편(1942), 『在滿朝鮮詩人集』(간도 : 예문당)에 수록된 작
　　품들을 중심으로, '만주시'의 성격에 대해 파악하고자 한 바 있다. 그래서 '만주시'는 만주 및 그곳에서의 삶에 대한 인식 태도와 이의 시
　　적 반영 양상에 따라 그 특성을 달리하여, 이에 따라 '만주국문학', '친일문학', '한국문학' 등으로 유형 분류될 수 있다고 하였다. 또한 이
　　로 인해 그 가치 평가 및 한국문학사에서의 자리 매김도 달라질 수 있다고 하였다. 黃圭樹(2004), 「한국문학과 만주체험 I」, 『한국 현대
　　시의 공간과 시간』, 한국문화사, pp.3～26.

될 수 있다. 그렇지만 만주를 우리의 옛 땅으로 인식하거나, 그곳에서 고향을 그리워하는 시인의 태도를 보이지 않는다는 점에서는 차이가 있다.

한편 沈連洙 시인이 더욱 억압되는 현실 상황 속에서도 이상적 세계에 대한 꿈을 잃지 않았음은, 만주에서 중학교를 졸업하고 일본으로 유학의 길을 택한 그의 인생 역정이 작품에 반영되어 나타나는 것에서도 알 수 있다. 더욱이 그 무렵 그가 쓴 일기나 편지 등의 자료와 함께 시를 면밀히 검토해 보면, 이것이 사실임이 판명된다.

> 連絡船떠난다 釜山埠頭의밤/등불이깨여지는 波紋의그림자/울넝거리는가슴 설레는마음/아
> -玄海灘아 永遠이못잊을너-//
> 어두운밤깊어 별나리는바다/뱃머리에 부닥치는波濤/甲板에흔드는몸 젊은넋이/오-건너는
> 海峽은 거세여라-//
> 밤이새도록 날이밝도록/거룩한이바다 偉嚴있는여을/언제나못잊으리니 이하로밤/내염통에
> 피뛰는날까지.
>
> —「玄海灘을 건너며」 전문(1941. 2. 9.)[25]

이 시는 그 제목에 단적으로 잘 나타나 있는 바와 같이, 그가 일본에 유학을 가기 위해 부산에서 현해탄을 건너며 그 감회를 피력해 놓은 작품이다. 이 시 말미의 기록처럼 그가 부산을 떠나 일본 유학길에 오른 것은 1941년 2월 9일이다. 그런데 이 시에는 그때 시인의 설렘이 감격과 함께 잘 드러나 있는 것이다. 특히 이 시 1연의 "울넝거리는가슴 설레는마음"이라는 시구에서는, 그 설렘이 直情的으로 표출되어 있는 것을 볼 수 있다. 또한 3연 2행의 "거룩한이바다 偉嚴있는여을"이라는 구절에서는, 현해탄에 대해 거룩함까지도 느끼는 시인의 마음이 구체적으로 나타나 있는 것이 눈에 띈다. 그러면 2연에서는 거세게 파도치는 해협으로 묘사되던 현해탄이, 여기서는 이처럼 시인에게 거룩함 또는 위엄을 느끼게 하는 이유는 무엇 때문인가? 유랑민 생활로 "남은 大學을 다니며 實業界에서 大活躍[「三月 四日 月 晴」, 『사료전집』(2004), p.265]"을 할 나이에 그는, 늦게나마 중학교를 졸업하게 되었다. 그렇지만 당시 조선 사람으로는 자기 실력마저 제대로 한 번 발휘할 수 없었으므로[26] 그는 고학을 다짐하고[27] 일본 유학을 택했던 것이다. 따라서 그가 현해탄을 건너며 감격하게 됨은, 어쩌면 당연한 일이다.

이렇게 볼 때 그와 그의 가족이 함께 만주로 이주했던 것이 이상적 세계에 대한 꿈을

---

25) 황규수 편(2007), 앞의 책, p.247.
26) 「九月 十二日 木 晴」·「十一月 六日 水 晴」, 『사료전집』(2004), p.336, p.362.
27) 「父主前 上書」(昭和 十六年 二月 十二日), 『사료전집』(2004), p.389.

지녔기 때문이라면, 그가 홀로 일본으로 떠난 것도 마찬가지 이유에서였다. 그러나 그가 정작 그때 쓴 일련의 시들에서도, 그곳에서의 고단한 삶과 그 설움을 나타낸 작품들이 오히려 많이 눈에 띄는 것이 일반적 특성이다. 특히 「새」와 「무제 3」, 「외로운 새」 등의 시에서는, 그게 '새'의 그것으로 비유되고 있어 관심을 끈다.

2. 부정적 현실 인식과 正義 추구

沈連洙 시인과 그 가족이 이역 땅으로의 이주를 감행한 것이 이상적 세계에 대한 꿈 때문이었다는 점은, 위에서 언급한 바와 같다. 그렇지만 그가 만주나 일본 등 그 어떤 곳에서도 그리 만족스러운 삶을 살지 못했다는 것 역시, 위에서 논의된 바와 마찬가지다. 물론 이것이 근본적으로는 당시가 일제 강점기였기 때문에 이에서 비롯된 당연한 결과로 볼 수 있다. 그런데 그의 일련의 시에는 그러한 부정적 현실에 대한 인식이 상세하게 나타나 있어 주목된다. 더욱이 이러한 시대 상황 속에서도 이에 굴하거나 타협하기보다는 여기서 벗어나 정의롭고 자유로울 뿐만 아니라 밝고 깨끗한 삶을 살아가고자 하는 시인의 의연함과 함께 그 의지가 잘 드러나 있어 관심을 끈다.

> 내 어린가슴에 적은염통이 뛰고/朦朧한 理想에 새빛이 빛일때/귀에 들린힘찬 소리는/틀림없이 네가 웻친 高喊이엿다. //
> 내 四年동안 날마다 아침저녁/밑창빠진신을끌고 龍門橋의 널판을밟엇나니/그때마다 너를 보고 들고햇다. /어쩌면 그리도 내마음을 알어주엇엇니. //
> 안개낀 帽兒山 물소리에 깨는아츰/落照에 물드린琵琶岩의 저녁빛에/구비구비 맺어진 苦難이 풀리우고/주린배 띄졸러서 돌아오는 길이엿다. //
> ······(중략 – 필자)······ 海蘭의 주는소리 귀에슴며 간직하고/이몸이 한목숨을 海蘭과 약속하며.
> —「海蘭江」 부분28)

이 시는 그가 중학교 졸업을 앞두고 4년간에 걸친 그동안의 추억을 주로 나타낸 작품이다. 비록 가난하여 굶주렸던 고난의 시절이었지만, 해란강을 동무 삼아 그것이 매일 들려주는 힘찬 소리를 들으며 하루하루를 보냈다는 것이다. 그래서 "가노라 멀리멀리 이발길 가는곧/山을넘고 물을건너 이마음 맞는데로/海蘭의 주는소리 귀에슴며 간직하고"라는 시구처럼 시인에게 해란강은, 과거뿐만 아니라 현재에 있어서도 그가 시세에 영합하지 않고

---

28) 황규수 편(2007), 앞의 책, pp.216~217.

자신의 뜻대로 살아가는 데에 있어 조언자로서의 역할을 해 주는, 중요한 대상으로 표현되고 있다.

이처럼 "할아버지의 할아버지 적부터/물려주신 가난"(「돌아가신 할아버지」 부분)은, 그의 가족이 만주로 이주한 이후까지도 별반 달라지지 않은 것으로 볼 수 있다. 그런데 여기에다 그의 일본 유학은, 그의 가족은 물론 그 자신에게 경제적으로 큰 부담이 되었을 것이다. 고학을 다짐하고 떠난 그의 배움의 길이었기에, 그가 현실적으로 겪었을 고통은 상당히 컸을 것으로 생각된다는 말이다. 실제로 그의 自敍傳的 성격을 지니는 시들에서 "일에 지친 이 거리의 사내"(「가난한 거리」 부분)나 "하늘에 적은별/조을어 새는밤/구름의 틈새에/하늘도 보이고/달없는 深夜에/자잖고 버는者"(「夜業」 부분) 등은, 그의 시적 분신으로 이해될 수 있는 것이다.

한편 「턴넬」이나 「방」 등의 시에서는, 당시의 부정적인 현실에 대한 인식이 어둠 의식을 통해서 나타나는 것을 볼 수 있다. 이들 시에서는 "위를 우러러도/아래를 굽어도/선해 보이는 그 캄캄한 굴속"(「턴넬」 부분)이나 "언제나 어두운/햇빛 한 점 못 보는/캄캄한 굴방.//퇴창 하나 못 가진 주위/어둠에 반죽된 벽/한결같이 막히운 방."(「방」 부분)처럼, 어두운 곳을 모두 시적 공간으로 취하고 있는데, 이들은 당시의 현실 세계를 암시해서 드러낸 것으로 판단된다는 말이다. 더욱이 시 「턴넬」에서는 이러한 어둠 의식이 죽음 의식과도 연결되어 섬뜩함마저 느끼게 한다. 그런데 시 「방」에서는 이와 같은 어둠 속에 고립되어 있음에도 불구하고, 이에 좌절하지 않고 의연함을 보이는 시적 대상과 만나게 된다. "죄수처럼 갇히어/조각같이 앉아 있는/변함없는 성자"가 바로 이에 해당되는 것이다.

이와 같이 沈連洙 시인의 경우 그가 살아가면서 접한 현실 세계는, 가난과 어둠의 그것이었다. 그런데 그의 다른 일련의 시들에서는 그 이외에 거짓됨과 사악함도, 그것의 중요한 특성임을 나타내 준다. 특히 「밤은 깊었으련만」, 「맨발 1」, 「맨발 2」, 「밭머리에 선 남자」, 「폭풍」 등의 시에서는, 이러한 특징이 잘 드러난다. "사악과 가식의 티끌 먼지바람이/밉상 굳게 불어온단다"(「폭풍」 부분)라는 구절처럼, 그가 살고 있는 세상에서는 사악과 가식을 쉽게 접할 수 있다는 것이다. 그래서 그는 또한, 그러한 것들에서 벗어나 선하고 참된 세계에서 살아가고자 하는 바람을 표현하기도 한다. 더욱이 "가장을 벗어던진 통쾌/오— 내게로 돌아온 자연/그 무엇에 얽매이랴/거짓 없는 감촉이 감사하다."(「맨발 2」 1연)라는 시구에서는, 이로부터 벗어나서 얻게 되는 자유로움을, 발에 아무 것도 신지 않을 때 얻게 되는 그것에 빗대어서 나타내고 있는 것을 볼 수 있다. 이렇게 볼 때 그가 진정 추구한 바가, 궁극적으로는 正義라는 것을 알 수 있다. "정의의 무리 앞에 굴복할 것은/慘僞를 감행하던 악마일리라."(「세기의 노래」 부분)라는 구절에서와 같이, 그에 대해서는 확신까지도 가지고 있었음을 밝혀주고 있는 것이다. 그런데 시 「빨래」에서는, 이처럼 정의로운 사회가 구현되기 위해서는 개인만이 아니라 민족적인 차원에서도 지속적인 노력이 있어야 한다는 점이, 강조되고 있어 주목된다.

> 빨래를 生命으로 아는/조선의 엄마 누나야/아들 오빠 땀젖은 옷/깨끗하게 빨어 주소//
> 그들의 마음 가운데/不義의 때가 묻거든/私情 없는 빨래 방망이로/두다려 싫어 주소서
> ―「빨래」 전문(1940. 7. 24.)[29]

2연 8행으로 이루어져 있는 이 시는, 짧고 꾸밈이 없어 소박하게 느껴지지만 주제 의식이 강하게 나타나는 것이 특징이다. '조선의 엄마와 누나'에게 당부하는 글 양식을 취하고 있는 이 시에는, 정의로운 삶과 관련하여 깨끗하게 살고자 하는 시인의 바람이 잘 드러나 있는 것이다. 그런데 여기서 깨끗한 삶은, 외적으로만이 아니라 내적인 면에서도 그러함을 뜻한다. 이 시에서는 깨끗이 해야 할 대상으로 '땀젖은 옷'과 '마음 가운데 때'를 제시하고 있기 때문이다. 또한 이 시에서는 이것이 우리 고유의 민족정신과 연관되어 있는 것에 주목하지 않을 수 없다. "빨래를 生命으로 아는/조선의 엄마 누나야"라는 구절에 단적으로 잘 나타나 있는 것처럼, 이는 백의민족으로서 우리 민족의 특색과 일맥상통하는 면이 있는 것이다. 따라서 "깨끗하게 빨어 주소"와 "두다려 싫어 주소서"라는 시구에는, 우리 민족의식을 지키고자 하는 시인의 강렬한 바람이 잘 드러나 있다 하겠다. 이렇게 본다면 시 「빨래」는 이와 같은 당시의 시대 상황 속에서도 더럽혀지지 않고 깨끗한 삶을 살고자 한 시인의 개인적 소망을, 민족적 차원으로까지 고양시켜 나타낸 작품이라 하겠다.

3. 국토순례와 비극적 역사 인식

沈連洙의 시에서 민족적 동질성을 드러낸 작품은, 시 「빨래」 이외에도 여러 편이 더 있다. 특히 그는 중학교 졸업을 앞두고 1940년 5월 5일부터 22일까지 18일간에 걸쳐 수학여행을 하게 된다.[30] 그런데 그때 그의 조국 방문은, 그가 이러한 특성을 지닌 작품을 남기

---

29) 위의 책, p.129.
30) 沈連洙(2004), 「일만리 려정을 답파하고서」, 『20세기 중국조선족문학사료전집』제1집(심연수 문학편), 중국조선민족 문화예술출판사, pp.493~499.

는 데에 중요한, 한 계기를 마련해 주었던 것이다. 그래서 그의 시 원고 묶음 중 제8집에 수록된 65편의 시 가운데 47편[31]은, 이와 같은 그의 체험을 직접 반영해서 나타낸 것으로 볼 수 있다. 또한 그는 같은 해 8월 중순을 전후해서 방학을 이용하여 고향 강릉을 찾았는데, 이때의 시적 소산으로는 제7집에 실려 있는 시들 중 「옛터를 지나면서」, 「바닷가에서」, 「경포대」 등 9편[32] 정도를 들 수 있다. 이들 시는 그 내용이나 쓴 날짜와 장소 등에서, 이에 해당되는 작품으로 보기에 충분한 것이다.

이처럼 이들 시에서 민족적 동질성을 느낄 수 있는 데에는, 이들 시가 단지 고향을 포함한 국토순례의 소산이어서만이 아니다. 이들 시는 대체로 4음보율의 일반적인 시조 형식을 취하고 있어 전반적으로 친근감을 더해 주는데, 이 외에도 다른 몇 가지 측면에서 그 구체적 이유를 찾을 수 있는 단서를 제공해 준다.

> 서울서 밤을자니 서울밤 보곯어서/거리에 나서니까 말소리 서울말씨/옷도 조선옷이요 말도다 조선말이더라.//
> 거리엔 힌옷이 조선옷 힌빛이요/얼골은 조선얼골 모습도 조선모습/눈을 귀를다뜨고 들고보고 하엿쇠다.
>
> — 「서울의 밤」 전문(1940. 5. 11.)

이 시는 평시조 형태가 2연 중첩된, 연시조 형식을 취하고 있다. 물론 각 장마다 길이에 있어 다소 차이를 보이고 있다. 또한 각 연 종장의 첫 구절이 3음절로 시작되지 않는다. 그렇지만 대체로 4음보율에서 크게 벗어나지 않아 이 시는, 시조로 보아도 큰 무리가 없는 것이다. 그런데 이 시에서는 시인이 이역 땅에서는 온전히 느끼기 어려운 민족적 동질성을 시조 양식을 통해 나타내고 있어, 그 시적 묘미를 더해 주고 있다. 특히 여기서는 '흰옷'만이 아니라 '조선말, 조선 얼굴, 조선 모습' 등에서 그것이, 다양하면서도 전면적으로 다루어지고 있는 것이 특징이다. "눈을 귀를다뜨고 들고보고 하엿쇠다"라는 구절에서처럼 그는 조국 방문에서 많은 체험을 하고자 하였는데, 이 시에는 거기서 얻게 된 민족적 동질성에 대한 인식이 잘 드러나 있는 것이다. 또한 이러한 인식이 작품에 잘 반영되어 있는 시로는, 「溫井里」와 「溫井里의 하룻밤」 등을 더 들 수 있다. 이들 시에서는 그것이 '선함'과 '뜨거운 정' 등의 나눔에 의해 공감될 수 있다는 점이 제시되어 있는 것이다.

그런데 시조 형식을 취하고 있는 그의 시들 중에서도 비극적인 역사 인식이 담겨 있는

---

31) 황규수 편(2007), 앞의 책, pp.42~93.
32) 위의 책, pp.140~151.

작품들에서는, 더욱 민족적인 동질성을 느낄 수 있다. "나머지 이때를랑 못 잊을 것 이 여로를/거미줄 끼어진 옛날을 다시 또나 생각하세"(「修學旅行을 마치고」 부분)33)이라는 구절에 압축되어 있는 것처럼, 그가 지금 비록 이역 땅에 떨어져 있을지라도, 같은 민족으로 겪었던 역사적 불행을 기억하고자 하는 마음에는 다를 바가 없음을 나타내고 있기 때문이다. 특히 「麻衣太子陵」, 「漢江」, 「南大門」, 「松都」, 「滿月台」, 「松都를 떠나며」 등의 시에서는 이러한 면을 구체적으로 알 수 있다.

> 南大門 기와장은 이끼에 빛이있고/장안을 나고드든 사람도 보고있어/서울이 南쪽에서서 漢陽을 직히는듯//
> 옛날의 南大門엔 빛이있어 빛나더니/오날엔 古色조차 수집어 서있나니/서울을 찾아와서 는 한숨짓고 가는길손
>
> -「南大門」 전문(1940. 5. 11.)

시조 형식을 취하고 있는 이 시에서는 일제 강점기인 당시 우리 민족이 겪을 수밖에 없던 역사적 불행이, 과거와 달라진 남대문의 모습 및 빛깔과 대비되어 표현되고 있는 것이 특징이다. 옛날의 그것은 위풍당당한 모습과 찬란한 빛을 지니고 있었지만, 지금은 그렇지 않다는 것이다. 그래서 "서울을 찾아와서는 한숨짓고 가는길손"이라는 시구에서는, 이러한 조국의 현실 상황에 직접 접하고 개탄을 금치 못하는 시인의 마음이, 길손의 그것에 빗대어져 있는 것을 확인할 수 있게 된다.

그러나 「北岳山」, 「善竹橋」, 「大同江」, 「淸川江」 등의 시에서는 그런 현실 상황에서도 새로운 세계의 도래에 대한 바람을, 이를 위한 스스로의 다짐과 함께 나타내고 있어 주목된다. 특히 시 「淸川江」에서는 '옛 장수'에 대해 '새 장수'의 탄생에 대한 바람을 통해, 새로운 미래가 다시 전개될 것에 대한 소망을 표현하고 있는 것이 특징이다. 이 시는 절망적 상황에서도 희망을 버리지 않는, 시인의 꿋꿋한 삶의 자세를 엿볼 수 있게 해 준다는 점에서 의의가 있는 것이다. 또한 이와 관련하여 그의 다른 일련의 시에서는 과거의 자기 잘못에 대한 반성 또는 개선 노력이 필요함을 지적하고 있는 것도 의미가 있다. 이와 함께 새로운 미래의 성취를 위해서는 이를 위한 실천 의지가 요망됨에 주목하고 있는 점도 가치가 있다. 특히 "北岳아 앞으로는 잘못은 고쳐다구."(「北岳山」 부분)나, "사람아 충신이야 못 된다 치더라도/그이와 같은 뜻이야 못 가질 것 무엇이냐"(「善竹橋」 부분), 그리고

---

33) 위의 책, p.122.

“남아야 이제는 너도 새 일꾼 되어 보렴.”(「大同江」 부분) 등의 구절에서 그러한 것이다.

4. 자연 또는 우주의 순환 질서와 낙관적 전망

沈連洙의 시세계에 있어 두드러지게 나타나는 특성 중 남은 하나는, 그의 시가 현실 세계에 대한 부정적 인식을 밑바탕으로 하고 있음에도 불구하고, 미래에 대한 낙관적 전망을 보여 주고 있다는 것이다. 그의 시들 중에는 그가, 자연 또는 우주의 순환 질서에 대해 나름대로 깊이 있게 관찰하여 여기서 얻게 된 깨달음을 표현한 일련의 작품들이 있는데, 이들 시에서 이러한 특징이 드러나는 점을 파악할 수 있는 것이다. 특히 그의 대표작 중 하나인 시 「少年아 봄은 오려니」에는 이런 특성이 잘 나타나 있어 주목된다.

> 봄은가처웠다./말렀던풀에 새움이돗으리니/너의조상은 농부였다/너의아버지도 農夫다./田地는남의것이되였으나/씨앗은너의집에있을게다/家山은팔렸으나 나무는그대로자라더라/재 밑에대장깐집 멀리떠나갔지만/끌풍구는 그대로놓였더구나/화덕에숯놓고불씨붙어/옛소리를 다시내여봐라/너의집이가난해도 그만불은있을게니./서투른대장의땀방울이/무딘연장을 들게한다더라/너는農夫의아들/대장의아들은 아니래도……/겨을은가고야만다/季節은順次를 銘心한다/봄이오면해마다生命의歡喜가/生氣로운神秘의씨앗을받더라.
>
> —「少年아 봄은오려니」 전문(1943. 2. 8.)34)

이 시도 기본적으로는 현실 세계에 대한 부정적 인식을 밑바탕으로 하고 있다. “너의 집이 가난해도”라는 시구에서, 이를 단적으로 알 수 있는 것이다. 더욱이 남의 것이 된 ‘田地’나 팔린 ‘家山’ 등에는, 이러한 사실이 구체적으로 제시되고 있다. 이와 같은 맥락에서 본다면 멀리 떠나간 ‘대장깐집’도 가난 때문에 이주할 수밖에 없었던, 당시 유이민 가정을 상징적으로 나타낸 것으로 이해할 수 있다. 그런데 이 시에서도 이러한 시대 상황일지라도 미래에 대한 희망을 잃지 않는 시적 화자와 만나게 된다. 그는 그러한 상태에서도 ‘씨앗’과 ‘나무’, 그리고 ‘끌 풍구’와 ‘불’ 등이 남아 있다는 사실에 주목함으로써, 앞날이 그리 비관적이지만은 않다는 점을 보여 주고 있는 것이다. 특히 그가 “겨을은가고야만다/季節은 順次를 銘心한다/봄이오면해마다生命의歡喜가/生氣로운神秘의씨앗을받더라.”와 같이, 자연의 순환 질서에 대한 깨달음에 의거하여 생명력 넘치는 미래가 곧 도래할 것에 대한 확신을 나타내고 있는 점은, 그 설득력을 더해 준다. 또한 이 시에서는 시적 話者에 대해 聽者를

---

34) 위의 책. p.449.

특별히 '少年'으로 설정하고 있는데, 이는 "화덕에숱놓고불씨붗어/옛소리를 다시내여봐라"에서처럼, 그날에 대비하는 자세도 필요함을 암시하기 위한 시적 장치로 판단된다. 이렇게 볼 때 이 시는, 같은 일제 강점기에 쓰인 작품이라 히더라도, 李相和의「쌔앗긴들에도 봄은 오는가」(『開闢』70호, 1926. 6.)와 대비되는 특성을 지니고 있음이 확연히 드러난다. 李相和의 이 시는 국토 또는 국권 상실의 시대에 개인의 작은 자유마저도 박탈당할지 모른다는 위기감이 잘 드러나 있는 작품이다. 이 시의 첫 연인 "지금은 남의쌍ー쌔앗긴들에도 봄은 오는가?"와 끝 구절 "그러나 지금은ー들을쌔앗겨 봄조차 쌔앗기것네"에는, 이런 주제가 잘 표명돼 있다. 이에 반해 시「少年아 봄은오려니」에는 오히려 그 기대감이 잘 표현되어 있는 것이다.

이와 같이 자연의 순환 질서에 대한 깨달음에 의거하여 새로운 미래가 곧 올 것에 대한 확신을 나타내고 있는 시로는,「새벽 1」,「너는 나와 같더라」,「碑銘에 찾는 이름」등이 더 있다. 물론 이들 시에 있어서는 '겨울로부터 봄'이 아니라, '밤으로부터 새벽'이 온다는 자연의 순환 질서에 대한 깨달음을 통해 이를 드러내고 있다는 점에서 다소 차이를 보인다. 특히「地球의 노래」와 같은 시에서는, 거시적인 관점에서 당시 제국주의자들의 죄악상을 고발하고 있을 뿐만 아니라, 불변의 진리 또는 자연 법칙에 따라 새로운 미래가 올 것에 대한 확신을 드러내 주고 있기도 하여 관심을 끈다.

> 오늘도 沙漠에는/지친隊商이 건느겟지/暴熱에 목말은駱駝와사람/沙原에는 世紀도踏步만한다. // ……(중략ー필자)…… //黃河는紅水로 흘은지벌서十年/長江沿岸에는 鬼怨聲만들리고/배매던垂楊에는 日本刀가꽂였다.// ……(중략ー필자)…… //총검이 서로닥디리는戰場/東에도西에도 砲煙이자욱/눈에는눈물도 다흘렀는지/砲煙도막을수없이 말러버렸다/善惡은妥協없는 人間의作難/正義의哲則은 不變의眞理나/二十億良心은 운무에쌓여/발등을밟고도 싸우우더라/歷史의眞僞는 언제나判明되는/隱閉못할 嚴然한史實이니/양심의가책앞에무릎을꿇고/不義의過誤를 謝罪하여라/새로히罪惡을 저즈르는/世紀의獨善者를 驅逐하자// ……(중략ー필자)…… 오!絶頂에설 히마리스트/피스겔끝으로 박힌탄환을돗굴제/地脈의血管엔 새피가순환하고/낡은傷場에는새살이돗을것이다.
>
> ー「地球의 노래」부분(1943. 3. 1.)[35]

총 9연으로 비교적 길게 쓰인 이 시는, 그 시적 규모에 있어서도 여느 시에 비해 큰 것이 특징이다. 앞서 논의되었던 시들에서보다 당시의 세계사적인 변화의 흐름을 구체적으로 반영해서 나타내고 있어 金起林의 시「氣象圖」를 연상시키기도 하지만, 시「地球의 노래」

---

35) 위의 책. pp.473～475.

는 그와 대비되는 특성을 보이는 것이다. 먼저 이 시에는 세계 각처가 독재자의 억압적 상황 속에 놓여 있다는 사실이 시적으로 제시되어 있다. 물론 이 시의 1연에서는 그것이, 지친 隊商이 건너는 '사막'으로 다소 막연하게 표현되어 있다. 그러나 2연부터 7연까지에서는 그것이, 보다 구체적인 상황 설정을 통해 암시되고 있는 점을 알 수 있다. 특히 "아푸리카歸航에 짖인艦隊가/日本海의藻居(?)로 깔아앉을때"(5연 부분)나 "알푸쓰山頂에 바줄이걸리고/砲身이 바위에부디칠때"(6연 부분) 등의 시구에서, 이러한 사실을 짐작할 수 있는 것이다. 더욱이 7연의 "총검이 서로닥디리는戰場/東에도西에도 砲煙이자욱"과 같은 구절에서는, 그것이 확연히 드러남을 볼 수 있다. 하지만 이어서 시인이, 진리의 철칙은 불변이듯이 역사의 진위는 언제나 판명된다고 밝히고 있음은 주목된다. 그가 이처럼 불의와 죄악의 세상에서도 밝은 미래가 전개될 것에 대한 확신을 지닐 수 있게 됨은, 이와 같은 깨달음이 있었기 때문이다. 그리고 이러한 깨달음에 의해 그가 미래에 대한 낙관적 전망을 가질 수 있게 되었다는 점은, 이 시의 마지막 9연 끝 부분에서도 다시 확인할 수 있다. "地脈의血管엔 새피가순환하고/낡은傷場에는새살이돗을것이다"라는 상징적 시구가, 바로 이에 해당되는 것이다. 이렇게 볼 때 이 시가 지니는 사회 역사적 의미는 실로 深長하다 하겠다. 이 시는 한 치 앞을 내다보기 어려웠던 당시의 절망적 상황에서도 미래의 희망적 세계를 제시해 줌으로써, 읽는 이에게 힘과 용기를 더해 주고 있기 때문이다.

그러면 그가 이처럼 부정적인 현실 상황 속에서도 자연 또는 우주의 순환 질서에 대한 나름대로의 깊이 있는 통찰을 바탕으로 미래에 대한 낙관적 전망을 펼쳐 보일 수 있게 한, 근본 동기는 어디서 비롯된 것이겠는가? 기본적으로는 자연 속에서 참된 진리와 법칙을 얻어내고자 하며[36] 낙천적으로 생각한,[37] 그의 생활 태도에서 그것을 찾을 수 있을 것이다. 또한 그가, 예언적 시인으로 韓龍雲의 『님의 沈默』을 읽은 점도,[38] 그 중요 요인으로 작용했을 것으로 짐작해 볼 수 있다. 더욱이 그가 일본에 유학하는 동안 呂運亨을 만나게 됨은, 그가 이와 같은 시를 쓸 수 있게 하는 결정적 계기를 마련해 주었을 것으로 판단된다. 왜냐하면 당시 戰況에 대해 궁금해 하던 시인에게 夢陽은, 일본의 패망이 결정적이라는 말을 했던 것으로, 이기형에게는 기억되고 있기 때문이다.[39]

이러한 점에서 沈連洙는 韓龍雲을 비롯하여 沈熏·李陸史·朴斗鎭 등과 함께, 일제 강점

---

36) 「四月 三日 水 晴」, 『사료전집』(2004), p.281.
37) 「四月 一日 月 晴」, 『사료전집』(2004), p.280.
38) 「四月 二十九日 月 晴 大風」, 『사료전집』(2004), p.294.
39) 이기형(2000), 『여운형 평전』, 실천문학사, pp.231~233.

의 어두운 역사적 상황에서도 광복의 '그날'이 올 것에 대한 신념을 잃지 않고 이를 시로 써 나타낸, 중요 시인 중의 한 사람이라 판단된다. 또한 이로써 그는 동시대의 尹東柱와 더불어 '암흑기'의 공백을 메우기에 충분한, 한국 현대시사에서 대표 시인 중 한 사람으로 지칭될 수 있겠다.

Ⅳ. 結論

　광복된 지 어언 반세기가 지나 새로운 세기를 맞이하는 시점에서 세상에 알려진 沈連洙 시인의 존재는, 그간 공허하게만 여겨졌던 1940년대 한국 현대시사를 새롭게 조망하는 한 계기를 마련해 준다. 한국 현대사에서 일제 강점의 특수한 역사적 상황은, 국내에서만이 아니라 국외에서 활동한 작가들의 작품에 대해서도 우리 문학사에 포함시켜 논의하는 것을 어색하지 않게 한다. 그래서 近著에 발굴된 沈連洙의 시들은 그 문학사적 실체로, 1940년대 한국문학사를 풍요롭게 해 줄 수 있는 대상임에 틀림없는 것들이다. 그럼에도 불구하고 지금까지 그에 대한 연구는 작품의 原典 확정이 제대로 이루어지지 않은 상태에서 진행되어 온 것이 사실이었다. 또한 대체로 민족시인 또는 저항시인으로서의 면모에 초점이 맞추어져 전개되어 온 감이 없지 않다. 그러므로 이 글에서 필자는 일제 강점기 在滿朝鮮詩人 沈連洙 시의 原典을 확정하고 그 세계를 파악함으로써, 詩史的 의의를 살펴보고자 하였다.

　현재 연변 등지에 보관돼 있는 시 原本과 「滿鮮日報」에 발표된 시 등을 검토하니, 그의 시 총 321편 중 49편이 1~3회 고쳐진 것이었다. 그래서 原本 끝에 기록된 創作日과 묶음별 순서, 고쳐진 흔적 등을 참조하여 最終本을 선정했다. 대부분 그의 自選 詩集 『地平線』의 원고 묶음에 포함돼 있지만, 다시 개작돼 제2집에 수록된 것도 16편이나 확인됐다.

　그래서 이를 바탕으로 그의 전기적 사실과 관련하여 시세계를 구체적으로 살펴보면, 그의 시는 '유이민 시'로서의 성격을 기본적으로 지니고 있음이 파악된다. 고국을 떠나 이국에서 떠돌이 생활을 할 수밖에 없었던 당시 우리 민족의 현실 상황을 잘 반영해서 나타내 주고 있는 것이다. 그럼에도 불구하고 그의 시에서 그는 이상 세계에 대한 꿈을 잃지 않고 正義를 추구함과 동시에, 우주의 순한 질서 또는 자연 법칙에 대한 깨달음에 의해 미래에 대한 낙관적 전망을 가질 수 있게 되었음을 보여 주기도 한다. 또한 과학 기술의 발전과 함께 물질문명의 발달로 변화되는 세계사의 흐름 속에서 일본 유학 등의 異域 체험을 한 그의 시에서는, '모더니즘'적 시 특성이 드러남을 볼 수 있게도 된다. 그러나 이와 대비되게 그의 조국 방문을 즈음하여 그때의 체험을 4음보율의 시조 형태로 나타내고 있는 일련의 시에서는, 민족적 동질성을 느낄 수 있다. 이처럼 그의 시는 양면적이면서도 다양한 특질을 보이는데, 이는 植民地 近代로서 당시의 시대 상황이 여러모로 반영된 결과라 하겠다. 특히 패망을 앞두고 일제가 침략 정책을 더욱 강화하던 1940년대의 시점에서도, 이에 동화되거나 좌절하지 않고 나름대로의 역사의식을 바탕으로 새로운 미래가 전개될 것에 대한 희망을 밝혀 준 그의 시적 성과는, 한국 現代詩史에서 실로 값진 것이 아닐 수 없다.

물론 그의 시에 대한 연구가 온전히 이루어지기 위해서는, 몇 가지 보완돼야 할 점이 있다. 먼저, 그가 일본 유학을 마치고 귀국한 1943년 말부터 광복을 1주일 앞두고 안타깝게 피살된 때까지, 그의 창작시는 눈에 띄지 않았다. 그래서 그의 작품 발굴 작업은 아직 완결된 것이 아니라고 판단되며, 그를 위한 노력은 지속되어야 할 것으로 생각한다. 이와 함께 본고에서 그의 시세계에 대해 논함에 있어서는, 지면 관계상 그 시기 구분 및 구체적 작품 논의가 충분치 못했던 측면이 있다. 그러므로 이는 앞으로 해결되어야 할 과제로 남아 있다. 따라서 이 문제를 포함하여 그의 시에 대한 논의가 더욱 다양한 방법으로 깊이 있게 전개된다면, 그의 시 연구는 보다 진전될 것으로 판단된다.

<『語文研究』 134호, 韓國語文敎育研究會, 2007.>

hksbjh@chollian.com

<참고文獻>

1. 資料

金海鷹 편(2006), 「심연수 시전집」, 『심연수 시문학 연구』, 한국학술정보.
심련수(2000), 『20세기 중국조선족문학사료전집』 제1집(심련수 문학편), 연변인민출판사.
심연수(2001), 『민족시인 심연수 시선집 – 소년아 봄은 오려니』, 강원도민일보사.
______(2004), 『20세기 중국조선족문학사료전집』 제1집(심연수 문학편), 중국조선민족 문화예술출판사.
黃圭樹 편저(2007), 『심연수 원본대조 시전집』, 한국학술정보.
__________(2010), 『심연수 시선집 – 碑銘에 찾는 이름』, 도서출판 亞松.

2. 論著

권철(2004. 2.), 「심련수 유작의 정리와 출판을 두고」, 인터넷 '문화산맥', 중국연변조선족문화발전추
    진회, http://koreancc.com.
권혁률(2009. 2.), 「심련수 연구의 새로운 지평」, <장백산>, pp.233~236.
김룡운(2003. 8. 30.), 「청송 심련수와 그의 시조문학」, 인터넷 '문화산맥', 중국연변조선족문화발전추
    진회, http://koreancc.com.
______(2005. 1.), 「심련수에 대한 재검토」, <문학과예술> 총138호, 연변조선족자치주문화국, pp.90~106.
김윤식(1994), 『설렘과 황홀의 순간』, 솔출판사.
김재홍(2007), 『한국현대시인연구(2)』, 일지사.
김학동(2006), 『원전확정과 작가론의 반성 – 미해결의 문제들』, 새문사.
金虎雄(1998), 『在滿朝鮮人文學研究』, 國學資料院.
류연산(2002), 『인류 속의 우리 민족』, 요녕민족출판사.
문덕수(2006), 「심연수론을 위한 각서」, 『민족시인 심연수 제6차 학술세미나』, 심연수선양사업위원회,
    pp.17~18.
엄창섭 · 최종인(2006), 『沈連洙 문학연구』, 푸른 사상.
오양호(2007), 『만주이민문학연구』, 문예출판사.
오오무라 마스오(2004. 6.), 「재 '만' 한인문학의 諸相」, <국제언어문학> 제9호, 국제언어문학회, pp.5~36.
우상렬(2006), 『농업문화로부터 본 Korea 문학』, 한국학술정보.
윤영천(2002), 『서정적 진실과 시의 힘』, 창작과비평사.
______(2008), 『형상과 비전』, 소명출판.
이기형(2000), 『여운형 평전』, 실천문학사.
이명재(2004), 「민족시인 심연수 문학론」, 『20세기 중국조선족문학사료전집』 제1집(심연수 문학편),
    중국조선민족 문화예술출판사, pp.532~576.
이승훈(2005), 「심연수의 시와 모더니즘」, 『민족시인 심연수 60주기 추모 문학의 밤 및 제5차 국제학
    술세미나』, 심연수시인선양사업위원회, pp.31~41.
임종찬(2009. 7.), 「심연수 시조에 나타난 디아스포라 의식」, <시조학논총> 제31집, 한국시조학회,
    pp.125~145.

林香蘭(2003),「沈連洙 詩에 나타난 自然世界와 삶의 조화」, <우리文學硏究> 16집, 우리문학회, pp.371~391.

전월매(2009. 2.),「일제강점기 재만조선인 시에 나타난 만주인식 연구」, 한국학중앙연구원 한국학대학원 박사학위 논문.

정덕준 · 김정훈(2004),「일제강점기 재만 조선인 시인 연구 – 심연수 시의 심미성 연구」, <한국문학이론과 비평> 제24집, pp.145~173.

허형만(2004),「심연수 시의 텍스트 비평」, <인문사회과학연구> 제5권, 부경대학교 인문사회과학연구소, pp.1~35.

홍문표(2007),「민족시인 · 저항시인 · 리얼리즘 시인 심연수」, <월간문학> 9, pp.236~250.

黃圭樹(2008),『심연수 시의 원전 비평』, 한국학술정보.

_____(2009),『한국 현대시와 만주체험』, 한국학술정보.

_____(2010),「재만조선인 심연수 시의 디아스포라 문학 특성 연구」, <새국어교육> 제86호, 한국국어교육학회, pp.539~559.

이가림 혹은 현존과 교감의 시학
- 「빙하기」에서 「바람개비별」까지 -

김 창 수

1. '현존'의 시학

이가림 시인의 자선시 100편을 담은 선집 『지금, 언제나 지금』이 지난봄에 간행되었다. 선집에 담긴 작품들은 반세기에 가까운 활동을 압축한 정수이거니와 책자도 전통 한지에다 문화유산급인 납활자 활판으로 인쇄한 고풍스런 양장본이다. 이런 경우를 일러 금상첨화라 할 터인데 문제는 그 때문에 한정판 선집이 곧 희귀본이 될지도 모른다는 점이다. 이렇게 정성 가득한 선집을 독자들에게 헌정하는 시인의 마음이 바로 그의 최근작 「투병통신(投甁通信)」의 심경, '비소(砒素) 같은 그리움을 천년 종이에 싸서' 강물에 던지는 간절함이겠다.

이가림의 시세계에 대한 평가는 다양하다. 여러 평자들은 그의 시를 관류하는 정신을 낭만주의와 고전주의로 보고 있다. 그러나 모더니즘과 현실주의의 양자 지양으로 읽는 최원식의 평가가 있는가 하면 이숭원의 경우 '현실주의에서 서정적 미학주의로 전회'한 것으로 보기도 한다. 이가림의 시세계를 문예사조적으로 개괄하기에 앞서 그가 어떻게 세계와 사물을 바라보는가, 그리고 그것을 어떻게 표현하는가 하는 점을 다시 살펴볼 필요가 있다. 시적 방법론이야말로 한 시인의 개성이자 시학의 본질을 구성하는 요소이기 때문이다.

시인이 「철로부근」(1962)으로부터 최근작인 「바람개비별」에 이르기까지 장장 50년에 이르는 시적 도정을 간추린 시선집의 제목을 '지금, 언제나 지금'으로 삼았다는 것은 의미심장하다. '지금'의 의미야말로 이가림의 시세계에 접근하는 통로 중의 하나로 보이기 때문이다. 순간을 의미하는 그의 '지금'은 '여기'와 분리할 수 없는 시공간(time-space) 개념이며 그 시공간에 실존하는 존재의 감각이기 때문이다. 이러한 감각의 의미를 이해하기 위해서는 시간이란 '비연속적인 찰나'이며 분절된 순간의 다발이라고 한 바슐라르의 언급, 그리고 '지금'이란 '지금 있는 것'을 드러내는 '현존(presence)'의 기표로 간주한 이브 본느프와(Yves Bonnefoy)의 시학을 참조할 필요가 있다. '지금'을 현존의 기표로 삼는다면 그것이 지닌 순간성의 적절한 비유는 '물거품'이 될 수 있겠다. 삶을 배의 항행에 비유하고 뱃전에 이는 물거품의 의미를 살피면 이가림이 강조하고 있는 '순간'과 '지금'의 의미는 더욱 분명해진다.

—『순간의 거울』 후기

뱃머리가 앞으로 나아가면서 내는 물거품을 '현존'의 가장 생생한 형상으로 본 것은 물거품이 현재이면서 과거이며, 생성이자 소멸의 동시에 보여 준다는 것이다. 뱃머리의 물거품은 배의 지향점을 보여 준다는 점에서 미래이며, 배가 운항 중이라는 것을 증거한다는 점에서 현재이고, 이내 스러져 흔적을 남긴다는 점에서 과거라는 것이다. 한국어의 언어 관행에서 물거품은 그 찰나성으로 인해 허무과 덧없음의 부정적 뉘앙스를 지닌 비유어에 지나지 않았으나 그는 미래와 현재와 과거를 압축한 '순간'과 '현존'이라는 의미를 부가된 어휘로 격상시킨 것이다. 예컨대 「돈황시편 1」의 '번갯불의 영원'과 같은 역설이나 '눈부신 현존'과 같은 표현은 그런 시간의식을 참조하면 일층 투명해진다. 순간과 영원의 변증법은 다음과 같은 시편에서 더욱 두드러지게 나타난다.

한순간/눈길과 눈길/빛의 끈으로 묶여져/별하나 피어나게 할 수 있다면

—「순간의 거울 4」에서

눈부신 찰나의/불꽃 싸움//아아,/날마다 서로 만지며 손가락을 데이는/꺼지지 않는 절대의/햇불이여

—「순간의 거울 5」에서

번갯불 번쩍 내리쳤다 스러지는/그 찰나/그 영원 속에서/별 머금은 듯 영롱한/눈물의 보석 하나

—「찌르레기의 노래 3」에서

이들 작품에서 한순간의 '눈길'이 영원한 '별'로 묶이며, '찰나의 불꽃'은 '절대의 횃불'과 등가의 이미지가 된다. 「찌르레기의 노래 3」에서도 '찰나'는 '영원'의 등가이며 그 속에서 영롱한 눈물의 보석을 찾을 수 있게 된다는 것이다.

이처럼 그의 시에 나타나는 '이슬'이나 '물방울'과 같은 이미지는 '영원을 지향하는 찰나'라는 삶의 역설을 보여 주는 것이다. 그래서 그가 "삶은 온몸을 찰나에 내던지는/눈부신 죽음"(「이슬의 꿈」)이라고 노래했을 때 그것은 소멸이 아니라 생성의 반어이다. 그것은 '이슬'로 설정된 시적 자아를 호명하는 주체가 '별'이나 '금강초롱'과 같은 영원한 빛의 이미지로 나타나는 데서도 확인할 수 있다. 인간은 지속과 영원을 욕망하지만 현존하는 것은 오직 순간이다. 그는 순간을 수긍하고 순간을 응시함으로 영원으로 향하는 첩경을 찾을 수 있다고 본 것이다. 실제로 그의 시에서 순간과 영원은 부분과 전체 혹은 시작과 끝의 관계처럼 양적 범주나 선형적 단계로 대립되는 것이 아니라 오히려 상호 내포하는 원환적 관계이거나 질적으로 대등한 관계에 가까워 보인다.

2. 시대의 '야경꾼'과 언어의 '쟁기꾼'[1]

『지금, 언제나 지금』의 발간은 이가림 시인이 1966년 동아일보 신춘문예에 시 「빙하기」가 당선되어 문단에 데뷔한 이래의 긴 시적 도정을 매듭짓고 새 출발을 예고하는 의식처럼 보인다. 그런데 앞으로 그가 독자들에게 어떤 변모를 보여 줄지는 가늠하기란 쉽지 않은데, 그것은 그의 시세계가 지닌 입체적 성격 때문이다.

그럼에도 이가림의 시세계가 어떻게 변모해 왔는지, 다시 말해 그가 개척한 언어의 영토가 무엇이었는지를 검토하고 그 의미를 살펴보는 것은 여전히 독자의 권리이자 의무이기도 하다. 일반적으로 이가림의 시세계는 모더니즘에서 리얼리즘으로, 다시 현상학적 직관주의로 바뀌어 온 것으로 평가되고 있다. 여기서 우리는 그의 시가 변화해 온 궤적과 함께 변함없는 요소, 지속적인 특성도 살펴볼 필요가 있다. 그 지속적 성격이야말로 이가림의 시를 이루고 있는 원형질일 수 있기 때문이다.

> 그 헐벗은 비행장 옆/낡은 에레미야 병원 가까이/스물 아홉 살의 강한 그대가 죽어 있었지/쟝 바띠스트 클라망스/스토브조차 꺼진 다락방 안 추운 氷壁 밑에서/검은 목탄으로 뎃상

---

1) 이가림 시인이 『내마음의 협궤열차』(2000)의 머리말에서 사용한 비유어이다.

한 그대 어둔 얼굴을 보고 있으면/킬리만자로의 눈 속에 묻혀 있는 표범 이마,/빛나는 대리석 토르소의 흰 손이 떠오르지/지금 낡은 에레미야 병원 가까이의 지붕에도 /눈은 내리고/겨울이 빈 허리를 쓸며 있는 때./캄캄한 안개 속/침몰하여 가는 내 선박은/이제 고달픈 닻을 내리어 정박하고서

-「빙하기」에서

출세작 「빙하기」를 보면 그의 시혼이 모더니즘의 자장(磁場) 안에 갇혀 있는 것이 완연하다. 「빙하기」는 장 바티스트 클라망스라는 인물의 죽음을 전해들은 시적 화자가 그의 삶이 지니는 의미와 자신의 좌절감을 교직(交織)한 대화체의 장시이며 액자적 구조를 취하고 있다. 장 바티스트 클라망스는 알베르 까뮈의 소설 『전락(轉落)』(1956)의 주인공으로 한 여인의 투신자살을 보고 방관하였다는 자책감에 사로잡히고 이런 자책감을 세계의 부조리를 방관하고 있는 위선적 삶의 문제로 확장한다. 그는 부조리한 세계를 살아가는 개인 역시 죄인일 수밖에 없다고 판단하고 다른 사람에게서도 원죄의식과 같은 죄의식의 연대를 확인하려한다. 「빙하기」에서 시적 화자가 "스토브조차 꺼진 다락방 안 추운 빙벽 밑에" 있다는 표현을 통해 동시대의 현실이 극복되어야 할 대상임을 보여 주고 있다. 여기서 고뇌 끝에 죽어 간 클라망스의 모습이 '킬리만자로의 눈 속에 묻혀 있는 표범'으로 혹은 '빛나는 대리석'으로 묘사되는 반면 자신은 '침몰하는 선박'처럼 혹은 '취안(醉眼)의 게[蟹]'처럼 방황하고 좌절하고 있는 존재로 대비해 보이며 자신이 지향할 표상임을 보여 주고 있다. 클라망스를 죽음을 슬퍼하면서 한편으로는 그를 죽음에 이르게 한 절망감과 순결한 고뇌야말로 실존의 증거임을 인식하고 수긍하기에 이른다. 이 작품을 통해 시인은 현실의 모순과 부조리를 빙벽으로 비유하고 있고, 그에 대한 가장 강력한 비판을 양심적 존재의 '죽음'으로 표현하고 있다. 이러한 시적 화자의 암중모색은 50년대의 허무주의에서는 탈피하였으되 여전히 현실의 정체는 모호한 상태이며, 그 대응 역시 소극적인 방식으로 나타나고 있다.

여기서 우리가 유의할 점은 그가 문단으로 나온 1960년대 중반의 지적 환경이 5·16군사정변으로 4월 혁명의 좌절을 맞으며 새로운 전기를 암중모색하던 시기였으며, 문단은 전반적으로 모더니즘의 기류 아래 놓여 있었다는 점이다. 또한 한국전쟁과 분단을 경험한 세대들은 50년대의 좌절과 분단의식의 연장선에 놓여 있었지만 일군의 지식인들은 그 허무의식을 극복하고 전쟁체험을 객관화하고 변화한 정치와 경제 문제에 대한 비판적 성찰을 시도하려는 문학적 흐름이 태동하던 시기였다.

이러한 현실 인식은 적극적인 극복의식으로 전환된다. 「돌」에서는 "끝없는 밤의 추위에/온몸을 할퀴며 목말라 쓰러질지라도" 새벽을 기다리는 힘을 버리지 않겠다는 의지를 드러내며, 「야경꾼 1」에서는 "나는 성냥을 켠다, 거대한 어둠/외칠 수 없는 침묵의 구멍 속에 사로잡힌 채/왜 나는 이 모든 사물의 잠을 지켜야 하는가"와 같이 시적 자아는 어둠과 맞서 응전할 태도를 분명히 하게 된다. 한편 「야경꾼 3」에서 어둠의 정체가 궁핍한 민중현실을 기만하는 사회라는 점을 각성하고 시적 자아는 '하나의 풀잎'이 되어 민초와 일체가 되려는 의지를 내보인다. 이처럼 시대의 어둠을 밝히는 '야경꾼'을 자임했던 시적 자아는 「오랑캐꽃」 연작에 이르게 되면 민중의 고통을 화자의 목소리로 토로하는 '대리자'가 되어 현실에 바짝 다가선다.

> 나를 짓밟아다오 제발/수세식 변소에 팔려 온 이 비천한 몸/억울하게 모가지가 부러진 채/
> 유리컵에나 꽂혀 썩어가는 외로움을/
> -「오랑캐 꽃 1」에서

> 나는 간다/쓰레기 되어 나는 간다/찬 새벽밥 물 말아 먹고/낮도 밤도 전등불뿐인/길고긴 가발공장/또 목마른 하루를 벌러/아직 덜 깬 눈썹의 잠을 털며 털며/해골 같은 연탄재 널린 길
> 나는 간다
> -「오랑캐꽃 3」에서

「오랑캐꽃」 연작[2]은 한 농민의 딸(들)이 도시로 와서 작부로, 가발공장 여공으로 혹은 기지촌의 매춘부로 전락해 가는 모습을 제시한 작품으로, 각 시편은 독립적이면서 화자의 목소리가 통일성을 지니고 있어서 서사적 장시로 읽을 수도 있다. 이용악의 「전라도 가시내」의 인유(引喩)에 해당하는 이 연작시는 가난한 농민의 딸들이 도시에서 겪어야 하는 비참한 인생사를 주인공의 육성을 통해 증언하고 있다. 이들에게 도시는 사랑도 기댈 곳도 없는 '먼지'로 가득한 곳이며 '물거품'처럼 허무한 공간으로 그려진다. 시적 대상을 서정적 자아로 전면에 등장시키는 배역시의 기법은 「석류」에서처럼 상황과 내면 심리를 생생하게 호소할 수 있는 장점을 가지나 과도한 감정이입도 우려되는 형식적 실험이다.

> 뙤약볕 아래/타는 뙤약볕 아래/땀방울 아롱진 얼굴을 감추며/서로 맨살결 맞대는/질경이풀
> //칼에 베어져서도/더욱 굳센 넋으로 기어이 일어서/푸르른 목숨의 뿌리/박혀 있는 땅/한뼘

---

2) 「오랑캐 꽃」 연작은 총 10편으로 이루어졌는데, 1~7편은 『유리창에 이마를 대고』(1981)에 수록되었고, 8~10편은 『순간의 거울』(1995)에 추가되었다.

도 빼앗길 수 없음을/나직이 소리치고 있구나

―「질경이풀」 전문

「질경이풀」처럼 시적 화자가 대상을 묘사하는 형식에서, 화자가 절제된 어조로 진술하고 있음에도 오히려 설득력은 높아지게 되는 것을 알 수 있다. 질경이는 그 이름이 '질긴 목숨'에서 유래되었다고 할 만큼 생명력이 강한 잡초로 가장 적합한 민중의 상징이다. 여기서 질경이는 '칼에 베어도 기어이 일어나는' 굳센 생명력의 화신인 동시에 서로 맨 살결을 맞대는 튼튼한 연대를 통해 그 '목숨의 뿌리가 박힌 땅'을 지켜내려는 의지의 존재로 그려져 있다. 개체적 생존을 위한 즉자적 저항을 넘어 연대를 통한 공동체적 삶의 영토인 국토나 사회를 수호하는 단계로 고양된 것이다. 그리고 이들의 '나직'한 소리는 미약함에서 비롯된 것이 아니라 오히려 강력한 잠재력을 응축하고 있다는 자신감의 반어적 표현처럼 들린다.

> 까마득한 높이에서/빗방울들이 수직으로 떨어진다/죽음조차 두렵지 않다는 듯/해맑은 얼굴로 떨어진다/(중략)/사람들은 믿지 않는다/홈통을 타고 흘러내리는/이 조그만 것들의 가느다란 소리가/꽉 막힌 하수구를 뚫고 둑을 무너뜨리고/콘크리트 장벽을 허물게 되는 것을//하나뿐인 제 몸을 내던져/살갗과 살갗 서로 부비는/저 빛 머금은 눈물 같은/목숨들의 발걸음!

―「하나가 되기 위한 빗방울들의 운동」에서

「하나가 되기 위한 빗방울들의 운동」은 민중적 비전을 견고한 형식에 담은 작품으로 이가림의 현실인식이 미래에 대한 낙관에 기초하고 있음을 보여 주는 대표적 작품이다. 빗방울의 낙하운동은 모든 생명체, 나아가 무게를 지닌 존재라면 피할 수 없는 운명이다. 빗방울들은 수직하강의 운명을 기꺼이 수락함으로써 그 개체적 삶은 소멸하지만 그들의 죽음은 물줄기라는 새로운 존재를 생성한다. 작은 물줄기 역시 하강운동을 통해 소멸되어 더 큰 존재를 생성하여 마침내 둑을 무너뜨리고 콘크리트 장벽을 허물게 된다는 것이다. 빗방울의 낙하운동을 치밀하게 응시하여 민중운동의 낙관적 미래를 환기하는 강력한 메타포로 전환시킨 것이다.

한편 이 작품은 가혹한 현실에 맞서 이를 돌파해가는 영웅적 심상을 그린 「가물치」와 함께 그의 주제가 현실주의적 해석을 넘어 차츰 존재론적인 의미의 영역으로 확장되고 있다는 점에서 새로운 실험을 감행하고 있는 표지이기도 하다. 「바지락 줍는 사람들」도 그 한 사례인데, 저녁종 소리와 낙조가 깔리는 포구의 어민들의 노동은 한 폭의 아름다운 그림처럼 보인다.

> 바르비종 마을의 만종 같은/저녁 종소리가/천도복숭아 빛깔로 포구를 물들일 때/하루치의 이삭을 주신/모르는 분을 위해/무릎 꿇어 개펄에 입 맞추는/간절함이여//거룩하여라/호미 든 아낙네들의 옆모습
> ─「바지락 줍는 사람들」 전문

밀레의 '만종(晩鐘)'이나 '이삭 줍는 여인들'의 그림에서처럼 어민들의 조개잡이는 평화롭고 경건한 행위로 재현되고 그 현실적 맥락은 종교적 분위기의 뒤쪽으로 감춰진다. 이 같은 의미의 외연적 확장 경향은 「순간의 거울」 연작에서 정점에 도달하는데, 이미지가 환기하는 외연이 최대로 확장되고 그만큼 내포는 축소되는 양상을 보이게 된다.

> 내가 문득/보조개 이쁜 누이를 바라보듯/꽃 한 송이 바라보니/새하얀 빛깔로/웃는다/가늘게 떠는/그 웃음소리에 놀라/잠깬 이슬들이/내게 말을 걸어/이름을 묻는다/난 눈길 없는 눈길로/바라보는 돌/그대들이 바라보면/소리 없는 소리로/웃는 돌
> ─「순간의 거울·7-상응」 전문

「순간의 거울」 연작은 대부분 극히 짧은 시행으로 이루어져 있다. 시행이 단축된 만큼 여백은 증가하고 수사와 언어는 더욱 투명해졌다. 작품의 중심 이미지는 '꽃'과 '이슬', 그리고 '돌'이다. 이들 이미지는 내가 '바라봄'으로써 생명력을 얻게 된다. 나의 시선에 의해 꽃이 웃고, 그 웃음에 잠을 깬 이슬들이 '나'에게 말을 걸어온다. '나'의 눈길에 의해 일어난 물결처럼 꽃과 이슬로 번져 나간다. 여기서 중요한 것은 이미지가 아니라 존재들 간의 관계와 각 존재의 행위나 동작들이다. 그래서 '나'를 제외한 다른 이미지들은 대체되어도 무방하다. 이미지들은 연환(連環)처럼 서로 관계 맺고 있어서 한 존재의 '보는' 행위가 다른 존재의 '웃음'을 부르고 '웃음'은 '의문'을 유발하는 관계이다. 시인은 이러한 사물의 관계를 '상응(correspondance)'의 한 형식으로 간주한다. 그런데 결과적으로 시어의 외연은 확장되었으나 그만큼 내포는 추상화되는 점을 해결해야 한다. 이 같은 시학을 계속 밀고 나가면 김춘수가 실험한 바 있는 무의미의 지경에 도달하게 될 것이다. 아직 「순간의 거울」 연작이 의미의 진공으로 나갈 위험은 없다. 이가림은 존재들 간의 관계를 유심주의적 관념이 아니라 그물처럼 연관된 생명관계, 즉 생태주의적 관계에 기초하여 보고 있기 때

문이다. 족두리꽃을 애무하는 바람을 그린 「순간의 거울 15 - 風接化」에서 그는 사물의 운동과 생명현상을 사실에 근거하여 과학자처럼 묘사하고 있다는 것을 알 수 있다.

「순간의 거울」 이후 한편으로 생명현상에 대한 관심을 지속하면서 다른 한편으로는 새로운 존재의 관계, 이를테면 자아와 우주의 교감을 시도하고 있다.

> 4천 8백 광년 떨어져 있던/그대가/푸른 오렌지 같은 지구의 한 모퉁이/한 개 모래알인 내게로 오자/또 하나의 우주가 열리고/웅크린 태아(胎兒)형상의 6과 9가 만나는/둥그런 만다라 꽃/피어나네
>
> ─「바람개비별 1」에서

「바람개비별」 연작에 이르러 그의 화폭은 무한하게 확대되고, 상상력은 몇 천 몇 백 광년의 광대한 시공간(time-space)을 넘나든다. 우주의 이미지로 가득한 시편에서도 여전히 그의 주된 관심은 존재들 간의 관계이다. 바람개비별을 바라보는 '나'는 현기증을 느끼지만 별 빛은 내게로 와 황홀한 만다라 꽃을 피운다. '나'와 별은 오직 빛에 의존해서 교감한다.

한 시인의 시세계를 선형적 궤적으로 파악하는 것은 적잖은 위험성을 내포한다. 시기별 특징을 일반화하는 과정에서 작품을 편향적으로 선택한다거나 앞 시기와 이후의 작품들 간의 내재된 인과관계를 가볍게 다루는 경우가 발생하기 때문이다. 즉 논리와 인식을 위해 유기적으로 연관을 이루고 있는 작품과 시인의 사상이 문학이념이나 패러다임으로 환원되고 만다. 그 점에서 본다면 그의 시세계는 활달한 낭만적 꿈과 견고한 고전적 시선의 협주로 이루어져 있으며 '언어와 현실, 그리고 우주'에 대한 시인의 관심은 통합되어 처음부터 길항적으로 연계되어 있었다고 보는 김유중의 평가가 사실에 가깝다고 할 수 있다. 이가림은 고뇌하는 모더니스트에서 출발하여 밤을 지키는 '야경꾼'에서 민중의 '대리인'으로, 최근에는 언어의 '쟁기꾼'으로 변신한 것이다. '쟁기꾼'은 최근 우주의 시공간에서 별과 교감하고 있다. 그러나 새로운 특징이 나타났다고 해서 초기의 문제의식이 폐기된 것은 아니다. 최근작에서도 지난 시기의 그가 보여 준 방법론이나 문제의식은 의연히 살아 있기 때문이다. 예컨대 가난한 이웃과 뭇 생명에 대한 연민과 옹호는 변치 않는 태도이다. 그의 시가 현실에서 초월하지 않고 휴머니즘에 착근해 있다는 점이다. 그의 시를 관류하고 있는 슬픔의 정서도 사실 작고 무력한 존재들에 대한 연민과 사랑에서 비롯된 것이다.

3. '교감'의 시정신과 세편의 시

1) 「2만 5천 볼트의 사랑」

나는 지하철을 사랑한다./2만 5천 볼트의 전류가 흐르는/인천행 지하철에 흔들릴 때마다/2
만 5천 볼트의 사랑과/2만 5천 볼트의 고독이/언제나 내안에 안개처럼/넘실거리기 때문이
다//징그러운 발을 감추고/안 보이는 한쌍의 촉각을 세운 채/음습한 곳에 묻혀 사는 벌레
들을/마구 잡아먹는/한 마리 길다란 지네//그 꿈틀거리는 몸뚱어리 마디마디/환히 불 밝힌
방 안에서/학생 공원 선생 군인 회사원/창녀 수녀 신문팔이 소매치기/이 땅의 눈물겨운 살
붙이들 모두가/서로 뺨을 맞대고/서로 어깨를 비벼대고/서로 밀치고/서로 부추기고/서로
껴안으며/즐거운 지옥의 밧줄에 묶여 끌려간다//이리 부딪치고 저리 쓰러지는/그 장삼이사
의 물결 속에/몸을 던져/나 또한 즐거이 자맥질 한다// 너의 살결에/나의 살결이 닿고/너의
숨결에/나의 숨결이 섞이는/황홀한 세상//거대한 군중의 파도가/물거품의 자취조차 없이/
나의 파도를 삼킨다.

-「2만 5천 볼트의 사랑」에서

「2만 5천 볼트의 사랑」은 이가림의 대표작 중의 하나이며 우리 시사에서 가장 빼어난 철도문학의 하나로 평가할 만하다. 이 작품은 '나는 지하철을 사랑한다'는 화자의 돌발적 고백으로 시작된다. 그렇다고 이 표현을 역설이나 반어로 볼 필요는 없다. 도시의 산책자라면 매혹적인 거리와 문명의 이동수단, 그리고 거대한 도시의 군중을 낯설어 하지도 거부하지도 말아야 하기 때문이다—보들레르가 『빠리의 우울』에서 시인이란 군중(multitude)와 고독(solitude)을 등가로 파악할 있어야 한다고 했듯이. 이 작품에서 열차의 지붕 위로 흐르는 '2만 5천 볼트' 고압전류를 2만 5천 볼트의 사랑과 고독으로 병치시키고 있는데, 이런 대립과 모순적 정서는 지하철이 이동하는 군중의 광장인 동시에 방(밀폐 공간)이라는 모순의 공간이라는 데서 기인하는 것이다. 시적 화자는 이동하는 광장의 군중들이 일으키는 파도와 '즐거이 자맥질하며' 교감한다. 이 같은 교감 속에서 '나'의 사랑과 고독의 수치는 기관차를 움직이는 전압인 2만 5천 볼트에 도달하는 것이다.

이 작품에서 지하철은 음습한 지하에서 벌레들(인간)을 먹이로 살아가는 징그러운 지네이다. 그런데 지하철은 징그러운 몸통 속에는 불을 환하게 밝힌 방이 있다. 지하의 서식자들인 군중들은 '지네'의 몸통 속에 하나로 '버무려져' 서로의 몸 냄새를 뒤섞기도 하면서 '황홀하게' 살아간다. '눈물겨운 이 땅의 피붙이들'이 '이리 부딪치고 저리 쓰러지는 군중의 물결' 그것은 끝없이 밀려오는 파도이면서 생생한 인간의 숨결이나. 군중의 파도와

숨결 속에서 산책자(시인)도 함께 뒤섞여 보들레르처럼 '영혼의 거룩한 매음'(황홀감)을 체험한다.

　흔히 도시와 지하철을 지옥으로 비유하지만, 그 지옥에서 인간의 냄새와 교감의 고리를 찾아내 형상화한 사례는 희귀하다. 비시적 상황을 전복시킨 시인의 상상력이 철도와 도시를 노래한 작품 가운데 가장 탁월한 텍스트를 탄생시킨 것이다.

　2)「水車 위의 생」

> 눈 쓰린 땀방울 훔치며/훔치며/걷고 또 걸어서/가까스로 다다른 땅끝엔/언제나 아픈 외발로 디뎌야 하는/낭떠러지뿐//
> 한 줌의 소금을 위해/한 가마니의 가난을 위해/우리 모두는/해가 지지 않는 水車 위에서/제 그림자를 밟고/또 밟는 걸까//
> 땡볕 아래/눈 쓰린 땀방울에 젖어 걷는 자여/그대 부질없는 인생/한없이 바닷물을 퍼올리고/또 퍼올리노라면/언젠가/열명길에 들어/눈물로 빚은 소금 한 부대는/내놓을 수 있으리
> 　　　　　　　　　　　　　　　　　　　　　　　　－「水車 위의 생」

「水車 위의 생」은 염전의 수로에서 수차를 밟아 바닷물을 퍼올리는 한 염부(鹽夫)의 노동을 묘사한 작품이지만, 인생의 의미를 근원적으로 되묻게 하는 음폭을 지닌 작품이다. 뜨거운 햇살이 내려 쪼이는 소금밭에서 온종일 수차를 밟고 있는 노동자의 모습은, 굴러 떨어질 것을 알면서도 산정으로 바위를 밀어 올리는 형벌을 받고 있는 시지프스의 고역과 영락없다. 염부가 수차의 계단을 디디고 오르는 순간 수차는 쳇바퀴처럼 다시 제자리로 돌아온다. 이 절망적 반복을 '걷고 또 걸어도 낭떠러지'라고 표현하였다. 염부의 수차 밟기는 동반자도 조력자도 없이 오직 나무 손잡이에 의지한 채 반복되는 지루하고 고독한 노동이다. 그래서 '해가지지 않는 수차(水車)'이며 주위엔 '제 그림자'뿐인 것이다－시지프스가 '측량할 수 없는 시간'과 싸웠듯이. 이 노동의 목적은 한 줌의 소금을 얻는 것이다. 소금은 생명유지를 위해 소중한 물질인 만큼 동서양 문학적 전통에서 그 상징적 의미도 '생명'이나 '정의'처럼 고귀하다. 그러나 그 소금은 풀포기도 자라지 못하는 불모지와 같은 염전에서, 염부들이 고독하게 '쓰린 땀방울'을 흘리며 일한 결과물이다. 이 고독한 노동의 결과는 '눈물로 빚은 소금 한 부대'이다. 이것은 비단 염부의 것만이 아니라 지상의 모든 시지프스들이 인생을 마감하는 날 받게 될 삶의 결산서인 것이다.

3) 「투병통신(投瓶通信)」

> 이제/내 비소(砒素) 같은 그리움을/천년 종이에 싸/빈 술병에 넣어/달빛 인광(燐光) 무수히
> 떠내려가는/달래강에 멀리 던진다//
> 먼 훗날/부질없이 강가를 서성이는 이 있어/이 병을 건져 올릴지라도/그 때엔 벌써/
> 글자들이 물에 씻겨/사라져버렸을 것을 믿는다//
> 끝내 말하지 못한 것이야말로/영원히 숨 쉬는 것//
> 이제/내 비소 같은 그리움을/천년 종이에 싸/빈 술병에 넣어/일찍이 미친 사내 하나 빠져
> 죽은/달래강에 멀리 던진다
>
> —「투병통신(投瓶通信) 1」

「투병통신(投瓶通信)」 연작은 이가림 시인이 추구한 교감의 시학을 대표하는 작품들이다. '투병통신'이란 물병에 편지를 넣고 마개를 닫아 바다에 띄워 보내는 물병편지(bottle letter)를 통한 교신이다. 이 독특한 통신수단은 본래 조난자들이 구조신호를 보내거나 간절한 소망을 빌 때 사용된 것이다. 물병편지를 통해 미지의 수신인을 향해 간절한 메시지를 보내는 행위는 바닷물 속에 향을 묻고 천년을 기다리는 '매향(埋香)' 의식의 심리와 닮아 보인다. 이 작품에서 시인이 병속에 담은 내용은 '비소 같은 그리움'이다. 이 역설적 시어는 화자의 고독과 그리움의 농도이다. 그런데 인터넷과 소셜네트워크와 같은 개인 미디어가 광속으로 개인들이 소통하는 시대에 '투병통신'은 난센스이거나 기껏해야 이벤트에 불과하지 않는가? 그런데 미디어의 범람 시대야말로 '깊은' 소통과 교감이 더욱 절실한 때인지도 모른다.

투병통신은 미지의 대상에게 보내는 연서(戀書)이다. 던진 빈 술병을 누군가 건져 올리길 간절히 바라지만 그럴 가능성은 거의 없다. 그럼에도 미지의 수신자를 향해 빈 술병은 던지는 이유는 그것이 '끝내 말하지 못한 것'이기 때문이다. 그의 그리움은 '영원히 숨 쉬는 언어'로 대화할 수 있는 대상을 향한 것임이 드러난다. 이 간절한 연서를 담은 술병을 망각과 이별의 강물에 던지는 무망하기 이를 데 없는 행위야말로 이가림이 생각하는 시(詩)와 시쓰기인 셈이다. '끝내 말하지 못한 것'이 시라면 '그리움'은 시쓰기를 충동하는 힘인 것이다. 이 작품에서 두드러지게 나타나는 '교감'의 시정신은 '순간'과 함께 그의 시를 관류하는 또 다른 원형질이다.

4. 새로운 항해

　이가림 시인이 내놓은 시선집이나 여섯 권의 시집으로 그의 문학을 중간 결산할 수는 없다. 그는 지금까지 불문학자이자 교수로서 불문학 연구와 번역, 후학 양성에 더 많은 땀을 쏟아 왔고 많은 성과를 남겼기 때문이다. 프랑스의 현상학적 시학의 개척자인 가스통 바슐라르의 시학을 국내에 번역하고 소개한 것은 대부분 그의 공로로 보아야 할 것이다. 그가 번역한 바슐라르의『촛불의 美學』(1975),『물과 꿈』(1980),『풍경』(1983),『꿈꿀 권리』,『순간의 미학』(2002)이 있다. 이 외에 현대 프랑스 시론집『不死鳥의 詩學』(1978), 이브 본느프와의 시선집『살라망드르가 사는 곳』(1987), 쥘 르나르의『홍당무』(1984), 알베르 카뮈의『시지프의 신화』(1977), 장 콕도의 데생 시집『내 귀는 소라껍질』(1983) 등을 비롯한 중요한 프랑스 문학작품을 번역하여 한국문학의 지평을 넓히는 자양분을 제공했다. 또 한국문학을 해외에 알리는 작업으로는 불역 정지용 불역시 선집인『Nostalgie』(1999), 자신의 시집『유리창에 이마를 대고』를 불역한『Le front contre la fenetre』(1997), 윤대녕의 불역 소설『Voleur d'Oeufs』(2003) 등이 있다.

　이가림 시인을 지역의 문화인으로 가둘 수는 없으나, 인천문화계에 기여해 온 노고 또한 적지 않다. 민족문학작가회의 인천지회의 초대회장으로(1998), 그리고 민예총 인천지회의 초대 회장(1995)과 같은 번거로운 일을 마다하지 않았다. 뿐만 아니라 그는 자신이 삶터인, 인천의 장소들을 한국 현대 문학의 배경으로 끌어 올렸다. 낭만적 꿈을 협궤열차에 빗댄「내 마음의 협궤열차」연작, 인천항 풍경을 묘사한「오랑캐꽃 4」, 신포동 주점에서 만난 월남 난민의 애환을 담은『한 월남 난민 연인의 손」, 염부의 노동을 통해 삶의 의미를 묻는「수차(水車) 위의 삶」이 그것이다. 사랑의 의미를 유머러스하게 묘사한「밴댕이를 먹으며」, 갯벌과 해변의 정취를 노래한「영종도」, 월미도와 인천항 풍경「인천, 1993년 겨울」, 남북정상회담과 서해안의 평화를 노래한「콩돌 기슭에서」등의 작품은 인천 해안의 다양한 장소의 정경을 그리면서 그것이 환기하는 삶과 사회적 의미를 솜씨 있게 형상화한 것이다.

　그의 문학활동을 중간 결산해 본 데서 드러나듯이,『빙하기』에서『바람개비별』에 이르는 여섯 권의 시집 그 자체만 해도 과작의 시인이라고 부르는 것은 그리 온당치 않아 보인다. 또 그가 우리 시사에 기록될 여러 편의 명시들을 이미 낳았다는 점을 고려하면 더욱 그렇다. 그가 이룬 프랑스 문학 연구와 번역작업, 지역과 전국의 문단 활동을 두루 감안한다면 한국문학은 오히려 그에게 크게 빚을 지고 있는 셈이다.『지금, 언제나 지금』의 출간은 그의 지난 시적 도정을 보여 준다는 점에서는 빛나는 '과거'이지만, 그의 배가 새 기항지를 향해 출항한다는 고동소리라는 점에서 가슴 설레는 '미래'라고 해야겠다. 머지 않아 독자들은 그의 뱃전에 이는 커다란 '물거품'을 보게 될 것이다.

solapa@nate.com

〈參考文獻〉

기본자료

이가림, 『氷河期』, 민음사, 1973.
______, 『유리창에 이마를 대고』, 창작과 비평사, 1982.
______, 『슬픈 半島』, 예전사, 1989.
______, 『순간의 거울』, 창작과 비평사, 1995.
______, 『내 마음의 협궤열차』, 시와 시학사, 2000.
______, 『바람개비 별』, 시학사, 2011.
______, 『지금, 언제나 지금』, 시월, 2011.

1930년대 경성의 전차체험과 박태원 소설의 전차 모티프

노 승 욱

I. 서론

전차(電車, streetcar)는 1899년 5월부터 1968년 11월까지 서울(경성)에 존재했던 근대적인 도심 교통수단이었다. 1898년 H. 콜브란과 H. R. 보스트윅[1]이 세웠던 한성전기회사가 1909년 일한가스전기주식회사에 인수되면서[2] 전차는 일제강점기 동안 가장 주요한 식민지 수도의 교통수단이 되었다. 그런데 전차는 단순한 교통수단 그 이상의 의미를 갖게 된다. 즉 경성의 근대화를 나타내는 지표로서의 의미를 전차가 나타내게 된 것이다. 따라서 당시 경성부민들의 전차체험 양상을 살펴보는 것은 식민지 조선의 근대화 초기 국면을 파악하는 데 유용한 탐색 작업이 될 것이다.

이 글은 먼저 식민지 조선의 근대화를 견인했던 전차가 경성부민(京城府民)의 일상양식으로 자리 잡게 된 과정을 상세하게 살펴보고자 한다. 전차의 도입과 상용화로 인해 경성부민들은 단순히 교통수단의 진화를 겪은 것이 아니라 근대 도시인으로서의 정체성 변화를 체험하게 된다.[3] 특히 경성부민들은 출퇴근과 등하교를 통해 접하게 된 전차광고를 통해서 근대 자본주의 체제에 보다 급격히 편입되었다. 도시자본의 메커니즘에 대한 학습과 인지, 그리고 수용을 전차광고가 감당해 주었다고 할 수 있다.

1930년대 경성의 전차체험은 소설가들에게도 새로운 창작의 모티프를 발견케 하였다.

---

1) 미국인 콜브란(H. Collbran)과 영국인 보스트윅(H. R. Bostwick), 양인은 광무2년(서기 1898년) 1월 18일자로 한성 내에 전차, 전기, 전화 등 가설에 관한 청원서를 제출하여 대한제국황실로부터 특허를 얻은 후 한성 시내의 전등, 전철, 전화, 수도 등에 대한 권리를 획득하였다. 서울특별시사편찬위원회 編, 『서울通史』, 광명인쇄공사, 1972, p.357.

2) 대한제국시대 한성 전차는 서대문에서 종로와 동대문을 거쳐 청량리에 이르는 5마일 단선궤도 및 가선공사가 광무2년(1898) 12월 25일 준공되어 광무3년(1899) 5월 17일(4월 초파일) 개통식을 갖게 된다. 이후 전선이 절취, 도난당한다든가 어린이를 치어 군중들이 집단습격을 하는 등 전차는 여러 우여곡절을 겪게 된다. 그러한 가운데에서도 승객은 꾸준히 증가해 계속적으로 전차 선로가 연장 및 확장되었다. 그러나 한성전기회사는 무리한 시설확장에 따른 경영수지 악화로 미국 코네티컷州 세이부룩市의 엠파이어 트러스트社(Empire Trust Co.)와 합자하여 이름을 한미선기회사로 바꾸고 미국의 본사와 한성의 지사 체제로 운영되다가 결국 일본재벌이 설립한 일한가스전기주식회사에 회사 일체를 매도하게 된다. 손정목, 『한국개항기 도시사회경제사연구』, 일지사, 1982, pp.130~138.

3) 고층빌딩, 백화점, 철도, 은행 등은 단순히 물리적인 공간 변화에 머물지 않고 생활양식과 사고방식의 변모와 직결된다고 할 수 있다. 정현숙, 「1930년대 도시 공간과 박태원 소설」, 『현대소설연구』 제31호, 2006. 9, p.55.

"

그 대표적인 작가가 박태원이라고 할 수 있다. 박태원이 자신의 중편소설인 「소설가(小說家) 구보씨(仇甫氏)의 일일(一日)」에서 보여 주고 있는 고현학(考現學, modernology)[4]의 소설 기술방법론은 전차체험과 보행이 결합된 형태로 나타나고 있다. 특히 박태원은 변형된 도시산책의 개념인 비승(飛昇)을 그의 작품을 통해 보여 주고 있다. 초기의 전차는 그 속도가 매우 느렸기 때문에 정류장이 아닌 중도에서 전차를 타고 내리는 이른바 '비승(飛昇)'과 '비강(飛降)'의 새로운 풍속이 경성에서 생겨났다.[5] 전차의 주행 속도가 느림으로 인해 비승자(飛昇者)는 전차 내부의 풍경은 물론 경성 전체의 도시상을 매우 자세히 관찰할 수가 있었는데, 이러한 관찰의 과정 가운데 미적 자의식[6]이 발현될 수 있었던 것이다.

이 글은 박태원의 대표작인 「소설가 구보씨의 일일」에 나타난 고현학의 방법론과 주제의식을 작품 속에 수용된 전차 모티프를 통해서 살펴보고자 한다. 이 작품에서 도시산책자로 나선 주인공은 근대 도시인들이 갈구하는 행복을 찾고자 하는데, 이러한 시도가 전차의 승차체험을 통해서 이루어지고 있다. 주인공의 행복 찾기가 전차가 오가는 궤도 위에서 이루어지는 것은 박태원 소설에서 나타나는 미적 자의식의 독특한 특성이라고 할 수 있다. 이를 통해 전차체험이 교통수단으로서의 의미를 벗어나서 근대 도시인들의 자의식 형성 및 행복의 관념 성립과 밀접한 연관성을 갖고 있음을 이 글은 논하고자 한다.

지금까지 도시산책자나 고현학의 개념이 박태원 소설 연구에서 논의된 바 있지만 이들 개념을 전차의 비승 모티프와 연결해서 분석한 사례는 찾아보기 힘들다. 더욱이 1930년대 경성의 전차체험이 실제 사회적·문화적으로 어떠한 것이었는가에 대한 세부적 논의가 선행되지 않은 채 도시산책자나 고현학의 개념으로 박태원의 소설을 설명하려 했던 것이 사실이다. 이 글은 기존의 박태원 소설 연구에서 미처 주목하지 못한 경성 전차의 역사적·사회적 의미들을 먼저 살펴본 후에 박태원 소설의 전차 모티프가 나타내고 있는 특징들에 대해서 논의할 것이다. 이를 통해 「소설가 구보씨의 일일」의 문학사회학적 의미 또한 함께 규명될 수 있을 것이다.

---

4) '고현학'이란 현대인의 생활을 조직적으로 조사 연구하여 현대의 풍속을 분석 해설하는 학문을 일컫는데, 박태원이 자기가 쓰는 소설(작업)을 고현학이라 했다면, 응당 거기에는 합당한 방법론이 있다고 할 수 있다. 김윤식, 「고현학(考現學)의 방법론 – 박태원의 방법론 비판」, 『한국현대문학사상사론』, 일지사, 1992, p.54.

5) '비승(飛昇)'과 '비강(飛降)'은 교통단속에서는 묵인돼 있었는데, 새로운 전차형이 보급되어 승강구에 손잡이가 없어지고 문을 닫게 된 이후부터는 사라지게 되었다. 조풍연, 「전차」, 『서울잡학사전』, 정동출판사, 1991, p.241.

6) '미적 자의식(aesthetic self-consciousness)'은 웅장한 이념의 모색이나 미묘한 정서의 심미적 탐구보다는 사소한 것일지라도 목전에 놓여진 소재를 둘러싸고 벌어지는 언어의 다각적 가공과 입체적 교직을 중시한다. 이러한 태도의 이면에는 인공적 도회와 문명의 생활권에서 살아가는 현대인들에게 문화적 공정이 가해지지 않는 현실은 무가치할 뿐이라는 발상이 놓여져 있다. 한상규, 「1930년대 모더니즘문학에 나타난 미적 자의식에 관한 연구 – 이상, 김기림을 중심으로」, 서울대대학원 석사학위논문, 1989, p.2.

Ⅱ. 경성의 근대적 일상양식으로서의 전차

1. 경성의 근대화 지표로서의 전차발전사

경성의 전차발전사는 경성 근대화의 지표라고 할 수 있다. 경성전차는 처음에는 고종 황제가 청량리에 있는 홍릉을 오가기 위해 고안되었지만[7] 시간이 지나면서 경성부민의 근대적 일상양식으로 자리 잡게 되었다. 경성전차의 발전사에 대해 검토하는 것은 경성 근대화의 초기 국면을 파악하는 데 도움을 준다. 따라서 경성의 전차발전사를 살펴보는 것은 마치 경성의 초기 근대화 과정에 대한 자료들이 집적된 하나의 아카이브(archives)[8] 를 검색하는 것과 같다고 할 수 있다. 이는 경성의 전차가 당시 근대화의 발전 속도와 궤를 같이하고 있기 때문이다.

조상 대대로 보행의 방식으로 생활해 왔던 경성부민들은 전차의 승하차 습관에 익숙해 지기까지 적지 않은 적응 시간이 걸렸다. 그래도 부민들은 점차적으로 전차를 이용하기 시작했고 새로운 일상적 습관, 즉 전차 승하차에 나날이 익숙해져 갔다. 전차 이용의 급속한 증가로 인해 1920년대에 이르러서는 전차사업이 호황사업으로 발전하기 시작하였다. 그러나 비승과 비강의 요인을 포함하여 당시 경성의 교통사고 수위는 전차에 의한 사고가 단연 압도적이었다.[9] 경성부민들에게 '교통사고'라는 개념이 본격적으로 생겨난 것도 이때부터라고 할 수 있다.

경성의 전차는 1930년대에 들어서면서 승객 증가와 함께 계속되는 호황을 누린다. "승객 팽창으로 수입은 격증, 경전의 10년간 추적"[10], "전차 승객 격증, 매일 평균 15만"[11], "경성인의 발 사치 전차"[12], "매일 20여만 승객을 100여 대 전차로 운전 …… 돈 가지고도 탈 수 없는 도심전차"[13] 등의 신문 기사는 1930년대 당시 승객의 격증과 이에 따른 전차사업

---

7) 고종황제는 명성황후의 장례를 치른 후부터 빈번하게 청량리에 있는 洪陵(閔妃陵)으로 행차하게 되었는데 그 행차 때마다 가마를 탄 많은 신하들을 거느림으로써 한 번에 드는 경비가 10만 원 안팎이 되었다. 이런 상황을 파악한 콜브란과 보스트윅은 전차를 부설하게 되면 황제의 홍릉 행차 경비가 절감됨은 물론이고 평소에는 일반 시민의 교통기관으로 이용하게 되어 이익됨이 적지 않음을 고종황제에게 건의하였다. 이에 동감한 고종은 황실에서 총 75만 원을 두 차례에 나눠 출자하게 하여 전차사업을 착수하게 하였다. 손정목, 앞의 책, p.131.

8) 서구에서 발달한 '아카이브'란 서한문, 보고서, 노트, 메모, 사진 및 기타의 원천자료가 수집·보관되어 있는 곳을 말한다. 주로 도서를 수집·보관하는 도서관과는 이런 점에서 차이가 난다. 그러므로 아카이브는 보편적이고 일반적인 자료가 보관되어 있다기보다는 특수한 성격의 자료가 수집되어 있어야만 자료관으로서의 의미가 크다고 할 수 있다. 함한희·박순철, 「문화원형콘텐츠의 디지털 아카이브의 방향」, 『한국비블리아발표논집』(제15집), 2006. 11., p.45.

9) 1920년대 초 경성의 교통사고 수위는 전차로 인한 것이었으며, 1년에 2백 명가량이 사망 혹은 부상하였다. 전차 교통사고 시기로는 4월이 가장 많았다. 서울특별시사편찬위원회 編, 『서울六白年史(第4卷)』, 삼화인쇄주식회사, 1981, p.977.

10) 『동아일보』, 1931. 7. 16. 2면 5단 기사.

11) 『동아일보』, 1935. 12. 25. 2면 1단 기사.

12) 『동아일보』, 1938. 8. 3. 2면 7단 기사.

호황의 실태를 보여 주고 있다.[14] 당시 전차 요금은 원래 1구간 5전이었던 것이 구간 철폐의 요구가 증대하면서 구간 구분 없이 5전만 내도록 한 것이 계속 유지되고 있었다.[15]

손정목은 일제하 경성 전차의 운영당사자인 경성전기주식회사가 그들의 영업을 3개의 시기로 나누고 있다고 지적하면서 경성의 전차발전사에 대해 상세하게 기술하고 있다.[16] 경전전차(京電電車)는 창업 후 1928년에 부영버스가 영업을 개시할 때까지의 30년간이 제1기로, 전혀 무경쟁의 독점운영기간이라고 할 수 있다. 제2기는 1928년에서 1933년까지의 6년간, 즉 경전전차가 경성부영버스 및 경인버스와 치열한 경쟁을 벌였던 기간이며, 이때에 처음으로 대형 보기(bogie)차량을 일본 오사카(大阪)에 주문하여 1929년 봄부터 운행하기 시작하는 한편[17] 운행속도를 올리기 위해 러시아워에는 직행전차를 달리게 하였다. 즉 비교적 승객수가 적거나 이웃 정류장이 근거리에 있거나 아니면 지나치게 혼잡한 시내 14개 정류장에는 출근시간대(8:30~9:30) 한 시간에 한하여 전차가 정거하지 않음으로써 준급행의 실효성을 거두겠다는 의도에서였다.[18]

제3기의 시작이라고 할 수 있는 1934년 1월에는 경전이 청량리~인천 간을 운행하던 경인버스주식회사를 매수하였다. 1936년 경성의 확장에 의한 교통량의 증가와 경제의 호황으로 승객은 더욱더 증가하였다. 1937년 7월에는 중일전쟁의 진전에 따라 여러 가지 원인이 겹치면서 승객 숫자가 경이적인 증가세를 나타내었다. 이러한 전쟁특수는 전차산업의 가속적인 발전에 일조를 하게 된다. 전차의 형태도 더욱 개선되어 단차(單車)의 형태는 점차 감소하고 그 대신 대형 보기차가 급속도로 보급되었다.

그러나 경성 전차가 개선되는 속도보다는 전차를 이용하는 경성부민들의 숫자 증가가 더욱 앞서가고 있었다. 이는 근대 일상의 새로운 양식인 전차가 지니고 있던 대중적인 특성 때문이었다. 특히 1939년 중반기 이후에는 많은 승객이 전차로 몰려 차내의 만원상태가 극에 달하였으며 "사바세계의 아수라"[19], "교통지옥"[20] 등의 표현이 사용되기에 이르렀다. 그런데 중일전쟁이 교착상태에 빠지면서 인원과 물자의 부족이 매우 심각한 상태에

---

13) 『동아일보』, 1939. 6. 4. 조간 2면 5단 기사.
14) 손정목, 『일제강점기 도시사회상 연구』, 일지사, 1996, pp.393~394.
15) 당초 1區에 5錢이던 전차요금은 1911년 7월 1일부터 1구에 3전으로 내려 받았다. 그 후 1921년에 승차구간의 개정을 단행하여 시내선과 시외선을 각 1구 5전으로 다시 올려 받았었다. 철도청 공보담당관실 編, 『韓國鐵道史(第3卷)』, 교학사, 1979, pp.277~278.
16) 다음에 전개되는 경성의 전차발전사는 손정목이 정리한 "서울전차의 발자취"를 바탕으로 한 것임을 밝혀둔다. 손정목, 앞의 책, pp.390~407 참조.
17) 『동아일보』, 1928. 6. 26. 5면 3단 기사.
18) 『매일신보』, 1930. 2. 22. 2면 10단 기사.
19) 『동아일보』, 1939. 7. 1. 2면 7단 기사.
20) 『동아일보』, 1939. 10. 26. 조간 2면 1단 기사.

빠지자 새로운 선로의 부설 및 신규 차량의 도입은 힘들게 되었다. 결국 총독부와 철도국 등 관계당국과 경전이 숙의한 끝에 도달한 결론은 아침·저녁 러시아워 시간대의 대담한 무정차 급행화로 운행의 효율을 높이자는 방안이었나. 이렇게 함으로써 전차의 시속을 2배가량 빨라진 30km로 높일 수 있다는 판단에서였다.[21]

결국 1940년 4월 1일을 기하여 모두 119개 전차정류장 가운데 36%에 해당하는 43개 정류장을 러시아워에 무정차 급행화하기로 결정하고 시행에 들어갔다.[22] 이어 4월 21일부터는 창경원 벚꽃놀이 관광객이 늘어 그 편의를 도모한다는 명목하에 러시아워뿐만 아니라 하루 종일 실시하게 되었다. 그리고 이 종일급행화의 조치는 당초의 4월 21~28일간으로 예정되었던 것이, 시민의 평판이 좋다는 이유로 5월말까지 1차 연장되었고 6월 말로 재연장되었다. 그리고 마침내 8월 1일부터는 무정차 급행전차의 항구화가 발표되었다.[23]

그리고 무정차하기로 한 43개 정류장 가운데 그 결정이 불합리하니 다시 부활시켜야 한다는 여론이 비등한 2, 3개 정류장을 다시 부활하는 외에 약 40개 정류장은 아예 없애 버리기로 하고 그 철거작업을 전개하였다.[24] 그러나 이와 같은 정류소 40개의 폐지와 전차운행 급행화는 만원 전차의 해소와 승객수요 소화에는 근본적인 대책이 되지 못하였다. 이에 경전에서는 전차승객의 25%가 각급 학교 학생이라는 것을 감안하고 학생걷기운동을 전개하였다. 각급 학교에서는 근거리통학의 경우는 도보통학을 하도록 하고 원거리통학 학생들에게는 원거리통학을 식별하는 휘장을 달고 다니도록 조치하였다.[25] 또한 매월 7일을 도보일로 정해 전차와 버스 타지 않기 운동을 전개하였다.[26]

그렇지만 이러한 일련의 대책은 궁여지책에 불과할 뿐 근본적인 대책은 되지 못했다. 이미 전차는 근대 경성의 일상적 양식으로 자리 잡아 경성 부민에게는 하루라도 이용하지 않을 수 없는 '발'이 된 것이다. 그러나 그 '발'에 한번 익숙해진 사람은 마치 족쇄처럼 일상의 양식인 전차에 매이게 되었다. 이는 보편적·대중적 양식으로 일상화된 전차의 이중적 성격을 보여 준다. 경성부민에게 편리하고 자유로운 교통수단으로 인식되던 전차가 이제는 경성부민을 도시자본의 메커니즘에 종속시켜 버리는 역할을 하게 된 것이다.

<hr>

21) 『동아일보』, 1940. 3. 12. 2면 1단 기사.
22) 『동아일보』, 1940. 3. 28. 2면 4단 기사.
23) 『매일신부』, 1940. 4. 28. 3면 1단 기사.
24) 『매일신보』, 1940. 7. 30. 3면 2단 기사.
25) 『매일신보』, 1940. 6. 16. 2면 1단 기사.
26) 『매일신보』, 1940. 9. 7. 3면 5단 기사.

2. 도시자본의 상업적 전략과 전차광고의 역할

　　근대적 일상성은 산업사회의 특징인데, 산업사회는 필연적으로 도시화를 가져온다. 따라서 근대적 일상성의 배경은 도시라고 할 수 있다. 산업사회는 대량생산체제에 기반해 있으므로 규격화된 제품을 생산한다. 규격화된 제품은 대량소비를 염두에 두고 제작되는 것이다. 이때 대량생산과 대량소비의 홍보 역할을 하는 것이 광고이다. 현대사회에 있어서 광고는 현대적 이데올로기의 기능을 수행한다. 광고가 갖는 이데올로기적 중요성, 그것은 상품의 이데올로기와 같다고 할 수 있다.27) 따라서 일상성의 문제는 자연스럽게 생활광고의 문제와 연결되게 된다.

　　전차 궤도의 증가는 도시화되어가는 경성의 발전으로 인식되기도 하는데, 이는 전차의 확장이 경성 근대화의 속도와 비례관계에 있음을 암시한다. 또한 전차는 전차 안은 물론이고 전차가 지나는 거리의 광고판을 전차 승객에게 부각시키는 역할을 한다. 전차에 승차한 승객에게 있어서 전차광고는 본의 아니게 주의가 기울여지는 집중도 높은 시각적 텍스트라고 할 수 있다. 광고는 개별적인 사물에 대해서 말하면서 실제로는 모든 사물에 대해서 말한다. 마찬가지로 개별적 소비자를 통해서 모든 소비자를, 또 모든 소비자를 통해서 개별적 소비자를 노리고 있다. 이런 의미에서 광고는 현대의 가장 주목할 만한 매스미디어라고 할 수 있다.28)

　　일제치하에서 70만 경성의 대도시 교통수단이었던 전차는 경성부민의 새로운 일상생활 양식으로 자리 잡게 된다. 그 새로운 일상양식 가운데 주목할 만한 점은 전차가 갖고 있던 대중적이면서 상업적인 특성이다. 계급의 여하와 남녀의 구별 없이 누구나 이용할 수 있었던 전차는 서울거리의 "이동사교실(移動社交室)"로 불리기까지 했다.29) 이러한 관점에서 일제 말기의 잡지 『신시대(新時代)』에 실린 한 잡문은 당시 광고가 경성부민의 일상생활에 어느 정도 밀접해 있었는지를 보여 주는 중요한 자료이다. 이 글이 묘사하고 있는 것은 당시 경성의 전차 풍속도인데, 그 가운데 전차광고에 대해 언급한 부분은 다음과 같다.

　　　電車를 턱 타면 먼저 눈에 띄는 것은 광고판이다. 5도 내지는 6도의 색판이 畵畵를 곁들

---

27) Henri Lefebvre, *Vie quotidienne dans le monde moderne*, 박정자 譯, 『현대세계의 일상성』, 세계일보, 1992, p.158.
28) Jean Baudrillard, *Société de consommation*, 이상률 譯, 『소비의 사회』, 문예출판사, 1991, pp.181~182.
29) 손정목, 앞의 책, p.403.

여 車안을 破寂하는지라 同席하고도 (서로) 외면하는 승객 각자의 眼界를 慰撫하는 것이다.
그러나 요사이 웬일인가. 전차를 타면 病院船이나 탄 것처럼—그렇다. 그도 그럴 것이 광고라는 것이 기의 모두가 藥 광고이다. 나는 비교적 감정이 섬세한 편이어서 고의로 그런 것을 검토하는 버릇이 있다.
보기(bogie)차에 붙은 20여 광고표를 줄줄이 살피니 서너 너덧개를 제외하고는 모두가 藥—기침약·감기약·보약·위장약·설사약·안약·脚氣藥—심지어는 임질약까지 뚜렷이 도안을 곁들여 있고 간간히 性病科 病院의 지도안내를 곁들인 가장 친절한 色 광고가 있는 것이어서 좋게 생각하면 高名한 약에 대한 지식을 알아도 害롭지는 않으나 심하게 생각하면 광고 보러 5전 내고 타는 셈쯤 된다.
다만 세 百貨店의 매출광고나 기획행사 광고쯤을 제외하고는 新鮮味라고는 없다. 더군다나 임질약 광고에다 성병과 병원의 광고를 대할 때—더욱이 이것이 1·2년이고 기나긴 세월 동안 전세를 들고 있을 때 광고효과는커녕 지긋지긋하고 오히려 욕이 나간다.
결국은 광고와 부민과의 싸움이다. 한 녀석도 빼지 않고 이 임질약을 주동아리에 쳐넣어야 심뽀가 풀리겠다는 광고에 대한, 부민의 확고한 不應姿勢가 거기에 있다. 한 정류장밖에 안 가는 짧은 거리를 타더라도 그것은 확실히 여행이다. 여행하는 자의 眼界에 퍼지는 이런 쓰고 신(酸) 風光은 어디까지나 府民을 향한 치욕이 아닐까.[30]

비록 잡문의 형식이지만 위의 인용문은 시사하는 바가 크다. 그것은 전차의 풍속도를 통해 드러나는, 당시 근대화 과정에서의 상업주의적 양태 때문이다. 전차를 타는 경성부민은 하루도 빠짐없이 백화점의 매출광고나 기획행사 광고에서부터 시작해서 임질약, 성병전문병원의 광고까지 접해야 한다. 또한 이러한 광고의 메시지는 매일 '반복적'으로 주어지게 된다. 출퇴근을 하는 경성부민에게 있어 이러한 광고문안은 반복적인 세뇌학습의 효과를 발생시킨다. 그러다 보니 광고 보러 5전의 전차료를 내는 것이 아니냐는 비아냥 섞인 불만이 나오게까지 된 것이다.

근대 도시자본의 메커니즘 속에서 생산자는 소비자가 실제생활에서 필요한 물건을 생산하기보다는 그들의 욕구와 욕망을 자극하면서 끊임없이 새로운 수요를 창출한다. 결국 소비자의 소비 욕구는 생산자에 의해서 조작되고 유도되는 셈이다. 이런 맥락에서 소비자인 전차승객의 욕망을 자극하는 역할을 담당하고 있는 것이 바로 전차광고라고 할 수 있다. 물론 위의 인용문에서 제시된 것처럼 전차광고에 대해 비판적인 의견이 제시되기도 했지만 대부분의 사람들은 광고가 주는 심리적 환상에 도취되기 쉽다. 결국 전차광고는 승객의 지적 의식을 마비시키고 마침내는 소비자를 지배하는 하나의 이데올로기로 자리 잡게 되었던 것이다.

---

30) 一松生, 「電車放談」, 『新時代』 1942. 4., 위의 책, p.404에서 재인용.

근대도시에서 전차광고의 효과는 다층적인 소비를 불러일으킨다. 광고문안이 제시하는 이미지는 하나의 기호가 되어 상상 속에서 일차적으로 소비되고, 화폐라는 교환가치적 매개체를 통해서 실제적인 생활공간에서 이차 소비가 이루어진다. 이때 광고의 내용이 즉각적인 소비로 이어지는 것은 근대인들이 추구하는 행복이나 성공 등에 대한 관념이 광고의 이미지로 나타나고 있기 때문이다. 경성부민은 전차에 승차하면서 전차료를 내는 것 외에 새로운 상품에 대한 이미지를 접하게 되고 이는 또 다른 소비의 순환으로 이어지게 되는 것이다. 이때 전차가 새로운 소비를 위해 신속한 이동 역할을 수행하고 있음은 물론이다. 결국 전차가 주는 속도감은 소비의 속도감과 비례하고, 전차 노선의 확장은 소비량의 증가와 밀접한 관계를 맺고 있는 것이다.

Ⅲ. 「소설가 구보씨의 일일」의 전차 모티프

1. 경성의 전차체험과 고현학으로서의 소설쓰기

박태원은 근대 경성의 전차체험을 예리하게 포착한 작가이다. 그는 근대도시의 풍속과 일상성의 관계를 고현학의 방법을 통해 날카롭게 분석하고 있다.[31] 그가 『조선중앙일보』에 연재한 「소설가 구보씨의 일일」(1934. 8. 1.~9. 19.)에서는 고현학의 방법으로 소설을 쓰는 도시산책자인 주인공이 등장한다. 이 소설의 내용은 소설가 구보가 천변의 다옥정집을 나와 경성을 산책하고 새벽 2시에 귀가하는 것으로 채워져 있다. 소설가 구보의 경성 산책 과정은 중요한 의미를 나타내고 있다. 그것은 이 산책의 과정에서 경성의 근대적 일상체험이 시간적·공간적으로 분할되어 제시되고 있기 때문이다.[32]

특히 전차는 소설가 구보의 산책에 중요한 역할을 수행한다. 전차로 인해 구보는 경성을 일일산책권으로 둘 수 있음은 물론, 보행 시에 겪게 되는 사색의 방해로부터 해방되기 때문이다. 전차 안에서는 보행 때처럼 앞뒤의 사람을 피해서 움직일 필요가 없다. 또한 갑

---

31) 박태원 소설의 고현학은 풍속을 곧이곧대로 기록하는 데 초점이 맞춰진 것이 아니라 일상성이 그 풍속에 대해 규정한 의미와 구별되는, 또 다른 깊숙한 의미를 분별하고 음미하는 데 중점이 두어진 것이다. 일례로 「소설가 구보씨의 일일」에서 구보가 적었던 수많은 신경증의 이름들은, 일상성이 사람들의 행태에 대해 규정하는 의미가 아니라 구보가 독자적으로 분별해 낸 의미들인 것이다. 장수익, 「박태원 소설과 풍속의 의미 -『천변풍경』을 중심으로」, 『한남어문학』 제32집, 2008, p.65.

32) 박태원 소설에서는 중간 중간에 소제목들이 붙어있는데 그것은 내용이나 배경이 바뀔 때마다 그 첫 어절을 소제목으로 내세운 것이다. 이는 비유기적인 인과관계에 놓인 서사를 시각적으로 제시하는 공간적인 형식이라고 할 수 있다. 서종택, 「한국현대소설의 미학적 기반(1) -박태원 이상의 단편소설」, 『한국문학이론과 비평』 제10권 4호, 2006. 12., p.199.

자기 달려드는 운동체를 경계하지 않아도 된다. 전차 안에서 일단 자신의 자리를 잡으면 그때부터 정신의 사색을 가능케 하는, 안정된 마음의 상태가 조성된다. 소설가 구보에게 있어서 전차체험은 고현학으로서의 글쓰기를 주동하는 계기로 작용하고 있는 것이다.

「소설가 구보씨의 일일」에서 전차체험은 고현학의 방법을 설명해 주는 중심 모티프라고 할 수 있다. 소설가인 주인공 구보의 산책에서 가장 중요한 것은 공책이다. 이 공책은 주인공이 어디를 가나 들고 다니는 구보 자신의 분신인 셈이다. 구보가 전차 속에서 창밖과 차내의 사람들과 풍광을 관찰하며 잠기는 사색과 상념은 그대로 공책 속에 기록되어 한 편의 소설이 된다. 구보가 목적지도 없이 전차에 올라타서 비생산적으로 비춰지는 '탐구'에 빠지는 이유가 여기에 있는 것이다.[33] 그에게 있어서 전차체험은 소설쓰기의 방법론인 고현학을 완성하게 하고 있다.

> 구보는 다시 밖으로 나오며, 자기는 어데가 행복을 찾을까 생각한다. 발 가는 대로, 그는 어느틈엔가 안전지대에 가 서서, 자기의 두 손을 내려다보았다. 한 손의 단장과 또 한 손의 공책과─물론 구보는 거기에서 행복을 찾을 수는 없다.[34]

위의 인용문에서 경성의 전차에 오르는 구보의 소지품은 단장과 공책뿐이다. 단장은 구보의 경성 산책을 돕는 도구이며 공책은 구보가 관찰하고 탐구한 내용들이 기록되는 소설쓰기 자료집이라고 할 수 있다. 단장이 구보의 장시간 보행에 있어 요긴한 것이라면 공책은 구보의 정신적 사색을 망각으로부터 지켜 주는 데 필수적인 것이라고 할 수 있다. 구보가 자신의 집에서 나와 경성의 거리와 전차를 소설쓰기의 공간으로 삼고 있는 것은 그에게 있어서 그곳들이 새로운 미적 자의식의 발현지가 되고 있기 때문이다. 구보의 자의식이 어느 때보다도 예민해지는 경성의 전차체험은 그의 고현학적 글쓰기의 원체험이 되고 있는 셈이다.

이 작품에서 고현학은 주인공 구보뿐만이 아니라 작가 박태원의 소설작법을 그대로 드러내주고 있다. 달리 말해 소설가인 주인공이 공책을 들고 경성 거리를 산책하는 것은 작가의 소설쓰기 행위 그 자체라고 할 수 있다.[35] 결국 작가가 고현학을 통해 드러내고자

---

33) 산책에는 다른 무엇보다도 무위에 의해 얻는 것이 노동에 의해 얻는 것보다 더 가치가 있다는 생각이 깔려 있다. 산책자는 잘 알려진 대로 '탐구(studien)'하는 것이다. Walter Benjamin, *Das Passagen-Werk*, 조형준 譯, 『도시의 산책자』, 새물결출판사, 2008, p.83.

34) 박태원, 「小說家 仇甫氏의 一日」, 『박태원 단편집』(박태원 전집 1), 깊은샘, 1989, p.32.

35) 이 작품의 주인공 구보의 집은 경성의 다옥정(茶屋町)으로 설정되어 있는데, 작가 박태원이 나서 자란 곳 역시 경성 정계천변에 위지한 다옥정이다. 또한 구보의 직업이 소설가란 점도 작가와 일치한다. 이런 점에서 주인공 구보를 통해 나타나고 있는 고현학으로서의 소설쓰기는 작가 박태원의 소설쓰기와 동일하다고 할 수 있다.

하는 것은 근대도시 경성을 배경으로 한 소설의 제작과정 일체라고 할 수 있다. 소설의 제작과정을 그대로 드러냄으로써 작품이 완성되어 가는 '과정의 미학'을 보여 주고 있는 것이다. 작품이라는 구조물의 제작과정을 드러내는 이러한 방법론은 종래의 소설미학과 뚜렷이 구분되는 새로운 미의식의 확대라고 할 수 있다.36)

이 작품은 주인공이 소설가로 등장하는 소설가소설이다. 작가의 분신이라고 할 수 있는 주인공 구보는 전차에 승차해서 식민지 수도 경성과 그곳에서 살아가는 경성부민들을 예리하게 관찰한다. 구보의 자의식을 통해서 독자들은 작가인 박태원의 자의식을 엿볼 수 있다. 작가의 자의식이 작품 속에 노출되는 이러한 메타픽션37)적 글쓰기는 박태원이 소설가 주인공을 내세워 시도하고 있는 고현학의 방법론과 결합되어 더욱 강력한 주제의식을 표출하고 있다. 요컨대 1930년대 경성의 전차체험은 고현학을 통해 작가의 미적 자의식이 드러남으로써 새로운 소설쓰기를 가능케 하는 매개적 수단이었다고 할 수 있다.

2. 변형된 산책으로서의 '비승(飛昇)'

근대 경성의 일상양식으로 자리 잡은 전차는 당시의 문학을 파악하는 데 중요한 단서를 제공한다. 그것은 전차를 타는 행위인 '비승(飛昇)'이 도시산책의 변형에 해당하기 때문이다. 벤야민에 의해 개념화된 산책자(flaneur)는 산업화된 근대도시가 주는 불안감과 이질감 등을 경험하는 자의식을 지닌 주체이다. 대도시에 부유하는 군중들과 매혹적인 거리의 풍경을 바라보면서 산책자는 양가적인 시선을 갖는다. 즉 산책자는 대도시의 군중에게 매료된 그 사회집단의 일원임과 동시에 그 군중으로부터 비판적 거리를 두고 있는 객관적 관찰자이기도 한 것이다.38)

전차를 타는 행위는 도시산책과 함께 근대적 거리를 경험하는 대표적인 두 양상이라고 할 수 있다.39) 유사하게 보이는 비승과 산책은 약간의 차이점을 내포하고 있다. 그것은

---

36) 김윤식, 앞의 책, p.59.

37) '메타픽션(metafiction)'이란 용어는 미국의 비평가이며 자의식 소설가인 윌리암 개스(William H. Gass)가 쓴 글에서 연유하였다. 퍼트리샤 워(Patricia Waugh)는 메타픽션을 픽션과 리얼리티와의 관계에 의문을 제기하는, 자의식적이고 체계적인 특성의 허구적 글쓰기로 정의하고 있다. Patricia Waugh, *Metafiction – The Theory and Practice of Self-Conscious Fiction*, Methuen, 1984, p.2.

38) 벤야민은 대도시의 군중에 대한 산책자의 양가적 시선에 대해 다음과 같이 설명한다. "만일 보들레르가 자신을 군중들 속으로 끌어들이는 힘에 굴복하였거나, 한 사람의 산책자로서 그 군중들 속의 한 사람이 되었다 해도, 산책자는 군중들의 본질적으로 비인간적인 기질에 대한 의식을 떨구어 버릴 수는 없을 것이다. 그가 군중들로부터 자신을 분리시킬 때조차도 그는 그들의 연루자가 된다. 그는 그들과 깊이 관계하게 되지만, 한 번의 경멸 어린 눈짓으로 그들을 망각 속으로 쫓아버린다." Walter Benjamin, 「보들레르의 몇 가지 모티브에 관하여」, 이태동 譯, 『문예비평과 이론』, 문예출판사, 1987, p.207.

39) 장수익, 「최명익론－승차 모티프를 중심으로」, 『한국근대소설사의 탐색』, 월인, 1999, p.232.

군중들과 일정한 거리를 유지하며 걷는 산책과는 달리, 비승은 교통 기관의 비상한 속도 감과 동승자에 대한 불가피한 신체적 접촉을 감수해야 한다는 점에 있다.[40] 그렇지만 이러한 비승의 특성은 산책과 반대되는 체험이라기보다 산책의 기본 특성이 근대적 교통수단으로 인해 더욱 확장된 것이라고 할 수 있다.

산책의 가장 핵심적 기능은 자유로운 생각이 가능하도록 긴장하거나 억압되지 않은 마음의 상태를 유지하는 것에 있다. 산책자가 만일 달리기 시작하면 산책의 기능은 정지하는데, 이는 달리는 행위에 정신이 집중되면서 심신이 극도로 긴장하게 되기 때문이다. 이러한 긴장상황에서는 의식이 안정된 상태를 유지하는 것이 매우 어렵게 된다. 1930년대 경성의 전차는 심신이 안정된 상태를 조성하기에 매우 용이하였다고 할 수 있다. 그것은 무엇보다도 전차의 운행 속도가 매우 느리다는 점에서 그 이유를 찾을 수 있다. 전차의 속도가 느리기에 보행을 하는 산책자는 언제든지 '비승'을 통해 전차로 옮겨 타서 변형된 산책을 지속할 수 있다. 또한 언제든지 '비강'을 통해 보행으로 산책의 방식을 전환할 수 있다.

도시의 중요한 구역을 선로를 따라 공간이동을 하며 운행하는 전차는 출퇴근이나 등하교 시간을 제외하면 편안한 마음을 조성하고 유지할 수 있게 하는 데 매우 효과적인 교통수단이었다. 비승자는 정해 놓은 목적지를 향해 달리는 전차 안에서 목적지까지의 도달을 위해 자신이 해야 할 신체적 운동에서 해방된 존재이다. 비승자는 어떤 목적을 위해 정신을 한곳에 집중시킬 절박한 이유가 없어졌으므로 마음이 끝없는 '방심상태'에 접어들게 된다.[41] 이때 행위에의 무관심은 순수기억을 유발시키는 조건이 된다고 할 수 있다.[42]

이 작품에서 비승을 통한 산책은 인간의 무의식적 심층심리가 의식의 영역으로 떠오르는 과정을 포착하고자 하는 전략적 의도를 지니고 있다. 왜냐하면 산책에 있어서 사색은 주로 관찰하는 대상에 의한 자유연상적 과정을 취하고 있기 때문이다.[43] 그것은 어떤 논리적인 사고의 순서를 따를 필요가 없다. 산책자의 미적 자의식을 각성케 하는 사람이나 사물은 모두 지적 사색의 촉매제가 될 수 있는 것이다.[44] 그것은 무의식에 억압되어 있던

---

40) 같은 책.
41) 최혜실, 「최명익 소설과 '승차'의 테마화」, 『한국모더니즘소설연구』, 민지사, 1992, p.190.
42) 같은 책.
43) 구보의 내면의식은 빈번히 의식의 흐름에 가까운 자유연상으로 나타난다. 구보의 내면의식은 그가 관찰한 바에 의해 촉발되지만, 이내 그 것과는 전혀 무관한 방향으로 흘러가곤 한다. 이처럼 서사적 맥락이 와해된 대신 현재성과 직접성이 강화된 것은 박태원 소설의 미적 모더니즘의 특성이라고 할 수 있다. 나병철, 「박태원 소설의 미적 모더니티와 근대성」, 『상허학보』 제2집, 1995. 5., p.99.
44) 벤야민은 거리를 쏘다니다가 추억에 잠겨 도취에 빠지곤 하는 산책자는 눈앞에 감각적으로 나타나는 것뿐만 아니라 풍풍 단순한 지식, 죽은 데이터까지 마치 몸소 경험하거나 직접 체험해 본 것처럼 자기 것으로 만들어 버린다고 말한다. Walter Benjamin, Das Passagen-Werk, 조형준 譯, 『도시의 산책자』, 새물결출판사, 2008, p.11.

과거의 기억들을 현재로 이끌어 내기도 한다. 구보가 전차 안에서 만난, 작년 여름에 맞선을 보았던 여자 또한 구보의 공책에 그의 무의식이 저장해 놓은 생각을 기록할 수 있게 해 주는 매개자로 작용한다.

구보가 머리를 돌렸을 때, 그는 그곳에, 지금 마악 차에 오른 듯싶은 한 여성을 보고, 그리고 신기하게 놀랐다. (중략) 구보는 여자와 시선이 마주칠까 겁(怯)하여, 얼토당토않은 곳을 보며, 저 여자는 내가 여기 있는 것을 보았을까, 하고 생각한다. 여자는 혹은, 그를 보았을지도 모른다. 전차 안에, 승객은 결코 많지 않았고, 그리고 자리가 몇 군데 비어 있음에도 불구하고, 구석에가 서 있는 사람이란, 남의 눈에 띄기 쉽다. 여자는 응당 자기를 보았을 게다.45)

구보는 전차에 오른 여자가 자기를 보았을지도 모른다고 생각한다. 그 이유는 자신이 빈자리가 있음에도 불구하고 전차의 구석에 서 있는, 남의 눈에 띄기 쉬운 사람이기 때문이다. 그렇지만 과연 그 여자가 능히 자신을 알아볼 수 있을지는 의문이라고 구보는 생각한다. 이러한 구보의 심리는 무심한 듯 탐정의 눈으로 도시 거리를 관찰하는 산책자가 한편으로는 모든 사람들과 모든 것이 자기를 주시한다고 느끼는 감정이라고 할 수 있다. 이는 산책자가 군중 속에 숨겨진 존재이면서 동시에 용의자 그 자체로서의 자의식을 갖고 있기 때문이다.46)

그런데 구보가 전에 맞선을 보았던 여자를 보면서 떠올리는 것은 행복에 대한 생각이다. 구보는 처음 선을 보았을 때도 그 여자를 적극적으로 붙들지 못했고, 우연히 전차 안에서 마주친 상황에서도 여자에게 알은척을 하지 못한다. 오히려 구보는 그 여자와 시선이 마주칠까 봐 겁내 한다. 그래서 구보는 "그렇게도 구하여 마지않던 행복은 그 여자와 함께 영구히 가 버렸는지도 모른다"47)고 생각한다. 이를 통해, 단장과 노트를 들고 경성 거리를 산책하는 구보가 궁극적으로 갈구하는 것이 행복이라는 사실이 드러난다. 그러기에 구보는 전차의 궤도 위에서 진정한 행복을 찾기 위한 산책을 멈출 수 없는 것이다.

3. 전차의 선로 위에서 행복 찾기

구보는 계속되는 산책과 탐정가적 관찰을 통해 근대 도시인들에게서 표출되는 '행복'

---

45) 박태원, 앞의 책, pp.34~35.
46) 벤야민은 산책자의 이러한 이중적 심리를 "산책의 변증법"이라고 이름 붙였다. Walter Benjamin, 앞의 책, p.17.
47) 박태원, 앞의 책, p.36.

을 발견하고자 한다. 그리고 이 행복이라는 것이 자신에게 부재하는 이유에 대해서도 생각한다. 구보는 경성부민들이 구가하는 행복이 다름 아닌 일상의 반복적 순환에서 비롯되고 있음을 깨닫는다. 마치 전차가 노선과 궤도를 따라 반복을 거듭하며 오가듯 경성의 근대인들은 일상의 반복적 연쇄 속에서 행복을 느끼며 살아가고 있는 것이다. 그렇지만 구보는 이러한 반복과 순환의 일상적 삶을 살기 위해서는 결혼하여 가정을 꾸리고 또한 가정을 부양할 직장을 가져야만 한다는 것을 절감한다.

일본유학까지 갔다 왔지만 버젓한 직장을 갖지 못한 채 소설을 쓰며 살아가는 구보에게 이러한 일상의 양식은 무척 낯설다고 할 수 있다. 가정과 직장을 매일 전차로 오가는 이들은 분명한 목적지를 갖고 있다. 고정된 직장과 월급, 단란한 가정, 그리고 욕구를 채워 주는 소비는 근대 도시인들이 지향하는 삶의 목적지로서의 행복이라고 할 수 있다. 구보는 행복을 갈구하는 근대 도시인들의 소비 욕망이 무한대로 팽창되는 백화점을 찾는다. 그곳에서 목격한 너덧 살 되어 보이는 아이를 데리고 온 젊은 부부의 "자기네들의 행복을 자랑하고 싶어 하는 마음"[48]을 엿본 후에 구보는 백화점에서 나와 전차 정류장으로 향한다. 자신은 어디에서 행복을 찾을까 생각하는 구보는 그 모색의 방법으로 전차를 떠올린 것이다.

> 안전지대 위에 사람들은 서서 전차를 기다린다. 그들에게 행복은 알 수 없다. 그러나 그들은 분명히 갈 곳만은 가지고 있었다.[49]

구보는 어디에서 행복을 찾을까 고민하다가 전차 정류장의 안전지대에 가서 멈춘다. 그러나 안전지대에 서 있는 다른 사람들과 구보는 서로 다른 삶의 위상을 갖고 있다. 다른 사람들은 모두 자신의 목적지를 가지고 있다. 하지만 구보에게는 분명한 목적지가 없다. 목적지를 갖고 안전지대에서 전차를 기다리는 사람들은 일상의 삶에 있어서도 안전지대에 속해 있는 사람들이라고 할 수 있다. 반면에 전차 정류장의 안전지대에 서 있는 구보는 그의 삶에 있어서만큼은 결코 안전하지 못하다고 할 수 있다.

분명한 직업과 독립된 가정 없이 그저 간간이 글을 써서 생활의 방편으로 삼는 구보에게는 어떤 곳도 안전지대가 될 수 없다. 그것은 구보가 가정과 직장이라는 삶의 구체적 목적지를 갖고 있지 못하기 때문이다. 구보는 전차가 오고 사람들이 모두 그 전차에 올라

---

48) 위의 책, p.32.
49) 같은 책.

타자 단지 홀로 남는 외로움과 애달픔을 피하기 위해 서둘러 전차에 뛰어오른다. 전차에 비승한 후 구보가 고민하는 것은 표면적으로는 행선지로서의 목적지이지만, 궁극적으로는 행복이라고 불리는 삶의 목적지라고 할 수 있다.

> 전차가 왔다. 사람들은 내리고 또 탔다. 구보는 잠깐 머엉하니 그곳에 서 있었다. 그러나 자기와 더불어 그곳에 있던 온갖 사람들이 모두 저 차에 오른다 보았을 때, 그는 저 혼자 그곳에 남아 있는 것의 외로움과 애달픔을 맛본다. 구보는 움직인 전차에 뛰어올랐다.[50]

전차에 무작정 뛰어오른 구보는 차장이 그에게 와서 어디를 가냐고 물어도 아무런 대답을 할 수가 없다. 그것은 "갈 곳을 갖지 않은 사람이, 한번, 차에 몸을 의탁하였을 때, 그는 어데서든 섣불리 내릴 수 없"[51]기 때문이다. 목적지 없이 전차에 올라탄 구보는 전차 안에서 자신의 자리를 찾지 못한다. 전차 안에서의 자기 자리, 이는 일상적 삶에서의 자기 자리를 상징적으로 나타낸다.

구보가 머뭇거리는 사이에 전차에 하나 남았던 좌석은 젊은 여인이 차지한다. 구보는 이내 전차의 한구석으로 밀려난다. 전차 한구석에 스스로 내몰린 구보의 모습은 근대 경성의 표준적 일상에 편입되지 못한 채 부유하며 배회하는 도시산책자의 모습이라고 할 수 있다. 그러나 전차에 오른 후 구보의 자의식은 더욱 예민해진다. 자신이 비강(飛降)해야 할 지점을 물색하던 구보는 이내 어느 곳에서 행복이 자신을 기다리고 있을지를 생각한다.

> 전차 안에서 구보는, 우선, 제자리를 찾지 못한다. 하나 남았던 좌석은 그보다 바로 한 걸음 먼저 차에 오른 젊은 여인에게 점령당했다. 구보는 차장대(車掌臺) 가까운 한구석에 가서서, 자기는 대체 이 동대문행 차를 어디까지 타고 가야 할 것인가를, 대체 어느 곳에 행복은 자기를 기다리고 있을 것인가를 생각해 본다.[52]

구보가 동대문행 전차를 타고 어디에서 내려야 할지를 고민하는 것은 군중 속에서 자신이 가야 할 길을 잃어버린 지적인 산책자의 모습이라고 할 수 있다. 전차 한 구석에 내몰리다시피 한 채 구보가 골똘히 생각하는 것은 삶의 목적지인 행복에 관한 것이다. 그렇지만 행복을 찾고자 전차에 오른 구보는 결국 행복의 감각을 일깨워 내지 못한다. 구보는

---

50) 같은 책.
51) 위의 책, p.34.
52) 위의 책, p.33.

도시의 군중들이 느끼는 행복에 공감하지 못한 채 자신을 군중들로부터 또다시 소외시킬 수밖에 없는 것이다. 그것은 행복에 대한 구보의 욕망이 다른 사람들, 특히 구보 어머니의 욕망과 일치하지 않기 때문이다.[53]

구보는 하루의 오랜 산책을 마치고 집으로 향하면서 어머니가 이제 혼인 얘기를 꺼내더라도 쉽게 "어머니의 욕망을 물리치지는 않을지도 모른다"[54]는 생각을 한다. 그것은 구보가 "제 자신의 행복보다도 어머니의 행복을 생각"[55]하고픈 심정이 들었기 때문이다. 구보 어머니의 욕망은 "제 계집 귀여운 줄 알면, 자연 돌 벌 궁릴 하겠지"[56]라는 생각과 "역시 글을 쓰는 것보다는 월급장이가 몇 곱절 낫다"[57]는 확신에서 비롯된 것이다. 이 작품의 결말은 행복에 대한 구보의 욕망과 어머니의 욕망이 서로 대립한 채 긴장감을 유지하면서 끝나고 있다.

구보는 자신이 어머니의 욕망을 물리치지 않을지도 모른다고 말하면서도 "어쩌면"[58]이라는 유보적 단서를 달아 놓았다. 그것은 구보 자신에게는 "한 개의 생활을, 어머니에게는 편안한 잠"[59]을 주는 어머니의 욕망이 그의 소설쓰기와는 배치되기 때문이다. 구보는 정말 좋은 소설을 쓰겠다는 "오직 그 생각에 조그만 한 개의 행복"[60]이 느껴지는 것을 늦은 밤에 귀가하면서 발견한다. 구보가 그토록 찾아 헤매던 행복이 바로 소설쓰기에 있었음을 자의식이 각성된 상태에서 분명하게 확인한 것이다. 좋은 소설을 쓰는 것에서 행복을 느끼는 한, 전차에 뛰어오르는 구보의 비승이 결코 멈추어지지 않으리라는 것을 이 작품의 결말은 암시하고 있는 것이다.

Ⅳ. 결론

이 글은 근대 도시의 면모를 갖춰 가는 식민지 수도 경성의 단면을 일상화된 전차체험

---

53) 채호석은 「소설가 구보씨의 일일」의 시작이 어머니의 시선으로 시작하고 있다는 사실에 주목한다. 그리고 이러한 어머니의 시선이 소설이 끝나는 지점까지 구보를 지배하는 절대적인 규정성으로 작용하고 있음을 지적한다. 구보를 지배하는 절대적 규정성은 결국 구보 어머니가 바라는 평범한 삶의 방식, 즉 일상적 삶에 대한 욕망이라고 할 수 있다. 채호석, 「1934년 경성, 행복 찾기」, 민족문학사연구소 編, 『춘향이 살던 집에서 구보씨 걷던 길까지』, 창비, 2005, pp.175~176.
54) 박태원, 앞의 책, p.80.
55) 같은 책.
56) 위의 책, p.27.
57) 위의 책, p.29.
58) 위의 책, p.80.
59) 위의 책, p.79.
60) 위의 책, p.80.

을 통해서 살펴보았다. 전차는 일제강점기 동안 경성의 가장 주요한 교통수단이면서 동시에 경성의 근대화를 나타내는 지표라고 할 수 있다. 전차의 상용화로 인해 경성부민들은 근대 도시인으로서의 정체성 변화를 체험하게 되었다. 먼 거리도 보행으로 다니던 경성부민들에게 전차는 근대화의 속도감을 느끼게 해 주었고 전차사업은 계속되는 호황을 누릴 수 있었다. 느리게 운행하는 전차에 뛰어오르거나, 뛰어내리는 승하차 행위인 비승과 비강은 당시 경성에서 볼 수 있었던 새로운 풍속이었다.

그러나 경성 전차의 증설 속도보다 전차를 이용하는 경성부민들의 숫자 증가가 앞서면서 여러 가지 문제들이 생겨났다. 교통지옥이라는 말도 1930년대에 생겨난 신조어이다. 경성부민들은 만원 전차에 시달리면서 교통사고나 불미스러운 신체접촉을 감수해야 했지만 이미 전차는 경성의 일상양식으로 확고하게 자리를 잡게 되었다. 전차에 길들여진 경성부민들은 도시자본의 메커니즘에 은연중에 종속된 채 근대화와 도시화를 거부감 없이 받아들일 수 있었다. 경성부민들은 매일 전차를 이용하면서 자연스럽게 근대 도시인으로 거듭나고 있었던 것이다.

경성의 전차는 전차 안은 물론이고 전차가 지나는 경성 거리의 광고판을 전차에 올라탄 경성부민들에게 부각시키는 역할을 하였다. 경성부민들은 전차를 이용하면서 상업적인 광고에 무차별적으로 노출되었다. 경성부민은 전차이용료를 내고 전차에 승차하면서 상품광고를 접하게 되고 이는 계속되는 소비의 순환으로 이어지게 되었다. 결국 전차의 속도감은 소비의 속도감과 비례하고, 전차 노선의 확장은 경성부민의 소비량 증가와 비례관계를 갖고 있는 것이다.

전차가 경성의 새로운 일상양식과 풍속으로 자리 잡자 소설가들도 전차에서 새로운 창작의 모티프를 발견하였다. 1930년대 박태원의 대표적 중편소설인 「소설가 구보씨의 일일」에서는 전차의 승차체험과 보행이 결합된 새로운 형태의 고현학이 소설기술의 방법론으로 제시되고 있다. 이 작품에서는 보행자가 전차에 뛰어오르는 행위인 비승을 통해서 변형된 도시산책의 모습이 나타난다. 이 작품은 경성부민의 일상양식이 된 전차체험이 도시산책자의 미적 자의식과 밀접하게 연관되어 있음을 주인공 구보를 통해 보여 주고 있다.

전차 안에서 마음의 방심상태를 유지하며 탐정가의 시선으로 도시를 관찰하는 소설가 주인공은 군중과 거리를 둔 채 미적 자의식의 발현을 체험하고 있다. 주인공 구보는 경성부민들이 구가하는 행복이 가정과 직장으로 상징되는 일상의 반복적 순환에서 비롯되고 있음을 발견한다. 이때 가정과 직장은 근대 도시인의 소비 욕구를 충족시켜 주는 기본 토대가 되고 있다. 마치 전차가 노선과 궤도를 따라 반복적 운행을 거듭하듯 경성의 근대인들은 일상의 반복적 연쇄 속에서 행복을 느끼며 살아가고 있는 것이다. 그렇지만 주인공은 정말 좋은 소설을 쓰는 것이 자신의 유일한 행복임을 깨닫는다. 박태원은 노선을 따라 선로 위를 운행하는 전차에 비승한 채 자신의 행복을 찾는 주인공의 모습을 통해 새로운 미적 자의식의 가능성을 보여 주었다고 할 수 있다.

<『인문콘텐츠』 제21호, 인문콘텐츠학회, 2011.>

johnroh7@hanmail.net

<참고문헌>

1. 자료

박태원, 「小說家 仇甫氏의 一日」, 『박태원 단편집』(박태원 전집 1), 깊은샘, 1989.

2. 기사

『동아일보』, 「대형보기전차 대판에 주문하야 명춘부터 운전」, 1928. 6. 26. 5면 3단.
__________, 「승객팽창, 수입격증 10년 추적」, 1931. 7. 16. 2면 5단.
__________, 「전차승객 격증, 매일 평균 15만」, 1935. 12. 25. 2면 1단.
__________, 「경성인의 발사치 전차, 버스 수익 매일 12,000원」, 1938. 8. 3. 2면 7단.
__________, 「돈 가지고도 탈 수 없는 도심 전차」, 1939. 6. 4. 조간 2면 5단.
__________, 「사바세계의 아수라, 남대문통 5정목 정류소의 전차승객만 3만명」, 1939. 7. 1. 2면 7단.
__________, 「전차부족이란 무근한 말 …… 교통지옥 해소 열쇠는 경전」, 1939. 10. 26. 조간 2면 1단.
__________, 「전차·뻐스 속력 증가, 시속을 30키로 택시와 동일하게」, 1940. 3. 12. 2면 1단.
__________, 「무정차 급행 전차 시행」, 1940. 3. 28. 2면 4단.
『매일신보』, 「준급행 전차운전, 초일의 성적 양호」, 1930. 2. 22. 2면 10단.
__________, 「급행전차 종일 운전, 오월말까지 연장」, 1940. 4. 28. 3면 1단.
__________, 「학생은 되도록 걷자, 전차승객의 약 4분지 1가량은 학생이 점령」, 1940. 6. 16. 2면 1단.
__________, 「급행전차 영구화, 정류장도 전부 재편성」, 1940. 7. 30. 3면 2단.
__________, 「철각의 의기를 자랑, 오늘은 도보일」, 1940. 9. 7. 3면 5단.

3. 논저

김윤식, 「고현학(考現學)의 방법론 – 박태원의 방법론 비판」, 『한국현대문학사상사론』, 일지사, 1992.
나병철, 「박태원 소설의 미적 모더니티와 근대성」, 『상허학보』 제2집, 1995. 5.
서울특별시사편찬위원회 編, 『서울通史』, 광명인쇄공사, 1972.
서울특별시사편찬위원회 編, 『서울六百年史(第4卷)』, 삼화인쇄주식회사, 1981.
서종택, 「한국현대소설의 미학적 기반(1) – 박태원 이상의 단편소설」, 『한국문학이론과 비평』 제10권 4호, 2006. 12.
손정목, 『한국개항기 도시사회경제사연구』, 일지사, 1982.
______, 『일제강점기 도시사회상 연구』, 일지사, 1996.
一松生, 「電車放談」, 『新時代』, 1942. 4.
장수익, 「최명익론 – 승차 모티프를 중심으로」, 『한국근대소설사의 탐색』, 월인, 1999.
______, 「박태원 소설과 풍속의 의미 – 『천변풍경』을 중심으로」, 『한남어문학』 제32집, 2008.
정현숙, 「1930년대 도시 공간과 박태원 소설」, 『현대소설연구』 제31호, 2006. 9.
조풍연, 「전차」, 『서울잡학사전』, 정동출판사, 1991.
채호석, 「1934년 경성, 행복 찾기」, 민족문학사연구소 編, 『춘향이 살던 집에서 구보씨 걷던 길까지』,

창비, 2005.

철도청 공보담당관실 編, 『韓國鐵道史(第3卷)』, 교학사, 1979.

최혜실, 「최명익 소설과 '승차'의 테마화」, 『한국모더니즘소설연구』, 민지사, 1992.

한상규, 「1930년대 모더니즘문학에 나타난 미적 자의식에 관한 연구－이상, 김기림을 중심으로」, 서울대대학원 석사학위논문, 1989.

함한희 · 박순철, 「문화원형콘텐츠의 디지털 아카이브의 방향」, 『한국비블리아발표논집』(제15집), 2006. 11.

Baudrillard, Jean, *Société de consommation*, 이상률 譯, 『소비의 사회』, 문예출판사, 1991.

Benjamin, Walter, *Das Passagen-Werk*, 조형준 譯, 『도시의 산책자』, 새물결출판사, 2008.

______________, *Illuminationen : ausgewählte Schriften*, 이태동 譯, 『문예비평과 이론』, 문예출판사, 1994.

Lefebvre, Henri, *Vie quotidienne dans le monde moderne*, 박정자 譯, 『현대세계의 일상성』, 세계일보, 1992.

Waugh, Patricia, *Metafiction － The Theory and Practice of Self-Conscious Fiction*, Methuen, 1984.

입신출세주의의 문학적 의미
─이태준『사상의 월야』와 그 밖의 작품들

조 성 면

1. 문제제기로서 입신출세와 입신서사

　인간을 움직이는 것은 무엇인가. 무엇이 인간으로 하여 이 풍진의 삶을 견디며 기꺼이 살아가게 하는가. 편의상 두 갈래로 나누어 생각해 볼 수 있다. 하나는 식색면(食色眠)같이 생명의 논리에서 비롯한 생득적 욕망이고, 다른 하나는 사회적 존재로서 자아실현의 의지 곧 입신출세의 욕망이다.

　입신과 출세는 범주적·의미론적 유사성에도 불구하고 각기 독립적으로 사용되던 말이었다. '입신출세'는 입신과 출세가 결합된 조어로 메이지기(明治期)에 새롭게 출현한 용어라 할 수 있다. 개인들이 신분사회의 질곡에서 벗어나 출세의 욕망을 품을 수 있었던 역사적 전환기, 이른바 근대적 주체가 새롭게 탄생하고 형성되던 시대에 새롭게 부상한 사회문화적 현상이 바로 입신출세주의이다.

　입신이란 말은 근대 이전에도 널리 사용되던 말이었다.『논어』에 "삼십이립(三十而立)", 곧 삼십이 되어 인생관을 바로 세우고 학문적인 자립을 했다는 말이 나온다. 여기서의 입(立)은 큰 뜻을 세우고 수신(修身)과 위인(爲人)을 통해 개인의 완성에 도달하려는 유교적 이상과 이념적 목표를 압축한 말이라 할 수 있다.

　유교의 중요 경전의 하나인『효경』에도 "입신행도(立身行道) 양명어후세(揚名於後世) 이현부모(以顯父母) 효지종야(孝之終也)"라 하여 몸을 세워 도를 행하고 후세에 이름을 날려 부모를 드러나게 하는 것이 효도의 끝이라는 말이 나온다. 수기를 거쳐 위인을 실천함으로 몸과 이름을 높이는 것이 참된 효도라는 경구에서 유교사회가 입신을 매우 중시했다는 사실을 확인해 볼 수 있다.

　이에 비해 출세는 다소 중의적인 뜻을 갖는다. 사회적으로 성공하고 인정받는 사람이 되어 세상에 이름을 드날린다는 세속적 의미와 사바세계를 떠나 불문(佛門)에 들거나 번뇌 망상을 모두 여의고 무위적멸(無爲寂滅)에 든다는 종교적인 의미가 그러하다. 그런가 하면 이 말은 상구보리(上求菩提)한 다음 하화중생(下化衆生)한다는 것, 다시 말해 큰 인격과 실력을 쌓은 다음 중생을 제도(濟度)하기 위해 인간세상으로 뛰어들자는 대승불교의 이념을 나타내기도 한다. 출세간(出世間)과 출출세간(出出世間)을 뭉뚱그려 출세로 표현했던 것이다. 이와 같이 입신과 출세는 사대부나 수행자들이 실천해야 할 도(行道)였으며, 실천윤리이기도 했던 것이다.

근대사회에 와서 입신출세는 전근대와 연속되기도 하고 또 불연속되기도 하면서 윤리적 속박과 강박에서 벗어나 다른 면모를 보여 주기 시작한다. 가령 사회적 존재로서 성공하고 이름을 높이고자 하는 욕망은 그대로이되, 과거와는 달리 신분적 질곡과 윤리적 속박을 벗어나 만인들에게 새로운 가능성으로 열리게 된 것이다.

이 글의 관심은 입신과 출세 또는 입신출세란 말의 기원과 역사 등에 천착하는 화용론의 차원에 속해 있지 않고, 한국의 근대(문학)에서 입신출세가 갖는 의미, 곧 시대를 들여다보는 창구이자 인간을 이해하고 우리의 문학을 살펴보는 독법으로서의 가능성을 살펴보려는 데 있다.

한국근대문학연구에서 입신출세주의가 주목을 받기 시작한 것은 비교적 최근의 일이다. 정종현의 「‘민족현실의 알리바이’를 통한 입신 출세담의 서사적 정당화」는 입신출세 문제를 한국근대문학연구주제로 받아들인 가장 선구적인 논의로서 이를 교양 소설과 근대적 자아의 형성의 사례로 설명하고 있다. 이런 관점에서 그는 이태준의 『사상의 월야』를, 작가의 성장체험을 그린 자전적 소설로서가 아니라 "새롭게 대두되는 사회의 변화와 이를 받아들이는 새로운 세대의 세계관의 변화"[1]를 반영한 작품으로 평가한다. 소영현의 「근대 인쇄 매체와 수양론·교양론·입신출세주의: 근대 주체 형성 과정에 대한 일고찰」은 입신출세주의에 대한 연구를 보다 심화시킨 논의로서 『소년』과 『청춘』 등의 잡지를 중심으로 동시대 지식청년들의 근대학문과 학력에 대한 열망을 추동한 것이 무엇이었는지를 분석하고 있다. 이 논의에 의하면, 입신출세는 신분상승과 성공에 대한 열망의 표현일 뿐만 아니라 근대적 인쇄매체에 의해 매개되고 증폭된 문화현상이다. 근대적인 매체의 발전과 함께 입신출세 담론도 크게 활성화되었고, 이는 다시 수양론과 교양론 등과 결합 또는 분화되어

---

1) 정종현, 「민족현실의 알리바이를 통한 입신출세담의 서사적 정당화: 이태준, ‘사상의 월야’의 성장체험이 지니는 의미에 대하여」(『한국문학연구』 23집, 동국대 한국문학연구소, 2000), p.265.

가면서 근대적 주체 형성의 메커니즘의 하나로 작동하게 되었다는 것이다.[2]

이 글에서는 선행 연구들의 뒤를 이어 입신출세주의가 대두된 메이지 유신 시대 일본의 상황을 입신의 코드로 읽어 낸 니토베 이나조(新渡戶稻造)와 다케우치 요(竹內洋) 등의 주요 저작들을 참고하면서 이태준의『사상의 월야』를 중심으로 이광수의『무정』, 김내성의『백가면』, 방인근의『마도의 향불』등 그 밖의 작품들을 두루 참고하여 이 문제가 지닌 역사적·문학사적 의미와 맥락을 살펴보고자 한다.

2. 입신출세주의의 계보

1) 백성을 국민으로:『학문을 권함』·『소년구락부』·『인생독본』

입신출세(의 기회)가 신분적 질곡을 벗고 만인에게 열린 것은 근대 자본주의 사회로 접어들면서부터이다. 동아시아에서 입신출세가 역사적 현상으로 부상한 것은 메이지기 일본에서였다. 메이지 혁명(유신)은 한국과 중국 등 동아시아에도 큰 영향을 끼친 역사적 사건이었다. 이 같은 중요성으로 인해 일본에서는 현재까지 메이지 시대의 성격과 범위를 둘러싸고 다양한 논의가 진행되고 있다. 주요 쟁점은 메이지 시대를 언제부터 언제까지로 설정할 수 있는가, 또 이를 유신으로 보아야 하는가 아니면 혁명으로 보아야 하는가, 나아가 메이지 혁명(유신)의 성격을 어떻게 규정할 것인가 등에 관한 문제들이다.

다소 복잡한 논란에도 전반적으로는 메이지 유신을 프랑스 시민혁명에 버금가는 혁명으로 재해석하려는 관점이 우세[3]하며, 아울러 이 시기는 민족주의·합리주의·사회주의 사상 등 일본 근대문화의 사상사적 바탕이 마련된 시대로 평가되고 있다.[4] 그럼에도 이에 대한 논란이 끊이지 않는 이유는 메이지 유신(혁명)이 갖는 복합성과 모호함 때문이다. 왕조가 철폐된 것도 아니며 계급혁명도 아니고 오히려 천황의 권위에 의존하거나 이에 투항한, 혁명이라 할 수 없는 이상한 혁명(유신)이라는 한계를 가지고 있으면서도 매우 복잡하고 다양한 원인과 요소들이 얽혀 있기 때문이다. 페리호의 내항(1853) 이후 서구 열강의 위협에 굴욕적으로 문호를 개방한 바쿠후(幕府)에 대한 존왕파(尊王派)들의 불만, 도쿠가와 바쿠후에 대한 도자마한(外樣藩)들의 뿌리 깊은 반감, 경제의 혼란으로 인한 하급무사·도시민·농민들의 봉기 등의 정정 불안과 피지배계급의 정치의식의 성장이 바로 그

---

2) 소영현, 「근대 인쇄매체와 수양론·교양론·입신출세주의」(『상허학보』18집, 상허학회 편, 2006) 참고.
3) 江村榮一, 『自由民權と明治憲法』(東京: 吉川弘文館, 1995), p.169.
4) 김채수, 「일본의 메이지 혁명과 일본 근대문화」, 『문화비평과 과정학』(보고사, 2005), p.530.

것이다. 이런 분위기를 읽은 조정에서는 은밀하게 토막밀칙(討幕密勅)을 내렸고, 마침내 1867년 11월 9일 도쿠가와 요시노부(德川慶喜) 쇼군(將軍)이 토막파의 요구를 수용함으로써 동년 9월 16세의 나이로 친황의 자리에 오른 메이지 일왕(日王)에게 정권을 반환하는 이른바 대정봉환(大政奉還)이 이루어지는 것이다.

메이지 유신(혁명)은 대정봉환 이후 더욱 적극적으로 표출된다. 가령 메이지 유신의 주체들은 서구열강들의 침략으로부터 살아남기 위한 방법이 서구화밖에 없다는 것을 깨닫고 "정치·경제·교육·문화 등의 모든 면에서 서구화정책"5)을 강력하게 밀고 나간다. 1871년 7월 문부성 설립은 그러한 메이지 기획의 일환이었다. 아울러 문부성의 설립과 동시에 "부강안녕(富强安寧)"과 "일반인민의 문명(一般人民の文明)"이라는 목표를 제시하고 "사민평등에 의한 국민개학주의(四民平等による國民皆學主義)"6)라는 교육이념이 공표된다. 이때 교육의 사대 이념이 함께 발표되는데, 그 이론적 기초가 되는 책이 후쿠자와 유기치(福澤諭吉)의 『학문을 권함(學問のすすめ)』이다. 그런데 여기에서 주목되는 것은 제2항인 "학문은 입신의 재본(學問ハ身ヲ立ル財本)"이라는 조항7)이다. 이는 1868년 1월 3일 혁명군에 의해 왕정복고가 선언되면서 공표된 「5개조서문(五箇條の御誓文)」의 제3조와 제5조의 정신에 바탕을 두고 있는 것이다. 제3조에는 "문무관에서 서민에 이르기까지 모두 자기의 뜻을 이루게 할 것이다(官武一途庶民ニ至ル迄各其志ヲ遂げ人心ヲ倦マザラシメン事ヲ要ス)."라는 사민평등과 민권주의가, 그리고 제5조에는 "지식을 세계에서 구하여 황기를 진흥시킨다(智識ヲ世界ニ求メ大ニ皇基ヲ振起スベシ)."라고 하여 신학문과 지식에 의한 교육입국론을 제시하고 있다. 한 가지 흥미로운 것은 근대적인 민본주의와 민권주의 의식을 표방하고 있음에도 그것이 어디까지나 황기(皇基)를 진흥시키기 위한 것이라고 하는 이른바 입헌군주제도의 한계와 모순을 적나라하게 보여 주고 있다는 점이다. 이처럼 입신출세론이 국가주의와의 긴밀한 관계 속에서 출현하였다는 것은 향후에 전개되는 입신출세 담론들의 성격과 본질을 해명하는 것과 관련하여 시사하는 바가 아주 크다고 하겠다.

서구화와 학문을 통한 입신이라는 메이지 기획은 후쿠자와 유키치(福澤諭吉)의 『학문을 권함』과 나카무라 마나시오(中村正直)의 『서국입지편(西國立志編)』(1871)8)을 동시대 최대의 스테디셀러로 끌어 올린다. "1872년 2월에 간행된 『학문을 권함』 초편은 1877년 10월

---

5) 같은 책, p.524.
6) 田中彰 編, 『明治維新』(東京: 吉川弘文館, 1994), pp.203~266.
7) 같은 곳.
8) 나카무라 마나시오의 이 책은 사무엘 스마일즈(Samuel Smiles)의 『자조론 Self-Help)』를 번역한 것이다.

까지 무려 18만 2,894부가 팔려” 나갔을 정도이다. 이 책은 “하늘은 사람 위에 사람을 두지 않고 사람 아래 사람을 두지 않는다(天は人の上に人を作らず, 人の下に人を作らず).”는 과감한 민권주의적 사상과 학문론으로 당시의 청(소)년들에게 입신출세의 열망에 불을 붙인 “정신의 화약”9)이었으며, 학문이야말로 입신의 초석이며 출세의 발판이라는 개발주의 담론으로 백성을 국민으로 계몽하고 훈육했던 근대화의 교과서였다.10) 아울러 이는 기쿠테이 고스이(菊亭香水)의 『세로일기(世路日記)』(1884)와 미야자키 고쇼시(宮崎湖處子)의 『귀성(歸省)』(1890) 등 메이지 문학의 한 조류인 입신서사 출현의 직접적인 계기로 작용하였다. 그러나 실제의 현실에서 입신출세는 어디까지나 출세한 사족에 대해 굴종할 수밖에 없었던 개명한 기독교계 사족 청년들을 위한 대항이념이자 평민들의 심리적 위안물이었고, 종래에는 자유민권운동의 퇴조와 함께 입신출세주의담론 또한 국가주의라는 새로운 동력을 얻기 전까지 잠시 수면 아래로 가라앉는다.11)

메이지 시대에 불붙은 입신출세의 열망을 다시 재점화한 것은 『소년구락부(少年俱樂部)』(1914)이다. 낭만주의와 동심천사주의 이념에 기반한 『빨간새(赤い鳥)』(1918)와 달리 『소년구락부』는 아동을 제국이념의 새로운 훈육의 대상으로 전유한다.

일본에서 아동 개념의 형성에 결정적인 계기가 된 것은 1872년(메이지 5년) 학제의 개편과 함께 자연적 질서에 속박돼 있었던 “어린이들을 학교라는 같은 공간에 한꺼번에 집어넣어 ‘아동’이라는 연령 범주에 포함시”12)킨 이후부터라는 게 정설로 받아들여지고 있다. 그러나 진정한 의미에서의 근대 아동이 만들어지기 위해서는 학제라는 물적 기반에 덧붙여 또 다른 계기가 필요했는데, 그것이 바로 아동에 대한 관념이다. 이 아동 관념은 “메이지 말기 오가와 미메이(小川未明)를 비롯한 문학자들의 꿈으로서 또는 퇴행적 공상으로서 발견”된다.13) 이와 같이 객관적으로 자명하게 존재하는 것처럼 보이는 아동은 이렇게 풍경, 내면 등과 함께 근대사회의 성립을 전후하여 점진적으로 형성된 개념이다.14) 특히 이와야 사자나미(巖谷小波)가 주도한 『소년세계』(1895)와 그의 ‘오토기바나시(お伽話)’는 소·중학생을 겨냥한 잡지와 작품으로 이때부터 문학 분야에서도 “모험소설·입지소설·소년소설이라는 구분, 즉 아동문학의 하위 장르가 생겨났다.”15) 이러한 아동문

<hr>

9) 같은 책, p.138.
10) 마에다 아이(前田愛), 「메이지 입신출세주의의 계보」, 『일본 근대 독자의 성립』(이룸, 2003), pp.124~128.
11) 같은 책, p.152.
12) 가와하라 카즈에 지음, 양미화 옮김, 『어린이관의 근대』(소명출판, 2007), p.14.
13) 같은 책, p.14.
14) 여기에 대해서는 필립 아리에스 지음, 문지영 옮김, 『아동의 탄생』(새물결, 2003), pp.235~237; 가라타니 고진 지음, 박유하 옮김, 「아동의 발견」, 『일본근대문학의 기원』(민음사, 1997), pp.153~155.

학과 아동의 개념은 "어린이의 순수를 보존·개발하기 위한 예술"[16]을 표방한 스즈키 미에키치(鈴木三重吉)의 『빨간 새』(1918)가 크게 성공을 거두면서 완전하게 자리를 잡는다. 이들이 만들어 낸 '착한 소년 이데올로기'는 근대시민사회가 요구하는 도덕률에 충실한 어린이들을 말하는 것인데, 여기에도 예의 입신출세주의가 어김없이 작동하고 있다. 아리시마 이쿠마(有島生馬)의 「장군의 아들과 경찰아들(大將の子と巡査の子)」(1918)은 한 예이다. 친구지간인 육군대장 아들 다케오와 경찰관의 아들 우시마가 누구의 아버지가 더 훌륭한가를 놓고 다투게 된다. 선생님은 지위와 상관없이 누구나 훌륭하게 될 수 있다고 가르쳐 주며, 교장 선생님은 자신의 아버지의 직업이 어떻든 입신출세 기회가 누구에게나 평등하게 열려 있으니 열심히 공부하라고 조언하면서 은연중에 입신출세주의를 부채질하며 제국의 윤리를 드러낸다.[17]

『소년구락부』는 여기서 한 발 더 나아가 전쟁영웅들을 미화, 찬양하는 방식으로 소년들에게 이들을 이상으로 삼는 '입신·영웅주의'를 더욱 노골화한다. 미다 슈스케(見田宗介)는 이러한 일본의 입신출세주의를 가리켜 서구에서 자본주의를 지탱하는 덕목이었던 프로테스탄티즘과 기능적으로 대응하는 이념이었다고 말한다.[18] 사실 『소년구락부』에 수록된 상당수의 "군사애국소설"[19]들은 입신출세주의와 군국주의의 산물들로서 "개인의 야심추구와 국가의 융성이 서로 행복하게 조화를 이루는 데 기반을 두"는, 이른바 제국적 사유와 이념을 보여 준다. 이 국가주의는 후일 사람의 일생과 정신을 계도하는 제국의 윤리로 발전하는바, 니토베 이나조(新渡戶稻造)의 『인생독본』은 대표적 사례이다. 1934년에 초판이 나온 니토베의 『인생독본』은 『학문을 권함』이 그러했듯이 1941년에 23쇄를 찍었을 정도로 인기를 끌었으며 군국주의 시대의 시민들을 제국의 신민으로 적극 호명한다. 주요 내용은 삶에 대한 적당한 철학적 통찰과 함께 강인함과 처세와 희생정신 등을 바탕으로 한 자기의 완성[20]이다. 그런데 사실 이러한 자기개발과 입신주의는 대단히 위험한 유사 잠언에 지나지 않았음은 역사가 입증하고 있는 바다.

---

15) 가와하라 카즈에, 앞의 책, p.50.
16) 같은 책, p.75.
17) 같은 책, p.108.
18) 같은 책, p.114.
19) 같은 책, p.115.
20) 여기에 대해서는 新渡戶稻造, 『人生讀本』(23쇄, 東京: 實業之日本社, 1941)을 참고.

2) 입신의 서사들: 『무정』·『백가면』·『사상의 월야』

　동서고금을 막론하고 입신은 인간사회와 문학의 항상적 관심사이며 뜨거운 열망이었다. 입신출세가 인간이 만들어 낸 위대한 신념 내지 시대의 조류와 경향을 의미하는 주의(ism)의 차원으로 올라선 것은 메이지 시대였고, 이를 연구주제로 '발견'하고 '개발'한 것 역시 일본에서였다.

　다케우치 요(竹内 洋)는 『입신출세주의』를 통해서 입신출세주의를 근/현대 일본사회(인)에 막강한 영향력을 행사한 모더니티의 한 요소로 보고, 실증적인 탐색을 시도한 바 있다.21) "근대 일본의 로망과 욕망"이란 부제에서 잘 드러나듯 예리한 사회학적 상상력으로 사회적 다윈이즘, 공부[勉强], 학력 귀족주의, 수험가족(受驗家族)과 고등유민, 교양, 금의환향, 학력편중 등의 주요 개념들과 입신출세주의를 둘러싼 주요 현상과 폐해들에 대해서 주목한다.

　입신의 문제가 신분적 질곡에서 벗어나 시대정신이자 인간의 내면을 지배하는 욕망으로 떠오른 것은 전통적인 신분질서와 가치체계가 붕괴하고 새로운 사회질서가 재구성되기 시작했던 메이지 시대 일본에서였으며, 식민지 조선 역시 일본에서 불어 닥친 이 같은 입신의 열풍에 노출되기에 이른다.22) 그러나 식민지적 상황에 놓여 있었던 조선의 지식 청년들은 개인의 영달을 추구하는 입신출세의 욕망을 노골적으로 드러내기는 어려웠고, 민족의식이나 계몽주의 이념 같은 거대이념에 의존하거나 결탁하여 은밀하게 이를 표출할 수밖에 없는 상황이었다.23) 그래서인지 한국근대소설에서는 나폴레옹의 초상화를 걸어 놓고 세속적 성공을 위해 몸부림을 쳤던 『적과 흑』의 평민 청년 '줄리앙 소렐'이나 사랑을 위해 일생을 바쳐 세속적인 성공을 거두나 끝내 비극적인 최후를 맞는 『위대한 개츠비』의 주인공 '개츠비' 등 같은 입신서사형 인물들을 찾아보기 어렵다. 그저 청운을 뜻을 품고 신지식과 학문을 배우고 돌아왔으나 갈 곳이 없었던 「술 권하는 사회」의 '남편'과 「치숙」의 '어리석은 오촌 당숙'처럼 술이나 마시고 그저 거리를 배회하는 좌절한 룸펜들로 가득하다. 1930년대 연재 당시(『동아일보』, 1932. 11. 5.~1933. 6. 12)에 큰 인기를 얻은 이후, 1947년(영창서관)·1964년(대문사)·1973년(대한출판사)·1980년(민중도서) 등 수차례에 걸쳐 복간되었던 방인근의 대중소설 『마도의 향불』에도 심한 민족차별로 인해 최

---

21) 여기에 대해서는 竹内洋, 『立身出世主義: 近代日本のロマンと欲望』(東京: NHK出版, 1997)을 참고.

22) 이 같은 입신출세주의의 사조는 1927년 식민지 조선에도 상륙하였다. 가령 하야타(早田)의 '입신론'은 한 예이다. 여기에 대해서는 早田伊三 編, 『朝鮮於ける立身出世の道』(京城: 朝鮮社會情調査會, 1927)를 참고.

23) 정종현 역시 "『사상의 월야』가 민족현실이라는 알리바이를 통해 개인의 출세담을 합리화하고" 있는 작품으로 읽고 있다. 정종현, 앞의 글, p.269.

고학부인 경성제국대학을 졸업하고 입신을 고사하고 취직조차 힘겨웠던 엘리트들이 스스로를 "고등부랑자"라 자조하는 장면이 나올 정도이다.

> "가만 있자. 우리 반에서 이번에 취직된 놈이 몇인가?"
> "재판소에 둘, 총독부에 둘, 은행에 하나, 대학총장이 일본 출장 가서 얻어 온 것은 일본
> 애가 다 차지하고 ─ 그리고 대학 연구실에 몇 놈 남고 그러고는 없네그려."
> "조선 사람이 세운 기관에는 하나도 쓰이지 못하니 이런 신세가 어디 있담. 학사가 학질
> 을 만났네."24)

메이지기 일본에서는 신학문과 교육을 통해서 근대화를 주도할 엘리트들의 육성에 매진할 수 있었던 반면, 식민지 조선의 엘리트들은 입신은 고사하고 아예 사회로 진출할 길조차 마땅치 않았던 것이다. 이들 "고등부랑자"들이 선택할 수 있는 것은 식민지 체제의 하부에 관료로 참여하거나 이 같은 현실과 시스템을 전복하기 위해 투쟁에 나서는 길뿐이었다. 그도 아니면 기생집과 카페를 전전하며 술을 마시며 세월을 보내는 룸펜의 길밖에 없었다. 이런 상황이기에 입신담론과 입신서사로 분류할 수 있는 작품은 사실상 목록화가 불가능할 만큼 너무 많거나 혹은 너무 없다.

정종현과 소영현 등의 논의가 보여 주고 있는 바와 같이 입신출세는 난감한 문학사의 현상이며 주제인바, 이는 한국은 물론 동아시아에서 유구한 전통을 가지고 있다. 『사기』의 '열전들'과 『삼국지연의』 등을 위시하여 대부분의 한국 고소설들 ─ 특히 군담소설과 영웅소설은 거의 모두가 입신/입지의 이야기이거나 이와 관련이 있다. 뿐인가. 신체시「해에게서 소년에게」(1908)로부터 시작해서 근대계몽기의 신소설들과 <실력양성운동>, 그리고 아동문학과 대중소설들에 이르기까지 한국문학사에서 입신과 개발은 보편적 현상이자 한 요소로서 널리 편재한다. 그러면서도 입신출세는 그저 소재 내지 모티프의 차원에 머물러 있으며, 이를 전경화하여 본격적으로 다루고 있는 작품도 찾아보기 어렵다. 따라서 입신출세의 문제를 보다 좁혀서 살피는 것이 현실적인 대안인데, 일본과의 관계를 고려하면서 입신 서사를 입신출세가 서사의 중핵(kernel)25)이 되어 사건이 시작되고 종결되는 작품들과 입신이 주요 모티프로 설정되어 있거나 그것이 작중인물의 행동발전에 중심축이자 동기로 작용하는 작품(소설)들로 제한해서 살펴보는 선택과 집중이 불가피하다.

---

24) 방인근, 『마도의 향불』(『한국장편문학대전집』 1권, 민중도서, 1980), p.257.
25) 중핵(kernel)은 중요한 문제들을 야기하거나 서사체의 중심이 되는 주요 사건 내지 플롯을 지칭한다. 이른바 매체론적 서사이론가라 할 수 있는 시모어 채트먼이 개발한 핵심 용어이다. 여기에 대해서는 Seymour Chatman, *Story And Discourse, Narrative Structure in Fiction And Film*, 김경수 옮김, 『영화와 소설의 서사구조』(민음사, 1990), pp.62~63.

이런 점을 고려해 볼 때 이광수의『무정』, 김내성의『백가면』, 이태준의『사상의 월야』 등이 우선 주목된다. 요컨대『무정』은 근대 장편소설의 개막을 알린 계몽주의 계열의 작품이라는 점에서,『백가면』은 소년모험추리소설로서 대중문학에 나타난 입신출세 문제를 살필 수 있는 텍스트라는 점에서, 끝으로『사상의 월야』는 이른바 진지한 문학에 나타난 본격적인 입신출세의 서사라는 점에서 이들은 각기 다른 세 경향을 대표하는 작품이라 할 수 있다.

『무정』은 계몽주의 이념과 민족의식을 형상화한 한국근대소설의 정전으로 평가받는 작품이다. 이 소설 역시 기왕의 해석들을 걷어내고 인물들의 내면과 행동양태를 가만히 살피면, 입신출세의 이야기가 그 저변에 흐르고 있음을 볼 수 있다. 가령 고아 이형식이 경성학교 영어 교사가 되고, 결혼을 매개로 마침내 조선을 위한 "큰 인물－큰 학자, 큰 교육자, 큰 예술가"를 꿈꾸며 유학을 떠난다는 이야기는 명백한 입신의 서사이다. 여기에 온갖 인생유전과 고초를 겪고 큰 각성을 이루어 유학을 떠나는 박영채, "동경 고등사범 역사과의 전과를 졸업하고 2, 3년 전에 환국하여 경성학교주 김남작(男爵)의 청탁으로 대번에 경성학교 학감이라는 중요한 지위를 얻"는 학감 배명식과 "일변 수양에 힘쓰며 저술에 노력하여" 유명 저술가로 입신하는 신우선 등도 단적인 예이다. 이처럼『무정』은 계몽과 민족의식이라는 이념이 개인적 입신을 위한 매개이자 동기로 작용하고 있는 것이다.

소년모험탐정소설『백가면』은 국내로 돌아온 김내성이 작가로서의 입지를 굳히게 되는 결정적인 계기가 되었던 작품이다.26) 이 소설은 아마추어리즘과 습작의 차원을 벗어나지 못한 국내 창작 추리소설을 대중적인 장르문학으로 끌어 올리는 데 기여했으며, 아직 불모상태에 있었던 (청)소년소설의 지평을 확장한 작품이라는 평가를 받는다.27)『백가면』은 탐정소설의 옷을 입은 소년들의 모험 이야기다. "전 세계가 두려워하는 발명품"인 "거대한 전기자석"을 개발한 수길의 아버지 강박사가 적국의 스파이(軍事探偵)들에게 납치당하자 대준와 수길은 탐정(탐정소설가) 유불란과 함께 모험의 길을 떠난다. 백가면을 추격하던 도중 같은 편이라는 것을 알게 되고, 대준은 그 백가면이 10년 전에 실론 제도에서 실종된 아버지 박지용임을 알게 된다.

---

26) 조성면, 「김내성과 장르문학」(『전환기, 근대문학의 모험』, 2009 탄생 100주년 문학인 기념대회 발표문, 2009. 5. 7.), p.94.

27)『백가면』은 김내성이 발표한 첫 번째 장편소설로서 1937년 6월부터 1938년 5월까지『소년』에 연재되었으며, 정현웅이 삽화를 맡았다. 1938년 한성도서주식회사에서 단행본으로 출판되었다. 이후『백가면』은 1946년 조선출판사(책에는 저자가 이기홍으로 되어 있다)에서, 1951년에는 평범사에서 재출판되었다. 한편『백가면』에 대한 선행연구로는 최애순, 「30년대 모험탐정소설과 김내성 '백가면'의 관계 연구」(『동양학』 44집, 단국대 동양학연구소, 2008. 8.)와 김종수, 「김내성 소년 탐정소설의 '바다' 표상」(『김내성 탄생 100주년 기념: 김내성 소설의 추리, 연애, 모험 그리고 이상의 세계』, 대중서사학회 춘계학술대회 자료집, 2009. 4. 11.) 등이 있다.

이 소년소설은 추리와 모험의 플롯을 결합한 전형적인 장르문학이이면서 동시에 공부를 통한 입신출세주의와 애국주의가 결합된 이른바 군국주의 시대의 방첩소설의 계보에 속한다는[28] 점에서 조금 더 세심한 독법을 필요로 한다. 인용문은 『백가면』의 저변에 흐르고 있는 정신과 이념이 무엇인지 잘 보여 주는 예이다.

> 우리의 적(敵)은 단지 한 사람의 백가면이 아니라 지금 호시(虎視)를 부릅뜨고 강박사의 발명을 방해하려는, 그리고 기회만 있으면 기계에 관한 비밀서류를 빼앗고저 하는 야수(野獸)와도 같은 전 세계의 눈동자다. 시민 제군들이여! 제군은 두 눈을 크게 뜨고 서울 장안을 살펴보라. 장안은 지금 각국에서 파견(派遣)된 스파이(軍事探情)들로 말미암아 일대 수라장을 이루고 있다. 그들은 서로서로 백가면으로부터 비밀수첩을 빼앗어다가 자기네가 세계의 제왕(帝王)이 되려고 싸우고 있는 것이다. 시민 제군들이여! 우리는 손과 손을 마주잡고 힘과 힘을 합하야 어떠한 일이 있다 할지라도 강박사를 구해내서 비밀수첩을 빼앗지 않으면 안 될 것이다.[29]

> "위대한 사람이 되어라. 제가 옳다고 생각하는 일에는 조곰도 겁을 내지 말고 용감히 싸워라. 그러면 너는 우리가 자랑할 만한 훌륭한 사람이 될 것이다."[30]

『백가면』이 발표된 1938년은 중일전쟁(1937)이 발발하고 제2차 세계대전(1939)을 목전에 둔 군국주의 시대로서 국민들을 전시동원체제(1937~1945)의 주체로 호명하던 시기였다. 『백가면』은 이후에 김내성이 발표한 『태풍』(『매일신보』, 1942. 11. 21.~1943. 5. 2.)과 『매국노』(『신시대』, 1943. 7.~1944. 4.)만큼 노골적인 대일 협력적 작품[31]은 아니었으나 이 같은 역사적 제약으로부터 자유로울 수 없었으며, 국가주의와 결탁된 개인들의 입신출세가 작품의 저변에 흐르고 있음을 확인할 수 있다.

『무정』과 『백가면』은 입신출세주의가 계몽주의와 국가주의와 결탁한 사례라고 한다면, 『사상의 월야』는 개인의 입신출세 문제가 서사의 중핵(kernel)이 되어 사건이 시작되고 종결되는 전형적인 입신서사라 할 수 있다. 『무정』과 『백가면』이 각각 계몽주의와 추리모험이라는 중핵에 부속된 위성(satellite)으로 후경화되어 있는 반면, 『사상의 월야』에서는 입신의 문제가 중핵으로 전경화되어 있다. 요컨대 『무정』 시대에는 소설이 개인들의 계발과 입신을 고무하는 형국이었다면, 『백가면』 시대의 그것은 대동아공영권이 주창되던 시

---

28) 정혜영, 「방첩소설」(『한국현대문학연구』 24호, 2008), pp.281~282.
29) 김내성, 『백가면』(조선출판사, 1946), p.14.
30) 같은 책, p 16
31) 최승연, 「근대적 지식인 되기를 향한 욕망의 서사」, 『김내성 탄생 100주년 기념: 김내성 소설의 추리, 연애, 모험 그리고 이상의 세계』, 앞의 책, pp.62~63.

대 식민지인들을 유사 제국의 주체로 호명하고 편입시키려 한 입신출세주의였다고 할 수 있다.

『사상의 월야』는 군국주의가 기승을 부리던 태평양 전쟁 시기에 발표(『매일신보』에 1941년 3월 4일부터 1942년 7월 5일까지 연재되었다)되었으나 서사시간은 이태준이 출생한 1904년부터 상지대학[32)에 입학한 1926년까지로서 입신출세주의를 개인적인 욕망을 내면화하고 있다는 점에서 확연하게 다르다. 특히『사상의 월야』의 주인공 이송빈은『무정』의 이형식이나「빈처」·「치숙」등의 작품들과는 입신출세를 삶의 목표로 뚜렷하게 드러내고 있다는 점에서 매우 이례적인 성과라고 할 수 있다. 따라서『사상의 월야』를 계보의 차원에서 처리할 것이 아니라 따로 분리하여 집중적으로 조명할 필요가 있다.

3. 입신서사로서『사상의 월야』와 그 의미

『사상의 월야』는 이송빈의 소년시절부터 청년기까지의 성장과정을 다루고 있는 성장소설이자 이태준이 자신의 삶을 대상으로 하고 있다는 점에서 흔히 '이태준론'의 논거로 활용되는 되는 작품이다.[33) 이 장편은 작가 자신의 개인사를 다룬 자전적 소설이면서 동시에 유교적 신분질서가 무너지고 새로운 질서가 형성되는 과정 속에서 근대적 자아의 형성과 주체의 고투를 잘 보여 주고 있는 입신서사의 전형이기도 하다.

『사상의 월야』는 1941년 3월 4일부터 1942년 7월 5일까지『매일신보』에 연재되었으며, 1946년 을유문화사에서 단행본으로 출간되었다. 그러나 해방 이후에 출간된 을유문화사 본(本)은 동경 유학생활 부분이 삭제되어 있고, 격렬한 좌우대립과 이태준의 월북 등 복잡한 사정으로 인해서 상권만 나오고 결국 미완에 그치고 말았다는 점에서 선본(善本)으로서의 신뢰성에 대한 문제가 제기되기도 한다.[34) 그래도 작품의 전반을 읽고 해독하는 데는 아무런 지장이 없을 만큼의 완결성과 높은 가독성을 가지고 있다.

작품의 주인공 송빈은 반가(班家)의 후예로 아버지는 덕원감리서(德源監理署) 소속의 관원이었다. 개화파 인물이었던 아버지는 개화당을 친일매국분자로 인식했던 의병들에게

---

32) 참고로 熊木勉,「李泰俊とベニンホフ」(2006年度~2008年度科學硏究費補助金基盤硏究B硏究成果報告書『植民地期朝鮮文學者の日本體驗に關する總合的硏究』, 2009. 5.)처럼 이태준이 와세다 대학에 다녔으며, 나아가 그와 실존인물인 '베닝호프'와의 관계를 실증적으로 다룬 논의가 있어 주목을 끈다. 그러나 필자는 아직 이 문건을 입수하여 검토해 보지 못하였다.

33) 『사상의 월야』를 작가론과 연결시킨 대표적인 논의로서 이상갑,「'사상의 월야' 연구」,『이태준 문학 연구』, 상허학회 편(깊은샘, 1993); 양진오,「이태준의 '사상의 월야' 연구: 응시와 직시의 시각 수준 개념을 중심으로」(서강대 석사논문, 1992); 허병식,「한국 근대소설과 교양의 이념」(동국대 박사논문, 2006) 등을 꼽을 수 있다.

34) 민충환,「이태준 소설의 선본 문제: '사상의 월야'를 중심으로」,『이태준 문학 연구』, 앞의 책, p.124.

혹독한 형신(刑訊)을 받고 생명마저 위험해지자 가족을 이끌고 "아라사 땅 해삼위(海蔘威)의 해안에 있는 조그만 어촌"으로 망명길에 오른다. 고문의 후유증으로 자리보전을 하던 아버지가 세상을 떠나고, 이어 동생 해옥(海玉)을 출산하고 어머니마저 숨을 거두자 고아가 된 송빈에게 혹독한 시련이 닥쳐온다. 이들 고아 남매가 세상에서 의지할 수 있는 유일한 의지처는 연로한 외할머니뿐이었다. 칼국수 장사로 연명하던 송빈과 남은 가족들은 다시 고향 철원으로 돌아온다. 친척집을 전전하며 눈칫밥을 먹는 송빈이 세운 최초의 목표는 "도 장관", 곧 지방수령이 되는 것이었다.

> 「신랑의 아버지가 지금은 돌아가시구 없지만, 전에 영월 고을 원노릇을 했단다. 넌 이담 도 장관이나 돼라.」
> (……)
> 「도 장관이 되문 잘 되는 거유?」
> 「그럼!」
> 송빈이는 눈을 딱 감았다. 가슴에 '도 장관'이 깊이 박혔다.[35]

이 같은 송빈의 욕망은 시대의 물정에 어둔 외할머니의 소박한 바람을 전유한 어린아이의 꿈에 지나지 않는 것이었다. 따라서 역사적 맥락에서 벗어난 이 시대착오적인 목표는 완강한 현실과 부딪치면서 수정 또는 폐기될 운명을 맞이하게 된다. 식민지 근대사회에서 존재하지도 않는 전근대 시대의 "도 장관"은 가능하지도 않을 뿐 아니라 그가 처한 시대적 현실, 특히 식민체제의 하위 주체들을 생산하기 위한 식민지교육의 목표와 정면으로 배치되는 것이었기 때문이다.

> 「너이는 장래 어떤 목적을 가졌느냐?」
> 물음에 면서기, 헌병보조원, 고작 군청기수가 그들의 소원이었다. 송빈이가 더욱 놀란 것은 이런 제자들의 대답을 매우 만족해하는 교장의 태도였다.[36]

이러한 식민체제 하에서 성공과 입신을 꿈을 이루려는 고아소년 송빈의 목표는 애초부터 실현가능성이 거의 없는 것이었고, 필연적으로 굴절과 좌절을 거듭하지 않을 수 없었다. 그것은 식민지 고아소년이 극복할 수 없는 근원적인 한계였다. 게다가 송빈 자신도 궁핍한 처지를 이겨 내고 세상에 보란 듯이 출세해야겠다는 성공을 위한 욕망에 사로잡혀

---

35) 『사상의 월야』(『이태준 전집』 6, 깊은샘, 1988), p.67.
36) 같은 책, p.74.

있는 터여서 그것은 어떤 명료함도, 구체성도 가지지 못한 뜨거운 열망에 지나지 않았다. 실제로 작품 속에서 입신출세를 향한 송빈의 꿈은 수시로 바뀌는 가변적인 것이었고 뚜렷한 롤 모델도 존재하지 않는 막연한 것이었다. 송빈의 욕망을 매개하는 대상이 도 장관에서 금줄 두른 모자가 표상하는 보성학교 학생들로 다시 동경유학생들(135면)로 자꾸만 바뀌는 것이 그러하다. 요컨대 객주집 사환으로 일하면서 여학생이 주는 팁 오 전에 굴욕감을 느낀 송빈이 '돈과 명예로 복수하겠다'37)는 각오를 다진다거나 학자금이 없어 배제학당 입학이 좌절되자 '돈으로 배제에 복수하자'38)고 결의를 다지는 장면들 역시 그 같은 송빈의 심리상태를 잘 보여 주는 것이라 할 수 있다.

　주지하듯 입신출세의 욕망은 사회적 존재로서 모든 인간들이 품고 있는 목표로서 동서고금을 관통해서 존재하는 통시적이고 공시적인 것이다. 그러면서도 그것은 메이지기 일본에서 출현한 독특한 이념 내지 문화현상으로서 근대사회를 주도할 새로운 주체와 엘리트들을 생산해 내기 위한 근대의 기획으로서의 역사성을 가지고 있다. 요컨대 입신출세는 봉건적 바쿠한체제(幕藩體制)에 종속된 한민(藩民)들을 근대적 국민으로 재편하는 동시에 새로운 근대적 국민국가를 건설해야 하는 후발자본주의 일본의 절박한 목표와 신분질서에서 해방된 개인들의 욕망의 합작품이었던 것이다. 그리고 이것이 식민지 조선에까지 전이되어 계몽주의 이념들과 결합하면서 하나의 문화적 현상을 이루었음은 이미 소영현의 연구39)에서 확인한 바와 같다. 근대의 미디어들을 통해서 널리 유포되었던 그러한 입신담론은 1930년대 이르러서 일상 속에 깊이 자리를 잡게 되는바, 봉명학교에 입학한 송빈이 근대과학의 힘을 깨닫고 '입지시'를 되뇌며 공부를 통한 입신의 각오를 다지는 장면이든지 입신서사와 아무런 관련이 없는 박태원의 소설『금은탑』에도 "그는 누이 덕에 이제 자기의 입신출세할 날이 멀지 않으리라고 생각하였"40)다는 대목이 나오고 이 시구가 대화에 인용될 정도로 보편화되어 있었던 것이다.

　(……) 특히 송빈에게 깊이 가슴에 새겨진 것은 이등박문(伊藤博文) 작이라는 한시(漢詩) 구절이었다.

　男兒立志出鄕關　사나이 뜻이 서서 향관을 떠난 바에

---

37) 같은 책, p.86.
38) 같은 책, p.105.
39) 소영현, 앞의 글 참고.
40) 박태원, 『금은탑』(서음미디어, 2006), p.213.

學若無成死不換　배워 이룸이 없이야 죽은들 돌아올 것가
埋骨豈期墳墓地　뼈 묻기를 어찌 분묘지에 기약하리요
人間到處有靑山　인간이 이르는 곳마다 푸른 산은 있도다.[41]

"이 사람은 안두호(安斗浩)라구 충청도 친군데, 이번에 <u>남아입지출향관(男兒立志出鄕關)</u>
<u>해가지구</u> 일대 문화사업을 하러 경성으루 이렇게 올러 온 터이니 그리 알구 경의를 표하
시요."[42]

메이지기 젊은이들이 자신의 입신출세 열망을 드러내는 은유로서 곧잘 활용됐던 위의
칠언절구(七言絶句)는 진종(眞宗) 계열의 승려 월성(月性, 1817~1856)의 「동쪽으로 떠나며
벽에 쓰다(將東遊題壁)」로 1843년 오사카로 공부하러 떠나며 쓴 작품으로 알려져 있다. 『
사상의 월야』에서는 이를 이토 히로부미(伊藤博文, 1817~1909)의 작품이라 하고 밝히고 있
는데, 이는 이태준의 착오이다. 그야 어쨌든 이 일본의 한시는 백백교의 연쇄살인 사건을
다룬 박태원의 『금은탑』(1938)[43]의 대화에도 등장할 만큼 식민지 지식청년들에게도 널리
알려져 있었다. 메이지기의 특수한 문화현상으로 시작된 이런 입신출세의 열망은 후일 제
국주의라는 정치적 시스템과 제도를 기반으로 널리 퍼져 나가 누구나 "남아입지출향관"
을 유행어처럼 읊을 만큼 일본 청/소년들은 물론 식민지 조선의 지식청년들을 사로잡고
있었던 것이다.

　그러나 대부분의 평민들, 특히 식민지 조선의 청년들에게 입신출세는 현실이라는 굳센
장벽 앞에 번번이 좌절되거나 다가서면 뒤로 물러서고 멀어지는 신기루처럼 애초부터 가
능하지 않은 환영 같은 것이었다. 그러하기에 입신을 향한 송빈의 여정 또한 끝없는 열망
과 좌절과 도전과 굴절의 연속이었고, 심지어는 사랑하는 연인 '카레데'[44] 은주의 구애를
외면하거나 그녀와의 사랑을 이루지 못할 정도로 혹독한 길이었다. 흔히 이태준 문학의 핵
심적 정조로 "깊은 페이소스"[45]가 지목되곤 하는데, 과연 송빈의 혹독한 인생과 입신의 여
정을 다룬 『사상의 월야』 역시 깊은 연민과 슬픔을 자아낸다. 주인공 이송빈이란 인물이
처해 있는 비극적 상황―곧 반가 출신의 고아라는 실존적 상황과 국권상실이라는 역사적
상황―은 "당대 청년들이 살아간 역사적 조건을 상징하고 있는 것"[46]인바 송빈은 자기 자

---

41) 같은 책, p.70.

42) 박태원, 앞의 책, p.69.

43) 이 작품은 원래 『조선일보』(1938. 4. 7.~1939. 2. 14.)에 '우맹(愚氓)'이란 제목으로 연재되었다. 1949년 한성도서주식회사에서 단행본으
　　로 발표할 때 '금은탑'으로 개제(改題)하였다. 이는 소설 속에 칠층석비에 관한 전설이 삽화로 나오는데, 이 석비의 별칭을 '금은탑'이라
　　했고 작품 제목은 이를 딴 것이다.

44) '카레데'는 송빈이 사랑하는 여인 은주에게 붙인 별칭으로 『부활』의 기휴샤, 『그 전날 밤』의 에레나, 『젊은 베르테르의 슬픔』의 롯데 등
　　소설 속 여주인공들 이름의 이니셜을 조합한 것이다. 『사상의 월야』, pp.126~127 참고.

45) 이상갑, 앞의 글, p.349.

신의 이상과 욕망의 완성을 향해 여행하는 자이고 동시에 소설의 외적 형식은 한 인물의
전기 방식을 취하고 있다는 점에서 『사상의 월야』는 일종의 문제적 개인의 이야기라 할
수 있다.47) 비록 작품이 제목과는 달리 '사상에 대한 고투와 모색'도 없고 오로지 고난으로
점철된 송빈이란 인물의 힘겨운 인생 역정에 관한 이야기였다 할지라도 파시즘 체제가 기
승을 부리는 1930년대 후반기에 자기 자신을 대상화하여 자신의 과거를 재점검하고 개인
의 문제와 개인의 가치에 천착하면서 이를 환기시키고 있다는 점에서 성장소설로서, 입신
서사로서 『사상의 월야』가 갖는 의미는 대단히 소중한 것이라 하지 않을 수 없다.48)

4. 덧없는 환상−환영의 근대와 좌절의 서사로서의 입신

그간 『사상의 월야』는 작품의 자전적 성격으로 인해 주로 작가론의 관점에서 다루어져
왔으며, 최근에는 교양소설로서의 측면이 집중적인 주목을 받은 바 있다.49) 이 글에서는
『사상의 월야』의 다른 면모, 예컨대 입신의 문제가 작품의 중핵으로 전경화한 입신서사이
며 동시에 파시즘 체제이라는 군국주의적 광풍 속에서 입신과 자아실현을 위한 문제적
개인의 여정이며 개인(삶과 가치)에 대해 질문을 던지고 문제화한 작품이라는 점에 착목
하였다.

입신출세는 동서고금을 막론하고 인간의 보편욕구이며, 사회적 존재로서 인간들을 추
동하는 욕망의 최종심급이라 할 수 있다. 그런 입신출세가 보다 특수한 의미와 역사성을
띠게 된 것은 메이지기 일본에서였는데, 앞에서 살펴본 바와 같이 이는 근대적 주체와 엘
리트들을 생산해 내기 위한 기제이며 문화현상이었다. 식민지 조선에서도 이 같은 열풍은
『소년』과 『청춘』 등의 근대적 인쇄 미디어들을 통해 널리 전파되고 또 확산되어 주로 수
양론과 교양론 등과 같은 담론의 차원에서 논의되었다. 『사상의 월야』는 한국근대소설사
에서 찾아보기 어려운 작품으로 담론의 차원을 넘어서 개인의 성공과 입신 같은 입신출
세주의를 본격적으로 다루었다는 점에서 각별한 의미를 갖는다.

그런데 문제는 대부분의 입신의 이야기들이 좌절과 비극의 서사가 될 수밖에 없었다는
점이다. 『사상의 월야』가 결국 미완으로 끝난 것이라든지 그 밖의 다른 작품들에서 입신

---

46) 정종현, 앞의 글, p.264.

47) 루카치 저, 반성완 역, 『소설의 이론』(중판; 심설당, 1989), p.103.

48) 이상갑 역시 『사상의 월야』가 보여 준 파시즘 체제 하에서 개인의 가치에 대한 천착과 재발견을 높이 평가한 바 있다. 이상갑, 앞의 글,
    p.347.

49) 정종현(주 1)과 허병식(주 31)의 논의가 대표적이다.

의 문제가 중핵으로 다루어진 적이 거의 없었다는 것은 그 같은 사정을 잘 웅변한다. 예컨대 『적과 흑』이나 『위대한 개츠비』 등 입신과 성공에 매달렸던 상당수의 인물들이 비극적인 결말을 맞게 되는 깃 또한 지명힌 예리 할 수 있다. 물론 『빌헬륨 마이스터의 수업시대』의 경우처럼 한 개인의 입신과 성장을 다루고 있는 모든 교양소설 내지 입신의 서사들이 비극으로 끝나는 것은 아니지만, '갈 길이 정해져 있음으로 아예 여행이 필요 없는 형식'인 대중소설이나 군담소설(영웅소설) 같은 재래의 로망스들에서 주로 성공담(success story)들이 목격되는 것은 시사하는 바가 매우 크다고 하겠다.

이런 점에 비추어 주인공 이송빈의 태도와 여정은 아주 도드라져 보인다. 작품 후반부에 가서 계몽주의 소설의 주인공들처럼 송빈은 민족 현실에 대한 개조의 의지를 얼핏 드러내기도 하지만, 기본적으로 그는 세속적이고 개인적인 성공을 지향하는 인물이다. 그러나 성공과 출세를 향한 그의 열망은 그가 처한 상황―고아/고학생이라는 개인적 상황과 망국인이라는 외적 상황으로 인해 끊임없이 장벽에 부딪치고 굴절된다. 그럴 때마다 그의 눈앞에 출현한 신천지가 바로 '문학'이었던 것이다. 아버지를 여의고 소청거리에서 '밀칼국 장사'를 할 당시에 익혔던 당시(唐詩)들50), 객주집 사환 시절 대합실에서 읽던 『추월색』·『옥중가화』에 최남선이 번안한 『해당화』(『부활』)51), 희문고보 시절 교장실과 귀빈실 유리창을 닦으며 어렵게 학업을 이어 나가던 시절의 "위고의 '희무정'[레미제라블]"과 투르게네프와 괴테52), 그리고 조대(早大) 교수이며 선교사였던 "뻬닝호프"의 후원으로 공부하던 동경유학시절의 『근대문학십이강』53) 등이 바로 그러하다. 지금도 그렇지만 당시 문학은 큰 밑천 없이, 특히 적수공권의 식민지 지식청년이 세상과 소통하고 단숨에 자신의 이름을 세상에 드날릴 수 있는 거의 유일한 입신의 방편이다시피 했다. 그러나 엄혹하고 완고한 시대상황에서 문학을 통한 입신은 욕망의 상상적 해결에 지나지 않는 의사입신(擬似立身)이었다. 다음은 이 같은 정황을 잘 보여 주는 예이다.

몇 해 전 일이다. 어느 시골서 여러 해 만에 뵈입는 친구의 어르신네였다.
"요즘 자네가 글을 잘 져 이름이 난다데그려. 그래 무슨 글을 짓는가?"
무어라 여쭐지 몰라 망설이는데 그분의 아드님이 대신 대답해 드리기를,
"소설이랍니다. 꽤 재미있게 쓴답니다."

50) 『사상의 월야』, 앞의 책, p.29.
51) 같은 책, p.85.
52) 같은 책, pp.125~126.
53) 같은 책, p.199.

하였다. 영감님, 의외라는 듯이 안색을 잠깐 흐리며

"소설? 거 이야기책 말이냐?"

하시었다. 이번에는 내가

"그렇습니다."

한즉, 잠깐 <u>민망해하시더니,</u>

"<u>거 소설은 뭘하러 짓는가? 자고로 소설이란 패관잡기稗官雜記로 돌리던 걸세. 워낙 도청</u>
<u>도설류道聽塗說類에 불과하거든……</u>."

하시었다.[54]

인용문은 이태준의 수필집 『무서록』(1941)에 실린 에세이 「소설」의 한 대목이다. 근대 문학과 예술의 가치를 이해하지 못하는 전근대적인 어르신네의 입장에서 소설이란 여전히 패관잡기이거나 길거리에 떠도는 무가치한 뜬소문, 곧 도청도설류일 뿐이다. 성공을 향한 혹독한 여정 끝에 찾은 문학을 통한 입신. 그러나 그 역시 '사상의 월야'라는 긴 도정을 향해 열린 과정이며 불완전하고 "민망한" 입신이었던 것이다.

그러면 이렇게 간난[艱難]한 입신의 여정과 스토리가 오로지 『사상의 월야』의 주인공 송빈에게만 국한된 개인적인 문제였을까. 그리고 보면 신소설 시대부터 신학문을 배워 자신과 민족을 일으키려는 청운의 큰 뜻을 품고 장도에 올랐던 한국근대문학 속의 유명한 인물들―『혈의 누』의 김옥련과 구완서를 비롯하여 『무정』의 이형식 등―은 모두 어떻게 되었던 것일까. 그들은 모두 어디로 간 것일까. 「술 권하는 사회」의 술에 취한 남편, 「치숙」의 오촌당숙, 경성제대 법문학부를 졸업하고도 취직을 못하고 애인의 재산으로 빈민가에서 자원봉사 활동이나 벌이는 『마도의 향불』의 영호, 와세다를 졸업하고 탐정소설이나 쓰는 『백가면』의 유불란이 혹시 미래의 그들이 아니었을까.

주지하듯 근대사회에서 입신출세는 표면적으로는 만민에게 열린 만민의 것이었다. 이에 수많은 젊은이들과 야심가들은 "남아입지출향관"을 암송하며 입신출세라는 원대한 인생의 목표를 실현하기 위해 온몸을 내던져 자기의 개발/계발에 투신하여 수양하고 또 교양을 쌓았다. 그런데 과연 그들의 희망과 근대가 설파했던 것처럼 누구나 입신을 할 수 있고 또한 입신을 하게 되면 현재 겪고 모든 고통들을 해결하고 진정한 삶의 행복을 얻게 될까? 교양과 수양이라는 미명하에 치열한 경쟁의 대오 속으로, 또는 계몽의 대의에 투신했던 그들은 도대체 모두 어디로 간 것일까.

자본주의 근대는 끝없는 경쟁과 개발을 강요하는 비인간적 시스템이다. 근대가 예의

---

54) 「소설」, 『무서록』, 이태준문학전집 15(김은샘, 1994), p.144.

온갖 개발의 논리들로 많은 발전과 눈부신 성장을 이룩한 것도 사실이지만, 반대로 그 '개발'은 필연적으로 원치 않았던 수많은 부작용과 저항도 함께 '개발'할 수밖에 없다. 마 찬가지로 입신출세 역시 숱한 낙오자들을 양산함으로써 사회 시스템과 질서를 회의와 위 기에 빠뜨릴 수 있는 역설의 이즘이라 할 수 있다. 이런 점에 비추어 『사상의 월야』 같은 입신의 이야기는 어쩌면 애초부터 완성에 이르지 못할 운명을 가진, 비극의 서사로 예정 돼 있었던 것이었는지도 모른다.

<『민족문학사연구』 40호, 민족문화사연구소, 2009.>

csm1965@daum.net

<참고문헌(參考文獻)>

1. 기본자료

『이태준문학전집』(깊은샘).
『효경』.
『원불교사전』.
『한영불교사전』.

2. 국내 논저

김내성, 『백가면』, 조선출판사, 1946.
김종수, 「김내성 소년 탐정소설의 '바다' 표상」, 『김내성 탄생 100주년 기념: 김내성 소설의 추리, 연애, 모험 그리고 이상의 세계』, 대중서사학회 춘계학술대회 자료집, 2009. 4. 11.
김채수, 「일본의 메이지 혁명과 일본 근대문화」, 『문화비평과 과정학』, 보고사, 2005.
박태원, 『금은탑』, 서음미디어, 2006.
방인근, 『마도의 향불』, 『한국장편문학대전집』 1권, 민중도서, 1980.
소영현, 「근대 인쇄매체와 수양론·교양론·입신출세주의」, 『상허학보』 18집, 상허학회 편, 2006.
양진오, 「이태준의 '사상의 월야' 연구: 응시와 직시의 시각 수준 개념을 중심으로」, 서강대 석사논문, 1992.
이상갑, 「'사상의 월야' 연구」, 『이태준 문학 연구』, 상허학회 편, 깊은샘, 1993.
정종현, 「민족현실의 알리바이를 통한 입신출세담의 서사적 정당화: 이태준, '사상의 월야'의 성장체험이 지니는 의미에 대하여」, 『한국문학연구』 23집, 동국대 한국문학연구소, 2000.
정혜영, 「방첩소설」, 『한국현대문학연구』 24호, 2008.
조성면, 「김내성과 장르문학」, 『전환기, 근대문학의 모험』, 2009 탄생 100주년 문학인 기념대회 발표문, 2009.
최승연, 「근대적 지식인 되기를 향한 욕망의 서사」, 『김내성 탄생 100주년 기념: 김내성 소설의 추리, 연애, 모험 그리고 이상의 세계』, 대중서사학회, 2009. 4. 11.
최애순, 「30년대 모험탐정소설과 김내성 '백가면'의 관계 연구」, 『동양학』 44집, 단국대 동양학연구소, 2008.
허병식, 「한국 근대소설과 교양의 이념」, 동국대 박사논문, 2006.

3. 국외논저

가라타니 고진 지음, 박유하 옮김, 『일본근대문학의 기원』, 민음사, 1997.
가와하라 카즈에 지음, 양미화 옮김, 『어린이관의 근대』, 소명출판, 2007.
江村榮一, 『自由民權と明治憲法』, 東京: 吉川弘文館, 1995.
마에다 아이(前田愛), 유은경·이원희 옮김, 『일본 근대 독자의 성립』, 이룸, 2003.
新渡戸稲造, 『人生讀本』, 23쇄, 東京: 實業之日本社, 1941.

田中彰 編, 『明治維新』, 東京: 吉川弘文館, 1994.

早田伊三 編, 『朝鮮於ける立身出世の道』, 京城: 朝鮮社會情調査會, 1927.

竹內洋, 『立身出世主義: 近代日本のロマンと欲望』, 東京: NHK出版, 1997.

Ariès, Phillippe, 문지영 옮김, 『아동의 탄생』, 새물결, 2003.

Chatman, Seymour, *Story And Discourse, Narrative Structure in Fiction And Film*, 김경수 옮김, 『영화와 소설의 서사구조』, 민음사, 1990.

Lukács, G., 반성완 역, 『소설의 이론』, 중판; 심설당, 1989.

손창섭 소설에 나타난 작중인물의 병인적 요소
-「생활적」,「낙서족」,「신의희작」을 중심으로-

김 명 임

1. 서론

1950년대를 대표하는 작가 손창섭의 작품세계는 독특하다. 사회에서 소외된 비정상적이고 병적인 인물유형과 개성적인 문체, 그리고 우울하고 기괴한 분위기는 그의 소설의 일관된 특징이다. 손창섭은 스스로 자신의 문학을 '목석(木石)의 노래'[1]라고 표현하였다. 그는 인간으로 태어난 것을 원망하며 차라리 '목석'이 되었으면 좋겠다고 하면서도 자신의 문학은 '목석의 울분이며 절규'라고 말한다. 아무런 감정을 느낄 수 없는 목석의 울음과 절규는 오히려 그것을 듣는 사람들에게는 강한 인상을 남긴다. '목석의 노래'인 손창섭의 문학은 당대에는 물론 지금까지도 1950년대의 암울한 현실과 한국전쟁의 피폐함을 리얼하게 형상화한 작품으로 평가받는다.

손창섭은 1952년 『문예』지에 김동리의 추천으로 「공휴일」을 발표하면서 본격적인 작품 활동을 시작하였다.[2] 그의 작품에 나타나는, 정신적·육체적으로 비정상적 인물들과 우울한 분위기는 전쟁 직후의 암담한 현실과 맞물리면서 문단의 주목을 받았다. 그러나 1958년 「잉여인간」을 통하여 기존의 부정적인 작중인물과는 다른 이상적 인물을 주인공으로 등장시키며, 자서전적인 소설 「신의희작」(1961)을 통하여 자신의 성장과정을 공개하였다. 그리고 그 후 발표하는 작품에는 등장인물들의 비정상성이 현저하게 줄어든다. 손창섭은 1963년 기자와의 대담에서 『부부』를 이야기하면서 "종래 내가 즐겨 묘사하던 인물과는 달리 투쟁하며 승리하는 인간상을 그려 보았는데 앞으로도 이런 형을 그려보리라는 의도를 갖고는 있습니다."[3]라고 하며, 다른 사람들이 말하듯이 자신은 괴짜가 아니라

---

1) 손창섭,「목석의 노래―추천 완료 소감」,『문예』, 1953. 7., p.76.
2) 1952년 김동리의 추천으로 『문예』지에 〈공휴일〉을 발표하고 1953년 〈사연기〉로 추천완료를 받고 당선소감을 썼다. 그러므로 데뷔작을 〈공휴일〉과 〈사연기〉 두 작품으로 보는 것이 타당하다.

고 항변한다. 오히려 자신이 어떤 면에서는 지나치게 규범적인 사람이라고 주장하기까지 한다.

손창섭 작품을 분석하는 데 많은 부분을 차지하고 있는 것은 작중인물에 관한 것이다. 논자들은 손창섭 소설의 인물들을 주체성을 상실한 광기와 정신병적인 생리가 두드러지는, 비인간적이며 기형적인 전형이며 이것은 작가의 자기모멸의식의 확대이며 병적인 증후군의 표출이라고 규정하였다.4) 그리고 이것이 손창섭의 허무주의적 한계를 드러내는 것5)이라며 비판하였다. 이 시기에 비평가들은 손창섭 소설에 나타나는 비정상적인 작중인물을 중점적으로 분석하여, 그것을 한국전쟁을 체험한 작가의식의 문학적 표출로 인식하였다.

그러나 이후 손창섭 작품의 작중인물분석은 점점 다양화되고 세분화되었다. 특히 작가의 자서전적인 소설인 「신의희작」을 기본 텍스트로 삼아 연구자들은 정신분석학적으로 작가 손창섭과 작중인물과의 관계를 규명(糾明)하기도 하고 작중인물들을 유형별로 분류하기도 하였다.6) 손창섭의 작중인물의 형성은 전쟁과 밀접한 관련이 있다는 전제에서 외국 작가와의 비교 연구도 눈에 띈다.7) 그런가 하면, 의학적인 측면에서도 손창섭의 작중인물이 연구되기도 하였다.8)

작품세계를 분석하기 위해 작가의 성장과정을 이해하는 것은 문학연구의 중요한 방법론 중 하나이다. 전기적 연구방법이나 정신분석적 연구방법을 통해 우리는 작가의식과 작품세계와의 관계를 구명하곤 한다. 그러나 손창섭은 생애나 사생활에 대해서는 알려진 것

---

3) 손창섭, 「나는 왜 신문소설을 쓰는가」, 『세대』, 1963. 8. 송하춘편, 『손창섭』, 새미, 2003. p.328에서 재인용.
4) 윤병로, 「혈서의 내용」, 『현대문학』, 1958. 12., pp.236~243; 김상일, 「손창섭 또는 비정의 신화」, 『현대문학』, 1961. 7., pp.214~228; 정창범, 「손창섭론 - 자기모멸의 신화」, 『문학춘추』, 1965. 2., pp.41~48.
5) 김현, 「허무주의와 그 극복」, 『사상계』, 1968. 2., pp.290~301; 김영기, 「문제작가와 문제작품 - 광장에서의 니힐」, 『현대문학』, 1967. 12., pp.222~233.
6) 최종민, 「손창섭 소설에 나타난 인간형 연구」, 서울대학교 석사 논문, 1992; 이강현, 「손창섭 소설연구」, 세종대학교 박사 논문 1993; 정은경, 「손창섭 소설연구」, 고려대학교 석사 논문, 1993; 심영덕, 「손창섭 소설의 심리학적 연구」, 영남대학교 박사논문, 1997; 김진기, 「손창섭 소설연구」, 건국대학교 박사 논문, 1999.
   * 1996년 『작가연구』 창간호에서는 손창섭을 특집으로 다루고 있다. 기존의 논의를 정리하고 비교적 상세한 연보와 개인사를 접할 수 있다.
7) 최창희, 「독일과 한국 전후소설에 나타난 '불구적 인물'의 의미 탐구」, 고려대학교 대학원 석사논문, 2001. 이 논문은 1950년대 전후로 비슷한 시기에 전쟁을 겪은 독일과 한국의 상황을 살펴보고 그 속에서 탄생한 귄터 그라스의 『양철북』의 인물과 손창섭의 단편소설에 나타난 여러 인물들을 성격유형별로 나누고 비교 분석하였다.
   가와무라 마치코, 「손창섭과 추명린삼의 전후 소설 비교 연구」, 경희대 대학원 석사논문, 2002. 이 논문은 한국과 일본의 대표적인 전후문학작가라는 공통점을 지닌 손창섭과 시이나린조의 소설을 비교하였다. 부정적 인간형 폐쇄적 공간, 개성있는 문체, 실존주의와의 연관이 공통점으로 부각되지만 그들의 초기작품에 국한되었고 관념론적인 난해성으로 유명한 시이나린조의 작품과 손창섭의 작품에 대한 비교보다는 불구적 인물이나 문체 등익 소재론적 비교에 머물고 만 것이 아쉽다.
8) 조두영, 「손창섭 초중기 세단편소설에 대한 정신분석적 고찰 - 〈유실몽〉, 〈설중행〉, 〈인여인간〉을 대상으로」, 『정신분석』 제12권 제2호 2001. pp.253~260; 조두영, 「자서전적 소설과 작가」, 『정신분석』 제13권 제1호, 2002; 조두영, 『목석의 울음』, 서울대학교출판부, 2004. 노종상, 「사상의학을 통해 본 인물 유형연구」, 한성대학교 대학원 석사논문, 1998. 이 논문에서 손창섭의 작중인물들을 동양사상의 체질론과 관련지어 논의하고 있다. 물론 손창섭의 작중인물의 대부분은 소음인이다. 그래서 염세주의로 흐르기 쉬운 유형이라고 한다.

의 거의 없다. 몇 편의 잡문을 통해서 그의 삶을 추측할 뿐이다. 그리고 1972년 일본으로 건너간 후에는 행적조차 알려져 있지 않다. 그래서 연구자들은 그의 자서전적인 소설 「신의희작」을 중심으로 그의 성장과정을 추론하고 작품과의 연계성을 논의하곤 하였다.

「신의희작」을 연구할 때 주의해야 할 것은 내포작가와 실재작가의 구분 없이 자서전으로 구분해서 설명하는 일방적인 대입9)이다. 그러나 작가에 대한 전기적 자료가 많지 않은 손창섭의 경우 자화상이라는 부제와 "삼류작가 손창섭"이라는 작가와 동일한 인물의 이름은, 「신의희작」이 작가가 자신의 이름을 붙인 주인공을 통해 직접적인 체험의 소설화10)를 시도한 작품이라고 볼 수 있다. 또 그는 1965년 「아마츄어 작가의 변」에서 자신의 자전적 소설론을 이야기하며 "나의 작품은 소설의 형식을 빌린 작가의 정신적 수기(手記)요, 도회(韜晦) 취미를 띤 자기 고백의 과장된 기록"11)이라고 하였다.

몇 안 되는 손창섭에 대한 기록을 바탕으로 그의 작품을 읽어 내면서 우리는 저자와 등장인물의 유사성을 쉽게 찾아낼 수 있다. 비록 "저자 자신이 주인공과 동일인임을 부인하거나 아니면 적어도 그것이 자기의 이야기라고 스스로 말하지 않는다 하더라도 독자가 그 이야기 속에서 그것이 저자 자신의 이야기와 유사하다는 것을 알아차리고 그 때문에 작가와 주인공이 동일 인물이라고 생각하게 되는"12) '자전적 소설'로 이해할 수 있는 것이다.

손창섭의 많은 작품들이 '자전적 소설'의 의미로 파악될 수 있다.13) 그러나 단순이 작가가 체험했던 직업이나 장소가 같다고 해서 그것이 다 '자전적 소설'로서의 의미를 가지고 있는 것은 아니다. 본고는 '자서전적 허구'를 가진 손창섭의 자서전적 요소를 찾고자 한다. 그러나 손창섭은 자신에 대하여 알려지기를 싫어했으며 실제로 알려진 사실은 미비하다. 남아 있는 것은 손창섭의 당선소감이나 인터뷰 정도이다. 비록 짧은 자료이지만 이 글에 반복되는 요소가 있다. 작가 스스로 본인의 기질이나 성격을 밝힌 대목이다.

> 고집이 세고, 괴팍하고 비사교적이고, 시기심이 강하고, 까다로운 데다가 두뇌는 명석하지
> 못한 편이오, 본시 아둔하니까 지식과 교양은 최하급에 속하고, 아무짝에도 쓸 만한 재능

---

9) 강유정, 「손창섭 소설의 자아와 주체연구」, 『국어국문학』 133권. 국어국문학회, 2003. 5., p.287
10) 김명숙, 『조르쥬페렉의 새로운 자서전적 글쓰기』, 한국학술정보, 2005. 10., pp.33~35에서 저자는 두브로브스키의 '자전적 허구'에 대해 "저자, 화자, 주인공이 명목상 같은 아이텐티티를 공유하고 소설이라 이름 붙여진 이야기"이며 여기서의 강조점은 작가의 체험을 바탕으로 한 주인공의 성격과 등장인물의 창조라고 하였다.
11) 손창섭, 「아마츄어 작가의 변」, 송하춘편 『손창섭』, 새미, 2003, p.317에서 재인용.
12) 필립르죈, 『자서전의 규약』, 윤진 옮김. 문학과 지성사, 1998, p.35.
13) 방민호, 「손창섭의 자전적 소설연구」, 『국어교육』 122호, 한국어교육학회, 2003. 10., p.541. 방민호는 〈비오는 날〉, 「신의희작」, 「낙서족」, 〈유맹〉을 '자전적 소설'로 규명하고 그것을 매개로 작가의 주제의식의 변모를 검토하였다.

　　　이라곤 별로 없으니 평점은 숫제 말이 아니다. ―중략―
　　이렇듯 나와의 공존과 공감을 허용하려 하지 않는 기성사회, 기성권위에 대한 억압된 나
　　의 인간의 자기 발산이 문학형태로 나타난 것이 말하자면 나의 소설이라 하겠다. 이렇듯
　　이루어진 작품들이고 보니 그 속에 자연 냉소와 자조, 실의와 체념, 위장된 시니시즘, 허
　　위와 불신, 질시의 상실, 애정촉각의 마지, 생활의 분열, 이런 것들의 그림자가 진하게 어
　　린 테마를 더 많이 담게 된 것도 어쩔 수 없는 물리적 현상이었는지 모른다.14)

　　그는 「아마츄어 작가의 변」에서 처음으로 발견한 '나'는 '육신과 정신의 고아'였다고
밝혔다. 그리고 인간 및 사회에 대한 불신과 반발심 그리고 원망을 품게 되었고 그 때문
에 반항의식과 피해의식에 사로잡히는 결과를 이루었고 이러한 자신을 발산한 것이 소설
이라고 하였다. "소설이 돼도 좋고 안 돼도 좋다. 반드시 독자를 향해서가 아니라 허공을
향해서라도 나 자신을 발산하면 그것으로 만족한다"는 말을 통하여 우리는 그의 작품이
자신의 감정과 욕구를 분출하는 하나의 통로였다고 생각할 수 있다. 그런데 손창섭 작품
의 중요한 특징이었던 비정상적인 인물들은 1960년대 이후로 현저하게 줄어든다. 오히려
지나치다 싶을 정도의 이상적이고 도덕적인 인물이 등장하여 작품을 이끌어 간다. 작가가
애착을 갖고 있는 "못나고 구질구질하고 각박한 현실에선 처세술이 극도로 빈약한 낙오
된 인간"15)들이 바뀐 것이다. 모범적이고 이상적인 인물의 등장과 함께 그의 소설에 문학
적 의미망도 줄어든다. 이러한 변화의 중요한 쟁점이 되는 작품이 「신의희작」이다. 자신
의 이야기를 잘 하지 않던 손창섭은 「신의희작」을 통해 자신의 성장과정을 드러낸다. 그
리고 이 후 작품에서는 긍정적 인물들이 두드러지게 늘어난다.

　　「신의희작」에는 결코 평범하지 않은 작가의 성장과정이 담겨 있고, 특히 어릴 때의 충
격적인 성경험이 묘사되어, 오이디푸스 콤플렉스로 분석하는 것이 일반적이다. 성적인 억
압으로 인한 폭력성은 그의 소설의 병적인 인물을 해석하는 중요한 모티브이기도 했다.
작품에 등장하는 비정상적이고 병적인 인물들은 손창섭이라는 작가가 가지고 있는 오이
디푸스 콤플렉스를 나타내는 징후이며 이 징후가 그의 한계이기도 하다는 것이다.

　　그러나 문학에서 프로이트이론을 받아들이는 것에 주의해야 할 점은 일대일의 단선적
인 대입이다. 또 대부분 문학작품에서 억압을 성에 관련시키는데 "억압은 순수한 심리학
적 과정"16)이다. 즉 무의식과 전의식의 심리적 공간에서 일어나는 역동적이고 지형적인

---

14) 손창섭, 앞의 책, 그 외에 「인간에의 배신」, 1952; 「나의 작가수업」, 1955; 「괴짜의 변」, 1956년 등에서도 손창섭이 스스로 자신이 평범
　　하지 않았으며 그 이유는 모친이 개가하고 나서 너무 어린 나이에 생활진신에 뛰어들었으며 자신의 성격 때문에 친구도 없는 우울하고
　　고독한 사람이었음을 밝히고 있다.
15) 손창섭, 「나는 왜 신문소설을 쓰는가」, 앞의 책, p.327.
16) 프로이트, 『정신분석강의』, 임홍빈·홍혜경 옮김, 열린책들, 2003, p.462. 프로이트는 억압을 전의식과 무의식의 심리적 공간에서 일어나

메커니즘 작용인 것이다. 프로이트의 오이디푸스 콤플렉스 증상을 그대로 작품에 대입시켜 성적인 억압으로 읽어 내고, 성적인 행위인 자위행위는 현실도피라는 식의 통속적인 접근은 작품을 분석하는 데 위험한 요소가 될 수 있다. 이러한 단선적 접근이 아니라 이것이 가치의 전도이이며 자리바꿈이라는 총체적 관점으로 인식한다면 작가가 작품을 통해 드러내고자 하는, 또는 은폐하려고 하는 것에 대한 고찰은 보다 쉬워질 것이다.

본고는 「신의희작」을 중심으로 손창섭 작가의 기질적인 측면을 파악하고 그것의 변이양상을 살펴보고자 한다. 또 「신의희작」과 병인적요소가 연계되어, 작가의 기질적 성향이 두드러지게 나타난 「생활적」과 「낙서족」을 비교 검토하여, 작가의 정신적인 변화와 작품과의 관련성을 구명하고자 한다.

2. 신경증의 경계선상에 놓여 있는 예술가

프로이트 문학론의 핵심은 문학작품이 갈등과 타협의 산물이라는 것이다. 이것은 억압당하는 것과 억압하는 것을 모두 대표하기 때문에 독자가 작가의 영혼과 무의식이 접촉하는 접근로를 파악하는 것이 필요하다. 그런데 이러한 심리과정이 구현되는 곳이 작품이다. 항상 은폐시키려는 작가와, 작품에 나타나는 투사와 감정이입이 이 과정의 핵심이다. 그러므로 우리는 작가가 작품의 표면을 통해 의미들을 어떻게 은폐시키려고 했는지를 살펴보아야 한다. 그런 의미에서 작가의 전기적 사실은 작품과 작가를 이해하는 데 필요하다. 작가가 어떻게 현실을 변형시키고 왜 그런 방식을 취했는지를 이해하는 것은 작가의 창조적인 무의식의 심연을 파악할 수 있는 방법인 것이다. 프로이트는 괴테 하우스 연설에서 이것은 어떤 다른 수단으로도 알아낼 수 없는 정보를 제공할 수 있으며, 또 정신분석은 예술가의 타고난 본능적 자질과 예술가의 경험 그리고 작품을 연결해 주는 새로운 실타래를 보여 줄 수 있다고 주장하였다.[17]

1950년대 한국전쟁이라는 절망적 상황을 겪은 작가들이 느낀 공통적인 감정은 바로 좌절이다. 전쟁으로 인한 가족의 해체와 흩어짐은 바로 상실이며, 이 상실은 좌절과 연계된다. 손창섭의 경우 아버지는 처음부터 부재하고 어머니조차 일찍 개가하여 할머니와 손에서 성장하였다. 이미 어린 나이에 상실을 경험하였는데 한국전쟁이라는 끔찍한 경험은 그

는 역동적인 개념으로 이해해야 한다고 하며, 억압을 심리적 공간성의 개념으로 이해해야 한다고 하였다

17) 프로이트, 『예술, 문학, 정신분석』, 정장진 옮김, 열린책들, 2003, pp.553~560.

상처를 더욱 깊게 하였다. 사랑받지 못한 것에 대한 욕구불만과 현실에서 느끼는 좌절은 리비도와 관련된다. 그리고 이 리비도적 욕망과 자기보존 본능이 갈등을 일으킨다면, 이 것은 신경증의 통로를 형성하는 중요한 요소가 되는 것이다. 실제적인 쾌락 중속을 박발 하거나 상실하는 것이 신경증의 첫 번째 조건이라면 1950년대 소설에 나타나는 좌절은 이런 맥락으로 읽어 낼 수 있을 것이다.

특히 손창섭 소설에 등장하는 불안과 강박 등의 억압은 신경증적인 요소가 충분하다고 할 수 있다. 그러나 손창섭의 작품을 분석할 때 대부부분은 어떤 대상이나 성욕에 대한 도착으로 읽어 낸다. 이것은 도착과 신경증을 혼동해서 쓴 것이 아닌가 생각된다. 도착증 은 억압이 없다. 그러므로 양심의 가책도 없다. 그러나 손창섭의 소설에는 불안과 죄의식 으로 억압이 나타나며, 억압은 신경증의 다양한 병인적 증상을 드러낸다. 그리고 이러한 병인적 요인은 작가의 정신적 징후를 표출하는 것이기도 한다. 그는 작품에서 자신의 원 망공간을 만들고 그것을 합리화・이상화시키면서 유아기로 퇴행하는 모습을 보여 준다. 비정상적 인물들의 우울과 히스테리를 작품 전면에 내세우며 그들의 망상을 그대로 표출 하기도 한다. 사회성이 결여된 이러한 비이성적인 행동은 본능적이며 유치하기까지 하다. 이러한 회피는 유아기로의 퇴행을 의미하는 것이며, 퇴행이 일어나는 것은 그곳이 분열이 일어나지 않는 완벽한 공간이기 때문이다.

2-1. 우울한 삶의 배경

손창섭이 문필활동을 시작한 것은 1949년『연합신문』에「얄굿은 비」를 연재하면서부 터이다.「얄굿은 비」는 독자소설이라는 제명 하에 두 번에 걸쳐서 연재된 짧은 동화이다. 관준이라는 어린아이가 외삼춘이 사준 운동화를 신고 월미도 바다 구경을 가기 위해 빨 리 일요일에 오기를 설레며 기다린다. 그러나 계속 일요일에 비가 오기 때문에 관준이는 월미도로 바다구경을 하러 가지 못한다. 관준이는 자신의 희망을 꺾어 버린 비에 대한 분 노와 원망을 용담사라는 절의 담벼락에 머리를 부딪치는 자해 행위로 드러낸다. 소년의 욕망이 어쩔 수 없는 운명에 부딪치며 그것에 대한 분노가 자기징벌적인 광기로 표현되 는 것이다. 새 운동화를 신고 월미도에 가고자 하는 욕망이 충족되지 못하는 것은 '비'라 는 힘을 가진 자연이다. 인간의 힘으로 어쩔 수 없는 운명인 것이다. 이 운명의 벽에 욕망 은 충족될 수 없고 결국 자기비하적, 자기징벌적인 행농인 우울증적인 양상을 보이는 것 이다. 충족될 수 없는 욕망의 대상 앞에서 자신은 무력해지고 나약해지며 우울해지는 것이다. 「비오는 날」, 「사연기」, 「미해결의 장」, 「치몽」 등 그의 작품의 우울한 배경에는 항상 '비'가 있다.

> 소설을 쓸 때 으레 머릿속에 비 나리는 풍경을 그려보며 그러한 심상에 후줄그레 젖어서 한 방울 한방울 떨어지는 빗물을 받아 옮기듯 한자 한 자 원고지의 간살을 채워나가는 버릇 따위다. 작품을 써나가는 동안, 나의 마음속에는 언제나 비가 내리고 있고, 장마철의 우중충한 뒷골목이라든지, 패연(沛然)히 호우(豪雨)가 내려 갈기는 속을 잡다한 군상이 밀려 넘치는 도심지의 포도라든지, 자욱히 운무에 덮인 산야의 스산한 우경(雨景)이라든지가 펼쳐지는 가운데, 세차게 혹은 약하게 빗물 떨어지는 소리가 시계의 초점 소리처럼 나의 사고의 맥박을 새겨주는 것이다. 이러한 이미지를 통해서만 작품 밑바닥에 내가 바라는 무드를 깔아 나갈 수 있고, 문장 속에 나의 체취를 베게 할 수 있는 것이다. [18]

유난히 비를 좋아했던 손창섭은 1922년 평안남도 평양에서 2대 독자로 출생했다. 그 후 만주를 거쳐 일본 교토와 도쿄에서 고학으로 중학교를 다니고 니혼 대학에서 수학하였으나 중퇴하였다. 그의 정확한 학력사항은 알려지지 않았다. 1946년 해방으로 귀국하여 고향에서 생활하다가 1948년 월남하여 초등학교 교원, 잡지 편집원 등 다양한 직업을 전전하였다. 그는 어릴 때 어머니가 재혼하고 난 뒤부터 한 집안의 가장으로서 생활을 책임져야만 했다. 그에 대한 개인적인 사실은 거의 알려지지 않았지만, 길쭉한 얼굴이고 말을 할 때면 조금 머리를 갸웃거리며 씩 웃음을 띠던[19] 손창섭은 천성이 비사교적이며 자기 집도 전화번호도 가르쳐 주지 않는 기인으로 통했다. 친구도 같이 문단에 데뷔한 곽학송 이외에는 별로 없었다고 한다. 말이 별로 없고 자신을 표현하지 않은 성격의 소유자인 손창섭을 가리켜 성장과정에 문제가 있는 우울한 내면을 가진 괴벽의 작가라고 당대인들은 평한다.

김동리의 추천으로 신세대 작가로 화려하게 등단을 했지만 그의 초기 소설에 대한 당대의 평가는 불구와 목석의 노래이며 제대로 된 소설을 써야 하지 않느냐는 질책의 소리가 높았다. "다만 부글부글 끓는 가슴 속의 것을 나타내 보았을 뿐이에요, 때문에 작품이 지닐 수 있는 모든 것(전통적인 것)에 맞게 쓰질 못했고, 또 그러고 싶지도 않아요. ……중략…… '침묵의 표현'이라면 우스울지 모르나 회화나 조각처럼 그렇게 소설 속에서도 침묵을 나타내고 싶어요. 소설에서 언어를 말살해 보자. 소설이란 한결같이 너무 다변이니까"[20]라는 말처럼 손창섭은 자신의 마음에 흔들리는 욕망과 불안 억압의 소용돌이를 표출

---

18) 손창섭, 「나의 집필 괴벽」, 『월간문학』, 1971. 9., 송하춘편, 『손창섭』, 새미, 2003, p.319.에서 재인용.
19) 박연희, 「기벽의 작가 손창섭과 함께 낚시를 가다」, 『월간 낚시』, 1984.

하고 싶었던 것이다. 그는 평범하지 않은 자신의 내면적 욕구를 전통적이지 않은 방법으로 형상화하고 싶었으며, 그것을 소설에 등장하는 여러 인물들에 투사하였다. 사회의 부적응자, 불구자라는 인물들은 그런 면에서 손창섭 자신, 즉 그의 에고의 일부이기노 하나.

전쟁 직후의 암담함과 비참한 현실, 그리고 좌익·우익의 이념갈등과 정치적 혼란, 여기에 문단의 제도권 문제 등등 그가 속해 있는 현실은 그리 녹록하지 않았다. 손창섭은 경제적인 여건이 넉넉하지 않았기에 청탁이 들어오면 거절하지 않고 썼다. 발표 매체가 문학 전문지에서 대중지까지 섭렵한 것을 보면 그러하다. 그러면서 그의 작품에 우울함도 사라진다. 신문이나 잡지에 소설을 연재하면서 과거의 괴벽스럽고 기이한 불구의 인물들은 사라졌다. 문단이나 대중이 요구하는 정상적인 인물들에 대한 이야기를 쓰기 시작하면서 그의 소설은 대중소설이라는 흐름과 겹쳐진다. 그러나 작가 손창섭은 자신의 소설을 대중소설이니, 순수소설이니 평가하지도 않고, 그것을 생각하고 쓰지도 않는다고 말한다.

손창섭은 말이 없고 표현력이 없으며 비사교적이고, 이념적이지도 않고, 다른 사람을 평가하거나 비판하지도 않는, 철저하게 개인적이고 방관자적인 삶을 살아왔다. 그는 항상 생활고에 시달리면서도, 책을 읽는 것을 좋아하고, 자기가 쓰고 싶은 것을 쓰고 싶은 대로 쓸 수 있으리라는 소박한 소망을 가지고 있었다고 한다. 그러나 그는 결국 1972년 부인을 따라 일본으로 건너가고 이후 작품 활동을 중단한다.

그의 도일에 대해서는 여러 가지 추측들이 있지만 아마도 부인 우에노(上野千鶴子)[21]가 한국생활에 어려움을 겪었던 것도 이유의 하나일 것이다. 1976년과 1977년 한국일보에 『유맹』과 『봉술랑』을 발표하기도 하였으나 더 이상의 작품 활동은 없었다. 그가 일본으로 건너가서 쓴 두 개의 작품 중 『유맹』은 한국인인 주인공이 일본인 아내와 함께 일본으로 건너가서 생활하는 모습들을 그리고 있다. 『유맹』에는 징용 한국인들의 아픔과, 남과 북으로 갈려져 이념의 틈바구니에서 갈등하는 재일 한국인들의 모습, 그리고 그들의 정체성에 대한 문제를 심도 있게 펼친 작품이다. 일본에서 생활하는 작가 손창섭의 모습이 많이 투영된 작품이라고 할 수 있다. 전작 「신의 희작」을 통해 자신의 어린 시절과 존재의 정체성에 대한 의문을 던졌다면 『유맹』을 통해서는 아픔과 고통에 단련되고 성숙된, 그러나 여전히 밑바닥의 아픔은 지닌 채, 고국에 대한 아련한 그리움을 가지고 살아가는 평범한 가장의 모습을 형상화하였다.

---

20) 손창섭, 「진실하게 살아보려고 비틀거리는 인간들」, 『주간 조선』, 1969. 1. 19.
21) 서광운, 『한국신문소설사, 1880~1970』, 해돋이, 1993, p.372.

자기가 쓰고 싶은 것을 맘대로 쓰고 싶었다는 손창섭은 글을 쓰는 것이 자신을 표현하는 또는 사회와 소통하는 수단이었다고 한다. 그리고 그의 작품의 대부분을 차지하는 배경인 '비'는 손창섭 자신의 신경질적인 우울과 많이 닮아 있다. 이 우울이 '쓰는 행위'를 통해서 어떻게 표현되었는지를 밝히는 것은 손창섭이라는 작가의 환상 세계를 살펴보는 중요한 통로이기도 하다. 예술가는 환상 속에 잠겨 있어서 다른 사람처럼 현실에 대처하는 데는 실패하지만 뿌연 환상의 세계로부터 참된 성공을 끌어내는 수단을 갖고 있다[22]는 프로이트의 말처럼 우리는 손창섭의 작품을 분석하면서 그가 가진 환상의 세계를 통해 역으로 작가 개인의 소망충족의 통로를 찾아내는 길을 발견할 수 있을 것이다. 이것은 손창섭이라는 작가를 오이디푸스 콤플렉스의 한계를 극복하지 못했다는 단선적인 견해에서 벗어나 한 작가의 무의식적 욕망의 다양한 표출을 찾아내고 그것과 작품과의 상관성을 연구하는 다면적인 접근방법이 될 것이다. 또 이러한 분석을 통해 손창섭 후기 소설의 이상적 인물과 대중적인 멜로드라마적 요소로의 변화도 설명할 수 있을 것이다.

3. 신경증의 병인

손창섭 작품에서 가장 주목하는 대상은 등장인물이다. 그의 작품의 작중인물들은 대부분 비정상적이며, 열등의식으로 가득 차 있고, 자기모멸적이다. 작중인물들의 이러한 열등의식은 상황적이기보다는 생득적인 것이 대부분이다. 그들이 가지고 있는 정신적인 문제는 전쟁이라는 상황이 만들어 낸 것보다는 기질적인 면이 두드러진 것으로 묘사된다. 손창섭 자신이 스스로를 사랑할 줄도 모르고 누구에게서 사랑을 받을 수도 없는 우울하고 고독한 소년이었고 청년이었다[23]고 밝혔듯이 그의 소설에 등장하는 인물들은 작가 자신을 투사한 유형들이다. 특히 「생활적」(1954), 「낙서족」(1959), 「신의희작」(1961)에서는 이러한 작가의 성격이 투사된 인물이 등장하여 손창섭의 기질적 신경증의 병인을 밝힐 수 있는 중요한 매개가 된다.

---

22) 프로이트, 『예술, 문학, 정신분석』, 정장진 옮김, 열린책들, 2003, pp.441~452.
23) 손창섭, 「나의 작가수업」, 『현대문학』 9월호, 1955, p.37

3-1. 우울증과 나르시시즘: 「생활적」

「생활적」24)의 주인공인 동주는 전쟁포로에서 풀려났지만 삶의 의지가 없는 인물이다. 하루 종일 죽은 듯이 누워 있으며 몸을 움직이는 것은 화장실을 가거나 옆방의 순이에게 먹을 것을 가져다주는 것, 그리고 우물에서 물을 길어 오는 것이 유일한 활동이다. 이것도 시켰기 때문에 하는 것이지 본인의 의지는 전혀 아니다. 동주가 우울증을 겪으며 삶을 방치하는 것은 전쟁포로로서의 경험이 그 이유로 드러나지만 근원적인 것은 아니다.

> 훈기에 섞여 배어드는 지린내와 구린내를 어쩔 수 없듯이, 젖은 옷처럼 전신에 무겁게 감겨드는 우울을 동주는 참고 견디는 도리밖에 없다고 생각하는 것이었다. 오늘날까지 삼십여 년간 모든 것을 참고 견디어만 오지 않았느냐! 죽음까지도 참고 살아오지 않았느냐 말이다. 동주의 감은 눈에는 포로수용소 내에서 적색포로에게 맞아 죽은 몇몇 동지의 얼굴이 환히 떠오르는 것이었다. 따라서 올가미에 목을 걸린 개처럼 버둥거리며 인민재판장으로 끌려 나가던 자기의 환상을 본다.(65)25)

「생활적」에 등장하는 동주는 전쟁포로의 공포를 겪었지만 그런 상황이 우울증을 만든 것이 아니라 그는 기질적으로 우울함을 가지고 있었다. 그는 "송장처럼 외계의 힘을 빌리지 않고는 적극적으로 자신을 움직여보지 못하는 위인"인, 천성적인 우울함의 소유자이다. 슬픔과 다르게 우울증은 바로 자아가 빈곤해지는 것이다. 우울증의 가장 많은 원인은 자존감의 붕괴이다. 기질적으로 연약한 자존감을 가진 동주는 전쟁포로의 끔찍한 체험을 통해 리비도가 자아로 퇴행되며, 자기비난과 모멸에 빠진다. 세상 모든 것에 대한 의미 없음은 그가 살고 있는 삶을 부정하고 싶을 뿐이다. 똥으로 가득 찬 세상, 구린내와 지린내가 가득한 세상인데 사람들은 지나치다 싶을 정도로 왕성한 삶의 의지를 천박하게 구현하고 있다. 동주는 그가 사는 세상을 증오하고 환멸을 느낀다. 그는 '미스터 리(李)'니, '미스터 고'니 하는 말을 들을라 치면 까닭 없이 구역이 났으며, 우물에 똥을 넣은 사람으로 오해받았을 때도 부정하지 않고 정말로 자기가 그런 것 같은 착각에 빠지기도 한다.

우울증에서 가장 문제가 되는 것은 자살성향이다. 이것은 대상을 향해 발산되었던 적개심이 자아 자신에게 되돌아오고, 그것은 자살을 가능하게 한다. 또한 우울증의 콤플렉스는 모든 방향에서 리비도 집중을 끌어 모으고 자아가 완전히 빈곤해질 때까지 자아를

---

24) 방민호, 「손창섭의 자전적 소설 연구」, 『국어교육』 112호, 2003. 10., p.541. 방민호는 손창섭의 창작집 《비오는 날》에서 손창섭의 경험이 구체적으로 담겨 있는 작품 「생활적」, 〈광야〉, 〈인간동물원초〉 중 작가 자신과 아내와의 관계를 작품을 이루는 중요한 갈등의 축으로 변형해서 수용한 「생활적」을 가장 문제적인 작품으로 꼽았다.
25) 손창섭, 『잉여인간외』, 한국소설문학대계, 두산동아, 1997. 이하 작품인용은 작품명과 면수만 기재함.

텅 비우게 된다는 것이다.26) 동주는 자아가 소비되어 죽음 같은 잠을 청한다. "살아 있다는 것은 동주에게 있어서 그냥 견딜 수 없이 뻐근한 상태일 뿐이"기 때문이다. 그리고 옆방에 있는 순이에게 죽고 싶냐고 반복하여 묻고, 숫자를 세며 그녀의 죽음을 예견한다. 그는 옆방에 있는 순이의 죽음을 기다리면서, 그녀의 죽음을 자신의 죽음과 일치시키는 것이다.

> 이미 싸늘하게 식은 소녀의 손을 동주는 쥐어 보았다. 그리고 잠시 고요한 얼굴을 들여다보다가 그는 왈칵 시체를 끌어안았다. 자기의 입술을 순이의 얼굴로 가져갔다. 인제는 순이가 아니다. 주검이었다. 동주는 주검에 키스를 보내는 것이었다. 주검 위에 무엇이 떨어졌다. 눈물이었다. 섧지고 않은데 눈물이 쏟아지는 것이었다. 자기는 분명히 지금도 살아 있다고 동주는 의식했다. 살아 있으니까 죽을 수 있다고 생각했다. 그것만은 자기가 확신할 수 있는 단 하나의 '장래'라고 생각하며 동주는 주검의 얼굴 위에 또 한 번 입술을 가져가는 것이었다. (85)

동주는 죽은 순이의 주검에 입 맞추며 자신이 살아 있음을 의식하고 죽을 수 있다는 것이 자신의 장래라고 생각한다. 죽음은 끝이 아니라 동주의 미래의 시작이다. 즉 이전 상태로의 회귀이며 무생물의 절대적인 휴식으로서의 회귀를 의미하는 것이다. 이것은 프로이트의 타나토스(죽음의 욕동)27) 개념에 따라 생각한다면 동주는 주검에 입맞춤으로 자신도 죽음의 공간으로 들어가는 것이다. 프로이트는 헤링의 이론을 빌어 생명체의 시작은 항상 두 종류의 과정이 물질 속에서 반대방향으로 작용하는데 하나는 건설적이거나 동화적이고 다른 하나는 파괴적이거나 이화적이라고 하였다. 생명본능과 죽음본능 사이에 거대한 대극성이 존재한다는 관점이다. 정신생활 및 신경 생활 전반의 지배적인 경향은 자극에서 비롯된 내적 긴장을 줄이거나 일정한 상태로 유지하는 것, 혹은 그것을 제거하는 것이다. 이러한 경향은 쾌락원칙 속에서 발견되며, 우리가 이 사실을 인정하는 것이 바로 죽음 본능의 존재를 믿는 것이다.28) 동주가 죽음에 입 맞추는 순간 자신을 억압했던 우울의 모습에서 벗어난다.

동주의 우울증은 자신이 원하던 세상에서 원하는 모습으로 살지 못하는 고통의 느낌이며 그것은 자신을 방치하는 결과로 이어진다. 주인공 동주의 내성적이고 수동적인 유약한

---

26) 프로이트, 『정신분석의 근본개념』, 윤희기 박찬부 옮김, 열린책들, 2003, pp.243~265.

27) 장라플랑슈, 잘베르트랑 퐁탈리스, 『정신분석 사전』, 임진수 옮김, 열린책들, 2006, p.276. 프로이트는 욕동(Trieb)과 본능(Instink)의 용어를 다른 의미로 사용하고 있다. 본능은 유전에 의해 고정된, 그 종 특유의 동물적 행동을 지칭하며, 욕동은 인체로 하여금 어떤 목표로 향하게 하는 압력(에너지의 추전)으로 되어 있는 역학적 과정이라는 것이다.

28) 프로이트, 『정신분석학의 근본 개념』, 윤희기 · 박찬부 옮김, 열린책들, 2003, pp.329~333.

성격은 기질적인 신경증의 병인인 우울증에 빠지게 하였다. 대부분의 우울증 환자는 유아기에 부모의 사랑을 충분히 받지 못한 것이 근본적인 원인이다. 동주의 수동적이고 유약한 기질은 어린 시절의 경험, 특히 부모와 관련된 억압이 있었을 것을 유추할 수 있을 것이다. 이 유약한 존재가 폭력적이고 강한 힘의 세상에서 자신의 이상과 기대가 저지당했을 때 그는 자신을 징벌하며 방치하게 된 것이다. 초자아의 억압으로 나타나는 우울증, 나르시시즘 신경증의 한 형태라고 볼 수 있다.

3-2. 강박증과 사랑:「낙서족」

1959년 사상계를 통해 발표된「낙서족」은 손창섭 자신의 일본생활을 소재로 삼아 도현이라는 인물의 정신적 방황과 강박의지를 드러낸 것이다.[29] 일본에서 학창시절을 보냈지만 제대로 졸업한 곳이 없는 손창섭과 같이 주인공 도현도 일본생활에 적응하지 못하고 이곳저곳을 옮겨 다닌다. 그가 일본생활에 적응하지 못하는 이유는 독립운동가 아버지를 두었다는 억압과 일본의 끊임없는 감시 때문이다. 그러나 도현 역시 기질적으로 병인적 요인의 소유자이다. "분별없이 흥분하길 잘하고 좀 둔한 편"인 도현은 "독립투사의 아들이라는 정신적인 과중한 부채 의식과 혈통적인 연관성" 때문에 "눈물겨운 난센스"를 연출하게 되는 것이다.

도현이 아버지를 처음 본 충격적인 장면은 아버지와 어머니의 성행위 장면이다.

> 전 말입니다. 전 그때 어머니하구 아저씨하구 싸우는 줄 알았어요. 아저씨가 어머니 위에 올라타구 막 때린다구 생각했거든요……. −중략− 그 아저씨란 물론 도현의 부친이었다. 도현이 보통학교 육학년에 올라갔을 때에야 모친은 그분이 부친이라는 사실을 알려 주었다. 그리고 아버지를 만났다는 말을 누구 앞에서나 입 밖에 내서는 안 된다고 단단히 일렀다. 만일 그 말을 발설하는 날에는 아저씨는 물론 어머니와 도현이까지도 순사에게 잡혀가 죽는다고 했다.(405)

도현이 최초로 성행위를 목격한 시기는 다섯 살이나 여섯 살 무렵이었다. 그리고 그때는 아저씨가 아버지인 줄 모르고 보통학교 육학년에서야 어머니를 통해 알게 되었지만 결코 발설하지 말라는 함구령을 받는다. 부모의 성행위를 목격했던 충격과 그것을 발설하지 못하는 금기는 도현에게 신경증환자의 증상을 유발하게 한다. 부모의 성행위를 목격했

---

29) 방민호,「손창섭의「낙서족」에 관한 일고찰」,『한국현대문학연구』제13집, 한국현대문학회, 2003. 6., p.305. 방민호는「신의희작」과 관련해서 검토하면「낙서족」은 자전적 요소가 함축되어 있으면서 이를 적절히 가공함으로써 소설 내적인 주제화를 이룬 작품이며, 이것을 작가의 자기 세대에 대한 탐구로 읽을 수 있는 길이 열린다는 점에서 시사적인 효과가 있다고 언급하였다.

던 사건이나 성인이 자신을 유혹했던 일, 그리고 성기를 거세하겠다는 위협은 신경증 환자의 유년기에 항상 등장하는 요인이다. 「낙서족」에서는 부모의 성행위 목격사건이, 그리고 「신의희작」에서는 거세의 공포가, 주인공에게 신경증 병인의 요인을 형성하게 한다. 신경증 환자들의 리비도는 유아기적 성 체험에 얽매어 있으며 이런 체험들에 리비도가 집중되고, 병인으로서 의미를 지닌 것은 대체로 리비도 퇴행에 의해서 강화된다. 리비도 퇴행은 대상 선택이나 성적 조직 체계와 관련해서 초기의 발달 단계로 되돌아간다는 행위와 결부되어 있으며, 증상은 어떤 방식으로든 발달 초기의 유아기에 느꼈던 만족의 유형을 반복한다.30)

> 약간 노르끄름한 액체가 호스 끝에서 이내 줄기차게 내뻗었다. 배설의 쾌감. 도현은 한 손으로 호스 끝을 조종해서 땅바닥에 글자를 쓰기 시작했다. 어려서부터의 버릇이다. 그것은 정신적 배설작용의 핍색에서 오는 습관인지도 모른다. (396)
> 배설의 자유. 이 기분을 그냥 넘길 수 없었다. 오줌발로 땅에 글자를 그렸다. 글자는 어두워서 제대로 되지는 않고 보이지도 않았다. 도현은 때에 따라 오줌발로 의미 있는 글자를 쓰기도 했다. 그 글자는 조국, 자유, 행복, 그런 것이기도 했다. 그런 때는 그 글자가 지닌 엄청난 의미가 몽둥이로 머리를 때리듯이 도현을 반격해 오는 것이었다. (447)

방뇨를 할 때의 쾌감은 무의식적으로 배설의 행위에 대한 쾌감과 연결된다. 어릴 때 오줌줄기로 낙서와 장난을 했던 행동을 그대로 하면서 만족과 쾌감을 느끼는 도현은 유아기에 고착되어 있다는 것을 알 수 있다. 그리고 화가 나면 아무나 들이받는 "지끈 딱"은 욱하는 그의 성격에서 나오는 유치한 행동이며, 할 때마다 후회하지만 도저히 그만둘 수 없다는 것은 일종의 강박증상이다.

강박증은 심리적 영역에서 나타나며 환자에는 아무런 만족감을 주지 않는데도 도저히 그만 둘 수 없는 행동을 하고 싶어 하는 것이다.31) 강박충동들은 유치하고 무의미하다. 도현은 자신의 유치한 행동들을 부정하고 피하려 하지만 자신의 힘으로는 어쩔 도리가 없다. 이러한 강박 증상이 생긴 이유는 도현이 느끼는 불안과 공포 때문이다.

도현에게 나타나는 불안은 일반적인 불안증이 아니라 심리적인 요인과 관련된다. 특정한 대상이나 상황과 연결되어 있는 것이다. 일종의 '공포증'인 것이다.

> 도현은 초조와 울분과 불안의 하루하루를 보내고 맞이해야 했던 것이다. 언제고 밖에서

---

30) 프로이트, 『정신분석 강의』, 임홍빈 홍혜경 옮김, 열린책들, 2003, pp.483~293.
31) 프로이트, 위의 책, p.352.

<blockquote>
하숙에 돌아올 때는 끔찍했다. 오늘밤도 무사히 넘길 수 있으려나 하는 불안과 초조감 탓
이다. (435)
</blockquote>

항상 어디를 가든지 자신은 감시당하고 있다는 공포증과 어쩔 수 없는 본인의 기질 때문에 도현은 경찰서를 자주 드나든다. 그러면서 도현의 불안은 점점 고조된다. 그는 계속 하숙집을 옮겼지만 결국 다시 경찰의 감시에 놓이게 된다. 그러다가 그가 찾아낸 은신처가 공중화장실 안이다. 더럽고 불편한 공간이지만 그 속에서 도현은 유일하게 편안함과 안식을 느낀다.

<blockquote>
공중변소였다. 도현은 불시에 구원을 느꼈다. 변소는 거리낌 없이 이 무모한 에트랑제를 위해서 문호를 개방해 주었다. ─중략─ 도현은 다시 한 번 실내를 둘러보고 만족했다. 비록 구린내 나고 옹색할지라도, 요만한 방으로서 완전히 자유를 보장해 주는 세계가 있다면 도현은 평생 그 속에 갇히어 지내도 불행하지 않을 것 같았다. (471)
</blockquote>

불안은 자아가 위험에 반응할 때 발생하고 도피로 이어지는 신호이다. 신경증적 불안의 경우 자아도 같은 식으로 도피를 시도하며, 그것은 자기 내부에서 발생한 위험을 마치 외부의 위험인 것처럼 취급하는 자신의 리비도의 요구로부터 도주하는 것과 같다. 자아가 자신의 리비도에서 도피하는 것을 의미하는 불안은 이 리비도 자체에서 발생한 것이다.

신경증에는 이 같은 불안의 발전을 제어하려는 심리적 과정들이 발동하기도 한다. 특히 공포증들의 경우 신경증 과정의 두 단계들이 분명히 구별된다. 첫 단계는 억압을 관장하며, 리비도가 외부의 위험과 연결된 불안으로 배출되도록 하는 것이고, 둘째는 마치 외부의 사태에 속한 것처럼 취급되는 리비도와의 접촉을 막기 위해 가능한 모든 예방과 안전 조치를 구축하는 일을 더 맡는 것이다. 32)

도현은 자신을 둘러싼 위협적이고 외부적인 위험에 대한 불안을 느끼고 그 불안으로 자신을 억압한다. 프로이트는 충동적 에너지로 채워져 있는 이드에는 본능적 욕구 충족을 위한 충동만이 있다고 하였다. 이드가 충동을 인지한다면 자아는 충동을 제어하는 것으로 발전되고, 이드가 길들여지지 않은 정열을 대표한다면, 자아는 이성과 분별력으로 이드를 구하고 보호하는 과제를 수행한다고 할 수 있다. 그러나 이드에 의해 충동질을 받고, 초자아에 의해 옥죄임을 받으며, 현실로부터는 거부당하는 자아는, 자신 안에서 어떤 과제를 완수하려고 노력하기도 한다. 자아가 자신의 약함을 인정하지 않을 수 없게 될 때 그것은

---

32) 위의 책, pp.550~552.

불안으로 촉발된다. 외부 세계에 대한 실재적 불안, 초자아에 대한 양심의 불안, 이드 안에 있는 억누를 수 없는 열정에 대한 신경증적 불안이 그것이다.33) 도현은 일본 경찰의 끊임없는 감시와 위대한 아버지에 대한 억압으로, 천황암살이나 다이너마이트 제조 같은 무리한 과제를 스스로에게 부여한다. 그리고 천사 같고 성모 마리아 같은 상희를 존경하고 사랑하지만 한없이 부족한 자신에게 느끼는 초라함은, 결국 노리꼬에게 사디즘적인 폭력을 휘두르게 한다. 본인의 욕정과, 다가갈 수 없는 이상, 그리고 억압된 현실에서 도현은 신경증적인 불안을 느끼며, 강박적인 행동으로 병인적인 증상을 드러내는 것이다.

　도현은 엄청난 긴장에서 자아와 분리되는, 초자아의 힘이 두드러지게 부각되는 강박적 유형이다. 그러나 오로지 강박적이지는 않다. 그의 리비도는 사랑을 향해 있다. 그러나 사랑의 상실에 대한 두려움이 더 크고 그것에 지배를 받는다. 그의 과장된 행동은 이 사랑의 상실에 대한 두려움의 표현이다. 그는 본능적인 감정으로 생활하는 평범한 사람일 수 있었다. 그러나 훌륭한 아버지의 자손이며, 아버지같이 되고자 하는 초자아의 영향력에 의해, 그의 본능적 생활의 우세성은 제약을 받는다. 그가 상희라는 인물에 대한 의존하는 것을 보면 알 수 있다. 성애적－강박적 유형은 동시대의 인물이나, 부모, 선생님 기타 모범이 될 만한 사람들의 영향에 대한 의존도가 최고조에 달하기 때문이다.

　프로이트는 사랑에 빠지는 것을 우울증과 연관시켜서 논의한다. 우울증에서는 잃어버린 대상이 자아의 자리에 놓이고, 자아 이상형이 적극적으로 자아를 심판한다. 이와는 대조적으로 사랑에서는 대상이 자아 이상형과 동일시된다. 사랑에 빠지는 것은 사랑하는 사람이 없어진 것이 아니라 단지 얻을 수 없기 때문에 욕망이 충족될 수 없을 때 일어난다. 그러나 얻기 어려운 대상도 자아 이상형의 자리에 놓이면 소유될 수 있는 것처럼 보일 수 있다. 그 결과 자아는 약화된다. "자아 이상형 속에 대상이 세워지기 때문에 대상이 행하고 요구하는 모든 것은 옳고 결백하다."34)

　「낙서족」에 나오는 상희는 그가 존경하는 아버지이며 사랑하는 어머니의 모습이기도 하다. 의지가 곧고 항상 올바른 말만 하는 그녀를 그는 아버지처럼 존경한다. 그녀는 그가 한 번도 만난 적이 없지만 영웅이었던 아버지의 모습이다. 도현의 아버지는 환상의 왕국에 있다. 도현은 아버지의 자리가 비어 있어서 대체시킬 누군가가 필요하다. 그녀는 아버지처럼 자기를 이끄는 존재이다. 그러나 한편으로는 어머니와 같은 따스함으로 자신을 감

---

33) 프로이트, 『새로운 정신분석 강의』, 임홍빈 · 홍혜경 옮김, 열린책들, 2003, pp.79～109.
34) 앤터니 이스트호프, 『무의식』, 이미선 옮김, 한나래, 2000, p.113.

싸 주는 존재이기도 한다. 그녀에 대한 존경심은 그가 외부로부터 느끼는 실재적인 불안을 해결해 주는 존재이기도 하다. 그러나 그녀와의 관계를 분명하게 확정짓지 못하는 불안은 그에게 또 다른 억압이기도 하다. 한편 노리꼬는 도현의 불안하고 정열적인 욕망을 치유해 주는 존재이기도 하다. 노리꼬와 함께 있으면 도현은 불안감이 사라지고 편안함을 느낀다. 비록 욕정을 채워 주는 존재이지만 자신을 억압하지 않는 유일한 존재이기에 그는 노리꼬에게 자신의 신경증적인 불안을 그대로 쏟아내고 그것으로 만족을 얻는 것이다. 노리꼬와 상희는 도현의 강박증과 불안을 치유해 줄 수 있는 여인들이다. 손창섭은 도현의 불안과 강박을 이해하는 여인을 등장시켜 조심스럽게 치유의 가능성을 보여 준 것이다.

3-3. 히스테리와 분출: 「신의희작」

손창섭은 「신의희작」을 통해서 자신의 치부를 온전하게 드러내며 자신의 성장과정을 독자들에게 보여 준다. 자화상이라는 부제가 붙은 이 소설은 소설가인 S의 정신적 병인을 찾아가는 이야기이다.

> 그것은 의식 세계의 단적 표현인, 그의 소설이란 것을 읽어보면, 족히 짐작할 수 있는 일이다. 그 속에는 첫줄 첫마디에서부터, 끝줄 끝마디까지 음산한 신음 소리로 가득 차 있는 것이다. 그러나 그 작중 인물들을 유심히 뜯어보면, 결코 모두들 앓고만 있는 것은 아니다. 그들의 대부분은 이미 정신적 질병에 대한 면역성을 가지고 있는 자들이다. (199)

신음 소리로 가득 차 있는 작품은 작가의 고통과 불안을 표현한 것이며, 이것은 그의 작품에 등장하는 작중인물들의 불안과 관계된다. 모두 병적인 존재라는 작중인물들에 면역성이 있다는 것은 손창섭 자신이 병인적 요인을 인식하고 그것을 조정할 수 있다는 것에 대한 확신이기도 한다.

13살 때 어머니가 다른 남자와 동침한 장면을 보고 그것을 들킨 어머니에게 "칵 뒈져라, 뒈져, 요 망종아."라는 증오의 말을 들은 소설가 S는 그 뒤로 수치심과 공포감으로 불안해하며 환상에 시달린다.

> 그 뒤로는 불길한 몇 가지 영상과 미칠 듯한 공포감이 잠시도 S의 머릿속을 떠나지 않고 짓눌렀다. −중략− 혹은 박쥐 모양을 하고 혹은 도깨비나 귀신의 형상이 되어 눈앞에 와글거리며 떠나지 않았다. 그놈의 괴물들 중에서는 별안간 S의 목을 물어뜯으며, 너는 칵 죽어야 한다고

소리를 지르는 통에 그는 비명을 지르고 몇 번이나 상반신을 일으키기도 하였다. (205)

신경증은 근본적으로 인격 중 어떤 이유―그 당시 발달단계에서는 해석을 할 수 없을 정도의 상처를 주는―로 인해 발달이 정지된 부분이 그 출발점이 된다.35) 도현은 엄마의 성교장면을 최초로 보고 상처를 받으며 불안과 공포에 시달리고, 야뇨증이 생겼으며, 두 번의 자살까지 시도하게 된다. 프로이트의 말처럼 어린이들의 정신생활에서 부모는 중요한 역할을 한다. 이 시기에 형성된 어느 한쪽 부모에 대한 사랑과 다른 한쪽에 대한 증오심은 훗날 신경증 증상에 중요한 부동의 심리적 자극재료가 된다.

S는 두 번의 자살시도까지 한다. 이러한 불안은 공포증을 가지고 불안정하게 외부대상에 고착된다. 주인공 S가 싸움닭이 된 이유도 다른 사람이 자신을 손가락질 할 것이라는 불안감에 생긴 공포이며 그 공포는 망상을 드러내기도 한다. 틀린 영어단어를 계속 고집하는 것과 그것을 지적한 영어선생님의 딸을 유린한 행위는 자신의 망상과 공포증 때문에 생긴 히스테리한 행동의 결과이다. 그가 여성에게 행하는 성적인 폭력은 어린 시절에 형성되는 애정적 성향과 사춘기를 거치면서 강력해지는 육욕적 성향이 적절하게 조화되지 못한 사람이 가지는 비뚤어진 성적목표를 보여 주는 것이다. 작중인물 S는 어릴 때에 어머니에게 느꼈던 감정이 '꽉 눌러진 채' 남아 있게 되고 그 경험에 대한 기억은 의식으로부터 차단된다. 그 이후로 감정이 얽혀 있는 기억은 히스테리 증상들에서 나타나는데 이것들은 '기억의 상징', 즉 억눌린 기억의 상징으로 간주된다.36) 평생 그를 괴롭히는 야뇨증이 그러하다.

발산되지 않은 감정이 억눌린 유아기의 외상이 히스테리적 병인이다. 히스테리는 본능의 억압과 성욕에 대한 반감 사이에서 질병이 그에게 돌파구를 제공하는 것이다. 그러나 질병은 갈등을 해결하는 것이 아니라 리비도적인 충동을 증상으로 바꿈으로써 그 갈등을 회피하려고 한다. 반복되는 야뇨증 증상과 잘못된 영어단어에 대한 집착은, 자신을 믿지 못한 어머니에 대한 욕망과 관련이 있다.

자신의 성기를 학대하면서 여성들에게 성적인 폭력을 휘두르는 것은 애정의 강렬한 분출이 전이된 모습이기도 하다. 전이는 적대적이거나 부정적인 충동으로 촉발되어 성적인 욕구로 나타나는 경우가 많다고 하지만, 한편으로는 애정과 적대적인 감정이 나타나는 이

---

35) 프로이트, 『일상생활의 정신병리학』, 이한우 옮김, 열린책들, 2003, pp.65~75.
36) 프로이트 『히스테리 연구』, 김미리혜 옮김, 열린책들, 2003, p.423.

중적인 것이기도 하다. 결국 애정과 적대성이 함께 일어나는 감정적 충돌을 의미하는 것이다. S가 여성에 대한 적대직 분출로 성적인 폭력을 휘두르지만 이것은 자신이 여성에게 지니는 또는 어머니에게 지녔던 감정의 이중성을 반영하는 것이다. 적대적인 감정 역시 애정과 함께 감정적인 집착을 의미한다고 할 수 있다. 복종심과 반항심이 감정적인 종속을 의미하는 것과 마찬가지이다.

> 성욕을 합리화시키기 위해 복수심을 불러일으키는 것이 아니라 그와는 반대였다. 그의 경우, 정체불명의 터무니없는 복수심은 대대 성욕을 자극하는 기묘한 심리적 현상으로 나타났다. 복수의 쾌감이 곧 섹스어필과 통했던 것이다. (228)

S가 지즈코를 만나면서 그의 복수심의 성욕은 적대적인 감정에 대한 집착을 어느 정도 벗어날 수 있었다. 야뇨증 때문에 고통과 불안을 겪었던 그를 지즈코는 따뜻하게 안아 준다.

> 그러한 지즈코에게 그는 무척 감동했다. 처음으로 온전한 인간의 대우를 받는 것 같은 심정이었다. 할머니보다도 어머니보다도 오히려 더 가깝고 따뜻한 혈육의 정 같은 것을 벅차도록 맛보는 것이었다. (213)

신경증 환자의 증상을 해소하기 위해서는 그 발생의 연원으로 거슬러 가야만 하며, 증상들이 불러일으킨 갈등을 새롭게 부각시키고, 당시에는 마음대로 할 수 없었던 본능의 힘들을 통원해서 증상이 아닌 다른 방식으로 갈등이 해결되도록 조정하는 것이 필요하다. 이러한 필요성 때문에 치유의 과정으로 분석요법이 사용되는 것이다. 증상들이 발생하는 갈등에 이르기까지 질병의 근원을 계속 추적해 들어가는데 이때 중요한 증거가 꿈과 환상이다. 꿈의 해석은 이러한 병의 근원을 추적해 들어가는 가장 중요한 자료가 되는 것이다. 이 백일몽의 환상이 예술가에게는 작품으로 형상화될 수 있으며, 작가의 작품은 일종의 백일몽이며 환상일 수 있는 것이다.

환상에서 다시 현실로 돌아갈 수 있는 길이 있으며, 그것은 바로 예술이다. 예술가는 다른 불만족스러운 상태에 놓인 사람과 마찬가지로 현실에 등을 돌리고, 리비도를 포함한 모든 자신의 관심을 자신의 환상에 의한 욕망의 형상화에 쏟게 되는데, 여기에서 신경증으로 동하는 길이 열릴 수 있는 것이다. 예술가는 자신의 백일몽의 내용 가운데 다른 사람들이 이해할 수 없는 모든 개인적인 것들을 걸러 내고 다른 사람들도 함께 즐길 수 있는 형태로 가공하는 법을 알고 있다. 무의식적 상상의 표현을 통해서 큰 기쁨을 느끼며,

그런 예술적 표현들은 최소한 일시적이나마 억압들을 능가하고 지양한다.37) 손창섭은 작품을 통해 자신이 가진 갈등과 고통을 이야기한다. 그리고 이러한 글쓰기 행위를 통해 그는 자신을 발견하고 소통하는 방법을 알아낸 것이다. 그리고 이것은 일종의 해석과정이기도 하다.

> 이러한 그의 비현대성, 비문화성, 비일반성은, 그의 정신과 육체의 기본적 형성 요소인 기형성과 불구성에서 돋아난 가지(枝)로서, 그의 생활과 문학에 비극과 희극을 동시에 투영해 온 근원인 것이다. (251)

지금까지 본고는 손창섭의 작품에서 기질적으로 병인적 징후를 가지고 있는 작중인물을 중심으로 분석해 보았다. 그 결과 작중인물들 자신은 자아가 억압당한 존재이며, 리비도 퇴행이 일어나 불안과 히스테리 그리고 강박 증상을 보이는 전형적인 전이 신경증환자라는 것을 알 수 있었다. 그러나 그 신경증은 지즈코라는 여인을 만나면서 치료의 가능성을 드러낸다. 자신을 불안하게 만든 어머니에 대한 증오가 아내인 지즈코에게서 애정의 긍정적 감정을 생산시킨 것이다. 이것은 작가 스스로 자신의 이야기를 문학작품으로 형상화함으로써 자신을 억압한 '감정적 상징'에 대한 분출이 이루어졌다는 것을 나타낸 것이며, 또 신경증 병인의 치유의 형태인 '항상성 원리'를 유지할 가능성을 암시하는 것이기도 하다. '항상성 원리'38)는 감정을 소진시킬 임상적 필요성과 함께 감정을 억눌러 병인이 되는 흥분의 양을 일정하게 유지하려는 일반적 경향(항상성 원칙으로 표현되는)으로 설명된다.

억압을 분출한 손창섭은 이후 기질적으로 병인적 요인을 가진 등장인물보다는 사회적인 소시민의 병인적 증상을 드러내는 인물들로 작품을 구성한다. 또 강한 여성에 대한 복종심과 피해받는 여성에 대한 구원의 모티브를 드러내는 작품39)들을 생산하게 된다.

4. 결론

지금까지 손창섭 소설에 나타난 병인적요소와 그 극복양상을 살펴보았다. 자전적인 소설인 「신의희작」에 나온 소설가 S, 「생활적」의 동주, 「낙서족」의 도현을 통해 작가 손창

---

37) 프로이트, 『정신분석강의』, 임홍빈 · 홍혜경 옮김, 열린책들, 2003, pp.483~508.
38) 잘라플랑수 장 베르트랑 퐁탈리스, 앞의 책, pp.514~520.
39) 〈이성연구〉(1965), 〈청사에 빛나리〉(1968), 〈아들들〉(1970), 〈삼부녀〉(1970), 〈봉술랑〉(1977).

섭의 기질적인 측면을 분석하였다. 이것은 작품을 창조한 작가의 내성화된 기질을 찾아가는 방법이며 작가의 정신적 징후를 고찰하는 과정이기도 하다.

이 논의는 문학작품은 과거의 체험으로 돌아갈 수 있는 하나의 통로를 제공하며 작가는 자신을 분산하여 작품에 등장하는 여러 인물을 통하여 투사한다는 프로이트 이론을 바탕으로 삼았다. 이러한 분석을 통해 이 작중인물들은 기질적으로 신경증의 병인적 요인을 가지고 있으며 이것은 작가의 신경증적인 기질과 연결된다고 보았다. 불안과 히스테리, 강박과 우울증을 가지고 있는 작중인물들은 손창섭이 성장과정에 겪었던 좌절과 밀접하게 관련된다. 손창섭은 자신이 가지고 있는 병인적 요인을 소설작품을 통해 드러내고 이야기하기 시작하면서 그 고통과 불안을 응시하고 받아들일 수 있었던 것이다. 그것은 일종의 치유의 과정이기도 하다. 그는 「신의희작」을 통해 자신의 무의식을 의식층으로 드러낸 것이다. 자신의 치부를 보여 주고 이야기함으로써 그는 무의식적 공포를 이끌어 낸 것이다.

신경증환자는 현실의 세계가 자신의 욕망충족을 허용하지 않았을 때 좌절을 느끼며 질병에 걸린다. 손창섭에게 그것은 소극적인 의미의 강박신경증으로 또는 적극적인 욕망충족의 표출인 히스테리로 작품에서 형상화된다. 이 신경증의 치유의 과정은 증상을 형성하는 전제조건인 억압을 찾아내는 것인데, 이것은 기억을 되살리는 과정으로 통해서 알아낼 수 있다. 손창섭은 「신의희작」에서 기억을 되살린다. 그리고 그것을 구체적인 언어로써 형상화하고 억압을 분출한다. 자서전적인 소설을 쓰면서 그는 그의 작품에서 왜곡되었던 기억을 되살리며 억압과 회피되었던 기질적 병인을 의식적으로 드러낸다. 이것이 그의 작품세계에 중요한 변화의 계기가 된다.

<『한국문예비평연구』 제27집, 한국현대문예비평학회, 2008.>

youna1023@hanmail.net

〈參考文獻〉

기본자료

손창섭, 『잉여인간외』, 한국소설문학대계, 두산동아, 1997.
손창섭, 『잉여인간』, 민음사, 1998.
송하춘편, 『손창섭』, 새미, 2003.
『프로이트 전집』, 열린책들, 2003.

단행본

구인환 외, 『한국전후문학연구』, 삼지사, 1996.
박선경 『현대 심리소설의 정신분석』, 계명문화사, 1996.
변학수, 『프로이트 프리즘』, 책세상, 2004.
양선규, 『한국 현대 소설의 무의식』, 국학자료원, 1998.
조두영, 『목석의 울음』, 손창섭 문학의 정신분석, 서울대학교출판부, 2004.
리차드 월하임, 『프로이트』, 조대경 옮김, 민음사, 1989.
린 헌트, 『프랑스 혁명의 가족 로망스』, 조한욱 옮김, 새물결, 2000.
막스 밀네르, 『프로이트와 문학의 이해』, 이규현 옮김, 문학과 지성사, 1997.
마르트 로베르, 『기원의 소설, 소설의 기원』, 김치수 · 이윤옥 옮김, 문학과 지성사, 1999.
앤터니 이스트호프, 『무의식』, 이미선 옮김, 한나래, 2000.
잭 스펙터, 『프로이트의 예술미학』, 신문수 옮김, 풀빛, 1998.

논문

강유정, 「손창섭 소설의 자아와 주체연구」, 『국어국문학』133권, 국어국문학회, 2003.
강진호, 「손창섭 소설연구」, 『국어국문학』129, 국어국문학회, 2001.
방민호, 「손창섭의 자전적 소설연구」, 『국어교육』112호, 한국어교육학회, 2003.
______, 「손창섭의 「낙서족」에 관한 일고찰」, 『한국현대문학연구』13, 한국현대문학회, 2003.
양소진, 「손창섭 소설에서 마조히즘의 의미」, 『비교한국학』14, 국제비교한국학회, 2006.
이희춘, 「손창섭 소설에 나타난 자기파괴와 구원의 의미」, 『한국문학논총』46, 한국문학회, 2007.
황정현, 「손창섭 소설에 나타난 욕망의 문제」, 『현대소설연구』28, 현대소설학회, 2005.

황석영의 「삼포 가는 길」론

남 기 홍

1. 황석영의 문학적 초상화

황석영(1943~)은 1962년 경복고등학교 2학년 재학 중에 「입석부근(立石附近)」으로 『사상계』 신인문학상을 수상하며 등단, 세상을 놀라게 하였다. "당시에 '사상계 신인문학상'은 작가 지망생들에게 '신춘문예'보다도 한층 선망의 대상이었기 때문에 고등학생의 신분으로 그것을 정복하였다는 것은 세간의 화제"[1]를 불러일으키기에 충분하였다. 그는 8년 후인 1970년에 『조선일보』 신춘문예에 단편 「탑(塔)」이 당선되어 재등단하며 본격적으로 문학활동을 시작하였다.

황석영은 1943년 1월 4일 만주 신경(지금의 장춘)에서 아버지 황기련(黃基連)과 어머니 전경도(全敬道) 사이의 4남매 중 장남으로 출생하였다. 1945년 해방과 함께 모친의 고향인 평양으로 이주하였고 이듬해 황해도 신천군으로 옮겨가서 살다가 1949년 월남하여 영등포에 정착하였다. 1950년 영등포초등학교에 입학하였고, 1954년 전국 어린이 백일장에서 작문 「집에 오던 날」로 입상, 일찍이 문학적 재능을 인정받았다. 그해 가출하여 인천까지 갔다가 열흘 만에 되돌아오기도 하였는데 이 일은 그의 일생동안 반복된 가출과 방랑의 첫 시작이었던 셈이다. 1960년 경복중학교에 입학하였고, 1960년 단편 「출옥일」이 중대문학상에 당선되었다.

『사상계』를 통해 등단한 1962년부터 1970년 『조선일보』 신춘문예까지 8년 동안은 작가 황석영에게 방황과 모색의 기간이었다고 보아도 좋을 것이다. 이 기간 동안 그는 세 군데의 학교를 차례로 퇴학당했으며 마침내 어느 공업학교 야간부를 간신히 졸업하고 숭실대 철학과에 입학한 후 1964년에 가출, 경찰서 유치장에서 만난 막노동을 하던 해병대 중사 출신의 한 사내를 알게 되고 그를 따라 신탄진 공사장, 청주의 아이스케이크집, 진주의 빵

---

1) 「작가 인터뷰 – 황석영이 황석영을 말하다」(『작가세계』, 2004년 봄호), p.18.

공장 등을 전전하다가 칠북이란 곳의 장춘사라는 절에서 불목하니로 얹혀 있다가 동래 범어사를 거쳐 해운대의 금강원에서 행자로 지내던 중 수소문하여 찾아온 모친에 의해 집으로 돌아오기도 하였다. 1966년 해병대에 자원입대하여 1967년에 청룡부대 2진으로 월남에 파병되어 종군하였다.[2] 1970년『조선일보』신춘문예 당선작「탑」은 이때의 월남 참전경험을 토대로 쓴 작품이었다.

황석영은「객지」(『창작과비평』, 1971, 봄),「한씨 연대기」(『창작과비평』, 1972, 봄),「삼포 가는 길」(『신동아』, 1973. 9.) 등의 문제작을 연이어 발표하며 문단에서의 입지를 확실하게 굳히는 한편 평단으로부터 '리얼리즘 작가'라는 일관된 평가[3]를 받기 시작하였다.

1974년 7월부터『장길산』을『한국일보』에 10년간 연재(1974. 7. 11.~1984. 7. 5. 총 2,092회 연재)하여『한국일보』의 판매부수를 급증시켰다는 일화는 유명하거니와『장길산』은 "홍명희의『임꺽정(林巨正)』에 필적하는 역사소설"[4]로 수차에 걸쳐 논의되어 왔다. 1980년 장편『어둠의 자식들』(현암사)을 출간했으며 1985년『무기의 그늘』(형성사)을 간행하였다. 같은 해에 광주민중항쟁 기록『죽음을 넘어, 시대의 어둠을 넘어』를 간행 후 구속되기도 하였다.

황석영은 1989년 3월 동경·북경을 경유하여 방북, 평양을 방문한 이후 독일에 체류하였고 1991년 미국으로 이주, 뉴욕에 체류하다가 1993년 4월 27일 귀국 후 국가보안법 위반으로 구속 수감되었으며 7년형을 선고받았다. 그는 1989년 '조국통일범민족연합 해외본부' 남측 대변인 자격으로 평양에 들어가 여러 차례 김일성 주석을 만난 혐의로 4년 10개월 간 복역 후 1998년 3월 13일 가석방되었다. 1999년 김대중 대통령 취임 1주년 기념으로 사면 복권조치되었다.

출소 후 황석영은『오래된 정원』(창작과비평사, 2000),『손님』(창작과비평사, 2001),『심청―연꽃의 길』(문학동네, 2003) 등 장편을 발표하며 활발한 창작활동을 다시 시작하였다.

2. 뿌리 뽑힌 자들의 희망과 좌절

「삼포 가는 길」은 1973년『신동아』9월호에 발표된 황석영의 단편소설이다.

2) 오생근,「황석영의 작품세계―황석영, 혹은 존재의 삶」(『제3세대 한국문학―황석영』15, 삼성출판사, 1985), pp.427~428 참조. 앞으로 인용할「삼포 가는 길」은 이 책에 수록된 작품으로 하며 면수만 밝히도록 하겠다.
3) 천이두,「반윤리의 윤리―황석영의 "삼포 가는 길"」(『문학과지성』, 1973, 겨울); 백낙청,「민족문학의 현단계」(『창작과비평』, 1975, 봄); 김주연,「떠남과 외지인의식」(『현대문학』, 1979, 5.); 현준만,「민중사실의 소설적 탐구」(『문학과비평』, 1988, 봄).
4) 권순긍,「이야기성의 회복과『장길산』」(『문학의 시대』제3호, 풀빛, 1986), pp.163~164.

등장인물 정 씨와 영달, 백화는 황석영 소설에 자주 등장하는 이른바 '룸펜 프롤레타리아'[5]다. 정 씨는 어떤 이유에서였는지는 작품에 밝혀져 있지 않지만 감옥에 갔다 온 적이 있는 떠돌이 노동자이고, 영달은 특별한 기술 없이 공사판을 전전하는 뜨내기 노동자이다. 백화는 열여덟에 가출해서 전국의 사창가를 거쳐 온 끝에 시골 읍내에서 술집 작부노릇을 하던, 작품 속 표현대로 '관록 붙은 갈보'였다. 길 위에서 만난 이들 세 사람의 공통점은 어느 한곳에 정착해 안주하는 삶을 살 수 없는 '뿌리 뽑힌 자들(uprooted people)'이라는 데 있다.

이 세 사람 중 유일하게 확실한 목적지가 설정되어 있는 사람은 가장 연장자로 서른댓 정도 된 사내인 정 씨뿐이다. 정 씨의 고향 삼포는 그의 기억 속에 아름다운 곳으로 남아 있다.

> "월출 가면 남행열차를 탈 수는 있소. 거기서 기차 탈려오?"
> "뭐…… 돼가는 대루. 그런데 삼포는 어느 쪽입니까?"
> 정 씨가 막연하게 남쪽 방향을 턱짓으로 가리켰다.
> "남쪽 끝이오."
> "사람이 많이 사나요, 삼포라는 데는?"
> "한 열 집 살까? 정말 아름다운 섬이오. 비옥한 땅은 남아돌아가구, 고기두 얼마든지 잡
> 을 수 있구 말이지."
> 영달이가 얼음 위로 미끄럼을 지치면서 말했다.
> "야아 그럼, 거기 가서 아주 말뚝을 박구 살아 버렸으면 좋겠네." (pp.411~12)

그런데 정 씨가 고향 삼포에 가려는 이유는 영달과의 대화를 통해 드러나듯 의외로 간단하다.

> "몇 년 만입니까?"
> "십 년이 넘었지. 가봤자…… 아는 이두 없을 거요."
> "그럼 뭣하러 가쇼?"
> "그냥…… 나이 드니까, 가보구 싶어서." (p.410)

그냥, 나이 드니까 가보고 싶다는 것이 정씨가 밝힌 고향 삼포에 가려는 이유이다. 그러나 독자들은 이어지는 대화를 통해, 고향을 떠나 10년 넘게 떠돌아다니며 감옥까지 갔다 온 정 씨의 고단한 삶을 충분히 짐작할 수 있다.

---

5) 황석영의 작품에 자주 등장하는 일용노동자 · 부랑노무자 · 떠돌이 · 창녀 · 도시빈민 등을 통칭하는 계급용어는 '룸펜 프롤레타리아'다.

"알고 있소, 착암기 잡지 않았소? 우리넨, 목공에 용접에 구두까지 수선할 줄 압니다."
"야 되게 많네. 정말 든든하시겠구만."
"십 년이 넘었다니까."
"그래도 어디서 그런 걸 배웁니까?"
"다 좋은 데서 가르치고 내보내는 집이 있지."
"나두 그런 데나 들어갔으면 좋겠네."
정 씨가 쓴 웃음을 지으며 고개를 저었다.
"지금이라두 쉽지. 하지만 집이 워낙 커서 말요."
"큰집……."
하다 말고 영달이는 정 씨의 얼굴을 쳐다봤다. (p.411)

소설의 첫머리에 등장하는 영달은 공사판을 전전하는 떠돌이 노동자로, 공사판 밥집 여자인 청주댁과 동침하다가 새벽녘에 남편 천 가가 돌아오는 바람에 간신히 옷만 추스르고 그간의 밥값도 떼먹은 채 달아나던 길에 정 씨를 만난 것이었다. 영달은 정 씨와 아침을 먹으러 들어간 서울식당에서 정 씨에게 말했듯이 잠시 같이 살던 옥자라는 아가씨와 돈 모으면 모여서 살자는 약속을 하고 헤어진 경험이 있는 사람으로 누구와 살림을 차리고 가정을 꾸려나간다는 것 자체가 힘겨운, 자기 한 몸 입에 풀칠하기도 어려운 입장이었던 것이다. 애초부터 돌아갈 집도 고향도 없는(소설 속에서 영달의 고향에 관해서는 암시조차 되어 있지 않다) 인물로 공사판 일자리가 있으면 전국 어디든지 떠돌아다니는 전형적인 부랑 노무자가 바로 영달이었다.

"의리 있는 여자였어요. 애두 하나 가질 뻔했었는데, 지난봄에 내가 실직을 하게 되자, 돈 모으면 모여서 살자구 서울루 식모 자릴 구해서 떠나갔죠. 하지만 우리 같은 떠돌이가 언약 따위를 지킬 수 있나요. 밤에 혼자 자다가 일어나면 그 애 때문에 남은 밤을 꼬박 새우는 적두 있습니다." (p.414)

오갈 데 없는 처지의 영달은 그래서 정 씨의 고향 삼포에 같이 갈까도 생각하고 백화가 자기 고향에 같이 가면 일자리를 주선해 주겠다는 말에도 잠시나마 마음이 흔들렸던 것이다.

백화는 정 씨와 영달이 아침을 먹으러 들어갔던 서울식당에 있던 작부로 고향에 가려고 가방 하나 싸들고 길을 나섰다가 도중에 정 씨와 영달을 만난다. 백화를 잡아다 주면 현금으로 딱 만 원을 내겠다는 서울식당 주인인 뚱뚱이 여자의 말을 상기하고 영달은 소나무 아래에서 소변을 보던 백화를 발견하고 몇 마디 건넸다가 망신만 당하고 만다.

“제따위들이 뭐라구 잡아가구 말구야. 뜨내기 주제에.”
“그래 우리두 너 같은 뜨내기 신세다. 찬샘에 잡아다 주고 여비라두 뜯어 써야겠어.”
영달이가 여자의 뒤를 바짝 쫓아가며 농담이 아님을 재차 강조했다. 여자가 휙 돌아서더
니, 믿을 수 없을 만큼 재빠르게 영달이의 앞가슴을 밀어냈다. 영달이는 미처 피할 겨를도
없이 눈 위에 궁둥방아를 찧고 나가 떨어졌다. 백화가 한 팔은 보퉁이를 끼고, 다른 쪽은
허리에 척 얹고 서서 영달이를 내려다보았다.
“이거 왜 이래? 나 백화는 이래 봬두 인천 노랑집에다, 대구 자갈마당, 포항 중앙대학, 진
해 칠구, 모두 겪은 년이라구. 조용히 시골 읍에서 수양하던 참인데…… 야아, 내 배 위로
남자들 사단 병력이 지나갔어. 국으로 가만있다가 조용한 데 가서 한 코 달라면 몰라두
치사하게 뚱보 돈 먹자구 나한테 공갈 때리면 너 죽구 나 죽는 거야.”
영달이는 입을 벌린 채 일어설 줄 모르고 백화의 일장연설을 듣고 있었다. (p.418)

“백화는 이제 겨우 스물두 살이었지만 열여덟에 가출해서, 쓰리게 당한 일이 많기 때문
에 삼십이 훨씬 넘은 여자처럼 조로해 있었”(p.419)으며 신산한 삶에 지쳐 고향으로 돌아
가는 길이었다.

세 사람은 길을 걸으며 이야기를 나누었는데 백화는 처음에 부산에서 잘못 소개를 받
아 술집으로 팔렸다가 겪은 화류계 생활 이야기를 주로 하였다. 군대 감옥 근처에 있던
주점 갈매기집에서 군죄수들을 옥바라지하며 보냈던 나날을 회상하며 들려주었던 백화의
이야기는 정 씨와 영달을 숙연케 하기에 충분했다.

출감이 멀지 않은 사람들이라 성깔도 부리지 않았고 마을 사람들도 그리 경원하지 않았
다. 그들이 밖으로 작업을 나오면 기를 쓰고 찾는 것은 물론 담배였다. 백화는 담배 두 갑
을 사서 그들 중의 얼굴이 해사한 죄수에게 쥐어 주었다. 작업하는 열흘간 백화는 그들의
담배를 댔다. 날마다 그 어려 뵈는 죄수의 손에 몰래 쥐어주곤 했다. 다음부터 백화는 음
식을 장만해서 감옥 면회실로 그를 만나러 갔다. 옥바라지 두 달 만에 그는 이등병 계급
장을 달고 백화를 만나러 왔다. 하룻밤을 같이 보내고 병사는 전속지로 떠나갔다.
“그런 식으로 여덟 사람을 옥바라지 했어요. 한 달, 두 달 하다 보면 그이는 앞사람들처럼
하룻밤을 지내구 떠나가군 했어요.”
백화는 그런 일 때문에 갈매기집에 있던 시절, 옷 한 가지도 못 해 입었다. 백화는 지나간
삭막한 삼 년 중에서 그때만큼 즐겁고 마음이 평화로왔던 시절은 없었다. 그 여자는 새로
운 병사를 먼 전속지로 떠나보내는 아침마다 차부로 나가서 먼지 속에 버스가 가리울 때
까지 서 있곤 했었다. 백화는 그 뒤부터 부대 근처를 전전하며 여러 고장을 흘러 다녔다.
(p.422)

세 사람은 역이 가까운 감천 읍내에 도착했고 백화는 영달에게 자신의 고향으로 같이
갈 것을 조심스레 제의하고 정 씨도 권유하였지만 영달은 아무 말도 하지 않았다. 결국
정 씨와 영달은 백화를 먼저 고향으로 보내기로 하고 영달이 비상금을 털어 백화의 표와

삼립빵 두 개와 찐 달걀을 사서 백화에게 건넸다. 백화는 울먹이며 아무에게도 가르쳐 주지 않았다던 '이점례'라는 본명을 말하고 개찰구로 나갔고 잠시 후 기차가 떠나갔다. 세 사람 중 목적지인 고향으로 제일 먼저 출발한 사람은 결국 백화였지만, 그녀가 자신의 소망대로 동생들이 많은 "고향에서 조용히 틀어박혀 집의 농사나 거들"(p.423)며 살게 될 것 같지 않다는 불길한 예감이 이내 독자들을 비감에 젖게 한다.

<blockquote>
그들은 나무의자에 기대어 한 시간쯤 잤다. 깨어보니 대합실 바깥에 다시 눈발이 흩날리고 있었다. 기차는 연착이었다. 밤차를 타려는 시골 사람들이 의자마다 가득 차 있었다. 두 사람은 말없이 담배를 나눠 피었다. 먼 길을 걷고 나서 잠깐 눈을 붙였더니 더욱 피로해졌던 것이다. 영달이가 혼잣말로

"쳇, 며칠이나 견디나……."

"뭐라구?"

"아뇨, 백화란 여자 말요. 저런 애들…… 한 사날두 시골 생활 못 배겨나요."

"사람 나름이지만 하긴 그럴 거요. 요즘 세상에 일이 년 안으루 인정이 획 변해 가는 판인데……."
</blockquote>

소설의 결말 이후를 예측해 본다는 것이 무의미할 것 같지만 위에서 인용한 영달의 말에 비추어 생각해 보면 고향으로 간 백화가 그녀의 소망대로 고향에서 잘 살아가기를 독자들은 기대하면서도 어쩐지 백화가 고향에서마저도 버림받다시피 하고 쫓겨날 것 같다는 예감을 지울 수 없다. 만약 백화가 다시 고향을 떠난다면 이제 백화는 다시 고향에 돌아가지 못할 것이다. 멀쩡한 고향을 눈앞에 두고도 돌아갈 수 없는, 고향은 있지만 고향을 잃은 처지로 또다시 전국을 떠돌아 다녀야 하는, 어쩌면 이전보다 더 힘겨운 상황에 처하게 될지도 모르는 것이다. 작가는 백화의 귀향 이후에 대해 전혀 언급하고 있지 않지만 독자들은 충분히 예상할 수 있으며 그 안타까운 예상은 독자들을 쓸쓸하게 만든다.

한편 정 씨와 영달은 백화를 먼저 보내고 대합실 나무의자에 기대어 한 시간쯤 잔 후 연착하는 열차를 기다리고 있었다. 이들 옆에 앉았던 한 노인이 행선지를 묻고 '삼포'라는 말을 듣고는 "아들놈이 거기서 도자를"(p.425) 끈다며 최근의 삼포에 관한 이야기를 들려주었다.

<blockquote>
"말두 말우 거긴 지금 육지야. 바다에 방둑을 쌓아 놓구, 추럭이 수십 대씩 돌을 실어 나른다구."

"뭣 땜에요?"

"낸들 아나, 뭐 관광호텔을 여러 채 짓는담서 복잡하기가 말할 수 없데."
</blockquote>

“동네는 그대루 있을까요?”
“그대루가 뭐요. 맨 천지에 공사판 사람들에다 장까지 들어섰는걸.”
“그럼 나룻배두 없어졌겠네요.”
“바다 위로 신작로가 났는데, 나룻배는 뭐에 쓰오. 허허 사람이 많아지니 변고지, 사람이
많아지면 하늘을 잊는 법이거든.”

노인으로부터 들은 최근의 삼포는 정 씨가 그리던 아름다운 고장 삼포가 아니었던 것
이다. 확고부동한 목적지를 향해 겨울 눈발을 헤치고 역까지 찾아왔으나 풍문마저 낯선
삼포의 얘기는 정 씨를 허탈하게 만들었다.

3. ‘삼포’의 의미

정 씨의 유일한 목적지이자 고향인 ‘삼포’는 작품에서 어떤 의미를 지니는 것일까? 이
물음에 대한 해답을 구하는 것이 작품 「삼포 가는 길」을 이해하는 가장 근원적인 방법일
것이다.

작품 속에 등장하는 ‘삼포(森浦)’는 지도상에 등장하지도 않고 실재하지 않는 허구의 지
명이다. 황석영과 “친분이 두터운 시인 이시영 씨는 해병대 출신인 작가가 동해안 부근의
감포를 떠올리면서 쓴 지명 같다.”[6]고 설명한 바 있다. 그러나 작품 속에서 백화의 고향
은 전라선 쪽이고 정 씨는 “호남선 쪽”(p.423)이라고 밝히고 있어 독자들은 삼포를 호남
쪽의 어느 섬마을쯤으로 생각할 수밖에 없다.

> 작가의 말에 따른다면 「삼포 가는 길」은 「객지」와 「돼지꿈」의 중간에 놓이는 소설이다.
> 실제로 그는 농촌생활을 경험한 일이 없다. 다만 6 · 25 때 피난 가서 한 20일 묵은 바닷가
> 마을이 다소 그의 기억에 남아 있다고 했다. 작가의 나이 여덟 살 때 일이며 안면도 부근
> 으로 회상했다. 특히 소나무가 많은 바닷가였고 바다로 들어가는 시냇물이 인상적이었다
> 고 한다.
> “그래서 森浦라고 해 봤죠. 지구상엔 없고 추억 속에만 남아 있는 곳입니다. 어떤 사람은
> <파리 텍사스>야말로 미국판 <삼포 가는 길>이라 말하더군요.”(웃음)
> 그러나 삼포는 문명에 대한 혐오나 회한에서 발원한 공간은 아닐 것이다. 소설 속의 정
> 씨의 말대로 “그냥…… 나이 드니까, 가보고 싶어”지는 곳이 아닐까. 인간의 무구한 심성
> 이 회귀하려는 영혼의 고향을 뜻함이리라.[7]

---

6) 「황석영의 작품세계」, 『조선일보』, 1997. 10. 8.
7) 「작가와의 만남: 황석영 – 삼포, 그 영혼의 고향」(『문학과비평』, 1988년 봄호), p.317.

그러나 삼포가 동해한 부근의 감포를 떠올리며 쓴 것이든 작가가 6·25 때 피난 가서 묵었던 안면도 부근의 바닷가 마을을 상상하며 쓴 것이든 그것은 중요하지 않다. 우선 분명한 것은 삼포가 실재하는 곳이 아니라는 것이다.

10여 년의 객지생활과 감옥생활까지 경험했던 정 씨에게 삼포는 단순한 고향 이상의 의미가 있다. 정 씨는 고향 삼포에 가서 무엇을 해보겠다는 구체적인 계획이 있는 것도 아니며 그냥 나이 드니까 가보고 싶은, 가서 세파에 지친 심신을 달래고 평화와 위안을 얻을 수 있는 곳, 마음의 안식처와 같은 곳이 바로 삼포인 것이다.

백화에게도 고향의 의미는 정 씨의 삼포와 다르지 않다. 열여덟에 집을 나와 전국의 사창가로 술집으로 팔려 다닌 백화의 삶도 순탄한 삶은 아니었고, 떠돌며 살아낸 모진 세월이 백화의 심신을 지치고 병들게 했을 것이다. 그래서 백화에게 "인젠 술하구 밤이라면 지긋지긋"(p.419)한 것이고, "시집은 안 가요. 이제 와서 무슨 시집이에요. 조용히 틀어박혀 집의 농사나 거들지요. 동생들이 많아요."(p.423)라는 백화의 말 속에는 이제는 모든 것을 잊고 고향에서 편히 쉬고 싶다는 자연스러우면서도 소박한 의지가 내포되어 있는 것이다. 그러나 전술한 바와 같이 백화가 고향에서 따뜻한 삶을 영위하며 안주할 수 있을지는 의문이다. 지울 수 없는 독자들의 이러한 불길한 예감은 작품 속 백화의 말을 통해 비추어 보면 예감으로만 끝날 것 같지 않다.

> "그래요. 밤마다 내일 아침엔 고향으로 출발하리라 작정하죠. 그런데 마음뿐이지, 몇 년이 흘러요. 막상 작정하고 나서 집을 향해 가보는 적두 있어요. 나두 꼭 두 번 고향 근처까지 가봤던 적이 있어요. 한 번은 동네 어른을 먼발치서 봤어요. 나 이름이 백화지만 가명이에요. 본명은…… 아무에게도 가르쳐 주지 않아." (p.419)

백화가 고향을 향해 발길을 옮겼던 적은 이번이 처음이 아니었던 것이다. 전라선 쪽이라는 백화의 고향은 도시보다 봉건적 질서가 더 중시되고, 윤리적 완고함이 마을사람들의 생활방식을 지배하고 있는 곳일지도 모른다. 이러한 곳에서 객지로 떠돌며 화류계 생활이 몸에 배인 백화가 마찰 없이 견뎌내기란 쉽지 않은 일일 것이다. 그리하여 백화가 처음엔 자의로 고향을 떠나왔지만, 고향사람들의 눈총을 견디다 못해 타의에 의해 백화가 이제 또 고향을 떠나온다면 그녀가 다시 고향에 돌아가기는 힘들 것이다. 아마도 백화는 전국을 또다시 떠돌아다니며 이전보다 훨씬 열악한 상태의 삶을 영위할지도 모르며 혹은 도시빈민으로 전락하여 도시의 최하층민 생활을 면치 못할지도 모른다. 이것이 가슴 아프지만 받아들일 수밖에 없는 독자들의 슬픈 예감이다.

영달에게 있어 삼포란 정 씨와 백화의 고향과는 그 의미가 다르다. 영달에게는 처음부터 마음의 안식처로서의 고향이 존재하지 않았다. 그에게는 단 며칠간만이라도 밥벌이를 할 수 있는 일자리가 시급한 형편이었다. 그래서 영달은 정 씨가 말한 삼포 얘기를 듣고 "야아 그럼 거기 가서 아주 말뚝을 박구 살아버렸으면 좋겠"(p.412)다고 말하기도 하고, 역 대합실에서 옆에 있던 노인으로부터 변해버린 삼포 얘기를 듣고도 "잘됐군. 우리 거기서 공사판 일이나 잡읍시다."(p.426)라고 말할 수 있었던 것이다. 그에게 고향 따위는 존재하지도 않았고 마음의 안식처 같은 곳을 생각하는 것도 사치에 지나지 않았다. 당장 입에 풀칠하는 것이 절체절명의 과제인 어찌 보면 정 씨나 백화보다도 더 처지가 딱한 사람이었던 것이다. 그에게 삼포란 괜찮으면 말뚝 박고 살아도 되고 일자리가 있으면 돈벌이를 할 수 있는 곳 그 이상도 이하도 아니었다.

그러나 정 씨의 삼포와 백화의 고향은 단순히 자신이 태어난 곳이라는 의미를 넘어 지친 몸과 마음을 쉴 수 있는 정신적 안식처 혹은 유토피아와 같은 개념의 장소였던 것이다.

4. 「삼포 가는 길」의 미덕

1) 결말의 모호성

그렇다면 정 씨와 영달은 소설 말미에 과연 기차를 탔을까, 타지 않았을까? 이것은 독자들 사이에 논란의 여지가 있을 수 있다. 작품의 결말부분을 보도록 하자.

> 그때에 기차가 도착했다. 정 씨는 발걸음이 내키질 않았다. 그는 마음의 정처를 방금 잃어
> 버렸던 때문이었다. 어느 결에 정 씨는 영달이와 똑같은 입장이 되어 버렸다.
> 기차는 눈발이 날리는 어두운 들판을 향해서 달려갔다. (p.426)

정 씨와 영달이 기차를 탔는지 타지 않았는지를 밝히지 않은 채 "기차는 눈발이 날리는 어두운 들판을 딜러갔다."고만 표현되어 있어 작가는 독자들의 추측에 결말을 맡기고 있다. 앞에서 본 바와 같이 영달은 삼포에 가고자 하는 뜻을 두 번이나 밝혔다. 일자리가 있다면 마다할 처지가 아니었던 영달의 입장에서는 그곳이 삼포라도 좋고 삼포가 아니라도 상관이 없었을 것이다. 영달의 입장을 고려한다면 두 사람은 기차를 탔을 것 같기도 하다.

그러나 정 씨의 입장에서 생각해 보면 현재의 삼포는 정 씨가 10년 넘게 떠돌아다니면

서도 잊지 못하고 마음속에 그리던 삼포가 더 이상 아니었다. 관광호텔이 들어서고 오랫동안 살던 사람들이 모두 떠나고 공사판으로 변해 버린 삼포엘 가려고 눈보라치는 겨울 들판을 헤치며 역까지 온 것이 아니었던 것이다. 정씨는 갑자기 한순간에 목적지를 잃어버린 것이며 이러지도 저러지도 못하는 처지가 되어 버린 것이다. 그러기에 작가는 "어느 결에 정 씨는 영달이와 똑같은 입장이 되어 버렸다."고 쓰고 있는 것이다. 정 씨와 영달이 기차를 탔을 것이라고 생각해 보는 것도 가능하겠지만 정 씨와 영달이 기차를 타지 않고 그냥 떠나보냈을 것으로 생각하는 것이 더 타당할 듯하다.

아무튼 확실한 결말을 맺지 않고 독자들이 다양하게 결말을 추측해 볼 수 있는 여지를 남겨둠으로써 「삼포 가는 길」은 이른바 '열린소설'로도 볼 수 있는 것이다.

2) 문체의 특징

「삼포 가는 길」의 또 하나의 미덕은 문체에 있다. 전반적으로 사실적이고 객관적인 서술에 치중하면서도 군더더기 없는 간결한 문체를 쓰고 있는데 특히 등장인물의 행위를 표현할 때는 간결하고 건조한 문체를 쓰며 곧바로 구체적이고 치밀한 배경묘사가 이어진다. "이러한 문체는 배경 묘사의 수식어들이 인물의 성격을 구체화하고, 사건 전개를 암시하고, 주제의식을 심화시키는 등 소설 내적 구조를 견고하게 재구"[8]하고 있다. 우선 소설의 첫머리를 보자.

> 영달은 어디로 갈 것인가 궁리해 보면서 잠깐 서 있었다. 새벽의 겨울바람이 매섭게 불어왔다. 밝아오는 아침 햇볕 아래 헐벗은 들판이 드러났고, 곳곳에 얼어붙은 시냇물이나 웅덩이가 반사되어 빛을 냈다. 바람 소리가 먼 데서부터 몰아쳐서 그가 섰는 창공을 베면서 지나갔다. 가지만 남은 나무들이 수십여 그루씩 들판가에서 바람에 흔들렸다.
> 그가 넉 달 전에 이곳을 찾았을 때에는 한참 추수기에 이르러 있었고 이미 공사는 막판이었다. 곧 겨울이 오게 되면 공사가 새 봄으로 연기될 테고 오래 머물 수 없으리라는 것을 그는 진작부터 예상했던 터였다. 아니나 다를까, 현장 사무소가 사흘 전에 문을 닫았고, 영달이는 밥집에서 달아날 기회만 노리고 있었던 것이다. (p.407)

무심히 읽으면 세 사람의 주인공 중 영달의 등장과 간략한 배경묘사가 전부인 듯하지만 면밀히 생각해 보면 영달의 갈 곳 없는 처지와 앞으로 그가 겪게 될 차디찬 세상의 풍파가 암시되어 있는 문장이다. 화자는 감정이나 사상을 드러내지 않고 가치중립적인 목소

---

8) 정현숙, 「〈삼포 가는 길〉의 문체 연구」(한국어문교육연구회, 『어문연구』 통권 제114권, 2002. 6.), p.191.

리를 내고 있다. 가지만 남은 채 잎 하나 없이 찬바람을 맞으며 서있는 겨울나무들은 빈 털터리가 되어 갈 곳을 찾아 헤매야 하는 영달을 표상하고 있으며, 첫 문장의 '잠깐'이라는 수식어는 어디로 갈 것인가 오랫동안 고민하는 것이 아니라 잠시 궁리하고 그때그때 형편에 따라 떠돌다 다녀야 하는 영달이라는 인물의 성격을 적절히 규정하고 있는 것이다. 배경묘사에 사용된 '매섭게, 헐벗은, 얼어붙은, 가지만 남은' 등의 부사어와 관형어들은 인물의 성격과 긴밀히 연결되어 공사판 뜨내기인 영달의 내면풍경을 드러내는 데 기여하고 있다. 이처럼 간결한 인물묘사 뒤에 이어지는 배경묘사는 적절한 수식어를 통해 인물의 성격과 처지를 암시할 뿐 아니라 앞으로 진행될 사건의 전개까지도 암시해 주고 있는 것이다.

뿐만 아니라 이 작품은 하층민들의 현실에 밀착된 일상어와 은어, 비속어, 구어 등을 거침없이 구사함으로써 디테일의 진실성과 리얼리티를 확보하는 데 성공하였다.

> 검게 물들인 야전잠바의 깃 속에 턱이 반남아 파묻혀서 누군지 쌍통을 알아볼 도리가 없었다. (p.407)
> "개쌍년 같으니!" (p.413)
> "웃기네 그래봤자 지가 똥갈보라. (중략) 빚이나 뽑아내면 참한 신마이루 기리까이할려던 참이었어." (p.413)
> "개새끼들 뭘 보구 지랄야." (p.417)

인용문의 원색적인 어휘들은 밑바닥 인생을 사는 사람들이 흔히 사용하는 구어적 관용어들일 것이다. 이러한 어휘들은 현실의 모순과 온몸으로 부딪치며 절박하게 살아가는 뿌리 뽑힌 자들의 세상에 대한 분노와 뜨내기 인생의 경박한 속성을 잘 반영하고 있다고 할 것이다. 이러한 활력적 어법은 소설에 생동감을 불어넣을 뿐 아니라 디테일의 진실성을 보장해 주고 있다.

또한 「삼포 가는 길」의 문체는 불예측성과 번복의 서술로 독자들을 작품 속으로 끌어들이며 "독자로 하여금 주어진 정보를 적극적으로 수용, 재창조하는 긴장된 독서가 되도록 유도"[9]하고 있다. '불예측성'이란 "작가가 메시지를 최대한 효과적으로 전달하기 위하여 독자의 예상을 뒤엎어서 정신적인 이완을 미연에 방지하는 의도적인 기법을 의미한다. 즉 작가는 불예측성을 메시지에 넣음으로써 독자의 주의력을 계속 잡아당기면서 작가가 의도한 메시지의 효과를 독자가 부주의 속에 놓치지 않고 지각할 수 있게 해 준다는 것이

---

9) 위의 글, p.203.

다."[10] 이를테면 첫 장면의 영달이 공사판이 문을 닫자 밥값을 떼먹고 달아나는 장면에서 독자들은 영달에게 연민을 갖게 되는데 이러한 연민은 영달의 도주 이유가 밥집여자와의 불륜 때문이라는 것이 밝혀지면서 이내 반감으로 바뀐다. 이러한 기법은 독자들의 기대를 한쪽으로 유도해 놓고 곧이어 그 기대와는 다른 쪽으로 서사를 이끌어 감으로써 연속되는 기대와 번복 속에서 독자들을 긴장하게 만든다. 이렇게 긴장을 유도하는 서술기법은 독자들로 하여금 작품 속에 몰입하도록 만드는 원동력이며 호기심을 끝까지 잃지 않게 만드는 효과적인 장치인 셈이다. 이것은 백화라는 인물을 이해하는 데도 마찬가지로 적용되고 있다.

> 그들은 어느 읍내에나 있는 서울식당이란 주점으로 들어갔다. 한 뚱뚱한 여자가 큰 솥에
> 다 우거지국을 끓이고 있었고 주인인 듯한 사내와 동네 청년 둘이 떠들어대고 있었다.
> "나는 전연 눈치를 못 챘다구, 옷을 한 가지씩 빼어다 따루 보따리를 싸놨던 모양이라."
> "새벽에 동네를 빠져 나간 게 틀림없습니다."
> "어젯밤에 윤 하사하구 긴밤을 잔다구 그래서, 뒷방에서 늦잠자는 줄 알았지 뭔가."
> "새벽에 윤 하사가 부대로 들어가자마자 튄 겁니다."
> "옷값에 약값에 식비에…… 돈이 보통 들어간 줄 아나, 빚만 해두 자그마치 오만 원이거든."
> (p.412)

이 대목에서 독자들은 서울식당 주인인 뚱뚱한 여자와 동네 사람들의 의식 수준에서 백화라는 여자를 이해할 수밖에 없다. 오만 원의 빚을 떼어먹고 달아난 술집 작부라는 그들의 정보는 영달과 정 씨가 백화를 만나 동행하면서 몇 차례 수정·번복되는 과정을 거치고, 동시에 독자들의 예상과 기대는 보기 좋게 무너진다. 이러한 수정과 번복의 과정을 통해 독자들은 백화를 천박하고 관록 붙은 갈보에서 여덟 명의 군인 죄수들을 옥바라지 하며 조건 없이 헌신적인 사랑을 바친 순수하고 정이 많은 아가씨로 이해하게 되는 것이다. 이와 같은 인물과 사건에 대한 정보의 번복을 통해 독자들은 등장인물을 이해하는 데 끊임없는 수정과 보완의 과정을 거치게 되며, 등장인물의 성격도 평면적인 것이 아니고 입체적이고 총체적으로 형상화되며 삶의 다층적인 면에 대한 통찰이 심화되는 것이다. 주어진 정보가 번복되고 독자들의 기대가 빗나가고 수정을 요하게 되는 과정은 삼포가 개발되어 예전의 삼포가 아니며 그리하여 정 씨와 영달이 삼포로 가는 기차에 타지 않았을 것이라는 암시로 끝나는 소설의 말미에 이르러 극점에 달하게 되는 것이다.

---

10) 황석자 편저, 『현대문체론』(한신문화사, 1987), p.60.

3) 1970년대 산업화 · 도시화가 빚어낸 그늘의 한 축도(縮圖)

정 씨, 영달, 백화 이 세 사람의 만남과 동행, 헤어짐을 통해 뿌리 뽑힌 자들의 희망과 좌절을 보여 주고 있는 「삼포 가는 길」의 세계는 1970년대에 본격적으로 진행된 산업화 · 도시화가 빚어낸 그늘의 한 축도로 이해해도 좋을 것이다.

작가의 말에 의하면 "「삼포 가는 길」은 제1차 경제개발 5개년 계획이 진행 중이던 1960년대의 체험을 소설로 옮긴 것"[11]이라고 한다. 그러니까 작가의 체험과 작품을 발표한 1973년이라는 창작의 시간 사이에는 약간의 거리가 있는 셈이다.

박정희 정권에 의해 시작된 '경제개발 5개년 계획'[12]은 1962~1981년까지 4차에 걸쳐 실되었으며 1982년부터는 그 명칭이 경제사회발전계획으로 바뀌어 실시되고 있다. 1982~1986년의 제5차, 1987~1991년의 제6차, 그리고 1992~1996년의 제7차 경제사회발전 5개년 계획으로 이어졌다.

한국경제의 공업화전략은 해외시장 개척에 의한 수출촉진을 도모하려는 수출주도형 또는 외부지향적 공업화정책으로서 수입대체산업화, 수입대체산업의 수출 산업화, 농업근대화, 사회개발을 그 내용으로 한다. 즉, 외자를 적극적으로 도입하여 경제성장과 근대화를 달성하려는 정책이며, 국내시장 형성보다는 노동 또는 자원 면에서의 비교우위를 이용하여 수출촉진에 중점을 두었다. 이와 같은 전략을 채택하게 된 배경은, 자본과 부존자원이 절대적으로 빈곤한 반면에 값싼 노동력이 풍부했기 때문이다. 그러나 외채상환 부담의 위험과 개발이익의 균점이라는 어려운 과제를 안고 있었다.

「삼포 가는 길」의 시대적 배경은 1, 2차 경제개발 5개년 계획이 추진되던 시점인데 2차

---

11) 「작가와의 만남: 황석영 – 삼포, 그 영혼의 고향」, 앞의 책, p.316.

12) 제1차 경제개발 5개년계획(1962~1966)의 주요 골자는 전력 · 석탄의 에너지원과 기간산업을 확충하고, 사회간접자본을 충실히 하여 경제개발의 토대를 형성하는 것이었으며 그 밖에 농업생산력을 확대하여 농업소득을 증대시키며, 수출을 증대하여 국제수지를 균형화하고 기술을 진흥하는 일 등이었다. 이 시기의 경제성장률은 7.8%로 목표를 상회하였으며, 1인당 국민총생산(GNP)은 83달러에서 125달러로 증가되었다.
　　제2차 경제개발 5개년계획(1967~1971)은, 식량 자급화와 산림녹화, 화학 · 철강 · 기계공업의 건설에 의한 산업의 고도화, 7억 달러의 수출 달성, 고용확대, 국민소득의 비약적 증대, 과학기술의 진흥, 기술수준과 생산성의 향상에 그 목표를 두었다. 이 목표를 달성하기 위한 소요자금 9,800억 원 중 국내자금이 6,029억 원, 외자가 14억 2,100만 달러였다. 이 중 6억 달러가 1965년의 한일국교 정상화로 들어오게 되었다. 같은 해 1월 베트남 파병 결정에서 1973년 3월까지 8년간에 걸친 전쟁특수에 의해 한국 경제는 비약적으로 발전하였다. 이 기간 중 경제성장률은 9.6%였으며 수출주도형체제가 확립되어 1971년에는 10억 6760만 달러가 수출되었다. 수출의존도는 13.7%에서 17.8%로 높아졌다. 또한 공업건설이 본격화됨에 따라 외자의존도가 높아졌고, 직접투자가 이루어졌다.
　　제3차 경제개발 5개년계획(1972~1976)의 목표는 중화학공업화를 추진하여 안정적 균형을 이룩하는 데 두었다. 이 기간에는 착수 직전인 1971년 8월의 '닉슨 쇼크'에 의한 국제경제 질서의 혼란, 1973년 10월의 석유파동 등으로 어려운 고비에 처하게 되었으나, 외자도입의 급증, 수출 드라이브 정책, 중동 건설경기 등으로 난국을 극복하여 연평균 9.7%의 성장률을 유지하였다.
　　제4차 경제개발 5개년계획(1977~1981)은 성장 · 형평 · 능률의 기조 하에 자력 성장구조를 확립하고 사회개발을 통하여 형평을 증진시키며, 기술을 혁신하고 능률을 향상시킬 것을 목표로 하였다. 1977년 100억 달러 수출달성, 1인당 국민총생산(GNP)이 944달러가 되었지만, 1978년에는 물가고와 부동산 투기, 생활필수품 부족, 각종생산애로 등의 누적된 문제점이 나타났다. 1979년 제2차 석유파동이 가세하여 한국경제를 더욱 어려운 고비로 몰아넣었고, 1980년에는 사회적 불안과 흉작이 겹쳐 마이너스성장을 겪었으니 다행히 1981년에는 경제가 다시 회복세를 보였다.

부터 본격적으로 추진된 수출주도형 공업화·산업화 정책은 9.6%라는 성장률지표가 보여 주듯 비약적인 경제성장을 이룩했지만 그 이면에 지방 인구의 도시집중과 부의 편중, 농·어촌의 급속한 와해 등 부작용도 적지 않았다. 이와 같은 성장의 그늘 한복판에 놓인 인물들이 바로 정 씨, 영달, 백화였던 것이다. 작가는 고도성장의 이면에 감추어진 어두운 면에 대해 결코 목소리를 높여 성토하지 않는다. 다만 세 사람의 밑바닥 인생역정을 통하여 암시적으로 그것을 보여 주고 있을 뿐이다. 이것이 「삼포 가는 길」이 지니고 있는 또 하나의 미덕이며 작가가 작품에서 말하고자 한 진정한 의미라고 할 것이다. 누가 그들을 떠돌게 만들었으며 무엇이 그들로부터 고향을 빼앗아 가 버렸는지를 조용하게 그러나 엄중히 묻고 있는 것이다.

도시화·산업화의 문제는 조세희의 『난장이가 쏘아올린 작은 공』(1976), 윤흥길의 「아홉 켤레의 구두로 남은 사내」(1977) 등의 작품에서 보다 구체적으로 형상화되어 나타난다. 그리고 1970년대에는 백화처럼 돈을 벌기 위해 무작정 상경한 젊은 여자들이 많아 사회문제로까지 확대되었는데 조선작의 「영자의 전성시대」(1973), 최인호의 『별들의 고향』(1973), 조해일의 『겨울여자』(1976)와 같은 이른바 '호스티스문학'이 대거 등장하기도 하였다. 따라서 「삼포 가는 길」은 1970년대 산업화·도시화가 빚어낸 그늘의 한 축도로서뿐 아니라 비슷한 문제의식과 주제를 내포한 여타의 작품들을 양산케 한 '허브소설'로서의 의미도 지니고 있다고 하겠다.

4) 텍스트의 다매체적 확산

「삼포 가는 길」에 덧붙일 수 있는 또 하나의 미덕은 원작이 다양한 매체로 확대·재생산되었다는 점일 것이다. 클로드 브레몽은 "서사물은 그것이 운반하는 기법들과 독립적으로 존재하며, 그 본질적 성질을 잃지 않으면서 하나의 매체에서 또 다른 매체로 옮겨갈 수 있다."13)고 하였는데 「삼포 가는 길」이 좋은 본보기가 될 것이다. 원작이 가지고 있는 그 자체의 심층구조로 인해 여러 매체로 몸을 바꿀 수 있는 여지가 생겨나며 다양한 해석과 변용이 가능해진다.

「삼포 가는 길」은 1975년 이만희 감독에 의해 처음 영화로 만들어졌으며 주연배우는 김진규, 백일섭, 문숙이었다. 1981년에는 김홍종 PD에 의해 KBS <TV문학관> 첫 작품으로 방영되었고 문오장, 안병경, 차화연 주연이었다. 1983년에는 이혜민 작사·작곡, 강은

---

13) 시모어 채트먼 저, 김경수 역, 『영화와 소설의 서사구조 – 이야기와 담화』(민음사, 1990), p.20.

철의 노래로 가요로 만들어져 대중의 폭넓은 사랑을 받기도 하였다. 그뿐만 아니라 「삼포 가는 길」은 수차례 연극으로 상연되기도 했고, 단편영화로도 만들어져 영화제체 출품되기도 하였다. "「삼포 가는 길」은 이미 황석영이 쓴 소설이라기보다는 영화나 드라마, 혹은 가요 등으로 더욱 대중에게 익숙하고 친숙해진 일종의 문화적 상징, 나아가 민중적 메타포가 되었다고 해도 과언이 아닐 것이다. 현대 산업사회에서 무언가를 잃어버린 현대인에게 자신들이 잃어버린 것이 무엇인가를 생각나게 하는 '삼포'라는 지명은 다매체적 확산을 통해 다양한 의미망을 획득하고 있는 셈이다."14)

이만희 감독의 영화 「삼포 가는 길」(1975)은 황석영 소설이 가진 사실주의적 특성과 이만희 감독 특유의 서정적 영상이 잘 조화된 작품으로 한국영화사상 가장 뛰어난 로드무비로 손꼽힌다. 촬영을 마치고 후반 편집작업을 완전히 끝내지 못하고 녹음 중에 쓰러져 45세로 삶을 마감한 이만희 감독의 유작이기도 하다. 이 영화에서는 영달의 땅군 경력이라든가, 백화가 다시 돈을 벌기 위해 읍내에서 작부노릇을 하다가 손님들과 싸우고 정 씨가 백화의 아버지 행세를 하며 백화를 구해 내는 등 원작에 없는 내용이 추가되었지만 원작의 분위기를 크게 훼손시키지 않는 범위에서 영화적 변용이 이루어졌다. 제14회 대종상 우수작품상, 감독상, 촬영상, 음악상, 편집상, 신인상(문숙), 남우조연상(김진규)을 수상했으며 제25회 베를린 국제 영화제에 출품되기도 하였다.

<TV문학관> 「삼포 가는 길」(1981)은 KBS가 첫 회로 방영결정을 할 만큼 심혈을 기울인 작품이었다. 문오장(정 씨), 안병경(영달)의 연기도 훌륭했지만 백화 역을 맡은 신인여배우 차화연의 열연이 돋보였다. 그녀는 이 작품으로 일약 스타덤에 올랐으며 1986년 MBC TV 인기 드라마 <사랑과 야망>의 주연을 따내기도 하였다. <TV문학관> 「삼포 가는 길」에서는 정 씨가 간통한 아내를 살해하여 복역한 것으로 설정되어 있고, 오토바이를 타고 백화를 쫓아온 서너 명의 마을 건달들을 눈 쌓인 들판에서 정 씨가 멋지게 해치우는 액션장면이 추가되는 등 원작의 변용이 있었지만 역시 원작의 분위기는 크게 해치지 않았고 어느 면에서는 원작보다 뛰어난 해석을 아름다운 영상으로 보여 주고 있다. 또한 김영동의 창작 국악 <어디로 갈꺼나>가 주제곡으로 깔리면서 극중의 분위기를 한층 고조시켰다.

강은철이 노래한 「삼포로 가는 길」(1983)15)은 대중가요로 많은 이들의 사랑을 받았는

<hr>

14) 오연희 「삼포로 가는 세 가지 길」(한국문학이론과 비평학회, 『한국문학이론과 비평』 9집, 2000. 12.), p.78.
15) 바람부는 저 들길 끝에는/삼포로 가는 길 있겠지/굽이굽이 산길 걷다보면/한발 두발 한숨만 나오네/아 아 뜬구름 하나 삼포로 가거든/정든 님 소식 좀 전해 주렴/나도 따라 삼포로 간다고/사랑도 이젠 소용없네/삼포로 나는 가야지//저 산마루 쉬어 가는 길손아/내 사연 전해

데 서정적인 멜로디와 그 노랫말이 소설 「삼포 가는 길」의 주제와 의미를 함축적으로 전달하고 있어 문학과 대중음악이 결합하는 텍스트의 다매체적 전환의 좋은 사례라 할 것이다.

그리하여 '삼포'는 특정한 시대에 국한되지 않고 현실에서 비켜난 소외된 사람들이 잃어버린 것(그것은 고향이거나 혹은 고향이 아닌 다른 어떤 것이라도 상관없다)을 찾아 떠나는 마음의 방황, 정처 없는 존재의 탐구, 잃어버린 것에 대한 향수 등을 대표하는 일종의 민중적 상징이며 문화적 메타포라 할 것이다. 「삼포 가는 길」은 원작의 우수성을 넘어 영화, 드라마, 대중가요 등으로 확대·재생산된 좋은 본보기였다. 1990년대 이후 흔히들 문학의 위기를 말하거나 문학이 죽었다는 다양한 담론이 어둡게 떠돌고 있지만 일찍이 「삼포 가는 길」은 그러한 우려를 불식시키고 문학이 무엇을 추구해야 하며 인접 장르들과 아름답게 공생할 수 있는 길을 제시한 좋은 본보기로서도 그 의미를 인정해야 할 것이다.

5. 결론

「삼포 가는 길」은 밑바닥 인생을 사는 정 씨, 영달, 백화라는 세 사람의 등장인물을 통해 삼포 혹은 고향으로 가는 여정을 통해 뿌리 뽑힌 자들의 애환과 그들의 희망과 좌절을 그리고 있다. 고향이 있지만 돌아갈 수 없고 어쩌면 영원히 고향에 돌아갈 수 없을지도 모르며 그리하여 다시금 떠돌이 생활을 할 수밖에 없는 세 사람의 이야기를 통해 고도성장의 기치 아래 진행된 산업화, 도시화가 빚어낸 어두운 그늘의 세계를 제시하고 있다. 그리고 작품 속 삼포는 실재하는 곳이 아니며, 단순한 고향으로서의 의미뿐 아니라 영혼의 안식처와도 같은 곳으로 시대를 초월한 상징적 의미로 이해해야 할 것이다.

이 작품은 몇 가지의 미덕을 지니고 있다고 하겠는데 첫째, 결말을 모호하게 처리하여 독자들의 추측과 판단에 맡김으로써 강한 여운을 남기고 있다. 둘째, 문체면에서 보면 사실적이고 간결한 문체를 주로 사용하면서 인물과 배경묘사가 동떨어지지 않고 서로 교호하도록 하여 인물을 입체적으로 그려 냈을 뿐 아니라 앞으로 벌어질 사건을 암시해 주고 있다. 또한 은어, 비속어 등의 과감한 사용을 통해 뜨내기 인생의 디테일과 리얼리티를 확보하는 데 성공하였다. 특히 불예측성과 번복의 서술로 독자들을 작품 속으로 빠르게 끌

어들이며, 제시한 정보의 수정과 번복과정을 거치며 독자들의 기대와 예측도 자연히 빗나
가고 수정된다. 그리하여 독자들이 적극적이고 자발적인 독서를 하도록 유도하고 있는 것
이다. 셋째, 이 작품은 1970년대에 본격적으로 진행된 산업화·도시화로 인해 빚어진 그
늘의 한 축도로 보아도 좋을 것이다. 이후 유사한 주제와 의미를 지닌 작품이 양산되어
'허브소설'로서의 가치도 지니고 있다. 넷째, 이 작품은 영화, 드라마, 대중가요 등으로 그
매체가 확산되어 문학작품이 다른 매체로 확대·재생산될 수 있는 좋은 본보기로서의 역
할도 하고 있다고 하겠다.

<『仁荷語文硏究』 제7호, 인하어문연구회, 2006.>

iamnkh@hanmail.net

〈參考文獻〉

『제3세대 한국문학-황석영』 15, 삼성출판사, 1985.

김경수, 「근대와 젠더, 그리고 해한(解恨) 이야기의 발견 -황석영의 근업에 대하여」, 『작가세계』, 2004, 봄.

김정환, 「문학적 연대기 : 황석영문학환갑 유감-쾌감」, 『작가세계』, 2004. 봄.

김종회, 「황석영의 소설과 근대성, 또는 그 극복의 서사」, 『작가세계』, 2004. 봄.

김중철, 「<삼포 가는 길>의 영화적 기법」, 한국언어문화학회, 『한양어문연구』 14집, 1996.

방민호, 「'풀뿌리 인생' 진솔하게 묘사-황석영 단편 <삼포 가는 길>」, 『조선일보』, 1997. 10. 8.

백문임, 「황석영론: 뜨내기 인생의 성실한 복원-70년대 중, 단편을 중심으로」, 한국문학연구학회, 『현대문학의 연구』, 1997.

안남연, 「황석영 소설의 역사인식과 민중성-황석영의 1970년대 소설 연구」, 상허학회, 『상허학보』 제13집, 2004. 8.

오태호, 「황석영론 연구: 서사의 진화, 작가의 시선과 평론가의 응시가 빚어낸 풍경-황석영 문학 해석의 역사」, 『작가세계』, 2004. 봄.

오현희, 「삼포로 가는 세 가지 길」, 한국문학이론과 비평학회, 『한국문학이론과 비평』 9집, 2000. 12.

유지나, 「한국사회의 영화적 수용에 관한 텍스트 읽기 <삼포 가는 길>, <고래사냥>, <세상밖으로>」, 한국영화학회, 『영화연구』, 1995.

이상섭, 「<삼포 가는 길> 자세히 읽기의 한 시도」, 『문학과비평』, 1988. 봄.

이재선, 『현대한국소설사 1945-1990』, 민음사, 1991.

정현숙, 「<삼포 가는 길>의 문체 연구」, 한국어문교육연구회, 『어문연구』 통권 제114권, 2002. 6.

최갑진, 「1970년대 소설의 갈등 연구-황석영과 조세희를 중심으로」, 동아어문학회, 『동아어문논집』 7호, 1997. 8.

최원식·임홍배 엮음, 『황석영 문학의 세계』, 창작과비평사, 2003.

한형구, 「편력의 길 혹은 밑바닥 체험의 사상」, 『문학과비평』, 1988. 봄.

현준만, 「민중사실의 소설적 탐구」, 『문학과비평』, 1988. 봄.

황석영, 「작가 인터뷰: 황석영이 황석영을 말하다」, 『작가세계』, 2004. 봄.

황석영, 『객지에서 고향으로-황석영의 문학과 삶』, 형성사, 1985.

「작가와의 만남: 황석영-삼포, 그 영혼의 고향」, 『문학과비평』, 1988. 봄.

(ㅇ)

저자소개 ··

　윤인현: 인하대학교 강의교수
　김상철: 인하대학교 강사
　이영태: 인하대학교 연구교수
　간호윤: 서울교육대학교 강사
　이영수: 단국대학교 동양학연구원 연구교수
　원종찬: 인하대학교 한국어문학과 교수
　황규수: 한국방송통신대학교 강사
　김창수: 인천발전연구원 연구위원
　노승욱: 서울시립대학교 강사
　조성면: 인하대학교 박사 후 연구원
　김명임: 인하대학교 강의교수
　남기홍: 인하대학교 강사

한국문학의 탐색

초 판 인 쇄 | 2011년 12월 5일
초 판 발 행 | 2011년 12월 5일

지 은 이 | 윤인현 외
펴 낸 이 | 채종준
펴 낸 곳 | 한국학술정보㈜
주　　　소 | 경기도 파주시 문발동 파주출판문화정보산업단지 513-5
전　　　화 | 031) 908-3181(대표)
팩　　　스 | 031) 908-3189
홈 페 이 지 | http://ebook.kstudy.com
E - m a i l | 출판사업부　publish@kstudy.com
등　　　록 | 제일산-115호(2000. 6. 19)

ISBN　　978-89-268-2861-8 93810 (Paper Book)
　　　　978-89-268-2862-5 98810 (e-Book)

내일을여는지식 은 시대와 시대의 지식을 이어 갑니다.